언 이콜 뮤직

언 이콜 뮤직

비크람 세스 장편소설
황보석 옮김

문이당

한국의 독자들에게

  사 년 전, 인도인 가족의 삶을 다룬 내 소설 〈어울리는 남자(A Suitable Boy)〉가 출간되었을 때 나는 한국에서 온 한 출판업자의 방문을 받았지만 아무런 성과도 없었다. 그 일로 내가 실망했던 것도 사실이지만 그보다도 나의 잠재적인 출판업자와 독자들에 대해 느끼는 안타까움이 더 컸다. 그 소설은 1400페이지가 넘는 대작이어서 출판에 따른 위험 부담이 있었고, 그 책을 읽으려고 애쓰다 잠이 든 열렬한 독자들의 머리를 다치게 할 수도 있었다.

  그로부터 사 년이 지난 뒤인 지금 내 새 소설 〈언 이콜 뮤직〉이 드디어 한국에서도 빛을 보게 되어 기쁜 마음을 금할 수 없다. 이 소설은 '적당한 분량'이지만 내 조국과는 전혀 동떨어진 세계, 즉 런던과 비엔나와 베니스를 배경으로 하고 있다. 그러나 한국인들은 서양 음악에 익숙하고 한국의 음악가들이 그 분야에서 대단한 업적을 이룬 만큼, 나는 실내음악계를 배경으로 한 이 소설이 한국의 독자들에게 많은 즐거움을 줄 것으로 기대한다.

2000년 3월

Vikram Seth

작가의 말

음악이 나에게는 말보다도 더 소중하다. 음악을 소재로 한 이 작품을 쓰게 되리라는 것을 알아차렸을 때, 나는 불안감에 사로잡혔다. 그러나 서서히 시간이 지남에 따라 나는 그 생각에 나 자신을 타협시킬 수 있었다.

이 작업에서 여러 친구들과 낯선 사람들이 나를 도와주었다. 주로 현재 4중주단에 몸담고 있는 현악기 연주자들이 초기 음악에 관여했던 탓으로, 곤란한 문제점들에 관한 조언을 해주었다. 피아니스트들, 연주자이거나 작곡가인 다른 음악가들, 악기 제작자들, 수리공들 그리고 판매인들, 음악의 창조나 보급에 도움을 주었거나 도움을 주려고 한 사람들—음악 선생들, 비평가들, 음악가의 대리인과 매니저들, 레코드 회사의 실무진들, 음악당과 축제 행사의 매니저들, 그리고 내가 배경으로 사용한 장소들에 대해 나보다 더 잘 알고 있는 사람들—런던 사람들, 로치데일 사람들, 베니스 사람들, 비엔나 사람들, 귀머거리의 세계를 이해하는 사람들—의학적으로 조언을 해주었던 많은 의사들과 교육적으로, 특히 내게 독순법을 가르쳐준 교사와 그녀의 학생들, 또는 귀먹은 사람들의 개인적인 경험—이 나에게 많은 도움을 주었다.

많은 사람들이 그런 특성을 지닌 사람들의 세상에 대해, 그리고 몇몇은 자기네들 자신의 특성에 대해 이야기해 주었고, 많은 친구들이 너그럽게도 원고의 초안을 읽어주겠다고 동의했다. 그것은 나 자신의 작품임에도 불구하고 나도 여간해서 하기 힘든 일이었다. 다른 친구들은 내가 원고에 파묻혀 그들의 삶으로부터 멀어진 것을 용서해 주었다.

　사족이 될 것 같은 위험을 감수하고라도 나는 특히 한 피아니스트와 타악기 연주자 그리고 현악기 연주자, 이 세 음악가에게 감사하고 싶다. 그들은 여러 가지 방법으로 내가 상상력만으로는 할 수 없는 일을 해낼 수 있도록 도와주었다. 즉, 그들은 소리 없는 세상과 듣는 사람들의 세상, 잘못 알아듣는 사람들의 세상, 반쯤 알아듣는 사람들의 세상, 그리고 상상의 소리를 듣는 사람들의 세상이 교차하는 곳에서 살아왔고 살아가고 앞으로 계속 살아가기를 기대하는 것이 어떤 것인지에 대해 감을 얻을 수 있게 해주었다.

1999년
비크람 세스

역자의 말

음악을 소재로 한 소설은 대체로 일반 독자들과 동떨어진 세계를 다루기 때문에 대중적인 흥미를 끌기 어렵다는 난점이 있다. 그러나 비크람세스는 〈언 이콜 뮤직〉에서 한 바이올리니스트가 경험하는 음악과 사랑과 삶을 매혹적인 문체로 엮어냄으로써, 이 소설의 등장 인물들처럼 음악과 밀접하게 관련된 사람들뿐 아니라 음악을 부분적으로만 아는 일반 독자들에게까지 생생한 음악적 경험을 전달하는 보기 드문 성공을 거두었다.

〈언 이콜 뮤직〉은 기본적으로 음악과 사랑에 관한 것이지만 다른 한편으로는 밀실공포증과 절망을 다룬 것이기도 하다. 4중주단원들 사이에서 서로에게 영향을 미치는 소리와 개성이 하나로 엮이더라도 완전함은 단지 한 순간만 지속되고 밀실공포증으로 이끌린다. 그들이 서로 가깝다는 사실 자체가 그들의 영혼을 위축시키고 실제보다 더 이상한 사람들로 만든다. 그럼에도 불구하고 이 소설에서 가장 매혹적인 것은 4중주 단원들 사이의 개인적, 기교적인 상호 관계와 갈등을 서술한 부분이다. 특히 그들 사이에서 이루어지는 대화는 삐딱하게 빗나가고, 아무런 이유 없이 독기를 품고,

악의가 밴 기미를 보이면서도 서로를 이해하고 너그럽게 보아주는 친밀한 소집단의 모습을 생생히 그려낸다. 하지만 바로 그 점 때문에 독자들에게는 그들의 대화가 때로는 앞뒤도 맞지 않게 불쑥불쑥 튀어나오는 소리로 보일 수도 있다. 이 소설의 주인공은 바깥세상을 배제할 정도로 너무 완벽에 가까운 4중주단원들 사이의 관계를 이렇게 지적한다.

「4중주단이라는 건 정말 이상하기 짝이 없어. 난 그걸 무엇에다 비유해야 할지 모르겠어. 결혼? 회사? 불길 속의 특공대? 이기적이고 자기 파괴적인 성직자? 4중주단에는 그 나름대로 즐거움도 있지만 여러 가지 갈등늘이 섞여 있어.」

사랑하는 두 남녀가 음악을 하고 사랑을 나누기는 너무도 쉬운 일이다. 그러나 마이클과 줄리아는 고통과 상실감, 그리고 좌절에 비극적으로 얽매여 있다. 마이클의 불행은 현실이지만 그의 사랑은 과거에 얽매여 강박적이 된다. 그것은 밀폐된 방에 갇힌 채 바깥 세상으로 눈을 돌리지 못하는 것과 같은 상황이다. 결국 마이클

은 줄리아를 다시 잃고서야 현실에 눈을 뜨고 사랑과 음악의 한계
를 재발견한다.

이 소설에서 중요한 복선을 이루는 바흐의 '푸가의 기법'은 등장
인물들 사이에서 벌어지는 사건들의 적절한 유추, 즉 복잡하게 얽
힌 주제와 이미지와 리듬의 대위법적 반향이다. 이 소설 중반에서
마이클은 정신적인 '푸가 상태'를 경험하는데, 작가는 공감각적인
문장으로 마이클의 심리 상태를 표현한다.

오늬 무늬가 있는 홀 바닥이 아스팔트 포장도로로 바뀐다. 검
은 흑단, 하얀 상아. 그것은 눈으로 덮여 서펜타인 연못으로 녹
아드는 주차장이다. 거무스름한 얕은 물에서 길쭉한 물고기
한 마리가 은빛 비늘들을 번쩍이며 뛰어오른다. 그 물고기는
나타날 때마다 색깔이 황금빛, 구릿빛, 청회색, 은빛을 띤 푸른
색, 밝은 초록색 등 여러 가지로 바뀐다.

책 후반에서 작가는 마이클의 감정적 위기를 표현하기 위해 제

임스 조이스가 〈율리시스〉에서 선보인 '의식의 흐름' 비슷한 난해하고 암시적인 수법에 호소하는데, 이처럼 언어를 푸가 그 자체에 대입시킨 것은 이 소설의 진정한 승리라고 할 수 있지만 다른 한편으로는 어렵다는 느낌을 주기도 한다. 하지만 그런 어려움에도 불구하고 이 소설은 언어와 음악을 절묘하게 결합시킴으로써 우리를 일상적인 삶으로부터 기쁨의 세계로 고양시키는 힘을 지니고 있다. 이 책을 다 읽고 나면 우리는 이루지 못한 사랑 이야기에 곁들여 뛰어난 음악가의 연주를 함께 경험한 듯한 느낌을 받게 된다.

2000년 3월

황 보 석

5

5-1

피어스, 헬렌, 빌리 그리고 줄리아는 슈베르트 '숭어' 5중주의 첫 번째 리허설을 위해 모였다. 우리는 왕립음악학교에서 꽤 좋은 피아노가 있는 연습실을 확보할 수 있었다. 이 부분에서 나는 구경꾼이지만 바로 뒤이어 우리 4중주단의 짧은 리허설이 있다.

「난 그건 몰랐어요. 우리가 베이스 연주자 없이 리허설을 하게 되리라고는.」

줄리아가 당황한 표정을 짓는다.

미리 생각을 해보았더라면 나는 더블베이스가 줄리아에게 어떤 도움을 줄지 알았을 것이다. 곡 전체에 흐르는 낮고 주기적인 율동이 그녀에게 말할 수 없이 큰 도움이 되리라는 것을. 만일 내가 그녀에게 미리 귀띔을 해주었거나 거기에 대해서 어떻게 손을 쓸 수만 있었더라도.

「글쎄요, 문제는 베이스 연주자가 비엔나에 있다는 거예요. 거기에 대해선 어떻게 할 수가 없어요. 우리가 비엔나로 가면 그 여자하고 두 번 리허설을 할 거예요.」

헬렌이 설명한다.

「그 여자요?」

줄리아가 약간 놀라서 묻는다.

「그래요. 페트라 다우트라는 여자죠.」

피어스가 대답한다.

「미안해요. 그 여자 성을 잘 듣지 못했어요. 스펠링이 어떻게 되죠?」

나는 피어스가 대답하는 것을 가만히 지켜보기만 한다. 그녀가 한 사람 얼굴만 보는 것이 입술을 읽는 데 유리하다.

「디, 에이, 유, 티. 그 여자 알고 있습니까? 비엔나에서 어떤 관계가…….」

「잘은 몰라요. 나는 오케스트라에서 일한 적이 없어서 베이스 연주자들과는 접촉이 별로 없어요.」

줄리아가 대답한다.

「자, 그럼 시작할까요?」

피어스가 묻는다.

「피어스, 시작하기 전에 한 가지만요.」

줄리아가 황급히 가로막는다.

「뭐죠?」

「우리 비엔나로 떠나기 전에 리허설을 한 번 더 하는 거 맞죠? 그 리허설 때는 우리에게 베이스 연주자가 하나 있었으면 좋겠어요. 정말로요. 베이스가 없이는 이 곡의 진정한 느낌을 얻을 수 없을 것 같아요.」

그녀가 신중하게 긴장을 푼 목소리로 제안한다.

「우리가 여자 베이스 연주자를 하나 구해주었으면 좋겠다는 건가요?」

헬렌이 묻는다. 빌리가 자기의 첼로에서 잠시 눈을 든다.

「꼭 그런 건 아니지만요.」

줄리아는 말려들지 않는다.

「나도 우리가 베이스 연주자하고 같이 연습을 해야 한다고 생각해요. 이 곡은 누가 밑에서 나를 받쳐주는 몇 안되는 곡들 중에 하난데, 난 그래 주는 게 좋아요. 내가 벤 플래스에게 우리하고 같이 리허설을 할 수 있는지 물어보죠.」

빌리가 높은 소리로 떠들어댄다.

「우리하고 리허설은 같이하고 콘서트에서는 연주를 하지 않을 건데 그 사람이 괜찮다고 할까?」

피어스가 묻는다.

「나하고 친하거든요. 그 친구 발벗고 나서서 도와줄 겁니다. 그리고 이건 농담 삼아 하는 얘긴데, 내가 스케르초[1]에서 그 친구에게 으르렁거리지 않고 나중에 몇 잔 사는 조건으로 말입니다. 아주 근사하게.」

빌리가 덧붙인다.

「그거 괜찮게 들리네요, 빌리. 고마워요, 여러분.」

줄리아가 추켜세운다.

「난 내일 밤 필하모니아에 객원 연주자로 갈 거니까 그때 그 친구를 만나면 됩니다. 그 친구에게 기꺼이 해줄 건지, 그리고 언제 시간이 날지 물어봐야겠죠?」

모두들 고개를 끄덕인다.

「내가 페이지를 대신 넘겨줄까?」

내가 줄리아에게 묻는다.

「그게 좋겠어요. 고마워요, 마이클. 나는 악보를 보지 않을 거니

---

1) 기악곡의 3악장에 쓰이는 경쾌한 3박자의 해학곡.

까 여기에 올려놓으면 신경이 쓰일 거예요. 하지만 당신이 내 악보를 무릎에 올려놓고 있으면 우리가 악장 중간에서 멈추더라도 어디에서 다시 시작하는지 지적해 줄 수 있지 않겠어요?」

「당신 정말로 악보 보지 않을 거야?」

「그럼요. 난 이 곡 아주 잘 알아요. 처음엔 이 곡을 중단하지 않고 처음부터 끝까지 다 연주했으면 좋겠는데요. 그러기로 해요. 모두들 그러는 게 좋다면요.」

피어스가 눈썹을 치켜올린다. 그녀의 말은 부탁하는 정도를 넘어선 것이다. 우리 현악기 연주자들은 연주를 하는 동안 우리들 사이에서 의사소통을 하는 데 길이 들어 있고, 다른 사람들이 스스로 알아서 하도록 놓아둔 채 리드를 하고 큐를 주는 데서 가장 큰 즐거움을 느낀다. 특히 이 곡에서처럼 세 명의 현악기 연주자들이 피아니스트를 뒤쪽으로 거의 안 보이게 밀어놓고 반원형으로 둘러앉는 경우에는.

「네, 뭐, 좋습니다. 우린 괜찮습니다.」

피어스가 대단한 아량을 보인다. 하지만 나는 그가 외부 사람의 지시를 받아들이는 일에 별로 내켜하지 않는다는 것을 알고 있다.

나는 악보를 흘끗 내려다본다. 피아노에는 휴지부가 많아서 줄리아가 연주를 쉬었다 다시 시작할 때 제대로 해낼 수 있을지 걱정이 된다. 적어도 처음에는 멈추는 일 없이 끝까지 연주를 해나감으로써 그녀는 리듬을 잘 알아챌 수 있을 것이다.

「툼— 음— 음타타—타타타 툼. 됐습니까?」

피어스가 박자를 맞추면서 묻는다.

「나한테는 좀 느린 것 같은데요. 어떻게 생각해요, 줄리아? 이건 당신이 연주할 악구인데요.」

빌리가 묻는다.

「이건 알레그로 비바체니까, 약간 더 활기차야 하지 않겠어요?」

줄리아가 원하는 템포를 피아노로 들려준다.

피어스가 고개를 끄덕인다.

「좋아요, 한 박자 더 빠르게 하죠. 준비됐나요?」

나는 두근거리는 가슴으로 줄리아를 지켜본다. 그녀는 느긋한 모습을 보이고 있지만 그녀의 눈은 건반이나 악보가 아니라 다른 사람들을 예의 주시하고 있다. 이제 나는 자신의 연주 부분만이 아니라 그 곡 전체를 암기하는 것이 그녀에게 어째서 그처럼 중요했는지 알 수 있다.

그녀의 손가락들이 건반에서 음악을 뽑아내는 동안 그녀의 눈은 마치 책을 읽듯 면밀하게 피어스에게서 빌리에게로 옮겨간다. 그들의 손가락, 그들의 활, 그들의 숨결이 그녀에게 신호를 준다. 도입부에서는 더블베이스가 내는 소리가 끊임없이 연속적으로 낮게 울리는 음일 것이므로 그녀는 어차피 그런 일을 해야 할 것이다. 하지만 그 밖의 다른 곳에서는 더블베이스 없이 연주를 해야 하는 것이 얼마나 어려운지 알 수 있다. 또 그녀가 베이스 연주자의 손가락으로부터 받을 수도 있는 시각적 신호들……. 하지만 이제 와서 그런 생각을 해봤자 소용없는 일이다. 나는 마치 깊게 갈라진 구렁을 가로질러 매어진 어름줄 위에 앉아 저 밑에서부터 솟아오르며 점점 더 높이 떠올라 내 머리 위 높은 곳에서 노래하는 새 소리에 귀를 기울이고 있는 듯한 느낌이다. 물고기의 이름이 붙은 곡에 대해 느끼는 이상한 이미지.

피아노 솔로 테마에서 그녀가 보통은 짧게 끊어 치지 않는 두 번의 떨림음을 짧게 끊어 친다. 나는 그것이 일종의 다른 연주법이라고 생각하지만 헬렌은 좀 날카롭게 그녀를 돌아다본다.

「반복할까요?」

그들이 첫번째로 결정을 내릴 대목에 이르자 줄리아가 묻는다.

「계속합시다.」

피어스가 의기양양해서 소리친다.

그들은 첫번째 악장을 무사히 통과한다. 아니 사실 무사히 통과한다는 말은 부적절하다. 그들은 그 곡을 훌륭하게 연주해 낸다. 하지만 나는 잔뜩 긴장을 하고 있어서 그 아름다움을 즐길 수 없다. 내가 예상하지 못했던 몇몇 곳에서 줄리아는 복잡한 연주 지시 악절에 끌려가지 않기 위해 리드를 하고 다른 곳에서는 자기의 손을 내려다본다. 나는 그녀가 어떻게 다른 연주자들과 계속 보조를 맞출 수 있는지 전혀 감이 잡히지 않는다. 그들이 첫머리의 12음계 화음을 반영하는 마지막 12음계 화음에 이르자 악보를 집고 있는 내 왼손이 떨린다.

「반복음은 모두 건너뛰어야 할까?」

피어스가 묻는다.

「스케르초에서는 제외하고요.」

빌리가 대답한다.

템포를 결정한 뒤 그들은 아다지오를 연주한다. 몇 가지 문제점들이 있지만 연주를 멈추게 할 만큼 대단하지는 않다. 그러나 제3악장 스케르초에 이르자 연주가 완전히 뒤엉켜버린다.

문제는 바로 첫 악구에 있다. 피어스와 헬렌은 센박 4분 음표에 이어 세 개의 빠른 8분 음표를 연주해야 하는데, 그 부분에서 모두가 뒤엉켜버린다.

그들은 몇 번이고 다시 시도를 해보지만 아무리 애를 써도 조화가 이루어지지 않는다. 좀전과 같이 그대로 밀고 나가는 것은 소용이 없다. 이 문제는 해결이 되어야 한다. 나는 줄리아가 점점 더 곤란해지고 다른 사람들은 점점 더 당황한다는 것을 알 수 있다. 조금 전까지 그녀는 연주를 아주 잘한 만큼, 그녀의 음악적 재능이 부족해서 생긴 문제일 리는 없다.

「새로운 그룹과 처음 연주를 하려면 늘 어렵죠.」

빌리가 줄리아를 두둔해 준다.

「오 분간 휴식합시다. 난 담배나 한 대 피워야겠어.」

피어스가 제의한다.

「여기에서 담배 피워도 되는 겁니까?」

빌리가 묻는다.

「안될 게 뭐지? 아, 그래. 밖으로 나가는 편이 더 낫겠군.」

「난 산보를 좀 해야겠어요. 같이 갈래요?」

헬렌이 무슨 생각엔가 몰두한 표정으로 말한다.

「물론이죠. 좋은 생각입니다. 물론이죠.」

빌리가 대답한다.

하지만 나는 연습실에 그냥 남는다.

줄리아는 아무말도 하지 않는다. 그녀는 나에게서, 우리들 모두에게서 뚝 떨어져 자기만의 세계에 빠진 것처럼 보인다.

내 불안감이 서서히 사라진다. 단둘만 남게 되자 내가 묻는다.

「당신 보청기 끼었어?」

「네, 한쪽 귀에만요. 처음엔 그게 도움이 되었지만 다음에는 신경을 거스르기 시작했어요, 마이클. 음조를 왜곡시켜서요. 난 도저히 그 소리에 적응할 수가 없어서 첫번째 악장이 끝난 뒤에는 그냥 꺼버렸어요. 그러다 두 번째 악장에서는 내가 잘 대처하지 못한다는 것을 알고 중간 휴지부에 이르렀을 때 다시 꼈죠. 지금은 그것 때문에 완전히 혼란스러워졌어요. 더블베이스만 있었어도 나는 틀림없이……」

「그것도 스케르초 첫머리에서는 문제를 해결할 수 없을 거야. 아니, 그런 악구가 나오는 곳 어디에서건.」

내가 조용히 지적한다.

「그 말이 맞아요. 아무래도 내가 그냥 깨끗하게 다 털어놓는 것이……」

「당분간은 그러지 마. 아예 그럴 생각도 하지 마. 그래 봤자 이 상황에 전혀 도움이 안될 거고 괜히 문제만 더 크게 만들어. 그냥 편하게 생각해.」

줄리아가 미소를 짓는다. 그러나 슬픈 표정이다.

「그건 꼭 '눈 딱 감고 생각하지 마라'는 말 같네요. 정반대의 효과가 생기도록 보장해 주는.」

「그리고 헬렌에게 신경을 써서도 안돼.」

「안 써요.」

「이거 봐, 줄리아. 당신이 박자와 여린박, 그러니까 시각적 신호들에서 신호를 얻어내려면 그 보청기를 빼내야 할 거야. 난 당신이 소리에, 특히 그 소리가 왜곡되었을 때는 어떻게 반응할 시간을 얻을지 알 수 없어.」

「어쩌면요.」

줄리아의 말소리는 자기가 무엇을 듣고 무엇을 못 듣는지 이해할 수 없는 사람의 입에서 나온 충고를 전혀 믿지 못하겠다는 것처럼 들린다.

나는 그녀에게 키스를 한다.

「자, 나하고 같이 한번 해봐. 그래서 손해볼 건 없으니까.」

나는 바이올린을 꺼내들고 재빨리 활을 조인 다음, 조율도 제대로 하지 않은 채 그녀에게 박자를 알려주고 머리를 두 번 끄덕인 뒤 첫번째 악구를 연주한다. 몇 번의 시행착오를 거치고 나자 효과가 있다. 적어도 조금 전보다는 훨씬 낫다.

그러나 줄리아는 미소도 짓지 않고 이렇게만 묻는다.

「또다른 할 얘기는요?」

「그래, 안단테에서 다른 사람들은 모두 한 소절당 여섯 음을 연주하는데 당신은 그 사람들이 한 음을 연주할 때마다 세 음을 연주해야 하고 그래서 상당히 늦어져. 모두들 그 곡을 계속 연주해

나가려고 애를 썼지만 그때 당신은 눈으로 그 사람들을 좇고 있
지 않았어.」

「글쎄요, 난 리드를 하고 있었는데…….」

줄리아가 변명한다.

「뒤에서.」

내가 웃자 그녀도 같이 따라 웃는다.

「자, 이걸 나하고 같이 해봐.」

그러고 나서 우리는 함께 연주를 해나간다.

「좋습니다.」

난데없이 날아온 피어스의 말소리에 놀라서 내가 펄쩍 뛰고 줄
리아도 깜짝 놀란다. 나는 그가 다시 돌아온 것을 알아차리지 못했
다.

「그대로 계속해요.」

피어스가 능청을 떤다.

「라이터를 놓고 갔어?」

내가 화난 투로 묻는다.

「그 비슷해.」

피어스가 다시 나가면서 예사롭게 대답한다.

사람들이 모두 돌아오자 리허설은 계속된다. 그들은 위험한 고
비 없이 스케르초를 단숨에 연주하고 4악장과 5악장으로 넘어간
다.

리허설이 끝나자 피어스가 입을 연다.

「훌륭했어요, 훌륭했어요. 하지만 내 생각엔 아무래도 세부적인
일은 베이스 연주자와 함께하는 리허설로 미루는 게 좋을 것 같
습니다. 그러니까 '숭어'는 이만 끝내기로 합시다. 그래도 괜찮겠
죠, 줄리아? 이제부터 우리는 4중주로 두 곡을 끝까지 다 연주해
야 하는데 시간이 좀 촉박합니다. 빌리가 벤 플래스에게서 날짜

를 받아오면 여러분 각자에게 다음번 리허설에 대해서 알려드리겠습니다. 먼저 그 사람이 선뜻 응해주어야 하겠지만요. 그런데 난 부인 전화번호를 모르는 것 같군요.」

그가 줄리아를 돌아다본다.

「팩스로 보내주실 수는 없나요? 전화는 제가 연습을 하고 있을 때 집중력에 방해가 되어서요. 요즘에는 그런 일이 많아요.」

「그러면 자동 응답기는 없습니까?」

「팩스가 더 좋겠어요.」

줄리아가 침착하게 고개를 숙이며 말하고 나서 피어스에게 번호를 알려준다.

5-2

피어스는 웨스트본 파크 로의 고급 주택가 변두리에 있는 원룸 아파트 형태의 지하 공동주택에 살고 있다. 그 집 천장은 지하실치고는 높은 편인데, 피어스의 큰 키를 감안한다면 그것 한 가지는 좋은 점이다. 그 위층에는 주로 포르투갈로의 값싼 여행을 주선하는 여행사가 있고, 여행사 왼쪽으로는 조그만 피자 가게, 그리고 반대쪽에는 신문 판매소가 있다. 길 맞은편은 육중한 고층건물 구역이고 그 옆은 갈색 벽돌 주택단지다.

리허설을 하고 난 다음날 피어스가 내게 술 한잔 하러 건너오라고 한 뒤 적포도주 병을 딴다. 그의 태도는 친절하지만 고민스러운 기색이다.

「여름에는 저녁때 잠시 저 벽에 빛이 비치지.」

그가 허두를 뗀다.

「이 집 북향 아닌가?」

「그런 셈이지. 난 이 집을 어떤 미술가에게서 샀어. 그 말이 맞

아. 좀 이상한 일이지만 한여름이면 해질 무렵에 몇 분 동안 그쪽에서 빛이 들어와. 아마 뭔가에 반사된 거겠지. 아주 멋진 불그스름한 빛이야. 그런데 작년에 신문 판매소에서 난간에다 커다란 철제 상자를 달아매는 바람에 빛이 줄어들었어. 상당히 마음 상하는 일이지.」

「그 사람한테 얘기를 해보는 게 어때?」

「물론 얘기해 봤지. 그 사람 얘기로는 사람들이 문밖에 놓아둔 신문과 잡지를 훔쳐가서 그렇게 하는 거 외에는 다른 방법이 없다는 거야. 나는 내 권리를 끝까지 주장해야겠다는 생각에서 그 상자를 최소한 빛이 들어오는 길 밖으로라도 치워 달라고 했지만……. 그런데 내가 무슨 얘기를 하고 싶어하는지는 알고 있겠지?」

「아니, 난 그냥 만나자는 걸로 생각했는데……. 그래, 난 분명히 그런 줄 알고 있었어.」

피어스가 고개를 끄덕인다.

「말해봐. 난 도무지 이해가 안돼. 줄리아에게 무슨 문제가 있는 거지? 그 여자는 훌륭한 연주자야. 그러니까 뭐랄까, 연주가 상당히 음악적이지. 내 말이 무슨 뜻인지 알 거야. 그 여자하고 같이 연주를 하는 건 정말로 즐거운 일이지만 우리 모두 어리둥절해 있어……. 우리가 뭐 환각제나 그런 것에 취한 것도 아니고. 그러니까 스케르초 첫머리에서 생긴 그 문제점을 설명해 줄 수 있겠어? 그거 단지 가끔씩 생겨나는 경련 같은 거야?」

나는 와인을 한 모금 홀짝거린다.

「그 문제는 끝나지 않았어?」

「그랬지.」

피어스가 조심스럽게 대답한다.

「내 장담하지. 벤 플래스가 우리에게 가담하면 다른 문제들은 대부분 다 사라질 거야.」

「우리에게라니?」

피어스가 싱긋이 웃으면서 묻는다.

「자네에게, 정확히 말하자면.」

어쩌면 피어스는 내가 섭섭해 하는 기색을 알아차렸는지도 모른다. 어쨌건 나는 그에게서 뒤이어 나온 말에 어리둥절해진다.

「자네가 '숭어'에서 나 대신 바이올린을 연주했으면 하는데.」

「그건 안돼.」

나도 모르게 내 입에서 그 말이 튀어나왔지만 그것은 분명히 '좋아'라는 뜻이다.

피어스가 오른손 검지손가락으로 얄팍한 은 라이터를 톡톡 친다.

「나 이거 진심으로 하는 말이야.」

「하지만 자네는 그 곡을 굉장히 좋아하잖아, 피어스!」

니콜라스 스페어가 '숭어'를 헐뜯었을 때 무슨 일이 있었는지를 떠올리고 내가 소리친다.

「휴식시간에 정확히 무슨 일이 있었지?」

그렇게 묻는 것으로 피어스가 대답을 회피한다.

「휴식시간에?」

「알고 있잖아. 우리가 방에서 나갔을 때.」

나는 어깨를 으쓱한다.

「아, 우린 그저 연주를 조금 했어. 약간 다른 방법으로 접근해서 몇몇 어려운 부분들을 연주하려고 해봤지…….」

「그거말고 뭐가 또 있어. 내가 이렇게 묻는 거 어떻게 생각할지는 모르지만…….」

피어스가 망설이며 말한다.

「부담 느끼지 말고 물어봐.」

「자네 그 곡을 연주할 수 없을 것 같아서 걱정을 하는 건 아니겠지? 바른 대로 얘기해 줘. 내 말은, 자네도 알 테지만, 음역(音域) 내에서 연주할 때 자네는 대체로……」

「그 말은 내가 제4악장의 높은 음 변주를 다룰 수 있다는 뜻인가?」

피어스가 약간 당황스러운 표정으로 고개를 끄덕인다.

「그래, 그거. 그리고 다른 부분들도. 그렇게 드러났어.」

피어스의 그 말이 기분 나쁘게 들리지는 않는다.

「해볼 수는 있을 거야. 난 전에 그 곡을 연주해 본 적이 있어, 대학교에서. 벌써 오래 전 일이지만 예전 솜씨가 다시 돌아오겠지. 하지만 피어스, 난 자네가 '숭어' 연주를 대단히 좋아하는 걸로 알고 있는데. 정말로 그렇게 관대해지고 싶은 거야?」

「나는 관대해지려는 게 아니야. 이건 아주 훌륭하게 연주될 수도 있고 아주 맥빠진 연주가 되기도 쉬운 곡이야. 그리고 진짜로 중요한 상호관계는 바이올린과 피아노 사이의 역할이지. 지금 솔직히 얘기하겠는데 나로서는 그 곡을 연주하지 않는 게 안심이될 것 같아. 나한테는 할 일이 많이 있어. 아주 많이. 그리고 내 생각엔 무직베라인이 연주자가 한 명 바뀌는 걸 받아들일 수 있나면 두 사람이 바뀌는 것도 받아들일 수 있을 거야.」

피어스가 약간 날 선 목소리로 말한다.

「그 할 일이라는 게 정확히 뭔데?」

「아, 이런저런 일.」

「그리고 또 다른 거?」

「뭐라고?」

「미안, 미안. 그냥 무슨 생각이 떠올라서. 아무 생각 없이 나온 소리였어. 잊어버려.」

「자네 꽤나 이상한 친구로군, 마이클.」

「그런데?」

「그런데라니, 뭐가?」

「다른 할 일이라는 게 뭐지?」

「나는 세인트 마틴 인 더 필즈와 신포니아 콘체르탄트[2]를 할 예정이고, 비엔나 공연이 끝난 뒤에는 바로 독주회가 있어. 그리고 또 자네와 다른 사람들이 하기로 결정한 것 같은 바흐 일도 있고.」

「그러면 자네는 아니야?」

피어스가 손바닥을 펼쳐 보인다.

「난 단지 내가 그 일에 속아넘어간 게 아닌가 하는 기분을 느끼고 있을 뿐이야. 어젯밤에 나는 새벽 두시까지 그 곡을 연습했어. 그거 꽤나 중독성이야.」

「자네 이웃들은 아마 다른 단어를 선택했을 텐데.」

「어떤 이웃? 이 소굴에는 이웃이 아무도 없어. 우리 머리 위에 있는 건 여행사야.」

피어스가 약간 비꼬는 미소를 지으며 응수한다.

「그래, 물론.」

「어찌되었건, 자네도 알다시피 내가 동료들이나 파트너 또는 패거리, 또는 자네들을 뭐라고 하건 간에 이상한 기분을 느낀 건 이번만이 아니야. 거기에 적당한 말이 하나 있어야 되겠는데.」

「동료 짝패들은 어때?」

피어스가 내 말을 못 들은 것처럼 별 반응 없이 하던 말을 계속한다.

「4중주단이라는 건 정말 이상하기 짝이 없어. 난 그걸 무엇에다 비유해야 할지 모르겠어. 결혼? 회사? 불길 속의 특공대? 이기

---

2) 둘, 또는 그 이상의 독주 악기와 오케스트라가 협연하는 형식의 기악.

적이고 자기 파괴적인 성직자? 4중주단에는 그 나름대로 즐거움
도 있지만 여러 가지 갈등들이 섞여 있어.」

나는 우리 두 사람의 잔에 와인을 조금씩 더 따른다.

「나는 이 모든 일에 어떤 고통이 내재되어 있는지를 정말로는 모
르는 것 같아. 처음에는 알렉스, 그 다음에는 토비어스와의 그
지독한 일. 몇 년마다 한 번씩 아주 고약한 일이 일어나고. 또 일
어나게 되어 있어.」

그가 혼자말처럼 중얼거린다.

「알렉스는 내가 들어오기 전이었어.」

나는 토비어스가 피어스를 손아귀에 넣고 있었을 때 우리 네 사
람 모두에게 어떤 영향을 미쳤는가 하는 이야기를 피하려고 얼른
말을 돌린다.

「저 괴물 같은 고층건물 블록에 한 가지 좋은 점이 있다면 아침
열한시쯤에 햇빛을 반사시켜 준다는 거야. 그거라도 없다면 여
기가 훨씬 더 음침하겠지.」

피어스도 화제를 바꾼다.

나는 고개만 끄덕이고 아무말도 하지 않는다.

「그건 베니스의 빛 때문이었어.」

피어스가 혼자말처럼 중얼거린다.

「우리는 거기에서 한 달을 보냈지. 알렉스는 처음에 그 빛 때문
에 끔찍한 두통을 일으켰지만 점차 두통이 사라지고 그 빛을 좋
아하기 시작했어. 우리가 4중주단을 구성한다는 거창한 아이디
어를 낸 건 바로 그 며칠 뒤였지. 아니, 사실은 알렉스가 낸 거지
만.」

그가 다시 라이터를 내려다보고 나서 자기 자신에게 짜증이 난
듯 다시 구시렁거린다.

「그런데 내가 왜 이런 얘기를 하고 있지?」

「나는 마조레가 우리들이 하나씩 하나씩 모두 사라진 뒤에까지도 계속 남아 있을지 궁금해. 그러니까 물론 우리가 평판을 얻어 유명해진 뒤에.」

「나는 그랬으면 해. 내 생각엔 십 년이 4중주단의 삶에서 그리 길지는 않은 것 같으니까. 비록 어떤 때는 한 세기처럼 느껴지기도 하지만. 글쎄, 타카스에는 두 명이 새로 들어왔고, 보로딘에는 원래부터 있던 사람이 첼로 주자 하나뿐이고, 줄리아드에는 오리지널 멤버가 하나도 없어. 하지만 그 악단들은 여전히 그대로 있지.」

「조지 워싱턴의 손도끼처럼 말이지?」

내가 예를 한 가지 들자 피어스가 무슨 말인지 몰라 이마를 찌푸리고 설명이 나오기를 기다린다.

「그 도끼는 대가리가 두 번 바뀌고 손잡이는 세 번 바뀌었지만 그래도 여전히 워싱턴의 손도끼야.」

「아, 그래. 무슨 말인지 알겠어……. 아, 그리고 한 가지 더. 자네가 베토벤 5중주에서 제1바이올린을 연주하고 싶어했던 거 기억하지?」

「그건 내가 잊어버릴 만한 일이 아니잖아?」

내가 신중하게 말을 받는다.

「그렇겠지. 글쎄, 난 이것저것 생각해 봤어. 아니, 그보다는 다시 생각해 봤어. 나는 알렉스와 내가 제1바이올린과 제2바이올린을 바꾸었을 때 생겨났던 그런 갈등이 다시 생기는 건 원치 않아.」

「그래, 나도 동감이야.」

「하지만 자네는 내내 제2바이올린만 연주하는 게 좀 답답하다고 느낄지도 몰라, 아니면 실망스럽다거나.」

피어스가 포도주를 한 모금 홀짝이고 묻는 듯한 눈길로 나를 쳐다본다.

「아니, 사실은 그렇지 않아. 그러니까 뭐랄까, 우선은 악기가 달라. 그건 선율에서 반주로 갔다가 다시 되돌아오는 일종의 카멜레온이지. 그건 좀더…… 뭐랄까, 난 그걸 흥미롭게 여겨.」

내가 듣기에도 그 말은 맞는 것 같다.

「하지만 자네는 그 현악 5중주에서 제1바이올린을 연주하고 싶어하지 않았어?」

피어스가 물고늘어진다.

「그건 특별한 이유가 있어서였어, 피어스. 그리고 또 그렇게 얘기했고. 그 5중주는 나에겐 아주 특별한 의미가 있어.」

「그렇다면, 내 질문은 간단히 이런 거야. 우리가 엄밀히 4중주단으로 연주를 하지 않을 때는 자네가 제1바이올린이나 단 하나뿐인 바이올린을 연주하는 걸 고려해 보겠느냐, 그러고 싶으냐, 그래도 상관없겠느냐 하는 거야. 예를 들자면 현악 6중주나 플루트 4중주, 아니면 클라리넷 5중주나 또는 그런 성격의 어떤 곡에서.」

「피어스, 자네 벌써 취한 모양이군. 아니면 정신이 어떻게 된 거야?」

내가 적잖이 놀라서 말한다.

「둘 다 아니야. 분명히 얘기하지만.」

피어스가 좀 쌀쌀하게 대답한다.

「글쎄, 분명히 꺼림칙하지는 않아. 생각은 해보겠지만 원하는지 아닌지는 잘 모르겠어.」

「그건 좀 복잡한 대답인데. 그리고 약간 자가당착적이고.」

「틀림없이 그렇겠지. 그러니까 내 말은 이런 거야. 이런 일을 결정하는 건 단지 우리 두 사람만으로 끝나는 게 아니고, 또 빌리와 헬렌도 그러는 걸 좋아하지 않을 거야. 그 두 사람은 자네와 알렉스가 연주 파트를 바꾼 것에 불안감을 느꼈어. 그리고 현악

5중주나 현악 6중주 같은 경우에도 그 둘에게 똑같은 영향을 미칠 수밖에 없어.」

「그러면 플루트 4중주 같은 경우에는? 아니면 피아노 5중주나. '숭어'처럼.」

「그건 좀 다르겠지. 자네 말이 옳아. 글쎄, 거기에 대해서 한 번 생각해 보지. 아니, 아니야, 사실 나는 그걸 고려해 보고 싶지 않아. 나는 지금 이대로에 만족해.」

「그렇다면 '숭어'를 연주하지 않겠다는 거야?」

「연주하겠어.」

내가 재빨리 대답한다.

「어째서지? 다른 특별한 관련이라도 있나?」

「아니, 이건 그거보다 더 특별해. 난 줄리아와 함께 연주하고 싶어. 이건 어쩌면 그 여자의 마지막 연주 가운데 하나……」

「그 여자의 뭐?」

「그 여자가 다른 연주자들과 함께 연주하는.」

「그게 정확히 무슨 뜻이지? 그 여자 정말 다른 사람들과 연주를 하는 데 무슨 중대한 문제가 있는 거야?」

피어스가 촉각을 곤두세우고 나를 유심히 쳐다본다.

「아니, 그렇지 않아.」

「마이클, 내 생각엔 자네가 나한테 아주 솔직하지는 않은 것 같은데.」

「아니야, 난 단지 그 여자가 독주 영역을 더 키우고 싶어한다는 말을 하려는 것뿐이야. 그러다 보면 차츰 합주를 하는 일은 줄어들 테고. 하지만 나는 그 여자가 정확히 언제 그만두기로 결정할지는 몰라. 또 과연 그렇게 할지 안할지도 정말로는 모르고.」

「그러니까 그 여자는 실내음악 연주를 좋아하지 않는다?」

「난 그런 뜻으로 얘기한 게 아니었어.」

30

「그렇다면 무슨 뜻이었지? 그 여자에게 문제가 정확히 뭐야? 리허설에서 무슨 일이 있었지? 내 말은 그 여자의 집중력이 왜 갑자기 떨어지느냐는 거야. 그건 그 특별한 곡에만 해당되는 문제인가? 아니면 그게 자네의, 뭐랄까 자네의 우정이야? 자네는 틀림없이 알고 있어. 아니면 적어도 어떤 생각을 가지고 있거나.」

나는 그 신경질적이고 공격적인 집중 사격을 피하려고 든다.

「나는 몰라, 피어스. 어쨌건 앞으로는 그게 문제가 되지 않을 거야.」

「하지만 그게 문제가 되고 있어. 지금 난 우리가 그 여자하고 같이 연주를 하겠다고 동의하기 전에 자네와 연락을 할 수 있었더라면 하는 생각이 들어. 자네는 분명히 우리가 모르는 어떤 걸 알고 있어. 우리는 같은 4중주단에 속해 있고, 우리 악단은 실내악에 기반을 두고 있어. 자, 그게 뭐지? 털어놔 봐.」

나는 궁지에 몰려 있다. 어쩔 수 없는 상황에서 거짓말을 했지만 어쨌든 나는 거짓말을 했고, 피어스는 그것을 알고 있다.

「줄리아하고 먼저 얘기를 해보기 전에는 말할 수 없어.」

결국 나는 반쯤 무너지고 만다.

피어스가 캐묻는 눈길로 나를 뚫어져라 쳐다본다.

「마이클, 넌 그게 믿기지 모르지만 그게 나를 걱정스럽게 한다는 건 알고 있어. 그리고 분명히 자네도 걱정스러워 하고 있고. 자, 그게 뭐건 간에 자네는 나한테 얘기를 해야 돼. 그것도 지금 당장.」

「청력에 좀 문제가 있어.」

내가 바닥을 내려다보면서 들릴락말락하게 대답한다.

「청력에 문제가 있다? 어떤 식으로 문제가 있다는 거지?」

나는 아무말도 하지 않는다. 내가 어쩔 수 없이 누설한 말 때문에 정신을 차릴 수 없다. 하지만 틈을 보임으로써 피어스로 하여금 그 문제를 억지로 비틀어 끄집어내게 한 사람은 내가 아닌가?

「그게 뭐지? 얘기해 봐, 마이클. 아니면 지금 당장 로타르에게 전화를 걸어서 그게 뭔지 알아낼 테니까. 나는 심각해. 지금 당장 그 사람한테 전화를 걸어볼까?」

피어스가 다그친다.

「그 여자 귀가 안 좋아지고 있어. 하지만 제발, 누구에게도 얘기하지 마.」

나는 어쩔 수 없이 털어놓고 만다.

「아, 그게 전부야?」

피어스가 핏기가 싹 가신 얼굴로 묻는다.

「그래, 그게 전부야.」

그러고 나서 나는 고개를 이리저리 젓는다.

피어스는 아마도 몹시 당황했겠지만 내 말을 믿고 있다.

「그게 사실이겠지? 예스냐 노냐 한마디로 대답해.」

「사실이야.」

「아무래도 로타르에게 전화를 걸어야겠군. 이건 재난이야.」

그가 조용히 중얼거린다.

나는 반쯤 일어선 그의 팔을 잡아 거의 강제로 다시 자리에 앉힌다.

「그러지 마. 이건 재난이 아니야.」

내가 그의 눈을 똑바로 쳐다보면서 말한다.

「빌리는 알고 있어? 헬렌은?」

「물론 몰라. 그 두 사람에게는 얘기 안했어. 자네한테도 얘기를 하지 말았어야 하는 건데.」

「자네는 우리에게 먼저 얘기를 해야 했어. 어떻게 이런 일을 우리에게 숨길 수가 있지? 그건 우리에 대한, 그리고 자네 자신에 대한 의무야.」

피어스의 목소리에 경멸하는 기색이 배어 있다.

「내 의무가 뭐라는 얘기는 하지 마. 나는 내가 이 말을 함으로써 신뢰를 깨버렸어. 난 절대로 내가 한 짓을 용서받지 못할 거야. 자네한테 얘기할 생각은 절대 아니었는데. 난 단지 이 일로 그 여자에게 어떻게든 도움이 되기를 바랄 뿐이야. 내 말은 우리 모두가 그 여자에게 어떤 신호를 주어야 할지 이해한다면, 그리고 어디에서 그 여자를 리드할지 이해한다면……..」

「그러면 우리는 같이 걸려 넘어지게 되겠군. 그렇겠지?」

「그 여자는 훌륭한 연주를 할 거야. 그래서 자네와 비엔나의 선량한 시민들을 놀라게 할 거고, 빌리는 우리 모두를 축복하기 위해 슈베르트의 영혼을 불러낼 거야.」

「말없는 관찰자인 나를 포함해서?」

「자네를 포함해서. 왜냐하면 빌리는 자네가 뭘 희생했는지 알게 될 테니까.」

「그건 이제 별로 대단한 희생처럼 보이지는 않는데.」

피어스가 삐딱하게 되받는다.

「그렇다는 걸 알게 될 거야.」

나는 그가 줄리아에 대해서 뭔가 딱 자르는 말을 할 것이라고 생각하지만 그는 뜻밖의 밀로 니를 놀라게 한다.

「글쎄, 나도 그랬으면 좋겠어. 우리 자신과 슈베르트의 영혼을 위해.」

그가 잠시 불안할 만큼 침착한 태도로 곰곰이 생각을 해보고 나서 말을 잇는다.

「어쩌면 나는 니콜라스의 말에 당황했는지도 몰라. 나는 '숭어'에 대해 착잡한 느낌을 가지고 있으니까. 그건 재미있는 고전음악이지. 그 곡은 멈추었다 다시 시작하는 곳도 많고 또 많은 반복구를 가지고 있어. 자네 말이 옳아. 그 마지막 악장은 때때로 꼭 덧붙여진 것처럼 느껴져. 하지만 난 정말로 그 곡을 좋아해. 그 곡을 쓸 당시에 슈베르트가 겨우 스물두 살이었다는 게 믿어지지 않아.」

「우리는 그냥 포기해 버릴 수도 있어.」

또다시 한참 더 생각을 해본 뒤에 피어스가 입을 연다.

「글쎄. 그래, 그게 내가 오랫동안 생각한 거였어. 하지만 지금은 걸작을 창조해 내는 일보다 못한 것은 어느것도 의미가 없다는 생각은 그만뒀어. 나는 단지 나 자신에게 내가 지금 여기 은하계에 있는 내 소굴에서 하고 있는 일에 대해 두 가지 질문을 할 셈이야. 그게 더 나을까, 아니면 아닐까? 그런데 내가 다른 어떤 일을 하기보다는 이 일을 하는 게 더 낫지 않겠어? 그리고 내 생각엔 거기에다 한 가지를 더 추가해야 될 것 같아. 나보다는 다른 누가 이 일을 하는 편이 더 낫지 않을까?」

「알겠어, 피어스. 그 말 고마워. 이건 내 마음 밑바닥에서부터 우러난 말이야.」

피어스가 짐짓 심각하게 자기의 잔을 들어올린다.

「그리고 자네의 잔 밑바닥에서도?」

나는 고개를 끄덕이고 거창하게 건배를 한다.

「내 생각엔 자네, 내가 줄리아 일이 정말로 안됐다는 말을 하지 않아서 놀랐을 것 같은데.」

「아니, 놀라지 않았어.」

내가 잠시 그 문제를 생각해 본 뒤에 대답한다.

하지만 나는 나 자신에게 놀란다. 내가 그처럼 느닷없이 그녀에 대한 신뢰를 저버린 것에 대해, 비록 고의는 아니었다 할지라도 나 자신에게서, 그리고 줄리아에게서 이 비밀의 무게라는 짐을 덜기 위해 내가 보인 반응으로 공모자 비슷한 입장이 된 것에 대해. 하지만 내가 어떻게 당사자의 허락도 받지 않고 그럴 수가 있었을까? 나는 내가 다음날 직접 얘기를 하는 조건으로 헬렌과 빌리에게는 알리지 않겠다는 다짐을 피어스에게 받는다.

5-3

집으로 돌아오자마자 나는 그녀에게 팩스를 보낸다. 이번에는 관료적인 스타일을 익살맞게 패러디한 것이 아니라 내일 아침 급히 상의할 일이 있으니 만나야 한다는 사실 그대로의 내용이다. 단 십 분밖에 시간을 내지 못하더라도 내 아파트로 꼭 와야 한다는.

다음날 그녀가 찾아온다. 루크를 막 학교에 내려주고 온 참일 것이다. 이번에는 우리가 키스를 할 때부터 그녀는 뭔가 일이 잘못되었다는 것을 알고 있다. 갑자기 키스를 멈추고 걱정스러운 문제가 뭐냐고 묻는 것만 보아도 그렇다. 그녀는 한 시간 정도 여유가 있지만 긴급한 문제를 십 분 동안에 모두 다 의논하자고 제안한다.

「줄리아, 그 친구가 알았어. 난 얘기를 할 수밖에 없었어.」

그녀가 경악에 가까운 표정으로 나를 쳐다본다.

「어젯밤 그 친구한테 얘기했어. 나로서는 도저히 어쩔 수가 없었어. 정말 미안해.」

「하지만 어젯밤에는 네가 그 사람하고 같이 있었는데요.」

줄리아가 어리둥절해서 말을 받는다.

「누구하고?」

「제임스하고요.」

「아니, 아니, 난 피어스를 말하는 거야. 그 친구가 줄리아에게 무슨 일이 있다는 걸 눈치챘어.」

「하지만 지금 무슨 얘기를 하고 있는 거예요, 마이클? 만일 피어스가 알았더라도 그게 어째서 그렇게 대단한 문제가 되죠? 긴급한 일이라는 게 뭔데요?」

그녀는 아직 어리둥절한 표정이기는 하지만 차츰 긴장을 풀기 시작한다.

「나 오늘 빌리와 헬렌에게 얘기를 해야 돼. 그게 내가 먼저 당신하고 얘기를 해야 하는 이유야.」

「하지만 마이클, 난 이해가 가지 않네요. 그 사람한테 정확히 뭐라고 했길래요?」

「그러니까, 당신에 관한 거야. 당신 문제.」

그녀가 충격을 감당하지 못하고 눈을 감는다.

「줄리아, 내가 뭐라고 해야 할지 모르겠지만…….」

하지만 그녀의 눈은 여전히 감겨 있다. 나는 그녀의 손을 잡아 내 이마에 갖다댄다. 잠시 뒤에 그녀가 눈을 뜬다. 하지만 이제 그녀는 내가 아니라 나를 관통해 내 뒤쪽의 어떤 것을 보고 있다. 나는 그녀가 입을 열 때까지 기다린다.

「나한테 미리 얘기해 줄 수는 없었나요?」

마침내 그녀가 묻는다.

「그럴 수가 없었어. 그 친구가 정면으로 묻는 바람에. 그건 신뢰의 문제였어.」

「신뢰요? 신뢰요?」

「난 그 친구를 마주보면서 계속 거짓말을 할 수 없었어.」

「내가 지금 당신에 대해 뭘 어떻게 해야 한다고 생각하죠? 그게 잘 생각이 나지 않네요. 대안이 더 나쁘다는 것 외에는요.」

나는 이 일이 어떻게 해서 일어났는지를 설명한다. 그리고 어쩌면 그 일이 도움이 될 수도 있다고 설명한다. 하지만 나는 이것이 모두 애처로운 자기 변명이라는 것을 알고 있다.

「어쩌면 그럴지도 모르죠. 하지만 나중에 이 일을 아는 누군가가 나를 공격하지 말란 법이 어디 있죠?」

줄리아가 침착하게 말한다.

그녀의 질문에는 대답이 있을 수 없다.

「내가 당신을 해쳤어. 난 그걸 알고 있어. 정말 미안해.」

「난 바보가 아니에요, 마이클. 언젠가는 소문이 돌 수밖에 없어요. 우리 아버지는 늘 학문 세계에서는 비밀이 새기 쉽다는 말을 했는데 음악계는 더 나빠요. 어쩌면 로타르 외에도 몇몇 사람들이 이미 알고 있거나 의심을 할 수도 있겠죠. 나는 실상을 어느 정도 가리기 위해 별나다는 것으로 명성을 얻었어요. 하지만 이제 그것도 모두 소용없게 됐네요.」

「내가 그 사람들한테 비밀을 지키라고 다짐을 받겠어.」

「그래요, 그렇게 해요. 난 이제 그만 가봐야겠어요.」

그녀가 풀죽은 목소리로 대답한다.

만일 아무도 그녀와 함께 연주하기를 원하지 않는다면 나는 내가 가장 두려워하는 일을 재촉한 셈이 될 것이다. 내가 어떻게 지금 그녀에게 '숭어'에서 그녀와 함께 연주할 거라는 말을 할 수 있을까? 지금은 때가 아니다. 하지만 지금이 아니라면 언제일까?

「조금만 더 있다 가. 할 얘기가 있어, 줄리아.」

「그런데 베이스 연주자는, 빌리의 친구죠?」

「잘 모르겠어.」

「난 그만 가겠어요.」

「지금부터 뭘 할 건데?」

「모르겠어요. 산책이나 할까 해요.」

「공원에서?」

「그럴 거예요.」

「내가 당신하고 같이 가는 거 원치 않아?」

그녀가 고개를 젓는다. 그러고는 승강기가 올라오기를 기다리지도 않고 계단을 걸어 내려가기 시작한다.

헬렌과 빌리 그리고 나는 우리집 근처의 한 카페에서 만난다. 헬렌은 건축업자들과 볼일이 있고, 나는 우리 아파트에서 만나자고 하지 않는다. 우리집에서 만난다면 좀전에 줄리아와 만났던 일을 떨쳐버릴 수 없을 것이다. 나는 그 두 사람이 같이 모인 자리에서 이야기를 하기로 결정을 내린 뒤 빌리에게 전화를 걸어 갑자기 멀리까지 오라고 해서 미안하다고 사과를 하지만, 그는 어차피 시내로 들어오는 길이라고 한다. 그 둘에게 따로따로 이야기를 하는 것은 견딜 수 없는 일일 것이다. 나는 단지 그 일을 후딱 처리하고 싶을 뿐이다.

커피가 나오자마자 나는 말을 꺼낸다. 처음엔 두 사람 모두 내 말을 믿지 못한다. 헬렌은 거의 죄지은 표정이 되고, 빌리는 내게 실제적으로 음악을 연주하는 측면에 대해서 면밀하게 묻는다. 나는 그들에게 피어스에게는 얘기를 했지만 그 밖에는 누구도 알면 안된다고 다짐을 둔다. 고개를 끄덕이는 헬렌의 모습에서 그녀가 느끼는 충격과 동정이 분명하게 드러난다. 빌리도 자기 아내인 리디아 외에는 누구에게도 말하지 않겠다고 약속한다.

「제발, 빌리. 리디아에게도 안돼.」

내가 사정한다.

「하지만 우리 사이에는 아무 비밀도 없는걸요. 결혼이란 게 그런 거니까요.」

「제기랄, 빌리! 결혼 생활이란 게 어떤 건지는 알고 싶지 않아. 이건 부부 사이의 비밀이 아니라, 난 자네한테 그 여자의 음악 인생을 맡기려는 거야. 자네, 리디아가 이해할 거라고 생각해? 그리고 베이스 연주자에게도, 자네 친구 벤……」

「그 친구한테는 이 일을 숨길 수 없을 겁니다. 그 친구 예리하거든요. 그건 줄리아가 어떻게 연주하느냐 하는 것보다는 우리 모두가 어떻게 행동하느냐를 보면 알 수 있죠. 그 친구는 나한테 맡겨요. 그리고 좋아요. 리디아한테도 얘기 안하기로 하죠. 어쨌든 그 문제는 피하려고 하겠어요.」

「그 많은 콘서트 중에 하필이면 이번 콘서트에서. 또 하필이면 무직베라인에서. 우리 어떻게 해야 하죠? 이건 내가 그 여자를 몹시 안됐다고 여기지 않아서가 아니에요.」

헬렌이 툴툴거리고 나서 미안한 기색을 보인다.

「글쎄요, 선택은 네 가지뿐입니다. 우리는 그 콘서트를 취소할 수 있어요. 당장 다른 사람을 찾아볼 수도 있고, 또 그 여자하고 같이 계속해 나가면서 아무한테도 말하지 않을 수도 있어요. 아니면 무직베라인의 허락을 받아 '숭어'를 빼고, 다른 곡을 연주할 수도 있고요. 내 생각엔 리허설을 한 번 더 갖고 어떻게 되어가는지 봐야 할 것 같군요. 지난번에는 스케르초에서 그 웃기는 돌발사고가 생긴 것만 빼놓는다면 썩 잘나갔어요. 하지만 그건 분명히 명확하게 밝혀야 할 미스터립니다. 피어스는 어떻게 생각하고 있죠?」

빌리가 말한다.

「피어스는 '숭어'에서 연주하지 않을 거야. 내가 연주해. 그리고 난 우리가 그대로 밀고 나가야 한다고 생각해. 사실 우리는 그대로 밀고 나가야 해. 나는 이 일에 대해 굉장한 느낌을 가지고 있어. 이건 아주 훌륭한 공연이 될 거야. 내 말을 믿어. 우린 비엔나 사람들을 감짝 놀라게 할 거니까. 난 그날 밤 아무것도 잘못되지 않으리라는 걸 알고 있어.」

헬렌과 빌리는 피어스 대신 내가 연주한다는 말 때문에 놀라서 말문이 막힌 채 나를 빤히 쳐다본다.

나는 줄리아에게 '숭어'와 관련해서 변경된 사항들을 팩스로 보낸다. 내가 리허설 전에 그녀에게 알릴 수 있는 방법은 이것뿐이다. 설령 그녀가 여전히 나를 만나고 싶어하더라도 만남을 주선할 시간이 없다. 하지만 나는 어떤 답장도 받지 못한다.

우리는 리허설 모임에서 만난다. 나는 며칠 동안 연습을 했고 겉으로는 조바심으로 무감각해진 듯한 침착함을 보인다. 그녀가 내게 다정한 기색이라고는 전혀 없이 고개를 까딱한다. 어쩌면 그녀는 자기 자신과 우리들 각자 사이에 동등하고 균형 잡힌 거리감을 두려고 하는지도 모른다.

벤 플래스는 아마도 빌리에게서 귀띔을 받은 듯 자기의 더블베이스를 피아노 쪽으로 약간 돌려놓는다. 줄리아가 그의 손가락 움직임을 좀더 잘 알아챌 수 있도록. 깊게 고동치는 베이스의 음이 줄리아에게 아주 큰 도움이 된다. 또 빌리가 머리를 과장되게 위로 치켜올리는 동작도. 그는 이제 자기가 개방 현에서 취하는 제스처를 얼마든지 보여도 좋다고 느낀다. 이 모든 시각적인 드라마는 우리가 비엔나에서 리허설을 할 때는 크게 줄여야 하겠지만 여기에서는 도움이 된다.

그녀와 함께 연주를 하는 것, 실로 내가 여러 해 전 맨체스터에서 꼭 한 번 연주해 보았던 '숭어'를 연주하는 것만으로도 이제껏 느껴보지 못했던 기대감이 충족된다. 하지만 그 곡을 연주하는 것이 아무리 즐겁다고 해도 우리의 연주에는 뭔가 긴장되고 이상한 구석이 있다. 우리가 죽 이어서 연주를 할 때는 문제가 별로 생기지 않는다. 그리고 거의 한 소절 한 소절씩 끊어서 연주를 할 때는 피어스가 재치 있고 분석력 있는 구경꾼으로서 어쩌다 한 번씩 입을 삐죽거리거나 손가락으로 가리킴으로써 아직까지 줄리아의 신경을 거스르는 잔향 때문에 그녀가 알아채지 못했을 수도 있는 것을 설명하는 데 도움을 준다. 처음에는 피어스가 리허설 동안 내내 자리를 지키고 있는 것이 놀랍게 여겨진다. 누가 뭐래도 그는 이 곡에서 자기의 연주 부분을 포기했으니까. 하지만 그는 우리 4중주단과 줄리아 모두에게 전례가 없는 상황에서 통제권을 거머쥐려는 사람이 아니라 일종의 외부 조언자 노릇을 하고 있다.

줄리아는 내게 여전히 냉랭한 태도를 보이지만 리허설이 끝날 무렵쯤 나는 우리가 낭떠러지에서 뒤로 한발 물러섰다는 느낌을 받는다.

그러나 피어스가 「내 생각엔 우리가 비엔나로 가기 전에 리허설을 한 번 더 해야 될 것 같은데요」라고 하자 마음 넓은 벤 플래스를 포함해서 모두들 고개를 끄덕인다.

5-6

우리는 한 번 더 만난다. 이번 리허설은 상당히 효과가 있다. 더블베이스를 손가락으로 퉁기는 소리가 줄리아의 박자와 잘 일치한다. 하지만 우리가 연주를 끝내자마자 그녀는 내게 한두 마디만 건네고 떠난다.

이 상황에서 나는 무엇을 걱정해야 할지 모른다. 그녀의 신뢰가 줄어든 것일까? 아니면 그녀는 이 곡을 파악하기 위해 자기만의 시간이 필요한 것일까?

나는 그녀에게서 며칠 동안 소식을 듣지 못한다. 현관 벨도 울리지 않고 그녀에게서 편지도 오지 않는다. 그것이 내가 어렵게 얻은 평온한 기분을 좀먹고 있다. 하지만 나는 내내 그녀를 생각한다.

밤은 쌀쌀하지만 낮은 봄빛이 완연하다. 나무들은 꼭대기까지 새싹이 파릇파릇 돋았고 공원에서는 헐벗은 가지들 사이로 보이던, 내가 그렇게도 좋아하는 드넓게 펼쳐진 연못과 낮은 언덕들의 경치가 돋아난 잎사귀들로 가려졌다. 온 세상이 꽃을 피우고 있다. 만일 내가 지겹거나 슬프다면 그것은 하루하루가 지날수록 더 짙어지는 그 아름다운 계절이 내 몫은 아니라는 느낌 때문일 것이다. 며칠만 더 있으면 5월이 될 것이고, 우리 모두는 비엔나 행 비행기에 타고 있을 것이다.

마침내 그녀가 쪽지를 한 장 보내온다. 이틀 뒤에 자기 집으로 점심식사를 하러 오겠느냐는 것이다. 그때가 주말이고 휴일이라서 제임스가 공채며 주식 일에서 떠나 잠깐 시간을 내기에 좋다는 것이다. 하지만 그녀는 분명히 나를 보고 싶다는 말도 한다. 점심식사는 루크가 잠을 자지 않을 것이고 또 나를 만나고도 싶어할 것이기 때문에 의미가 있다. 그들 모두가 내게 안부를 전한다.

그 편지에 적힌 글에는 모두 진실이 담겨 있지만 과연 어떤 의미일까? 내가 왜 지금 그를 만나야 할까? 무슨 이유로 이 위험을 감수해야 할까? 이것이 그녀가 원하는 것은 아닐까? 나는 내가 한 짓 때문에 묶여서 채찍질을 당해야 할까? 나는 제임스를 모르지만 그들 모두 내게 안부를 전하고 있다. 그렇다면 나는 뭐라고 해야 할까?

그들 모두가, 남자, 여자, 아이, 개가 내게 안부를 전하고 있는데, 내 높은 소굴에서 나는 세상을 내려다본다. 물론 나는 가겠다고 할 것이다. 그리고 할 수 있는 한 내가 느끼지 못하는 침착성을 가장할 것이다. 그녀가 사랑하는 사람들의 마음을 상하게 해서는 안된다. 하지만 나는 이런 일에 능숙하지 못하다는 것을 알고 있다. 만일 방법만 있다면 나는 가지 않을 것이다. 어떤 수단을 찾아내어 시간이 맞지 않는다거나 다른 할 일이 있다고 둘러대고 훗날로 미룰 것이다. 하지만 나는 오랫동안 그녀를 보지 못했다. 만일 그것이 위험한 일일지라도 그것은 나 때문에 생긴 위험이고 좋건 싫건 내가 이미 움켜쥔 위험이다. 나는 불안한 마음으로 기꺼이 가겠다는 답장을 쓴다.

5-7

왼쪽 눈 뒤에서 욱신욱신 통증이 인다. 가까이에 있는 교회에서 G음으로 울리는 종소리가 들려온다. 오늘은 줄리아의 집에서 점심식사를 하기로 되어 있는 날이다. 나는 주의 깊게 면도를 한다. 거울에 비친 내 눈이 의심으로 가득 차 있다.

제임스 한센은 무엇을 알고 있을까? 줄리아는 자기 자신을 위해, 또 남편을 위해 그에게 얼마나 많은 것을 이야기했을까? 그녀는 여러 해 전 우리가 비엔나에서 헤어졌던 일로 쓰라린 경험을 했다. 만일 해결책이 없었다면, 그녀가 견뎌야 했던 그 모든 일에 아무런 해결책도 없었다면, 그녀는 자기 남편에게 그 일을 털어놓았을까? 자기 남편이 첫번째로 선택된 남자가 아니라는 느낌을 받게 되건 말건 그에게 이야기를 했을까?

하지만 그가 왜 우리의 과거에 대해, 알아야 할까? 나는 그녀가 음악을 함께하는 친구들 중의 하나, 그녀가 그를 만난 도시로부터 멀리 떨어진 대학에서 오래 전에 만난 동료 그 이상은 아니다. 줄리아는 내게 그가 어떻게 구애를 했는지 또 그들이 함께 므노질이나 리어즈나 또는 카페 무제움에 갔었는지 이야기를 하려고 들지 않는다. 우리에게 친숙한 그런 곳들이 침입자를 받아들였는지, 아니면 그런 곳들이 그녀가 아주 유별나게 피하려고 하는 장소인지도. 무슨 이유로 그녀가 나에 대해, 우리가 우중충한 방들에서 만났던 일에 대해, 밤나무 밑에 놓인 테이블에서 헤어졌던 일에 대해 이야기를 해야 했을까? 구 년 동안, 또는 그 기간의 아홉 배 되는 결혼 생활 동안에 어떤 비밀이 살아남을까?

제임스와 내가 서로를 싫어한다면 그때는 어떻게 해야 할까? 또 만일 내가 그를 좋아한다면? 그녀가 다시 연주를 하도록 손을 써준 사람은 그였고, 그녀의 연주를 들어본 사람은 누구나 그 점에서 그에게 감사할 것이다. 나도 그에게 감사한다. 하지만 그와의 만남을 원할 리는 없다. 그녀는 아무런 위험도 느끼지 않는 것일까?

어째서 그녀는 내게 자기 집에서 만나자고 했을까? 그녀는 처음 보낸 긴 편지에서 자기 집의 창문과 피아노와 정원에 대해 이야기하면서 자기는 내가 살아가는 스타일과 장소를 알고 있다고 했다. 그렇다면 나도 그녀의 삶을 알아야 하지 않을까? 하지만 어째서 공통점이 없는 삶, 즉 그녀가 나와 함께하는 삶과 남편과 함께하는 삶을 하나로 통합시키려고 할까? 아니면 내가 찾아가는 것이 우리의 죄책감을 덜게 될까? 아니면 루크가 내 이야기를 꺼낼 때 의심을 거두게 될까? 아니면 줄리아는 그 일이 우리 사이에 영향을 미칠 수 없다는 것을 알고 있을까? 나 자신이 의도적이거나 비의도적으로 보이는 곳에 남겨진, 그래서 말을 하지 않고도 상황이 설명될 수 있도록 해주는 그런 편지 같은 존재일까?

내가 몸이 아플 수는 없을까? 하지만 그렇게 되면 나는 그녀를 보지 못한다. 그녀의 몸에서 풍기는 가벼운 향수 냄새도 맡지 못하고 그 짙은 사향 냄새의 기억을 떠올리지도 못한다. 그녀는 나를 보고 싶다고 했다. 틀림없이 사실일 것이다. 나는 하얀 집들이 있는 광장과 길을 지나 그녀의 집으로 향한다.

5-8

문을 열어준 것은 줄리아가 아니라 그녀의 남편이다.

「안녕하세요, 제임스라고 합니다. 당신이 마이클이죠?」

그가 편안한 미소를 지으며 내 손을 잡아 흔든다.

44

나는 고개를 끄덕인다.

「네, 만나서 반갑습니다.」

그는 나보다 키가 좀 작고 가슴은 더 넓다. 깨끗이 면도를 하고 줄리아처럼 파란 눈에 엷은 색 머리칼, 루크의 짙은 머리칼은 격세 유전(隔世遺傳)인 것이 틀림없다. 그의 억양은 영국식 억양에 전혀 개의치 않는 보스턴 억양이다.

「들어오세요. 줄리아는 주방에 있습니다. 루크는 정원에 나가 있고요. 그 애가 당신을 만난 적이 있다고 하더군요.」

「네.」

「그런데 그 녀석이 당신한테 수수께끼를 몇 가지 내고 싶어하더군요……. 당신, 괜찮습니까?」

「그냥 두통이 좀 일어서요. 곧 괜찮아질 겁니다.」

「어떤 약을 드릴까요? 타이레놀? 뉴로펜? 파라세타몰?」

「아니, 됐습니다.」

나는 그를 따라 거실로 들어간다.

「자, 뭘로 한 잔 하시겠습니까? 오렌지 주스로 하겠다는 말은 하지 마세요. 와인 한 잔 어떻습니까? 아니면 마티니로? 바로 그런 두통을 없애줄 칵테일 한 잔 해드리죠.」

「그렇다면 마티니가 어떨까요?」

「좋습니다. 난 그걸 좋아하지만 줄리아는 좋아하지 않아요. 집사람 친구들도 다 좋아하지 않고요. 이 나라에선 아무도 그걸 좋아하지 않더군요.」

「그러면 나한테는 왜 권했습니까?」

「나는 그걸 좋아하는 사람을 찾아내겠다는 희망을 절대로 버리지 않았거든요. 미국에 가본 적 있습니까?」

「네, 여행으로요.」

「그런데 줄리아를 한 주일 동안 비엔나로 데려가실 거죠?」

「네, 우리 악단에서요.」

「좋습니다. 아내에게는 휴식이 필요해요.」

「글쎄요, 그건 정확히 휴식은 아닙니다. 부인에게는 상당히 힘든 일이 될 겁니다. 누구에게나 다 그렇겠죠. 하지만 부인은 귀가 먹어서…….」

내가 그 말에 이상하게 불끈하는 기분을 느끼면서, 하지만 표현을 하지 않으려고 애쓰면서 말한다.

「아, 네.」

그 말만 하고 나서 그는 내가 마실 것을 칵테일하느라 바쁘다. 얼마쯤 뒤에 그가 다시 입을 연다.

「아내는 굉장한 사람입니다.」

「우리 모두 그렇게 생각하고 있습니다.」

「제 아내 연주가 어떻습니까?」

「오히려 전보다도 더 아름답더군요.」

「언제보다도요?」

「비엔나에 있었을 때보다도요.」

내가 거실 창문 밖으로 잎이 돋아나지 않은 플라타너스를 바라보며 대답한다. 그 나무는 지금이 4월이라는 사실에 눈을 뜨지 못한 것 같다.

「그야 물론이죠. 자, 휘저어지기는 했지만 제대로 잘 섞였는지는 모르겠습니다. 난 솜씨가 썩 좋은 편은 못돼서.」

「나도 마찬가집니다. 그게 대단한 전문가가 아닌 사람의 이점이죠. 나한테는 제일 좋은 게 올리브를 깨물어 먹는 겁니다.」

내가 지금 무슨 소리를 주절거리고 있는 거지? 내 눈길이 결혼 사진과 줄리아의 아버지가 어린 루크를 안고 있는 사진에 쏠린다. 사진들, 그림들, 책들, 카펫들, 커튼들, 쿠션들. 사람이 사는 방, 바위처럼 견고한 삶.

제임스 한센이 웃음을 터뜨린다.

「그거 참 재미있군요. 전문적인 의견이 왜 은행 업무에 이익이 되는지 알겠습니다. 하지만 예술에서는 그게 불이익이 될 수도 있죠. 식별력을 전혀 가지고 있지 않다면 훨씬 더 많은 걸 즐길 수 있으니까요.」

「그 말을 정말로 믿지는 않겠죠?」

「아, 그럼요.」

이 사람이 줄리아에게 장가를 든 남자일까? 이 사람이 매일 밤마다 그녀와 함께 잠을 자는 남자일까? 그와 농담을 교환하는 나는 무슨 짓을 하고 있는 것일까?

「자, 어떻게 할까요? 줄리아가 올라올 때까지 기다릴까요, 아니면 아내가 뭘 하는지 보러 내려갈까요? 우리집 가정부 캐롤라인이 쉬는 날이라서 줄리아가 캐서롤 비슷한 요리를 만들기로 했는데, 대체로 아내는 주방에 붙어 있지 않아도 된답니다. 하지만 아마 아내는 초인종 소리를 못 들었을 거예요.」

주방은 길에서 보면 지하실이지만 정원 쪽으로 열려 있다. 우리가 잔을 손에 쥐고 계단을 다 내려갔을 때 루크가 안으로 달려들어 오고 줄리아는 오븐 손잡이를 돌리고 있다.

「루크!」

「아빠, 버지가 뉴턴 아주머니네 고양이를 쫓아다니고 있었어. 그래서 그 고양이가…… 아, 안녕하세요.」

「안녕, 루크…… 안녕, 줄리아.」

줄리아가 우리 쪽을 돌아다보며 웃고 있어서 나는 그녀에게도 인사를 건넨다.

나는 가정주부인 줄리아를 본 적이 없었다. 아들, 남편, 커다랗고 묵직한 레인지, 바깥쪽 정원으로 보이는 크림 색깔의 동백나무들, 천장에 매달린 구리 냄비들, 에이프런, 국자. 나는 그 호사스러운 비품들에 마음이 산란해진다.

「버지는 어디 있니?」

내가 별안간 가슴이 텅 비는 듯한 기분을 느끼며 루크에게 묻는다.

「그야 물론 정원에 있죠.」

「자, 이제 다됐어요. 하지만 먹기 전에 먼저 마이클에게 정원을 한바퀴 보여주고 싶어요. 당신이 식탁을 좀 차려주겠어요, 여보?」

그녀가 앞치마를 풀고 문을 연 다음, 나를 분할되지 않은 초승달 모양의 정원 앞쪽에 있는 조그만 사유지(私有地)로 이끈다. 우리 둘뿐이다.

그녀는 한동안 자기의 꽃들에 대해 이야기한다. 빨간색, 황금색 그리고 몇몇은 이미 갈색으로 시든 튤립들, 진한 갈색과 노란색이 어우러진 꽃무, 아직도 지지 않은 고동색과 자주색 팬지꽃 몇 송이, 그리고 물론 놀랍게도 늦게까지 지지 않은 동백꽃들에 대해서도.

그러니까 그 사람은 '여보'고 나는 손님, 싫어하건 좋아하건 달라질 것이 별로 없는 손님이다. 나를 초대한 안주인은 더없이 아름다운 줄리아…… 줄리아와 제임스, 매혹적인 한 쌍…… 서로에게 천생연분인, 그래 심지어는 이름 첫 글자까지도 일치하는…… 우리의 작은 지역사회에 새로 편입된 매력적인 사람들. 비록 그가 미국인이라고 하더라도.

줄리아가 내 눈길을 좇아 벽에 붙어 있는 늙은 등나무를 바라본다. 그 송이들은 꽃봉오리를 틔우는 것과 활짝 핀 것, 시든 것 등이 뒤섞여 있다. 벌들이 그 주위에서 바쁘게 돌아다닌다. 정원의 얼마나 많은 부분이 귀먹은 사람에게는 들리지 않을까? 자갈길을 밟는 우리의 발자국 소리, 분수에서 떨어져 내리는 물 소리, 새의 노랫

소리와 벌이 윙윙거리는 소리. 대화의 얼마나 많은 부분이 눈으로 읽혀야 할까?

「나는 전에 살던 사람들을 한 번도 못 만나봤어요. 제임스가 건너와서 모든 일을 다 처리했죠. 그때 난 어려운 시기를 겪고 있었으니까요. 그 사람들은 여기에서 이십 년을 살았대요.」

나는 고개를 끄덕인다. 그러나 뭐라고 말을 하지는 못한다. 반쯤은 제정신이 아닌 듯한 느낌이다. 이십 년. 그 기간을 쌓아올린 사진들로, 학교에 낸 수업료로, 함께한 식사로, 부부가 함께하는 잠자리의 원숙한 즐거움으로, 함께한 어려운 시간들로, 등나무의 옹이 진 마디들로 헤아려보자. 무게를 달기에는 너무도 무거운 신뢰로 헤아려보자.

「저 현기증이 날 것 같은 레몬과 재스민 향이 섞인 듯한 향기가 이 작은 하얀 꽃들로부터 풍겨나와요. 당신은 설마 했겠죠?」

「아, 난 그 향기가 당신에게서 나는 줄 알았는데.」

줄리아가 얼굴을 살짝 붉힌다.

「사랑스럽지 않아요? 이 꽃들은 '배심원의 질투'라고 불려요.」

그녀가 이번에는 크림색의 동백나무들을 가리키면서 말한다.

「그래, 멋있군.」

내가 건성으로 대답한다.

그녀가 이마를 찌푸린다.

「동백꽃들이 가장 보기 좋을 때는 질 때가 다되었을 때예요. 이 꽃들은 때맞춰 얘기를 하지 않아요. 물이 부족하더라도 이 꽃들은 한동안 힘든 것처럼 보이지 않고 고통스럽다는 기색도 보이지 않죠. 그냥 질 뿐이에요.」

「그런데 왜 나를 여기로 데려왔지? 어째서야?」

「하지만 마이클…….」

「난 미치겠어. 내가 왜 그 사람을 만나야 했지? 무슨 일이 일어날지 알 수 없었던 거야?」

「이런 식으로 느낀다면 왜 승낙했죠?」

「그렇지 않고서야 어떻게 내가 당신을 볼 수 있지?」

「마이클, 제발, 제발 소란 피우지 말아요. 또다시 나를 슬프게 하지 말아요.」

「또다시?」

「제임스가 우리 쪽으로 걸어오고 있어요……. 제발, 마이클.」

「음식을 테이블에 차려놨어, 여보. 중간에 끼여들어서 미안하지만 난 배고파.」

제임스 한센이 우리 쪽으로 걸어오면서 말한다.

점심식사는 멍한 상태에서 지나간다. 우리는 무슨 이야기를 하고 있는가? 줄리아가 대화를 따라잡기 어려워서 대체로 손님을 한 사람 아니면 두 사람만 초대한다는 것, 샐러리는 줄리아가 자기나 또는 손님이 그것을 씹고 있을 때는 누구의 말도 알아들을 수가 없기 때문에 절대로 차리지 않는다는 것, 두 주일 전에 몰아쳤던 우박을 동반한 돌풍, 루크의 음악 레슨, 그 아이가 학교에서 가장 싫어하는 과목, 영국이라는 나라와 미국이라는 나라, 미국제와 독일제 슈타인바이 피아노의 차이점, 은행 실무에 관한 몇 가지 일. 나는 내 질문이 무엇이었는지, 또 그런 문제에 관심도 없으면서 왜 물었는지조차도 기억이 나지 않는다. 그래, 양고기 캐서롤, 그건 맛이 아주 좋다. 아, 돈을 불리는 방법에 대해서도 얘기했던가? 쿠스쿠스[3]는 내가 좋아하는 음식, 맞다.

그녀의 남편은 위트와 현실 감각을 지닌 감수성 있는 남자로, 내가 미리 상상했던 동부 연안 출신 은행원의 이미지와는 사뭇 다르다. 나는 그가 어떻게 우리 일을 모르는지 알 수 없지만 만일 그가

---

3) 밀을 쪄서 고기, 야채 들을 곁들인 북아프리카 요리.

알았다면 그처럼 침착하고 다정한 태도를 보일 수 있을까? 건포도를 집어넣은 라이스 푸딩, 엄마 곰 아빠 곰 아기 곰이 모두 열심히 죽을 먹는다. 나는 이 친절한 남자에게 맹목적인 증오심을 느낀다.

「한 주일만 있으면 할머니가 올 거예요. 할머니는 이거보다도 더 맛있는 라이스 푸딩을 만들어요. 할머니는 건포도도 더 많이 넣고요.」

루크가 재잘거린다.

「아, 어련하시겠니.」

줄리아가 빈정댄다.

「나는 그분이 비엔나에서 우리 콘서트를 보러 오실 거라고 생각했는데?」

내 말에 루크가 웃기 시작한다.

「그건 할머니가 아니라 외할머니고요.」

내가 여기서 뭘 하고 있는 걸까? 이게 모두 무분별한 짓이 아닐까? 아니면 줄리아가 위그모어 홀의 초록색 방으로 찾아온 것이 정말로 무분별한 짓이었을까? 나는 이 바위처럼 단단한 가정에서 일종의 수초(水草) 노릇을 하고 있는 것이 아닐까?

「나는 당신들이 모두 같은 비행기를 타는 걸로 알고 있는데요?」

제임스가 묻는다.

「아, 네. 같은 비행기를 타지요. 여섯 번째 좌석은 탑승 예약이 취소된 뒤 우리 대리인이 손을 써서 티켓을 구할 수 있었습니다.」

「그 남자가 모든 여행에 같이 따라갑니까?」

「남자가 아니라 여잡니다. 아니, 그렇지는 않아요.」

「당신들은 대공연장에서 연주를 하게 되겠지요? 줄리아 말로는 그곳이 전세계에서 가장 훌륭한 음향 시설을 갖추고 있다고 하더군요. 우리도 몇 번 그곳에 가본 적이 있습니다. 나한테는 썩 괜찮게 들리더군요.」

나는 아무말도 하지 않는다.

「우리는 소공연장에서 연주하게 될 거예요, 여보. 브람스 홀에서요. 내 생각엔 우리가 거기로 콘서트를 들으러 갔던 일은 없는 것 같은데요.」

줄리아가 자기 남편에게 말한다.

「그러면 여섯 번째 티켓은 누구를 위한 겁니까?」

제임스가 묻는다.

「빌리의 첼로를 위한 겁니다.」

내가 대답한다. 그처럼 평온한 목소리를 유지할 수 있다는 것이 내가 생각해도 놀랄 일이다.

「당신 말은 그 첼로가 다른 승객들이나 마찬가지로 한 자리를 차지한다는 겁니까?」

「네.」

「그러면 캐비어도 제공되나요?」

줄리아가 웃음을 터뜨린다. 루크는 무슨 영문인지도 모르고 따라 웃는다.

「이코노미 클래스에서는 아닙니다.」

내가 대답한다.

아니야, 줄리아. 나는 소란을 피우지 않았어. 하지만 내가 왜 여기에 있지? 내가 한 짓 때문에 내 마음을 졸이게 하려는 거야? 하지만 나는 이 일로 당신을 미워하지는 않아.

「그 첼로, 이륙할 때 좌석 벨트를 매나요?」

루크가 묻는다.

「그래, 아마 그럴 거다……. 저, 그런데 미안합니다만, 그만 가봐야겠습니다.」

「하지만 아직 집 안을 둘러보지 않았잖아요. 아직 내 음악실도

보지 못했고…….」

줄리아가 내 말을 가로막고 나선다.

「그리고 난 수수께끼도 내지 않았어요.」

루크가 실망스러운 표정으로 말한다.

「미안해, 루크. 정말 미안해. 다음번에 하자. 훌륭한 식사였습니다. 이렇게 초대해 줘서 대단히 감사합니다.」

「커피라도 마저 마시고 가요.」

제임스가 미소를 지으며 말한다.

나는 그의 말에 따른다. 그러는 것이 의심을 지울 수 있을 것이다.

「자, 만나서 즐거웠습니다.」

제임스가 내게 손을 내밀고 줄리아에게서 얼굴을 돌리며 덧붙인다.

「줄리아의 친구들 누구와도 다르시군요. 이런 말 하는 게 좀 무례일 것 같기는 합니다만. 아무튼 곧 다시 만났으면 좋겠습니다.」

「네, 그럼요.」

우리가 문 쪽으로 가고 있을 때 초인종이 울린다. 한 음은 높고 한 음은 낮은 화음으로 길고 끈질기게 울리는 소리. 그러나 줄리아는 듣지 못한 것 같다.

「찾아올 사람이 없는데…….」

제임스가 혼자말처럼 중얼거린다.

지나치게 몸치장을 한 여자와 조그만 사내아이가 계단에 서 있다.

「……그냥 지나가던 길에 이 아이가 고집을 피워서요. 그리고 또 어쨌든 우리는 아주 가까웠으니까 휴대폰으로 전화를 걸 필요는 없을 것 같았어요. 그리고 사람들 말로는 차에서 휴대폰을 쓰는 게 아주 위험하다고도 하고……. 아, 안녕하세요.」

그녀가 나를 보고 아는 척을 한다.

「안녕하세요.」

나도 같이 인사를 건넨다. 그녀가 낯이 익어보이기는 하지만 나는 왼쪽 눈 뒤에서 욱신거리는 통증 때문에 아무것도 정신을 집중할 수 없다.

6

6-1

늦은 오후에 이륙한 비행기에서 빌리는 첼로를 옆자리에 두고 나란히 앉아 있다. 피어스와 헬렌이 나란히 자리를 잡았고, 그들로부터 네 줄 뒤에 줄리아와 내가, 그녀는 창가 자리에 나는 통로 자리에 앉아 있다. 얼마 전까지 그녀는 책을 읽고 있었지만 이제는 꾸벅꾸벅 졸고 있다.

오스트리아 항공사의 승무원이 색깔 있는 종이 냅킨에 싸인 샌드위치가 든 쟁반을 들고 지나간다.

「크림색은 치즈고 다른 색은 연어예요.」

그녀가 샌드위치를 내게 권하면서 말한다.

「뭐라고요?」

내가 비행기의 소음 너머로 그녀의 말소리를 알아들으려고 귀를 곤두세우면서 묻는다. 내 눈에는 크림색은커녕 그 비슷한 것도 보이지 않는다.

「크림색은 치즈고 다른 색은 연어예요.」

그녀가 제발 좀 안 들었으면 싶은 그 백치 같은 목소리로 되풀이한다.

「나는 멍청이가 아니오, 알겠지만. 난 지금 영어로 말을 하고 있는데 어떤 게 크림색이오?」

내가 딱딱거린다.

「이거요.」

그녀가 당황스러운 표정으로, 그러나 손가락으로 가리키면서 대답한다.

「이게 뭐가 크림이라는 거요? 속을 채운 게?」

그녀가 믿을 수 없다는 눈으로 나를 쳐다본다.

「종이 냅킨이죠, 물론……. 아, 죄송합니다. 당신이 색맹인 줄 몰랐어요.」

「난 아니오. 색맹이 있다면 댁이 색맹이겠지. 이건 그린색이오.」

그녀가 놀라서 눈이 휘둥그래졌다가 내가 샌드위치를 집어들자 계속 쟁반을 들고 서 있다. 그러고는 마음을 가다듬기 위해서인지 다른 사람들에게 더 서비스를 하지 않고 급히 도망치듯 가버린다.

「저 여자는 내내 '그린'이라고 했어요.」

어느새 잠이 깨어 그 실랑이를 지켜본 줄리아가 귀띔을 해준다.

「그렇다면 도대체 왜 내가 바보 짓 하는 걸 말리지 않았어?」

「그러면 대개는 형세가 역전되니까요. '크림'과 '그린'은 아주 다르게 보여요. 어쨌건 그 여자한테 왜 그렇게 무례했죠?」

「내가 그 여자한테 무례해?」

「당신은 권한 있는 사람을 보기만 하면 싸울 기세예요. 그러는데는 유니폼만 입고 있으면 되고요.」

「언제부터 스튜어디스가 권한 있는 사람이 됐지?」

「토터스(거북)요?」

나는 큰소리로 웃기 시작한다.

「그래요, 얼마든지 웃어요. 하지만 이런 각도와 거리에서는 입술을 읽기가 어려워요. 비즈니스 클래스에서는 좀더 쉽지만요.」

「당연히 그렇겠지. 일등석에서는 더 쉽겠고. 그 점에서는 당신 말을 받아들이겠어.」

내가 시인한다.

우리는 내가 그녀의 집에서 점심식사를 한 뒤로 만난 일이 없었다. 줄리아는 우리가 탑승을 하고 있을 때에야 겨우 라운지에 도착해서 하마터면 비행기를 놓칠 뻔했는데, 안전 벨트를 매라는 방송이 나온 뒤에 나는 그녀가 비행기 안에 비치된 잡지의 면세 품목들에 푹 빠져 있는 어떤 반백의 남자 옆자리에 앉아 있는 것을 알았다. 나는 그에게 아내와 내가 너무 늦게 예약을 하는 바람에 붙어 있는 좌석을 구하지 못했다고 둘러댄 다음, 몹시 죄송하지만 자리를 바꾸어줄 수 있겠느냐고 물었다. 두 번씩이나 그녀를 「여보」라고 부르기까지 하면서. 그는 아주 친절하게 자리를 옮겨주었지만, 그러고 나자 줄리아가 불쾌한 기색을 드러냈다.

하지만 나는 지난 일은 어디까지나 지난 일이니까 다시 생각하지 않기로 했다. 이제 우리는 비엔나로 가고 있다. 나는 그녀를 처음 만났던 날 저녁도, 우리가 헤어졌던 늦은 오후도 생각하지 않을 것이다. 조용한 카페들이 우리의 관계를 다시 회복시켜 줄 것이다. 그러나 우리는 연인이 아니라 동료 연주자로 여기에 있다.

나는 그녀가 내게 강요한 점심식사에 대해서는 이야기를 꺼내지 않는다. 그녀는 우리가 비엔나를 떠난 뒤 한 주일 남짓 거기에서 자기 어머니와 함께 머물 예정이라고 한다. 루크는 런던에 있는 그녀의 시어머니가 돌봐주기로 했다는 것이다. 나는 그녀에게서 마리아가 다음날 점심식사에 우리를 함께 초대했다는 말을 듣는다.

「신경이 쓰여?」

「그래요.」

「이상하지 않아? 우리 3중주단이 어떻게 비올라와 베이스를 구해서 함께 연주했는지 기억해 봐.」

「마리아는 나한테 자기하고 같이 케른텐으로 가자고 했어요.」

「그럴거야?」

「사실은 아니에요.」

「당신 어머니한테 나흘 동안만이라도 호텔에서 우리하고 같이 있겠다고 할 수 없어? 어차피 당신은 나중에 어머니하고 한 주일쯤 같이 지내게 될 거잖아.」

그녀가 고개를 젓고 다시 눈을 감는다. 그녀의 모습이 피곤해 보인다.

런던이 우리가 비엔나에서 잃은 것을 회복시켜 줄 수 있었을까? 또 비엔나는 우리가 런던에서 잃은 것을 회복시켜 줄 수 있을까? 나는 비행기의 나지막한 엔진 소음을 들으며 생각에 빠져들고 그녀의 얼굴을 가로질러 창 밖으로 저녁 하늘을 내다본다.

6-2

구름은 걷혔고 석양과 밤이 우리를 맞는다. 밤은 새까맣다. 호수처럼 검은 숲 지대에 둘러싸인 비엔나가 거대한 페리스 대회전 관람차, 고층빌딩, 노랗게 빛나는 격자 모양의 길 들과 함께 눈에 들어온다. 급히 달려가는 은빛 불빛도 보이고 불이 환하게 밝혀진 어딘지 모를 구역도 보인다. 이제 잠시 뒤면 우리는 착륙할 것이다.

공항의 회전 컨베이어가 수화물들을 싣고 내리며 돌고 도는 동안 줄리아와 나는 거의 이야기를 하지 않는다. 그 모든 것이 아주 생소하면서도 눈에 익어보인다. 나는 빌리와 이야기를 하면서도 그녀에게서 눈을 떼지 않는다. 얼마 안 가서 곧 그녀의 슈트케이스가 나온다.

맥니콜 부인이 딸을 클로스터노이부르크로 데려가기 위해 공항으로 나와 있다. 몇 분쯤 뒤에 로타르가 나타나 우리를 반갑게 맞은 다음 슈베르트링 호텔로 안내한다. 그는 꽤 많은 이야기를 늘어놓지만 나는 한마디도 귀담아듣지 않는다.

너무 피곤해서 잠이 오지 않는다. 자정 무렵쯤 침대에서 빠져나와 옷을 주워입고 전찻길을 건너서 시내 중심부로 들어간다. 그리고 몇 시간 동안 옛 추억이 담긴 곳들을 돌아다닌다.

나는 그 도시를 전에 한때 보았던 것처럼 새롭게, 홀린 듯한 놀라움으로 볼 수 없다. 그렇게 착 가라앉은 모습들이 어쩌면 내 마음의 상태일 것이다. 돌로 된 높고 차갑고 육중한, 반쯤은 유령이 나올 듯하고 반쯤은 음산한, 잘린 몸뚱이의 너무 큰 심장 같은 비엔나는 지금 조용하다.

밤은 조용하고 골목들은 고요하다. 내 발걸음이 인적 없는 거리를 터벅터벅 걷는 동안 내 생각들이 하나씩 하나씩 불타서 없어진다. 새벽 세시경에 나는 다시 침대로 돌아와 꿈도 꾸지 않고 잠을 잔다.

6-3

다음날 아침식사를 한 뒤에 줄리아가 호텔로 찾아온다. 로타르를 포함한 우리 여섯 사람은 차를 몰아 유서 깊은 뵈젠도르퍼 피아노 공장이 있는 4번가의 긴 건물을 찾아간다. 그 건물에는 몇몇 상점들과 조그만 콘서트 홀, 그리고 여러 개의 연습실들이 있는데 그 중 한 곳을 우리가 쓰게 될 것이다. 이 건물은 보통 일요일에는 닫혀 있지만 로타르가 미리 손을 써두었기 때문에 우리는 연습을 하기로 했다. 우리의 콘서트가 목요일에 있는 만큼 연습을 할 시간이 별로 많지 않기 때문이다.

우리가 도착했을 때 함께 공연하기로 되어 있는 페트라 다우트와 쿠르트 바이글은 이미 그곳에 와 있다. 우리들 중 누구도 그들의 명성을 들은 것 외에는 개인적으로 안면이 없어서 땅딸막하고 다정한 로타르가 직접 나서서 소개를 해준다.

'숭어'에서 베이스를 연주할 페트라는 동글동글한 얼굴에 곱슬곱슬한 검은 머리칼, 그리고 수수한 모습을 놀랄 만큼 매력적으로 보이게 하는 환한 미소를 지니고 있다. 몇 시간 뒤 그녀가 버뮤다 삼각지로 사라진다. 그녀는 주로 비엔나의 한 나이트 클럽에서 재즈를 연주해서 생계를 꾸려가고 있다. 그러나 로타르는 이미 우리에게 그녀가 클래식 음악가로서 대단한 명성을 얻고 있으며, 사실 전에도 여러 차례 '숭어'를 공연한 적이 있다고 안심을 시켜주었다.

현악 5중주의 제2첼로 연주자인 쿠르트는 큰 키에 창백한 얼굴의 남자로 공손하고 숫기가 없는 성격이어서 차분하게 깊이 생각을 해본 뒤에야 자기 의견을 밝힌다. 그는 깔끔하게 다듬은 콧수염을 약간 기르고 있다. 그의 영어는 아주 유창하고 때로는, 예를 들어 자기는 '숭어'를 무시할 수 있는 곡이라고 생각하는 비평가들에 대해 단호히 반대한다는 말을 할 때는, 고어(古語)까지도 구사한다. 그가 '숭어'를 연주하지 않을 것이면서도 그처럼 두둔을 해주는 것은 기분 좋은 일이다. 그는 우리가 현악 5중주보다 '숭어'를 먼저 연습할 예정이라는 것을 알고 있지만 우리 스타일에 익숙해지기 위해 처음부터 함께 참여하기로 했다. 로타르는 그에게 줄리아의 청력 문제에 대해서 알려주어야 했다.

페트라는 그 이야기를 몇 주일 전에 들었다. 피어스와 에리카가 가능한 한 빨리 그녀에게 알려야 한다고 주장했기 때문이다. 로타르가 우리에게 알려준 대로라면 그녀는 전화로 그 이야기를 듣고 잠시 뜸을 들였다가 이런 말을 했다고 한다. 「더 잘됐네요. 그 여자는 내가 뭘 잘못 연주하더라도 못 들을 테니까요.」

그러나 줄리아는 지금 그녀에게 더블베이스는 사실상 그녀가 가장 분명하게 들을 수 있는 소리라는 말을 하고 있다. 우리 세 사람은 건물 한옆에 모여 서서 시야와 소리의 관점에서 가장 효과적인 방법들에 대해 논의하고 있지만, 나는 이 대화가 줄리아에게 몹시 힘들다는 것을 알 수 있다. 사실 그녀는 지난 몇 달 동안 독일어를 입술의 움직임으로 읽을 기회가 거의 없었다. 문제는 페트라가 적당한 뉘앙스를 살리지 못할 때마다 슬며시 독일어로 돌아가는 데 있다.

이곳은 동굴 같고 인적이 없다. 리허설 룸으로 들어서자 황금색 잎사귀 비슷한 추상적인 무늬로 장식된 눈부신 빨간색 그랜드 피아노가 눈에 들어온다. 심지어는 뚜껑 가장자리와 양쪽 윙에까지도 붉은 선이 들어가 있고 청동으로 된 다리는 페달과 비슷해 보이도록 디자인되었다. 줄리아가 반감을 가지고 넋 놓고 그 피아노를 쳐다본다.

「멋있네요.」

페트라가 감탄한다.

「난 이걸로 연주할 수 없어요.」

줄리아의 말에 나는 좀 놀란다.

「그걸 어떻게 알 수 있죠? 아직 소리도 들어보지 않았잖아요.」

페트라가 묻는다.

줄리아가 소리를 내어 웃자 페트라가 당황한 표정을 짓는다.

「글쎄요, 이건 꼭 늙은 우리 이모가 느닷없이 빨간색과 황금색으로 된 미니스커트를 입고 자기가 좋아하는 카페로 가는 것 같네요. 그런 식으로 옷을 입고 있을 때는 늘 하던 것처럼 이야기를 나누기가 어려워지죠.」

줄리아가 대답한다.

「당신은 빨간색을 좋아하지 않는 것 같군요, 내가 보기에는요.」

페트라가 조심스럽게 말한다.

「저기 승강기 옆에 있는 코카콜라 자동 판매기는 썩 괜찮아보이던데요.」

줄리아가 휴게실 쪽을 가리키면서 되받는다.

「좋아요. 다른 걸 찾아보기로 해요. 이건 색이 너무 야하고 화려해요. 나라도 물방울 무늬가 든 비올라로는 슈베르트를 연주하고 싶지 않을 거예요.」

헬렌이 얼른 끼여든다.

다행히도 우리는 회색 카펫이 깔리고 평범한 검은색 피아노가 놓여 있는 널찍한 연습실을 찾아낸다. 페트라는 접을 수 있는 의자도 같이 가져와서 줄리아가 자기를 더 잘 볼 수 있도록 위치를 조정하고 있다. 리허설이 시작되고 우리는 중단하는 일이 거의 없이 계속해서 '숭어'를 연주해 나간다.

페트라는 눈을 감고 몸을 앞으로 숙여 좌우로 흔들면서 마지막 악장의 절분음(節分音)들에 상당한 강세를 주고 다음에는 지연(遲延) 8분음표들을 힘차게 연주한다.

페트라 바로 앞에 앉아 있는 헬렌이 연주를 멈추고 그녀를 돌아다본다.

「페트라, 내 생각에 여기에선 좀 침착하게 해야 할 것 같은데요.」

「하지만 나는 그러고 있는데요. 이 정도면 침착하다고 생각해요, 아주 침착하다고.」

페트라가 반박한다.

「난 재즈를 좋아해요. 그리고 슈베르트도 틀림없이 재즈를 좋아했을 거예요. 하지만 그 사람이 쓴 곡은 재즈가 아니었어요.」

헬렌이 둘러친다.

「아, 난 우리가 콘체르트 하우스에서 연주를 했더라면 싶네요. 무직베라인의 청중들은 대단히 부르주아적이에요. 그 사람들은 잠에서 깨어나야 해요.」

페트라도 물러서지 않는다.

「제발, 페트라. 이건 크로스오버 음악⁴⁾이 아니라 그냥 '숭어'일 뿐이에요.」

페트라가 한숨을 내쉰다. 우리는 그 곡을 좀 덜 '혁신적으로' 연주해 보기로 한다. 그리고 악장은 계속된다.

줄리아가 몹시 불안해 하고 또 나 자신도 그랬지만 첫번째 리허설은 그런대로 잘 진행되었다. 참으로 놀라운 것은 그녀가 페트라에게서, 더군다나 그녀가 결코 엄격하게 기계적으로 박자를 맞추지 않고 있는데도, 리듬을 알아채는 방법이다. 특히 마지막 악장에서는 더블베이스의 셋잇단음표들이 낮게 구르는 듯 거의 구분이 되지 않는 음을 내는데도 피아노는 박자를 놓치는 법 없이 정확하고 순탄하게 미끄러지듯 나아간다.

나는 그녀를 흘끗 쳐다보다가 하마터면 연주를 멈출 뻔한다. 그녀는 얼마나 잘 연주하고 있는가! 우리와 함께 얼마나 잘하고 있는가! 어떤 이상한 끈이 우리를 다시 여기로 이끌었을까? '숭어'와 비엔나 그 자체, 그것들이 우리에게 끝나지 않은 일일까? 때때로 내 의심은 흩어지고 나는 멀리에서부터 이 장면을 평가하고 있는 듯하다. 관습에 대항하여 과거가 방해하기 위해서가 아니라 축복하기 위해 떠오르는 곳, 모든 불가능이 다시 가능해 보이는 곳에서.

---

4) 재즈에 록, 라틴 음악이 섞인 형태.

'숭어'를 처음부터 끝까지 한 번 더 연주한 다음 우리는 현악 5중주를 연습한다. 리허설이 끝나자 우리는 열쇠들을 건물 관리실에 돌려주고 햇빛 속으로 걸어나온다.

정적 속에서 거리는 거의 한산했고, 뵈젠도르퍼 빌딩 바로 맞은편에는 홀씨가 날리는 민들레의 갈색 줄기와 풀로 뒤덮인 공터가 있다. 그 공터 한복판, 하얀 꽃을 잔뜩 피운 아카시아나무 밑에 흰 돌로 된 실물 크기의 곰 조각상이 서 있다. 네 다리로 버티고 서서 어깨를 높이 들고 고개를 숙인 그 곰의 모습이 마치 커다랗고 사랑스러운 개처럼 보인다.

다른 사람들이 떠나고 줄리아와 나 둘만 남는다. 우리 두 사람은 곰의 귀를 한 쪽씩 잡고 조금 전의 리허설에 대해서 이야기를 나눈다.

「나는 이 일이 얼마나 긴장감 넘치는 일인지 알아. 하지만 당신은 정말로 잘했어.」

「오늘은 별로 안 좋았어요.」

그녀가 뜻밖의 말을 한다.

「난 전혀 못 느꼈는데.」

「베이스가 도움이 됐어요.」

「그 여자는 훌륭한 연주자야. 내가 헬렌과 생각이 같다고는 해도……..」

「내 말은 그게 아니에요. 내 말은 그러니까, 베이스가 없었더라면 제대로 해낼 수 없었다는 거죠. 일이 점점 더 어려워져요. 피아노를 위한 실내악 중에 베이스가 포함되는 곡이 몇이나 될까요?」

나는 잠시 아무말도 하지 않고 있다가 불쑥 내뱉는다.

「글쎄, 드보르자크가 있고……. 아니, 난 그 사람 현악 5중주를 생각하고 있어.」

줄리아가 고개를 돌린 채 나를 보지 않고 말한다.

「이번 콘서트는 내가 다른 사람들과 함께하는 마지막 연주가 될 거예요.」

「설마 진심으로 그런 말을 하는 건 아니겠지?」

그녀는 내 말을 못 들은 탓으로 대답을 하지 않는다.

내가 그녀의 손에 내 손을 포개자 그녀가 나를 돌아다본다.

「당신, 그게 진심은 아니겠지? 그럴 리가 없어.」

「당신도 내가 진심이라는 거 알고 있어요, 마이클. 난 귀가 망가졌어요. 만약 이 일을 계속한다면 정신까지도 망가질 거예요.」

「아니, 안돼.」

나는 그 말을 도저히 받아들일 수 없어서 돌로 된 곰의 등에 이마를 들이받기 시작한다.

「마이클, 당신 미쳤어요? 그만둬요.」

나는 박치기를 그만둔다. 그녀가 내 이마에 손을 갖다댄다.

「세게 받지는 않았어. 난 단지 당신이 그 말을 하지 않기를 바란 것뿐이야. 난 그걸 참을 수 없어.」

「당신은 참을 수 없겠죠.」

줄리아가 약간 빈정대는 기색으로 말한다.

「나는…… 그럴 수 없어.」

「이제 그만 마리아에게 가봐야겠어요. 그렇지 않으면 늦을 거예요.」

줄리아가 서두른다.

차에 오를 때까지 그녀는 내 눈길을 피한다. 그녀가 운전을 하는 동안 나는 그녀에게 말을 한마디도 건넬 수 없다.

6-5

마리아의 집 문 앞에서 다시 모인 우리 3중주단은 잠시 동안 할 말을 찾지 못한다. 그 다음에는 서로 포옹을 하고 「이게 정말 얼마 만이야?」「그때나 지금이나 똑같아보여」라는 말들이 뒤따르지만, 그 이면에는 세월이 참으로 빨리 흘렀다는, 그리고 우리 모두가 아주 많이 달라졌다는 어색한 인식이 깔려 있다.

지난 몇 년 동안 줄리아는 이따금씩 마리아를 만났지만 나는 비엔나를 떠난 뒤로 그녀를 한 번도 본 적이 없다.

갈색 곱슬머리를 한 조그만 사내아이 페터가 그녀를 안으로 끌어당긴다.

「엄마! 피투가 나를 할퀴었어.」

그 아이가 소리친다.

「그놈을 물어.」

마리아가 짤막하게 대답한다. 하지만 페터가 물러서려고 하지 않자 아들의 손을 살펴보고 아주 용감하다고 추켜세워준 다음 고양이를 괴롭히면 호랑이로 변하게 될 테니까 못살게 굴지 말라고 타이른다.

페터가 의심스러운 표정을 짓다가 우리가 저를 지켜보고 있다는 것을 알아차리고 처음엔 제 어머니 뒤로 숨었다가는 집 안으로 달려들어간다.

마리아는 남편 마르쿠스가 출장을 가서 자리를 함께하지 못해 미안하다고 사과를 한 다음, 내게 깜짝 놀랄 일이 있다고 말한다. 우리는 주방으로 들어섰다가 내가 비엔나로 온 첫 해부터 동료였던 볼프가 커다란 그릇에 샐러드를 섞고 있는 것을 본다. 그가 싱긋이 웃고 나를 끌어안는다. 그는 나보다 먼저 비엔나를 떠났는데, 그 뒤로 몇 년 동안 연락이 닿았다가 지난 삼사 년 동안은 서로의 소식을 듣지 못했다. 그 역시 4중주단에 들어갔지만 카를 캘은 그가 솔로에서 전향하는 것을 반대하지 않았었다.

「그런데 자네 여기에서 뭘 하고 있는 거지? 자네 물론 우리 연주를 들으러 그 먼길을 온 거겠지?」

내가 그에게 묻는다.

「자네 이마에 붉은 자국이 나 있는데.」

볼프가 대답을 하는 대신 내 이마를 유심히 쳐다본다.

「네, 곰이 이 사람을 공격했어요. 아니, 그보다는 이 사람이 곰을 공격했죠.」

줄리아가 나 대신 나선다.

「문에 부딪혔어. 아니, 문이 나한테 와 부딪혔지. 한 시간쯤 지나면 괜찮아질 거야.」

내가 둘러댄다.

「당신 말이 경험에서 나온 게 아니길 바래요.」

줄리아가 마리아를 끌고 나가기 전에 한마디 던진다.

「난 자네 콘서트엔 갈 수 없어. 내일 뮌헨으로 돌아가야 해.」

볼프가 조금 전의 내 질문에 대답한다.

「그거 안된 일이군. 그러면 자네는 여기서 뭘 하고 있는 거지? 자네 4중주단과 콘서트?」

「사실 그 친구들은 내가 여기에 있는 걸 몰라. 하지만 얼마 안 가서 곧 알게 되겠지. 이건 당분간 비밀로 해야 하는 일이야. 나 트라운에서 제2바이올린 연주자로 시험 삼아 연주해 보라는 요청을 받았어.」

「그거 대단하군!」

내가 감탄한다.

트라운은 전세계에서 가장 유명한 4중주단 가운데 하나로 단원들이 모두 오십대이고 우리가 비엔나에서 학생이었을 때 이미 그

명성을 굳히고 있었다. 내 마음씨 좋은 친구 볼프가 그들 사이에 끼인다는 것이 믿어지지 않는다. 나는 그 악단의 첼리스트를 기억하고 있는데 그는 훌륭한 연주자지만 특이한 성격에다 수줍음이 너무 강해서 누구의 얼굴도 똑바로 쳐다보지를 못했다. 콘서트가 끝난 뒤 내가 무대 뒤로 그를 만나러 갔을 때 그는 마치 일개 학생에 지나지 않는 나에게서 자기의 연주에 대해 어떤 통렬한 비판이 나올 것을 예상하고 있는 것처럼 행동했고, 그 행동이 너무도 뜻밖이어서 나는 처음엔 그가 나를 가지고 노는 것이 아닌가 하는 생각이 들었다.

「정말 이상한 일이었지. 우리 악단은 지금 해체되고 있어. 우리 중에 두 사람이 다른 두 사람을 도저히 견딜 수 없어하는 거, 바로 그것 때문이야. 어쨌건 나는 비밀 정보를 통해서 트라운이 귄터 하슬러가 은퇴하기로 결정한 뒤 제2바이올린 연주자를 구하고 있다는 말을 들었어. 그래서 난 그 사람들에게 편지를 써 보냈지. 그 사람들은 한두 시간 동안 내게 이런저런 곡들로 시연(試演)을 시켰고, 그래서 내가 여기에 와 있는 거야. 그쪽에서는 다음 몇 주 동안 두 차례의 콘서트에서 시험 삼아 나하고 같이 연주를 했으면 해. 사실 나는 어떤 기대도 하지 않고 있어. 물론 나는 그 사람들 모두를 대단히 존경하고 또 악단측에서 다른 사람들을 시험해 보고 있다는 것도 알아. 하지만 글쎄, 앞으로 어떻게 될지는 전혀 알 수 없지……. 자, 그런데 얘기해 봐. 프로그램에 '숭어'말고 또 뭐가 있지? 마리아가 나한테 그 프로그램에 대해서 얘기해 줬어.」

「크바르테트자츠[5]로 시작을 하고 휴식시간 다음에는 5중주야.」

「그러면 모두 슈베르트인가? 거창한 프로그램이군.」

---

5) 슈베르트가 1820년에 작곡한 C마이너 4중주 악장.

「너무 거창하지?」

「아니, 아니. 전혀 그렇지 않아. 그런데 자네 어떻게 '숭어' 연주자 가운데 하나가 되었지?」

나는 그에게 피어스의 제안에 대해서 알려준다.

「우리 제1바이올린 연주자하고는 완전히 딴판이군. 그건 대단한 배려야, 정말. 자네 그에 대한 보답으로 뭘 어떻게 해야 할지 알고 있겠지?」

볼프가 감명을 받고 말한다.

「뭘?」

「크바르테트자츠를 현악 3중주 두 곡 중에서 더 긴 곡으로 대체하자고 제안하는 거. 그러면 길이도 거의 같고 자네 악단 제1바이올린 연주자가 자네 없이 나오게 될 거야. 그렇게 하면 일이 공평해지는 거지.」

나는 그 말에 대해 잠시 생각해 본다.

「그 생각을 했더라면 좋았을걸. 하지만 자네도 알다시피 그 친구는 아마 우리가 적어도 한 번은 4중주단으로 무대에 나와야 한다고 했을 거야.」

「멋진 친구로군.」

「정확히 말하자면 멋지지는 않아. 하지만 좋은 친구지, 어쩌면.」

「줄리아에 관한 모든 게 사실이야?」

볼프가 음모를 꾸미듯이 묻는다.

「모든 일들이라니 뭐가?」

「마리아가 아주 요령껏 얘기를 피하고 있어. 그러니까 뭔가가 있다는 거지.」

「자네 말은 줄리아와 나 사이 얘기야?」

「아, 그것뿐이야? 그건 누구든 다 알 수 있어. 난 뭔가 다른 게 있다고 생각했는데. 글쎄, 그런 게 있지 않아? 그러니까 뭔가 수

수께끼 같은 거 말이야.」

「아니, 난 모르는 일이야.」

「그 여자는, 자네도 알 테지만, 독일에서 상당히 이름을 얻고 있어. 자주 연주를 하지는 않더라도. 일 년에 몇 번 솔로 콘서트를 할 뿐이지. 이 년 전쯤에 그 여자가 뮌헨에서 연주를 한 일이 있어. 그때 누군가가 나를 데려갔는데, 바로 그때 그 여자라는 걸 알았지. 자네 무직베라인에서 연주하는 거 이번이 처음이지?」

「그래.」

「불안해?」

「글쎄…….」

「불안해 할 거 없어. 거기에 대해서 자네가 할 수 있는 일은 아무것도 없는데 무슨 이유로 걱정을 하지? 그런데 자네 첫번째 변주곡에서 모든 음역을 다 연주할 셈인가?」

볼프는 우스꽝스럽게도 높은 음을 거의 다 빠뜨린 채 E현을 오르내리며 끽끽거리는 절망적인 바이올리니스트를 과장되게 흉내내고 있다.

「그게 무슨 소리지? 내가 그런 일을 할 거라니? 나한테 선택할 길이 있어?」

「물론, 있지. 원전(原典)들 가운데 한 가지는 그런 음역을 가지고 있지 않아. 어쨌든 그 곡들은 아주 형편없게 들려.」

「너무 늦었어. 그 곡들이 이미 내 머리와 손에 들어와 있으니까.」

「나는 그 곡이 그런 식으로 연주되는 걸 한 번 들은 적이 있어. 훨씬 더 낫게 들리더군. 하지만 물론 모두들 바이올리니스트가 단지 겁이 나서 꽁무니를 뺐다고 생각했지……. 자네 건강은 어때? 건강, 건강, 건강. 자네도 그분 몸이 편찮다는 거 알고 있겠지? 그분하고 연락해 봤어? 그분이 돌아가실 때까지 그대로 놓아두지는 마.」

「어젯밤에 그분 생각을 하고 있었어. 시내를 이리저리 걸으면서.」

「이 술집에서 저 술집으로 돌아다니면서 말이지.」

「난 자네하고 같이 있지 않았어.」

「그렇다 치고…… 그런데?」

「그걸로 끝이야. 난 단지 그분 생각을 했어. 수백 가지 다른 일들과 함께.」

「몇 달 전 스톡홀름에서 공연을 하고 있었는데 나중에 카를이 무대 뒤 분장실로 왔어. 몸이 몹시 안 좋아보이더라고……. 자넨 그분에게 너무 참을성이 없었어.」

「내가 그분에게 너무 참을성이 없었다고?」

「그래.」

볼프가 대답한다. 그는 단 한 번도 자기가 촌뜨기인지 성자인지 결정을 내리지 못했다.

그는 자세한 말을 하지 않고 나도 그에게 묻지 않는다. 몇 년 전 줄리아도 암암리에 그 비슷한 얘기를 했었다. 하지만 누가 어떻게 머릿속에서 이는 강박 증세와 싸울 수 있을까? 나는 설령 내 손가락이 망가졌다 하더라도 카를 캘 앞에서보다는 바이올린을 더 잘 연주할 수 있었을 것이다. 끔찍한 무력감이 나를 덮쳤고, 그 당시 나는 속수무책인 느낌이었다. 틀림없이 줄리아가 오늘 느꼈을 것처럼. 그러나 적어도 내 상태는 시간이 흐름에 따라 완화되거나 역전되었다.

6-6

점심식사를 하는 동안 마리아는 내가 전에 기억하고 있던 것보다 훨씬 더 많이, 그리고 더 신경질적으로 떠들어댄다. 하지만 그녀가 말을 많이 하는 것이 줄리아가 이야기를 하다가 볼프에게 자기의 비밀을 털어놓지 못하도록 막으려는 것인지, 아니면 결혼을 하고 가정을 갖고 시간이 흘러서 태도가 바뀌었기 때문인지는 알 수 없다. 그녀도 줄리아처럼 '음악을 벗어난' 결혼을 했지만, 성을 바꾸지 않고 직업적인 이름으로 마리아 노보트니를 그대로 유지해 왔다.

그녀는 주제를 계속 바꿔가며 이야기를 한다. 햇빛이라고는 전혀 찾아볼 수 없는 음울하고 우중충한 올해 겨울, 봄을 거의 거치지 않고 갑작스럽게 찾아온 여름, 널따란 뒤쪽 정원에 있는 우리가 점심을 먹고 나서 봐야 할 거대한 숲 같은 라일락나무들, 자기네 집 식구들이 남편의 고향인 케른텐에서 어쩌면 줄리아까지도 함께 오순절(五旬節)을 보낼 거라는 계획, 그녀가 연습을 할 때 첼로 케이스에서 잠을 자기 좋아하는 한 살밖에 안 된 고양이 피투와 페터의 관계, 그녀가 현악 5중주에서 우리와 함께 연주할 객원 첼로 연주자로 선정되지 않은 것에 대한 유감…….

볼프가 떠나야 할 시간이 되자 우리는 문까지 그를 배웅해 준다.
「우리는 오순절엔 비엔나에서 탈출해야 돼. 슈타트파크에 수백 대의 버스들이 주차를 하고 수천 명의 이탈리아 사람들이 행복한 기러기들처럼 모여들지. 그리고 일본인들은 진지하고 공손한 기러기들처럼.」
마리아가 커피를 홀짝거리면서 말한다.
「어째서 일본인들이 오순절을 경축하죠?」
내가 묻는다.
마리아가 일 초쯤 나를 바라보다가 다시 줄리아에게로 고개를 돌려 하던 말을 계속한다.
「그런데 너 콘서트가 끝난 뒤에 뭘 할 건지 결정했니? 너 우리하고 같이 케른텐으로 갈래, 아니면 여기 비엔나에서 너희 엄마하고 있을래? 넌 네 엄마가 비엔나로 건너온 뒤로는 나하고 같이 보낸 적이 한 번도 없어.」

줄리아가 망설인다.

「아직은 잘 모르겠어, 마리아. 엄마는 독점욕이 아주 강하거든. 그리고 오늘쯤 이모도 올 건데, 어떻게 해야 악보를 검토할 시간을 낼 수 있을지 모르겠어.」

「그러면 케른텐은?」

「모르겠어, 아직은 몰라. 나가서 라일락이나 보자. 여긴 날씨가 정말 좋구나.」

「난 먼저 페터를 깨우러 가야겠어.」

마리아가 자리에서 일어선다.

페터는 낮잠을 자고 난 뒤 심사가 조금 뒤틀려 있지만 라일락 덤불 밑에 쪼그려 앉아 있는 고양이를 보자 기분이 좀 살아나는 듯하다. 그 아이가 고양이를 쫓아가다가 발이 걸려 넘어지더니 제 어머니의 얼굴에 걱정스러운 빛이 떠오른 것을 보고 울음을 터뜨린다. 마리아가 페터를 다시 안으로 데려가자 줄리아와 나, 단둘만이 남는다.

정원 전체에 기막힌 라일락 향기가 퍼져 있다.

「마리아가 우리 일에 대해서 알고 있어?」

「글쎄요, 점심을 먹을 때 당신이 나를 좀 덜 쳐다봤더라면 도움이 됐을 거예요.」

「나는 당신 모습을 마음속에 새기고 있는 중이야. 나중에 음미하려고……. 그런데 당신, 오늘 저녁에 어머니 집으로 갈 거야?」

「그러려고요.」

「그럼, 지금 호텔로 가. 우린 적어도 한두 시간은 같이 보낼 수 있어.」

줄리아가 고개를 젓는다.

「지금 벌써 세시예요. 난 어머니 집으로 가서 이모가 들이닥치기 전에 연습을 해야 돼요. 그리고 또 아직 교회에 갈 시간도 내지 못했고요.」

그녀가 조그맣게 혹이 생긴 내 이마를 만진다.

「너무 많은 시간이 지났어.」

내가 지푸라기라도 잡으려는 심정으로 매달린다.

「정말이에요.」

그녀가 내 말을 잘못 알아듣고 대답한다. 그러고는 아무렇지 않게 이야기를 계속한다.

「참 이상하다는 생각이 들어요, 우리 세 사람이 여기에 같이 있다는 게. 나는 이런 말을 하고 싶은 기분까지 들어요. '마리아, 베토벤의 C마이너 3중주곡을 꺼내와……' 하마터면 난 내일 점심은 므노질에서 해야 한다는 말을 할 뻔했어요. 하지만 당신도 알다시피 므노질은 이제 존재하지 않아요.」

「존재하지 않아?」

마치 쉰브룬 궁전[6]이 증발해 버린 듯하다. 나는 믿어지지가 않아서, 아니 믿어지지 않는다기보다는 실망해서 고개를 젓는다. 전날 밤 내가 이리저리 배회하면서도 그곳으로 걸음을 하지 않았다는 것이 이상하게 느껴진다.

「없어요. 그 술집은 없어졌어요. 대신 다른 게 들어섰죠. 그 개성 없고 무정하고 밝고 슬픈 곳들 중의 하나.」

「하지만 당신 왜 전에는 한 번도 그 얘길 하지 않았지? 그러니까 내 말은 런던에서 말이야. 무슨 일이 있었던 거지? 그 사람 아직 살아 있어?」

---

6) 비엔나에 있는 오스트리아 최대의 궁전.

「아마 그럴 거예요. 내 생각엔 그냥 팔아치운 것 같아요.」

나는 다시 고개를 젓는다.

「그러면 아시아는 아직도 거기에 있어?」

변두리에 있던 그 중국 음식점은 주말에 도시 중심부가 철시를 할 때면 우리 학생들이 식사를 할 수 있던 거의 유일한 곳이었다.

「그래요, 적어도 일 년 전까지는요.」

그녀가 대답한다.

「줄리아, 당신 다른 사람들과 다시는 연주하지 않겠다고 했던 말 진심으로, 정말 진심으로 한 말이었어?」

「상황이 점점 더 나빠지고 있어요, 마이클. 난 할 수 없을 것 같아요.」

그녀의 눈이 고통스러운 빛으로 가득 차 있다.

어느 사이엔가 마리아가 다가와 있다. 그녀가 좀 의심스러운 눈으로, 내게 뭔가 좀 못마땅한 게 있는 듯한 눈빛으로 우리를 쳐다본다.

「우린 그만 가봐야 돼.」

줄리아가 발길을 돌린다.

「좋을 대로 해. 네가 앞으로 며칠 동안 바쁘다는 거 알고 있어. 하지만 콘서트가 끝난 다음날에는 옛날처럼 다뉴브 강변에서 오후 시간을 보내야 해. 마르쿠스는 대체로 저녁 늦게까지, 그리고 어떤 때는 주말에까지 일을 해왔으니까 틀림없이 몇 시간쯤은 시간을 내서 우리하고 같이 갈 수 있을 거야. 멋진 가족 외출, 동의하는 거지?」

「그거 좋겠다. 그렇지 않아요?」

줄리아가 당장 승낙한다.

「그래, 기막힌 생각이군.」

내가 목소리에 실망감이 배어들지 않도록 애쓰면서 대답한다.

콘서트 다음날은 마조레 단원들이 자유롭게 쓸 수 있는 휴일이다. 그 다음날 우리는 베니스로 날아갈 예정이다. 나에게는 그 하루가 줄리아와 단둘이 보낼 수 있는 너무도 소중한 시간이다.

6-7

나는 바이올린에 약음기(弱音機)를 끼우고 내 호텔 방에서 연습을 한다. 처음에는 손이 특별한 이유 없이 말을 듣지 않지만 한 시간쯤 지나자 손가락과 머리와 가슴이 침착한 리듬을 찾기 시작한다.

내 방은 꼭대기 층이라서 조용하다. 벽 위쪽에 창문이 하나 나 있어서 그 창문을 통해 성 슈테판 성당의 탑을 볼 수 있다.

헬렌이 내게 전화를 걸어 자기네들과 함께 저녁식사를 할 거냐고 묻는다. 리허설이 끝난 뒤로 나를 보지 못했고 또 마조레 4중주단에서 독일어와 이 도시를 아는 사람은 나 하나뿐이니까 가장 좋은 안내자가 되지 않겠느냐는 것이다. 나는 서툰 변명을 좀 늘어놓으면서 그들에게 영어로도 얼마든지 통할 수 있다고 안심을 시킨다. 이 도시에서 밤중에 같이 몰려다니며 즐기는 일이 나를 미치게 할 것이다.

여덟시에 나는 스낵을 주문하고 일찍 잠자리에 들까 생각하다가 빛이 스러지자 방을 나와 미궁 같은 복도들을 지나서 승강기를 타고 로비로 내려온다. 백합, 고사리, 샹들리에, 거울, 우산꽂이. 접수대에서 슈베르트의 눈이 나를 응시하고 있다. 접수계원이 서류들을 찢고 있다.

나는 카운터에 기대어 서서 눈을 감는다. 온 주위가 소리로 미쳐 있다. 찢어지는 서류들, 부르릉거리며 지나가는 전차들, 발 아래에서 울리는 진동, 커피잔들이 부딪치는 소리. 사람들로 붐비는 바에

76

서 들려오는 웅성거림 너머로 나는 연달아 찌르륵거리는 기계 소리를 들을 수 있다. 팩스기일까, 아니면 텔레타이프일까? 슈베르트는 이런 소음들을 어떻게 생각할까?

「무엇을 드시겠습니까, 손님?」

아니, 이 사람은 비엔나 사람이 아니다. 억양으로 보아 어디 사람일까? 세르비아 인? 슬로베니아 인?

「아니, 됐습니다. 난 그냥 누구를 기다리는 중입니다.」

「방은 마음에 드십니까?」

그가 막 울리기 시작한 전화기로 손을 뻗으면서 묻는다.

「아주 마음에 듭니다……. 바에서 한잔 하고 싶은데, 아니 여기 휴게실에서 마셔도 될까요?」

「물론입니다. 제가 웨이터에게 얘기하지요. 어디든 원하시는 자리에 앉아 계십시오……. 여보세요? 슈베르트링 호텔입니다.」

바의 담배 연기로부터 멀찌감치 떨어진 휴게실 한구석에서 나는 차가운 크렘저 와인을 한 잔 마신다. 빌리와 피어스 그리고 헬렌이 내 앞쪽으로 지나간다. 나는 얼른 고개를 숙여 내 테이블에 놓인 작약과 장미꽃으로 장식된 바구니를 들여다본다.

「……그래서 오빠는 스파르타쿠스 같은 안내자를 데려가지 않고 버뮤다 삼각지로 사라지겠다는 거로군.」

헬렌이 빈정거린다.

「공연을 할 때까지는 힘을 비축해 둘 거야.」

피어스가 침착하게 되받는다.

「두 사람 지금 무슨 얘기를 하고 있는 겁니까?」

그들의 말소리가 들리는 곳을 벗어나기 전 빌리가 묻는다.

두 잔째 와인. 이제 밖은 어두워졌다. 산보를 할 시간. 하지만 어젯밤에 출발했던 때보다 세 시간이 일러서 도시가 더 생기에 넘친다. 추억과 절망이 한꺼번에 밀려온다. 견딜 수 없는 압박감이 고동치듯 밀려왔다가 평안한 느낌이 뒤따른다. 무직호흐슐레 앞에서 나는 내가 과거를 재창조할 수 있다는, 어떤 잘못된 변화도 바로잡을 수 있다는, 그냥 므노질로 걸어들어가 거기에서 그 늙은 남자를 볼 수 있다는 느낌이 든다. 고대의 시저처럼 그는 자기 앞쪽을 응시하며 보이지 않는 구석에 앉아 있는 몇몇 단골 손님들의 온갖 질문에 대해 눈길 한 번 마주치는 법 없이 짤막하고 애매한 대답을 했었다. 이상하기 짝이 없는 질문과 고백 들. 하지만 어째서 사람들은 퉁명스러운 말을 거의 예술로 만들다시피 한 거친 늙은 이 므노질에게 속마음을 털어놓았을까?

나는 그와 제대로 된 대화를 해보았는지 기억이 나지 않는다. 어쩌면 일 년 반 동안 처음에는 나 혼자, 나중에는 줄리아와 함께 그의 가게를 들락거린 일이 그런 대화를 할 만큼 충분히 길지 않았는지도 모른다. 비록 내가 그곳에서 처음으로 맞은 행복한 회색 겨울의 크리스마스 무렵쯤 우리 테이블에 명절 기분을 느끼도록 포장된 와인이 한 병 놓여 있기는 했어도. 므노질 부인은 주방에서 나오는 일이 거의 없었지만 그녀의 보헤미아와 비엔나 억양이 섞인 말투는 요금에 충분히 반영되었다. 크뇌델수페[7]나 또는 크렌플라이슈[8] 아니면 쇼코누스 팔라칭켄[9]…… 줄줄이 늘어놓는 음식 이름 들. 하지만 우리가 그런 음식을 자주 먹을 수 있었던 것은 아니었다. 학생 식당에서 나오는 음식이 견딜 수 없을 때 우리가 대체로 했던 일은 감자가 든 40실링짜리 야채수프를 먹고 담배 연기와 마늘 냄새, 커피 냄새, 음식 냄새로 숨이 막힐 것 같은 곳에서 눈총을 받지 않고 빈둥거리는 것이었다.

---

7) 경단 수프.
8) 삶은 돼지고기.
9) 과일이나 고기 따위를 싸서 구운 초콜릿 호두 과자.

그는 단 한 번도 손수 음식을 날라준 적이 없었다. 웨이터가 카운터로 가면 주문받는 소리를 이미 들은 므노질 씨가 그에게 마실 것을 건네주었다. 그는 신식 취향을 용납하지 않았다. 언젠가 한 운 나쁜 여행객이 어슬렁어슬렁 걸어들어와 미네랄 워터를 주문하자 그는 노골적으로 화난 기색을 보이면서 그 물로 발을 씻으려는 거냐고 물었다. 「발바닥을 씻으려는 거요?」 그 여행객이 겁먹은 목소리로 「그러면 대신 뭘 권해주시겠습니까?」라고 묻자 그 주인의 대답이 걸작이었다. 「딴데로 가보슈!」

한때 나는 여기에서 행복했다. 하지만 나는 그녀에게 어떤 삶을 줄 수 있었을까? 그리고 내가 어떻게 카를 캘 밑에서 더 오래 머물수 있었을까? 그 역시 이곳으로 오곤 했지만 우리는 멀찌감치 떨어진 테이블에 앉았다. 마지막에 가서 우리는 거의 이야기를 하지 않았다. 나는 지금 그곳을 지나고 있다. 모든 것이 바뀌었다. 완전히 바뀌었다. 다른 무수한 식당들과 구별을 할 수 없는 번쩍번쩍하고 정이 가지 않는 테이블들. 그렇게 내 기억은 역사에 맡겨진다.

카운터에는 야채들과 소시지와 포장지에 싸인 치즈 들이 들어 있는 유리장이 붙어 있었다. 우스운 일은 아무도 거기에 든 음식을 주문하지 않는다는 것이었다. 줄리아와 나는 아무때건 내기를 걸었다. 누구건 그 카운터에 있는 음식이 팔리는 것을 본 사람이 다음번 식사를 상대방에게서 얻어먹기로. 하지만 그 내기를 걸고 일년이 더 지나 우리가 마지막으로 헤어질 때까지, 우리 두 사람 중 누구도 상대방에게서 점심을 얻어먹지 못했다.

6-8

밤늦게 비가 내리기 시작한다. 창문을 세차게 두드리는 빗소리가 나를 잠들지 못하게 하고, 기진맥진해서 잠이 들면 다시 깨운다.

면도를 하면서 나는 이마에 난 혹이 거의 없어진 것을 알아차린다.

오늘 아침에는 무직베라인에서 리허설이 있다. 내일 공연할 브람스 홀을 쓸 수 없어서 우리는 카를 교회가 내다보이는 길고 좁은 아름다운 방에서 연습을 한다. 리허설은 아주 잘 진행되지만 리허설이 끝나자 나는 불길한 예감에 사로잡힌다.

잎이 무성한 보리수들 너머로 나는 그 이상하고 장엄한 교회를, 푸른 돔과 회교 사원 같은 두 개의 첨탑들 가운데 하나를 내다본다. 그 교회의 이상한 모습이 내 아파트에서 멀지 않은 베이즈워터로의 유대인 교회 첨탑을 떠올려준다. 런던과 비엔나가 서로에게 자신을 투영한다. 내일 무슨 일인가가 잘못될, 아주 잘못될 것이다. 나는 나 자신에 대해, 그리고 줄리아에 대해 두려움을 느낀다.

줄리아와 단둘이 아시아에서 점심을 먹는 동안 나는 거의 한마디도 하지 않지만 식사가 끝나자 그녀에게 같이 호텔로 가자고 조른다.

「마이클, 난 집으로 가야 해요.」

「아니, 안돼. 이번에는 안돼.」

「난 그럴 수 없어요. 연습을 해야 돼요. 나는 오늘 아침에 생겨난 몇 가지 문제를 해결하고 싶어요.」

「당신, 어떻게 그처럼 현실적일 수가 있지?」

그녀가 웃음을 터뜨리고 테이블을 가로질러 내 손을 잡는다. 나는 그 손이 떨리는 것을 느낄 수 있다.

「무슨 문제가 있어요?」

그녀가 다정하게 묻는다.

「난 내일 일이 걱정스러워. 마치 객석에서 카를을 볼 수 있을 것 같아, 나를 심판하고 비난하고 낙인을 찍는. 난 자꾸만 겁이 나, 줄리아. 당신한테 이 말을 하지 말았어야 하는 건데.」

「그러지 말아요.」

「나하고 같이 베니스로 가.」

「마이클.」

그녀가 내 손을 놓는다.

「나는 그 여러 해 동안 당신 없이 어떻게 살아왔는지 모르겠어.」

내가 듣기에도 내 말이 얼마나 한심하고 진부하게 들리는지 모른다. 마치 그 말이 어떤 가정주부의 환상에서 끌어내어진 것처럼.

「난 그럴 수 없어요. 도저히 그럴 수 없어요.」

「당신 어머니도 또 마리아도 당신이 함께 있을 건지 아닌지 확실히는 몰라. 그런데 어째서 그 두 사람 중 하나하고 같이 있어야 하지?」

「난 못해요……. 마이클, 내가 어떻게 당신하고 같이 베니스로 갈 수 있어요? 당신이 내게 하자는 일을 한번 생각해 봐요……. 제발 그렇게 불행한 표정 짓지 말고요. 당신이 원한다면 우린 지금 어머니 집으로 갈 수도 있어요. 그러면 우리 둘 다 연습을 할 수 있어요. 그런 다음에는 나가서 저녁식사를 하기로 해요.」

「난 당신 어머니를 만나고 싶지는 않아.」

「마이클, 그 포크 좀 그만 구부려요.」

나는 포크를 내려놓는다. 그러고 나서 내가 맨 먼저 생각해 낼 수 있는 말을 놓치지 않고 묻는다.

「어머니가 갖고 계신 피아노가 뭐지?」

「블뤼트너예요. 백 년쯤 우리집에 있었던 거죠. 왜요? 당신 '피아노'라고 한 거 맞죠?」

「맞아. 그런데 당신 어머니 아직도 그 조그만 닥스훈트 키우고 있어?」

「마이클!」

「커피 한잔 어때? 볼프바우어에서.」

「그만 돌아가는 편이 더 낫겠어요. 나를 더 곤란한 지경으로 몰아넣지 말아요. 제발 그러지 말아요.」

「좋아, 당신 어머니 집으로 가겠어.」

내가 한발 물러선다.

그렇게라도 함께하는 것이 아예 하지 않는 것보다는 더 낫다. 무슨 이유로 그처럼 오랜만에 잠깐 맛볼 수 있는 즐거움을 망쳐야 할까? 우리는 북쪽으로 차를 몰아간다. 그녀의 어머니는 나를 소개받자 몹시 놀란다. 비록 우리가 공항에서 만나지는 않았지만 그녀는 틀림없이 사진으로 나를 알아보았을 것이다. 지난 여러 해 동안 나는 그녀를 조그만 개에게 끌려가는 몸집이 큰 여인으로 그려왔었다. 줄리아는 우리의 반감을 알아차리지 못한 척 침착한 태도를 보인다.

나는 다락방에서 연습을 하고 그녀는 정원으로 통하는 음악실에서 연습을 한다. 네시에 그녀가 내게 차를 가져다주면서 아무래도 저녁을 먹으러 나갈 수 없을 것 같다는 말을 전한다. 일곱시에 우리는 그녀의 어머니와 함께 조용히 식사를 한다. 들리는 거라고는 멀리 떨어진 방에서 개가 신경질적으로 짖어대는 소리뿐이다. 맥니콜 부인이 영국에 남아 있기를 거부했던 주된 이유 가운데 한 가지는 우리의 불합리한 격리법(隔離法) 때문이었고, 다른 한 가지는 다시 가톨릭 국가에서 살고 싶다는 바람 때문이었다. 저녁식사를 마친 뒤 나는 줄리아에게 충분히 연습을 했으니까 이제 그만 돌아가겠다고 한다.

「나도 연습을 더 하지는 않을 거예요. 오늘은 그만 해요. 차를 타고 어디 좀 돌아다녀요.」

줄리아가 재빨리 말을 받는다.

내가 맥니콜 부인에게 건넨 냉랭한 감사의 말이 만나서 즐거웠다는 냉랭한 표정으로 되돌아온다. 그녀가 정원에 있는 너도밤나무 밑에 서서 줄리아에게 조심스럽게 운전하고 조심스럽게 처신하라고 이른다.

「당신, 마리아한테 우리가 마지막 날을 그 여자하고 같이 보낼 거란 얘기 꼭 해야 했어?」

차 안에서 내가 묻는다.

「그때는 생각을 하지 못했어요. 그러지 않았더라면 싶어요.」

다뉴브 강변을 따라 달리는 기찻길 양 옆으로 늘어선 포플러들과 길게 늘어선 밤나무들 꼭대기에 와닿는 아름다운 빛. 길 반대편에는 클로스터노이부르크의 집들과 수도원 벽에 저녁 햇살이 아직 머물러 있다.

「여기에서는 오순절이 어째서 그렇게 중요한 행사지?」

내가 마리아에게 여전히 약이 올라서 소리를 내어 중얼거린다.

「지금 뭐라고 했어요?」

줄리아가 내 쪽을 흘끗 쳐다보며 묻는다.

「어째서 오순절이 여기에선 그렇게 큰일이지?」

「모르겠어요. 아마도 오스트리아 헝가리 제국이 여러 나라 사람들로 이루어져서겠죠.」

「무슨 뜻으로 그런 말을 하는 거야?」

「마이클, 내가 운전을 하고 있을 때는 꼭 필요한 말이 아니면 나한테 말을 걸지 않는 게 좋아요. 나는 길에서 눈을 돌리면 안되니까요.」

그녀가 누스도르프에서 옆길로 빠져 구불구불한 칼렌베르크 로를 따라 차를 몰아간다.

「하지만 줄리아, 당신 지금 우리가 어디로 가고 있는지 알아?」

그녀가 차를 세워 길가에 댄다.

「바로 당신이 내가 가고 있다고 생각하는 곳으로요.」

「줄리아, 그러지 마. 하고 많은 곳 중에 왜 하필이면 거기야?」

「하고 많은 곳 중에 거기는 왜 안된다는 거죠?」

우리는 오래 전 우리가 마지막으로 헤어졌던 장소를 향해 가고 있다. 그때는 전차를 타고 걸어서 그곳으로 갔었지만.

포도나무로 덮인 언덕들 너머로 비엔나가 우리 앞에 펼쳐진다. 일시에 펼쳐지는 기억의 지도. 우리는 계속 차를 몰아가다가 좀 떨어진 곳에서 차를 세우고 그곳으로 걸어간다. 어쩌면 므노질처럼 그곳 역시 사라졌거나 변해 있을 것이다. 하지만 아니다.

집 옆에 잎이 무성한 가지들이 사방으로 뻗은 커다란 밤나무가 두 그루 서 있다. 좀더 작은 잎사귀들은 줄기 바로 뒤에 빽빽히 모여 있다. 물 펌프 옆에 제라늄들이 꽃을 피우고 있다. 바깥쪽의 기다란 테이블에는 젊은 연인들, 친구들, 무리를 지어 온 학생들이 늦은 저녁 햇살 속에 앉아서 먹고 마시고 이야기를 나눈다.

건너편 포도원에서 가져온 와인 한 병이 테이블에 놓이고 밤이 내린다. 우리는 정겨운 침묵 속에서 술을 마신다. 자동차 도난에 대해 보험을 들지 않은 내 바이올린은 케이스에 담겨 내 옆에 놓여 있다. 한 번 더 그녀가 내 이마를, 돌로 된 곰에 들이받은 자리를 만진다.

나는 불빛에 비쳐 투명해 보이는 잎사귀의 잎맥을 유심히 살펴본다. 불빛을 받은 가지들이 밤하늘을 배경으로 하얗게 빛난다. 그 너머로 밤은 온통 까만색이다.

우리는 많은 이야기를 하지 않는다. 어쩌면 테이블 위에 놓인 촛불 빛이 내 입술 모양을 왜곡하기 때문인지도 모른다.

내가 그녀의 잔에 술을 따라주는데 그녀가 입을 연다.

「나 당신하고 같이 베니스로 가겠어요.」

나는 아무말도 하지 않는다. 그런 말이 나오리라고는 전혀 예상도 하지 못했다. 어둠 속 어딘가에서 나는 무언가에 감사하지만 그녀에게는 아무말도, 무심결에 나온 말 한마디도 하지 않는다. 이제 내 손은 떨리지 않는다. 나는 손수 잔을 채워 말없이 들어올린다. 그녀에게, 우리에게, 덧없는 사랑의 정령에게 건배. 내가 의미하는 것이 무엇이건 그녀는 마치 알아들었다고 말하려는 것처럼 고개를 끄덕인다.

6-9

공연이 있는 날 아침은 하늘이 파랗게 개고 날씨가 덥다.

나는 줄리아가 어젯밤 베니스의 한 친구에게 보내려고 내 바이올린 케이스에서 꺼낸 악보 뒷면에다 쓴 편지를 팩스로 보내고 호텔 접수계원이 그 편지를 돌려줄 때까지 기다린다.

마조레 단원들이 로비에 모인다. 우리는 모두 긴장되고 기대에 차 있지만 내가 어제 느꼈던 불길한 예감은 사라졌다. 우리는 걸어서 이 분쯤 되는 거리에 있는 무직베라인으로 건너간다. 오늘 아침의 마지막 리허설은 공연이 열리는 브람스 홀에서 있다.

두 개의 흐릿한 붉은색 원기둥 사이에 설치된 단 위에 피아노가 놓여 있다. 줄리아는 어제 서너 대의 피아노를 시험해 보고 이 피아노의 기능이 가장 마음에 든다고 결론을 내렸다. 소리에 대해서라면 그 피아노들은 모두 충분한 시험을 거쳤지만, 줄리아는 설령 클라우디오 애로[10] 같은 사람은 자기에게 배당된 피아노를 한 음정도 쳐보지 않고 무대에 오를 수 있다 하더라도, 자기에게는 꼭맞는 것이 필요하다고 느낀다.

그녀는 피어스에게 구경꾼으로서 두 가지 일을 해달라고 요청했

---

10) 1903~1991. 칠레 태생의 미국 피아니스트.

다. 첫번째는 이 홀에서 그녀가 치는 피아노 소리의 밸런스에 대해 절대적인 면에서뿐 아니라 나머지 우리들과의 상대적인 면에서도 충고를 해달라는 것이다. 두 번째로 그녀는 자기가 약하게 또는 아주 약하게 연주할 때 단지 자기만이 추상적으로 들을 수 있는 음정을 연주하지 않도록 확실히 하기 위해 악보를 면밀히 따라가 달라고 요청했다.

그 홀은 내가 몇 년 전 객석에 앉아서 마지막으로 보았을 때보다 많이 바뀌었다. 색깔도 그때는 흰색과 황금색이 훨씬 더 많았는데 지금은 짙은 빨간색과 대리석 무늬가 든 초록색이 훨씬 더 많다. 하지만 늙은 브람스의 하얀 흉상은 그가 한때 군림했던 방을 늘 그랬던 것처럼 굽어보고 있다. 나는 헬렌이나 빌리와는 달리 내가 앉아 있는 곳에서는 그 흉상이 보이지 않는다는 것이 마음에 든다.

어제 우리를 연습실로 안내해 주었던 성미 까다로운 관리인은 내가 팁을 주었기 때문인지 좀 덜 까다롭게 군다. 나는 줄리아와 내가 학생이었을 때 안면을 익힌 표 파는 사람들에게 팁을 줌으로써 메인 홀인 대공연장에서 열리는 콘서트에 가끔씩 몰래 들어갈 수 있었던 일을 떠올린다. 또 그 외에도 계단과 복도가 그처럼 복잡하게 얽힌 건물에서는 경찰이 배치되지 않은 계단이나 복도를 거의 언제나 찾아낼 수 있었다. 휴식시간에 우리는 비어 있는 앞쪽 자리로 옮겨가 옆자리의 사람들에게 고개를 숙이고 자리에 앉곤 했는데, 그녀는 음악가들이 적어도 앞줄만큼은 다 차 있어야 더 즐겁게 느낀다는 말로 우리의 그런 행위를 정당화했다. 줄리아는 몹시 수줍어하는 성격임에도 그럴 때는 상당히 대담한 태도를 보였다.

줄리아와 페트라는 색의 부조화를 피하기 위해 저녁때 무엇을 입을 것인지 상의하고 있다. 줄리아는 초록색 실크드레스를 입을 것이고 페트라는 짙은 파란색 드레스를 입을 것이다. 쿠르트도 비슷한 의상 문제를 가지고 피어스와 이야기를 하고 있다. 연미복이 나올까요, 아니면 디너 재킷이 나올까요? 피어스는 그에게 우리는 연미복을 가지고 있지 않다고 대답한다. 그러면 장식 허리띠는요? 쿠르트가 묻는다. 우리는 장식 허리띠를 그의 말대로 '없어서는 안 될' 것으로 생각해야 할까? 피어스는 아니라고, 우리는 그렇게 생각하지 않는다고 대답한다.

헬렌은 그 모든 일로부터 뚝 떨어져 서서 처음엔 머리를 한쪽으로 숙였다가 다음에는 다른쪽으로, 그 다음에는 똑바로 치켜든다. 그녀는 늘 그랬던 것처럼 현악 5중주에 대해 걱정을 하고 있다. 그녀의 비올라는 여러 가지 합주, 그러니까 두 대의 바이올린과 함께 하는 3중주, 다른 두 대의 중간음 악기와 함께하는 3중주, 그리고 두 대의 첼로와 함께하는 3중주에서 역할이 변덕스럽게 바뀐다. 이 모든 합주의 아름다움이 그녀에게는 안정된 역할이 아니라 마음놓을 수 없는 즐거움일 뿐이다.

빌리와 나는 오늘 저녁 콘서트를 위해 만들어진 길쭉한 황금색 프로그램을 훑어보면서 그 우아한 디자인에 즐거워하고 무직베라인이 콘서트 그 자체를 기꺼이 받아들인 것에 기뻐한다. '프란츠 슈베르트'라는 글자 밑으로 그의 출생 연도와 사망 연도, 그리고 우리가 연주할 음악 바로 위에 '비엔나에서 음악을 사랑하는 친구들의 모임 대표위원'이라는 명문이 들어 있다. 물론 가난한 슈베르트가 무직베라인의 멤버가 될 수 있었던 단 한 가지 이유는, 엄밀히 말해서 그가 비엔나라는 도시 어디에서도 음악인으로서 공식적인 지위를 얻지 못한 아마추어였기 때문이었다.

리허설을 하는 동안 페트라가 아닌밤중에 홍두깨 격으로 느닷없이 우리의 작곡자인 슈베르트에 대해서「하지만 그 사람은 사이코 테러리스트예요!」라고 소리친 것을 제외하고는 크게 놀랄 만한 일은 일어나지 않는다.

헬렌과 빌리와 나는 서로를 쳐다보고 연주를 계속한다. 우리가 연주하는 곡은 유쾌한 곡이고 우리는 그 곡을 유쾌하게 연주한다. 순간순간 나는 줄리아가 어제 이야기했던, 앞으로는 다른 사람들과 함께 연주를 할 수 없다는 말에 대해서 생각한다. 그 말이 어떻게 사실일 수가 있을까? 그 말은 오늘 내가 듣는 음악과 정반대가 되고 있다.

우리와 태양 사이에 틀림없이 조그만 구름이 지나간 모양이다. 몇 분 동안 밝은 하늘이 흐릿해지고 홀이 어슴푸레해진다. 하지만 다음에는 햇빛이 다시 쏟아져 내리고 잠깐의 어둠침침한 막간은 이 마지막 리허설의 강렬함에 삼켜진다.

'숭어'의 마지막 악장에서 지난번의 리허설들에서는 생겨나지 않았던 뭔가 좀 이상한 일이 벌어진다. 헬렌과 나는 두 소절씩 두 악구로 되어 있는 첫번째 모티프를 연주했지만 줄리아는 우리가 깜짝 놀라게도 마치 그 모티프가 계속해서 점점 약해지는 하나의 네 소절짜리 악구인 것처럼 응답한다. 그녀는 생각을 다시 한 것일까? 아니면 순간적인 충동일까? 어찌되었건 우리는 그 점에 대해서 잠시 논의를 한 다음 모티프를 첫번째로 도입할 때는 아마도 그녀의 방식이 더 나을 것 같다는 결론을 내린다. 그렇게 하면 강한 음들이, 그리고 더 나중에는 절분음이 충돌할 때 대조가 더 효과적이라는 것이다.

만일 그녀가 우리의 연주를 정확히 들을 수 있었다면 과연 그녀가 했던 대로 했을까? 그리고 우리가 첫머리로 거슬러 올라가 수정을 했을까? 그것은 모두 바람직한 일이다. 하지만 나는 이런 일이 몇 시간 뒤 무대에서 또다시 일어나지나 않을까 하는 불안감을 느낀다. 우리가 미리 손을 쓸 수 없는 어떤 불안정한 일이 일어나지 않을까?

무직베라인 빌딩 아케이드에 있는 베토벤의 동상이 마치 이 따뜻한 밤에 추워서 떨고 있는 것처럼 보인다.

관리실에서 온 말솜씨 좋은 젊은 남자가 우리에게 이 콘서트는 대체로 예매에 의한 실내음악 사이클 판매의 일부니까 많은 수의 청중을 기대할 수 있을 거라고 알려주고 나서 우리를 휴게실로 안내한다. 우리 남자들의 방은 환하지만 캔디 껍질처럼 붉은 줄이 쳐진 벽이며 회색 바닥, 거울, 그리고 틀에 끼워진 숫자판이 노랗게 전 팩시밀리 때문에 약간은 우중충해 보이기도 한다. 줄리아, 페트라, 그리고 헬렌은 살벌한 입술을 한 프리츠 크라이슬러[11]의 초상화가 걸리고 얼룩이 진 카펫에 피아노와 커다란 코트걸이가 놓인 바로 옆방에 있다. 그들이 초록색, 파란색, 황금색 실크 가운을 걸치고 화려한 나방들처럼 밖으로 나온다. 페트라는 어깨가 드러난 푸른 옷을 입고 미소를 짓고 있다. 헬렌은 연한 황금색 옷을 입고 마치 신경통이라도 있는 것처럼 손으로 목 언저리를 누르고 있다. 그리고 줄리아는 위그모어 홀에서 그날 저녁에 입었던 바로 그 초록색 드레스를 입고 걱정스러운 표정을 띠고 나를 바라본다. 하지만 나는 지금 침착할까? 비록 이별을 하는 것 같기는 해도 모든 일이 잘될 것이다.

나는 테이블에 놓여 있는 생수를 마신다. 피어스는 헬렌이 가져온 조그만 술병에서 위스키를 한 모금 털어넣는다. 우리 모두 본토박이 비엔나 사람들은 슈베르트가 쓴 곡의 음을 하나하나 다 알 수 있다는 것을 알고 있다. 이제 헬렌은 피아노에 맞춰 조용히 조

---

11) 1875~1962. 바이올린 소곡들의 숨은 작곡가로 알려진 오스트리아의 바이올리니스트.

율을 하고 있다. 초록색, 황금색, 푸른색 옷을 입은 세 여자. 그렇게 화려한 차림을 한 여자들 사이에서 빌리와 나는 얼마나 침착해 보일까?

복도 건너편에서 사람들은 우리가 연주하는 음악을 들으려고 기다린다. 피어스가 커다란 문에 나 있는 엿보는 구멍에 눈을 갖다댄다.

「꽉찼어.」

「지금 시간이 일곱시 이십팔분인데.」

빌리가 한마디 거든다.

「음계, C마이너.」

피어스가 자기 바이올린을 턱에 갖다대며 말한다.

우리 네 사람은 천천히 한 음정 한 음정씩 올라갔다가 천천히 우리의 주음(主音)으로 되돌아온다. 내 눈은 감겨 있지만 나는 줄리아와 페트라와 쿠르트가 우리의 의식에 좀 놀라서 서로를 힐끔거리고 있는 것을 상상할 수 있다.

당직인 젊은 매니저가 고개를 끄덕이자 마조레 단원들은 문 앞으로 모인다. 우리 네 사람이 콘서트장 안으로 들어가 연단으로 이르는 야트막한 나무 계단을 오르고 있을 때 웅성거리는 소리가 박수 갈채로 바뀐다. 그러는 동안 나는 오래된 나무 발판이 삐걱거리는 소리를 듣는다.

나는 이쪽 저쪽을 둘러본다. 내 오른쪽으로는 무두질한 담황색 가죽 광택을 띤 커튼들이 늦은 저녁의 햇살을 가리기 위해 드리워져 있고 샹들리에가 바로 그 밑에 있지는 않은 브람스의 흉상에 빛을 던지고 있다. 저 앞쪽으로 직사각형 홀의 맨 뒤쪽에는 황금색으로 된 높다란 여상주(女像柱)들과 발코니에 있는 알아볼 수 없는 얼굴들, 그리고 내 양 옆으로는 양쪽 벽을 따라 길게 설치된 발코니들이 본부석의 몇 자리를 제외하고는 모두 채워져 있다. 어두운 맨 앞쪽 줄은 거의 다 차 있다. 두 번째 줄에서 나는 줄리아의 어머니와 이모를 본다. 그들의 옆자리는 비어 있다. 만일 내가 지금 부분적으로나마 관객들을 보아둔다면 '숭어'를 연주할 때는 그들을 보지 않아도 될 것이다.

이제 침묵이 내려앉는다. 여기에도 천장에 갈라진 틈이 있어서 햇빛이 새어들고 지금 이 시간에는 전구들에서 발산되는 것만큼 빛이 쏟아져 들어온다. 우리는 인사를 하고 자리에 앉아서 몇 초 동안 한 번 더 조율을 한다. 다음에 피어스가 언제 시작했는지도 모르게 갑자기 연주를 시작하고 다음에는 내가, 그리고 그 다음에는 헬렌이, 그 다음에는 빌리가 연주에 끼여든다. 우리는 4중주 악장 도입부에서 조울증에 걸린 벌들처럼 흔들리고 있다.

빠르고 꽉찬 화음에 이어서 이제 헬렌과 나는 대체로 침착한 반면 피어스와 빌리는 위아래에서 지글거리고 그르렁거린다. 이 완전하게 미완성인 걸작의 작곡가는 우리에게 그처럼 대칭적이고 충만해서 어떤 곡과도 쉽게 연결될 수 있는 이 첫번째 악장을 선사한다. 그런데 오늘 밤 우리가 연주할 다른 곡들은 무엇일까? 후원자의 요청에 따라 너무 지나치게 완성되다시피 한 곡. 그리고 그 다음에는 작곡가 자신의 미완성인 삶을 마감한 징표가 된 작품. 만일 그가, 더없이 관내한 슈베르트가, 모차르트만큼만 오래 살았더라면.

벌들이 다시 돌아와 사납게 붕붕거리다가 날카롭고 깔끔하게 세 번을 쏘고 곡이 끝난다. 절묘한 간결함! 우리는 일어서서 감사해 마지않는 박수 갈채에 감사의 절을 한다. 우리는 무대 뒤로 들어갔다 나왔다 들어갔다 다시 나온다. 빌리가 무대의 문을 지나 복도로 나올 때까지도 마지막 박수 갈채가 잦아들지 않는다.

「당신 어머니가 두 번째 줄에 앉아 있어. 그리고 당신 이모도.」

내가 줄리아에게 귀띔해 준다.

「나는 휴식시간이 끝나면 그분들하고 같이 있을 거예요.」

「이 홀에는 루프 시설이 되어 있지 않아. 그런데 무슨 수로 소리를 들을 수 있지?」

「그냥 지켜볼 거예요.」

「피어스!」

내가 줄리아에게서 고개를 돌리며 부른다.

「왜?」

내가 활로 그의 어깨를 툭 치자 그의 옷에 계급장처럼 두 줄의 송진 자국이 묻는다. 그는 송진 자국을 털어내려 하지도 않고 예의 그 웃는 둥 마는 둥하는 미소를 짓는다.

「자, 그럼 행운을 빌어, 마이클. 지금까지는 잘됐어. 앞으로도 잘될 거고.」

하지만 나는 '숭어'를 바로 앞에 두고 있어서 머릿속이 붕붕거리는 느낌이다. 내 왼쪽 손가락 끝이 약간 따끔거리기 시작한다. 마치 낮은 전압의 전선을 만지고 있는 것처럼.

그런 느낌이 사라지고 나는 다시 자신감을 찾는다. 피어스가 물러나고 줄리아와 페트라가 우리와 합류한다. 우리는 안으로 들어가 절을 하고 무대 주위로 흩어진다. 그리고 우리 다섯 사람 모두에게서 '숭어' 5중주의 첫번째 장려한 화음이 홀 안으로 울려 퍼진다.

6-11

위쪽의 하늘은 아직도 밝다. 맨 앞줄에서 누군가가 황금색 프로그램으로 부채질을 하고 있다. 우리가 내는 음은 모두 하나가 되고, 객석에 있는 얼굴들도 모두 하나가 된다. 이제는 헬렌이 리드를 하고 있다. 그녀는 줄리아가 무엇을 하고 있는지 보려고 목을 빼어 뒤쪽을 볼 수 없기 때문이다. 하지만 모든 소리가 하나로 합쳐져 나아가고 있다. 더블베이스가 원동력이다. 이 아름답고 가벼운 탄주는 누구의 솜씨일까? 첼로다. 그는 눈을 감고 있다. 내게서 귀가 제거되어 나는 들을 수 없지만, 그 예민한 손가락들이 그 곡의 소유자라는 것은 알고 있다. 정조법(正調法)은 완벽하다. 손가락들은 나의 것이고 그 손가락들이 춤추는 지판은 흑단(黑檀)이다.

내가 듣는 침묵이 그녀를 가두고 있는 것일까? 연주회에 참석한 유령들이 나를 짓누른다. 내 시야를 벗어난 오른쪽 어딘가에 한때 내 삶을 지배했던 카를 캘의 조상이 있고, 발코니에는 폼비 부인이 내 옛 독일어 선생님 옆에 앉아 있다. 슈베르트가, 그리고 줄리아의 어머니가 여기에 있다. 그들은 우리가 다시 만들어내고 있는 음악의 아름다움 때문에 참석한 것이다.

오늬 무늬가 있는 홀 바닥이 아스팔트 포장도로로 바뀐다. 검은 흑단, 하얀 상아. 그것은 눈으로 덮여 서펜타인 연못으로 녹아드는 주차장이다. 거무스름한 얕은 물에서 길쭉한 물고기 한 마리가 은빛 비늘들을 번쩍이며 뛰어오른다. 그 물고기는 나타날 때마다 색깔이 황금빛, 구릿빛, 청회색, 은빛을 띤 푸른색, 밝은 초록색 등 여러 가지로 바뀐다.

이제는 마지막 악장, 빌리의 말로는 광란적인 연주를 통해서만 효과가 나타날 수 있다는 악장이다. 나는 단 한 번도 이 악장에 열광한 적이 없지만 그래도 지금은 슈베르트에게 추가 악장을 붙이라고 간청한 파움가르트너에게 감사한다. 만일 이것이 줄리아가 앙상블로 연주하는 마지막 곡이라면, 그 몇 분이 더없이 소중한 것이기 때문이다. 반복구가 더없이 소중한 것은 마지막 악구와 마지막 음정이 영원히 기억에 새겨질 것이기 때문이다. 이것은 죽음, 소멸이다. 그녀는 누구와도 다시는 연주를 하지 않을 것이다. 그런데 과연 그럴까?

나는 피아노에 앉아 있는 그녀를 흘끗 쳐다보지만 초록색 옷을 입은 모습이 희미하게 들어올 뿐이다. 나는 행위자가 아니라 수단이다. 그녀의 황금빛 머리칼과 푸른 눈처럼, 몸이 그 자체를 공격했던 구불구불한 내이(內耳)를 한때 지녔던 강렬한 충동처럼, 일시적인 수단이다. 그녀는 절대로 다시는 다른 사람들과 연주를 하지 않을까?

비엔나에 있던 '음악을 사랑하는 친구들의 모임'의 대표위원들은 춥고 배고팠고 다음에는 병이 들었다. 행복한 사람이라도 슬픔과 조급함으로 차 있었다. 그러니 고맙소, 내 동료 시민 여러분. 이 곡을 들으러 여기로 와주어서. 여러분의 예민하고 섬세한 귀에는 단지 공들인 노력에 지나지 않는 곡을 말이오. 내 한 번의 콘서트 역시 이런 후원하에 열렸고 만일 시간이 있었더라면 다른 콘서트들도 열렸을 것이라고 나는 확신하고 있소. 하지만 달아나지는 마시오. 이 연주자들에게 박수 갈채를 보내고 다음에는 섹트 술을 마신 뒤에 돌아오시오, 선량한 시민들이여. 휴식시간 다음에 당신들은 나 자신도 단지 내 마음의 음악을 통해서가 아니라 현과 말총과 나무를 통해 즐겨 들었을 법한 곡을 듣게 될 테니 말이오. 하지만 그것은 내가 하이든의 무덤으로 걸어갔던 해, 내가 죽은 해의 일이었소. 그리고 땅은 내 매독에 걸린 살과 장티푸스에 유린된 창자, 그리고 내 현악 5중주곡이 인간의 귀에 들리기 전에 여러 해 동안 헛된 사랑을 해온 내 심장을 받아들였소.

'숭어'에 대한 박수 갈채가 울려 퍼진다. 박수 갈채뿐 아니라 환호성까지도. 그것도 근엄한 비엔나 사람들에게서. 어쩌면 몇몇 학생들이 그러는 것일까? 하지만 지금 나는 어디에 있는 것일까?

「마이클.」

나는 근심스럽고 급박한 줄리아의 목소리에 깜짝 놀란다.

내 동료들이 일어서 있다. 그들은 한동안 일어서 있었다. 나는 여전히 앉아 있다. 나는 일어선다.

이제 우리는 복도로 나와 있다. 하지만 나는 다시 돌아갈 수가 없다.

줄리아의 목소리가 들린다.

「피어스, 이 사람 바이올린을 좀 챙겨주시겠어요? 마이클, 내 팔을 붙들어요. 우리는 한 번 더 인사를 하러 나가야 해요.」

삐걱거리는 계단. 박수 갈채 소리. 모두가 미소를 짓고 있다. 나는 똑바로 설 수가 없다. 나는 돌아서서 혼자 복도 쪽으로 향한다.

그녀의 팔이 내 어깨를 감싼다. 피어스가 겁에 질린 목소리로 책임을 떠맡는다.

「내 생각엔 이만하면 된 거 같아요. 이 친구는 몸이 안 좋아요. 좀 앉게 해요. 인사를 하러 더이상 나가지 마. 계속해서 손뼉을 치도록 놓아둬. 그래도 상관없어…… 무슨 일이야, 마이클? 도대체 무슨 일이냐구? 헬렌, 이 친구한테 물 한 잔 갖다줘. 페트라, 정말 훌륭했어요. 아주 잘했어요. 하지만 이봐, 얼른 관리국 쪽 사람을 불러와야겠어. 빌더는 어디로 간 거야? 이 빌어먹을 휴식시간이 얼마나 되는 거지?」

6-12

나는 겨우 속삭이는 소리를 낼 수 있을 뿐이다.

「화장실, 피어스, 빌리.」

「내가 데려다줄게요. 자, 마이클, 나를 잡아요.」

빌리가 나선다.

「몇 분만 있으면 괜찮아질 거야. 미안해, 빌리.」

「미안할 거 없어요. 숨을 깊이 들이쉬고 마음을 편하게 먹어요.

아직 시간이 좀 있어요. 헬렌이 위스키를 좀 가지고 있어요.」

「난 다시 계속할 수가 없어.」

「할 수 있어요. 할 겁니다. 겁낼 거 없어요.」

「난 도저히 할 수 없어.」

회색 벽, 회색 타일, 바닥에 깔린 광택이 없는 조그만 회색 타일. 벽에 붙은 회색 금속 사각형. 나는 내 얼굴을 보려고 몸을 굽힌다. 죽은 것처럼 창백한 모습이다.

밖에서 빌리가 부르는 소리가 들린다.

「마이클, 시간이 별로 없어요. 그만 나오는 게 좋겠어요.」

「빌리, 제발.」

「누구도 뭘 연주하라고 하지는 않을 겁니다.」

나는 그에게 이끌려 휴게실로 들어간다.

피어스와 쿠르트가 우리에게서 사인을 받기 위해 가죽 장정으로 된 커다란 책을 펼쳐들고 있는 어떤 당직자와 이야기를 나누고 있다. 그 당직자는 또 손에 편지 봉투도 몇 장 들고 있다.

「대체 무슨 일입니까, 바이글 씨, 대체 무슨 일입니까, 타비스토흐 씨?」

「괜찮으시다면 빌더 씨, 이 일을 콘서트 뒤로 미룰 수 있을까요? 우리 동료들 중의 하나인 마이클 호움이, 그래요 우리의 제2바이올리니스트가, 그 사람은 5중주에서 연주를 하고 있는데…… 아니 전에는 이런 일이 없었습니다…….」

하지만 그런 일이 일어났고 일어나고 있고 앞으로도 일어날 것이다.

십여 명의 사람들이 웅성거리는 소리. 내가 알지 못하는 어떤 사람, 위기 상황에 익숙한 늙수그레하고 친절한 여자, 직급이 더 높은 다른 사람. 너무도 많은 사람들. 거듭거듭 되풀이되며 떠도는 내 이름.

나는 의자에 앉아 손으로 머리를 감싸고 있다. 줄리아가 내게 무슨 말인가를 하고 있다. 위로의 말인 것은 알지만 알아들을 수가 없다. 나는 그녀의 얼굴을 올려다본다.

빌더 씨가 자기의 손목시계를 만지작거린다.

「신사 숙녀분들에게 양해를 구해도 될지…….」

쿠르트는 공포에 질린 것처럼 보인다. 그가 머리를 자기 첼로의 목에 기댄다. 빌리, 피어스, 헬렌…….

「자, 여러분들…… 여러분 부탁합니다. 아무쪼록 여러분께서…… 호움 씨를…… 우리는 이미 좀 늦었습니다…….」

누군가가 내 바이올린을 손에 쥐어준다. 그것을 가지고 나는 어떻게 해야 할까?

줄리아가 벽에 걸린 액자에 끼워진 육필(肉筆) 악보들 가운데 하나를 유심히 바라보고 있다.

「이걸 좀 봐요, 마이클.」

나는 그 악보를 쳐다본다. 그것이 슈베르트가 작곡한 노래 '디리베(사랑)'라는 것을 알 수 있다.

「그걸 연주하기로 해.」

내가 웅얼거린다.

「마이클, 지금은 그럴 때가…….」

그녀의 말이 중도에서 끊긴다.

「그렇게 합시다.」

빌리가 재빨리 악보를 벽에서 떼어 피아노의 악보대에 놓으면서 재촉한다.

줄리아가 자기의 연주 부분인 두 행을 치기 시작하고 베이스와 함께 성악 행을 연주한다. 그것은 짧고 감미롭지 않은, 긴박하고 비서정적이고 교란되고 변덕스러운 곡이다.

「조율해요, 마이클. 빨리요, 여기 서서. 이 곡은 선배 음역 내에 있어요.」

빌리가 재촉한다.

나는 재빨리 바이올린을 조율하고 성악 행을 연주한다. 아무도 우리를 중단시키지 않는다.

「난 당신이 누구와도 다시는 연주하지 않을 걸로 생각했는데.」

「자, 이제 무대로 나가요.」

그녀가 격려를 해주려고 내 손을 꼭 잡는다.

나는 복도에서 다른 사람들과 합류한다. 몽롱한 느낌이 순간적인 공포로 빠져든다.

「내 악보, 나한테는 악보가 없어.」

「벌써 스탠드에 있어요.」

헬렌이 지치고 기운 없는 소리로 알려준다.

문이 열린다. 환영하는 박수 갈채를 받으며 우리는 조용히, 서두르지 않고 무대에 반원형으로 놓인 의자들로 옮겨간다.

6-13

5중주를 연주하는 동안 마치 전지의 수명이 다해가는 것처럼 위쪽 하늘이 어두워진다. 머리 위의 천창(天窓)에서 흘러드는 회색 빛이 점점 흐릿해지다가 마지막 희미한 빛이 느리고 무거운 3중주와 함께 소멸된다. 고상하고 장중하고 슬픈 곡이 우리가 세상을 견디도록, 그리고 태양 없는 밤에 올지도 모르는 온갖 두려움을 견디도록 도와준다.

우리의 손들이 마치 종이 위에서 움직이는 슈베르트의 손처럼 움직이고 우리의 심장은 그의 심장이 고동치는 것처럼 고동친다. 하지만 그는 이 곡이 연주되는 것을 단 한 번이라도 들었을까?

친애하는 슈베르트 선생, 당신의 도시에서 나는 떠돌고 있습니다. 나는 지나간 사랑으로 소진되었습니다. 오래 전에 묻혀 반쯤 억눌려진 그 사랑의 씨앗이 다시 독을 품게 되었습니다. 나에게 희망이라곤 없습니다. 나는 사천 날 밤 전에 고개를 돌렸고, 길은 나무들과 들장미들로 막혔습니다.

나는 쓸데없는 연민으로 소모되었습니다. 많은 것에서 너무 많은 것을 만들었습니다.

위축된 힘과 타락한 음악의 도시에서 나는 이제 다른 도시로 여행합니다. 내 상태에 변화가 좀 있으면 좋겠습니다. 아니면 희망이 하나의 단어가 아닌 곳에서 살고 싶습니다. 얼마나 오래 나는 손에 넣을 수 없는 것을 갈망할 수 있을까요?

6-14

다음날 아침 여덟시, 문 밑으로 팩스용지가 한 장 밀려 들어오는 것이 보인다. 베니스에 있는 줄리아의 친구에게서 온 것이다. 그녀는 우리에게 자기와 함께 지내는 대신 우리 마음대로 쓸 수 있는 그녀 소유의 조그만 공동주택이 있는 곳을 알려주었다. 나는 기차역으로 가서 표를 두 장 산 다음 호텔로 돌아와서 피어스의 방으로 전화를 걸지만 그는 외출하고 없다. 그러나 헬렌은 있다. 나는 헬렌의 방으로 찾아간다. 그녀가 어젯밤 일에 대해서 뭐라고 말을 꺼내기 전에 나는 내일 그들과 함께 비행기를 타고 베니스로 가는 대신 기차로 가겠다고 통고한다.

나는 어젯밤 일에 대해서 이야기를 하고 싶지도, 생각하고 싶지도 않다. 청중에게는, 아니 무대 밖의 어떤 사람에게도 그 공연은 성공, 아니 성공 이상의 것이었다. 그리고 내 편에서 보자면, 나는 그 공연에서 살아남았다. 그런 일은 십 년, 아니 십일 년 동안 일어나지 않았다. 하지만 '디 리베'가 없었더라면, 내 친구들의 도움이 없었더라면 내가 어떻게 나 자신을 수습할 수 있었을까? 현악 5중주를 연주하는 동안 나는 제2악장이라는 폭풍이 휘몰아치는 것을 느끼면서 그녀가 마땅히 앉아 있어야 할 객석을 응시했고, 그러자 현기증이 다시 몰려오기 시작했다.

그들은 나를 어떻게 생각할까? 줄리아는 나를 보면 무슨 말을 할까?

어젯밤 무대 뒤의 분장실로 누구도 오기 전에 나는 도망쳤다. 처음에는 호텔로, 그리고 다음에는 누구의 눈에 띌까 두려워 길거리로.

「혼자 있고 싶은 건가요?」

헬렌이 묻는다.

「난 그냥 기차로 가고 싶은 겁니다.」

「하지만 선배 비행기표는 요금이 지불되었고 환불을 받을 수 없어요. 우리하고 같이 가요, 마이클. 내가 당신 옆자리에 앉을게요.」

「이 기차표들은 4중주단 자금에서 나가는 게 아닙니다.」

「기차표들요?」

「줄리아도 같이 갑니다.」

「그러면 팔라초¹²⁾에서 우리하고 같이 묵을 건가요?」

「아뇨, 산텔레나에서요.」

「하지만 거기는 아주 외딴 곳이잖아요! 아닌가요?」

「거기에 줄리아의 친구 하나가 남아도는 공동주택을 한 채 가지고 있어요. 우리가 묵게 될 곳이 바로 거깁니다.」

「마이클, 거기에서 묵으면 안돼요. 우리 네 사람은 함께 있어야 해요. 우린 늘 그랬어요. 그리고 우리가 받아들인 환대를 무시할

---

12) 르네상스 이후에 지어진 안뜰을 둘러싼 형태의 이탈리아 궁전.

수 없어요. 난 트라도니코 부부가 틀림없이 한 사람쯤은 더 유숙시켜 줄 수 있을 거라고 믿어요.」

「헬렌, 내 생각은 그렇지 않아요.」

헬렌의 얼굴이 붉어진다. 그녀가 무슨 말인가를 하려다 그만둔다. 그녀가 거울에 비친 자신의 모습을 흘끗 쳐다본다. 그 모습 때문에 그녀의 화가 더욱 돋우어지는 것처럼 보인다.

「선배는 그 여자를 다시 만나기 전엔 괜찮았어요.」

그녀가 나를 쳐다보지 않고 말한다.

나는 그 말을 잠시 생각해 본다.

「아니, 사실 그렇지는 않아.」

「글쎄요, 다른 사람들에게 얘길 하는 편이 더 낫겠어요. 모두들 선배가 어떻게 된 건지 궁금해 하고 있었어요. 우리는 선배 방문을 두드렸지만 선배는 이미 나가고 없더군요.」

나는 고개를 끄덕인다.

「고마워요, 헬렌. 난 무슨 일이 있었는지 몰라요. 나는 그걸 혼자 생각해 보고 정리해야 돼요. 그걸 4중주단의 문제로 삼고 싶지는 않아요.」

내가 마지막으로 내뱉은 그 둔감한 말에 그녀가 나를 날카롭게 쏘아본다.

「그러면 오늘 점심은요? 그리고 저녁은요? 아니면 내가 요청을 해야 할까요?」

「아니, 난 나갈 겁니다.」

그녀가 숨을 깊게 들이쉰다.

「선배, 팔라초의 전화번호와 약도는 가지고 있겠죠?」

「그래요, 내일 저녁에 연락하죠. 그리고 이건 그 공동주택의 주소와 전화번홉니다.」

「거리 이름하고 번지수를 보니 이건 정말 세상에서도 아주 외딴

벽촌이네요!」

「그래요, 당신 같은 관광객들에게서 뚝 떨어진 곳이죠.」

내가 긴장을 완화시킬 셈으로 농담처럼 한마디 던진다.

「관광객요? 우린 베니스에서 일을 할 거예요. 그걸 잊지 말아요. 무직베라인 일이 끝났다고 삶도 같이 끝나는 건 아니니까요.」

머릿속으로 무슨 생각이 떠오르건 나는 반박하는 말을 입 밖에 내지 않는다.

6-15

나는 어젯밤 일을 사과하고 나를 제외한 모든 연주자들의 서명이 들어 있는 저명인사 방명록에 서명을 하기 위해 무직베라인 사무국으로 건너간다. 엷은 황갈색 양복을 입은 세련되고 친절한 사무국장이 다른 직원과 함께 나를 맞아 자기의 사무실로 안내한 다음 내게 의자를 권한다. 그는 어젯밤과 같은 일이 '심지어는 가장 위대한 예술가들'에게도 일어날 수 있는 일이며, 자기네들이 곡의 순서에서 잘못된 점이 없기를 바란다고, 그리고 콘서트는 대단한 성공이었으며 우리들이 좋은 예가 된 것처럼 '런던의 소리'가 얼마 안 가서 곧 비엔나만큼이나 유명해질 것이라고 나를 안심시킨다.

몬테베르디[13]의 초상화가 좀 의심스럽게 우리를 내려다본다.

「비엔나는 그렇다 치고, 자네도 알겠지만 나는 여기 이 독일어를 말하는 매혹적인 사람들 사이에 처박혀 있고 이탈리아어가 몇 달에 한 번씩 말해지는 것도 들은 적이 없어. 적어도 자네의 토노니는 돌아갈 수 있겠지. 베니스로의 여행을 즐기기 바라네.」

---

13) 1567~1643. 이탈리아의 후기 르네상스 시대 작곡가.

그 자신이 마침내 베니스를 떠났을 때 얼마나 비참한 여행을 했는지를 생각한다면 이 말은 친절하지가 못하다.

「아, 그거. 아니, 그 당시에는 유쾌하지 못했지. 하지만 자네는 세속적인 소유물을 모두 다 가지고 여행하지는 않을 거야. 그리고 나는 뭐랄까, 나는 어떤 대가를 치르고라도 만투아에서 떠나는 게 기뻤어.」

몬테베르디 선생이 내 생각을 읽고 말한다.

사무국장의 주의가 책상 위에 놓인 비디오 모니터 때문에 흐트러진다. 그가 악수를 하며 내게 행운을 빌어준다.

「물론 토노니는 나보다 훨씬 뒤였지. 그런데 그 친구가 어디 출신이더라? 브레시아? 볼로냐? 난 잊어버렸어.」

몬테베르디가 웅얼거린다.

「볼로냐요.」

내가 대답한다.

「뭐라고 하셨지요?」

사무국장이 스크린에서 고개를 돌리며 묻는다.

「아, 아무것도 아닙니다. 아무것도 아니에요. 대단히 감사합니다. 콘서트를 즐기셨다니 기쁩니다. 그리고 이처럼 친절히 대해주셔서 감사합니다.」

나는 몬테베르디의 빤히 쳐다보는 눈길을 보지 않고 그곳을 떠난다.

6-16

근처에 있는 소시지 매점에서 간단히 식사를 해결한 다음, 나는 호텔로 돌아와 마리아와 그녀의 남편인 마르쿠스 그리고 아들 페터가 탄 차에 편승한다. 우리는 줄리아를 태우기 위해 북쪽으로 차를 몰아 클로스터노이부르크로 간다. 다행히도 맥니콜 부인은 외출하고 없다. 줄리아가 청바지 차림에 조그만 바구니를 들고 집에서 나온다. 나는 말없이 그녀에게 베니스의 친구가 보낸 팩스와 기차표를 한 장 건넨다. 그녀가 무슨 말인가를 하려고 입을 열려다가 만다.

「내가 읽어봤어. 당신이 기분 나빠하지 않았으면 좋겠는데.」

내가 먼저 입을 연다.

「아뇨, 물론 괜찮아요.」

「그리고 즉시 행동으로 옮기기로 했고.」

「나도 알아요. 하지만 난 설명해야 할 일이 좀 있어요.」

「글쎄, 망설이는 것보다는 낫겠지. 출발은 내일 아침 일곱시 반이야.」

「그게 무슨 소리죠?」

우리의 마지막 말을 몇 마디 흘려들은 마리아가 묻는다.

줄리아가 그녀에게 설명을 하자 그녀는 몹시 당황하지만 이 말밖에는 하지 않는다.

「그건 바보 짓이야.」

줄리아는 한동안 아무말도 하지 않는다. 어쩌면 마리아의 말에 흔들려서, 베니스로 가겠다고 느닷없이 승낙한 일을 후회하고 있는지도 모른다. 잠시 후 그녀가 입을 연다.

「마리아, 너하고 마르쿠스가 괜찮다면 난 오늘 밤 너희 집에서 자고 내일 아침 일찍 택시를 타고 정거장으로 갈까 해. 엄마한테는 내가 앞으로 며칠 동안 너하고 같이 지내는 걸로 얘기해 놓을 거야. 너한테 베니스에서 내가 있을 곳의 전화번호와 내 친구인 제니 번호도 같이 알려줄게. 만일의 경우에 대비해서.」

「그게 무슨 소용이야? 내가 무슨 수로 너하고 통화를 할 수 있지?」

마리아가 불쑥 내뱉는다.

「마이클이 다른 전화기로 같이 전화를 받는다면 들은 말을 입 모양으로 알려주고 그러면 난 그걸 보고 무슨 말인지 알 수 있어. 적어도 요점을 알아차리고 대답을 하기에는 충분해.」

「내가 귀먹지 않은 게 천만다행이군.」

그러면서 마리아는 자기의 그 험악한 소리를 줄리아가 알아듣지 못하도록 본능적으로 고개를 돌린다.

나는 처음엔 충격이 너무 커서 아무말도 하지 못한다. 그리고 다음에는 마리아에게 무슨 말인가를 해주려다가 생각을 고쳐먹는다. 만일 줄리아가 무슨 말이 나왔는지 모른다면 내가 뭐하러 억지로 알려야 할까?

「카드를 두 벌 가져왔어요. 우리 어디로 가는 거죠?」

줄리아가 차에 오르면서 묻는다.

「크리첸도르프가 어떻겠습니까?」

마르쿠스가 대답한다.

「어디요?」

「크리첸도르프.」

내가 다시 알려준다.

「아, 좋아요!」

그러고 나서 줄리아가 자기 발치에 놓인 바구니로 손을 뻗어 페터에게 초콜릿을 하나 건넨다.

「우는 게 약이야.」

페터가 좀 불확실하게 반쯤 혼자말처럼, 마치 국제적인 협상기법을 평가하듯 중얼거린다.

「그게 무슨 소리지, 페터?」

내가 묻는다.

「저 애 심술이 잔뜩 나 있어요. 우리는 하루 동안 이 애를 친구

집에 맡겨놓을 예정이었는데, 이 애가 따라가겠다고 고집을 피우면서 우리가 진이 빠져 두손들 때까지 울고불고했거든요. 어린애들이 얼마나 진을 빼는지 모를 거예요. 어쨌든 우리가 브리지 게임을 할 때에는 패를 포기하고 죽은 사람이 이 애를 봐줘야 할 거예요.」

마리아가 설명을 한다.

페터가 창 밖을 내다보며 콧노래를 부르기 시작한다.

「그래도 이 녀석은 분명히 유익한 교훈을 배웠어.」

마르쿠스가 불행중 다행이라는 투로 말한다.

「누구에게 유익하다는 거죠?」

마리아가 묻는다.

하지만 상큼한 기분이 되살아나는 더없이 좋은 날씨 덕분에 우리의 기분도 곧 좋아진다.

도처에 밤꽃과 라일락이 피어 있고 이곳 저곳에 흰 꽃을 피운 아카시아나 보리수 또는 플라타너스, 버드나무 들이 있다. 줄리아와 나는 손을 잡는다. 만일 우리 둘뿐이었다면 그녀는 내게 전날 밤의 일에 대해서 물었을 것이다. 정말로 그녀는 자기가 그래야 한다고, 그럼으로써 내가 어느 면에서는 우리에게 동료가 있다는 것에 안심할 수 있다고 느꼈을 것이다. 특히 오늘이 내가 그녀와 함께하는 마지막 날이 아니라 함께할 며칠 동안의 첫날인 만큼.

모든 두려움이 햇살 속에서는 얼마나 빨리 사라지는지. 우리는 차를 주차장에 대고 페터에게 막대 아이스크림을 하나 안겨주었다. 그리고 잘 손질된 길을 따라 풀들이 제방까지 자라난 다뉴브 강 쪽으로 걸어와서 테이블 보를 펼친 다음 수영복으로 갈아입었다. 줄리아는 마리아가 여분으로 가져온 홍등가의 불빛처럼 새빨간 수영복으로, 나는 헐렁한 카키색 운동 반바지로. 카드, 음식,

106

카메라, 종이 냅킨, 선탠 로션 그리고 신문지 한 장. 어디에도, 어디에도 음악의 징후는 전혀 없다. 커다란 흰색 증기선이 뱃고동을 울리며 지나간다. 나는 물에 뛰어들 준비가 되어 있다. 주인의 말을 듣지 않는 개 한 마리가 짖어대며 제방을 따라 달린다. 참새 한 마리가 고운 모래의 움푹 팬 구덩이에서 날개를 퍼덕인다. 양팔에 비닐 튜브를 끼운 페터가 자갈 깔린 물가를 따라 천천히 내려간다.

「마이클, 저 애를 좀 봐줘요. 그냥 발만 적시게 해요.」

마리아가 소리친다.

페터는 물살이 매우 빠른데도 멀리까지 나가겠다며 으름장을 놓고 나는 그 아이에게 안된다고, 돌아오라고 외친다.

「이번에는 소리를 쳐봐도 소용이 없군.」

나는 그런 말을 하지 않을 수 없다. 아이가 발을 구른다.

「저것 봐라, 슈웅!」

마르쿠스가 그 아이의 관심을 다른 곳으로 돌리려고 위쪽을 가리키면서 소리친다.

「쳇, 비행기잖아.」

페터가 아기들에게나 하는 말에 관심을 돌리려 하지 않으면서 코방귀를 뀐다. 하지만 이제 소리를 지르지는 않는다.

「저 웃기는 새 좀 봐라. 정말, 정말 웃기는 새야. 이제부터 우리 네 사람은 브리지 게임을 할 건데 너는 우리가 이야기를 할 때는 아주 얌전히, 아주 조용하게 있어야 해. 그리고 우리가 이야기를 멈추면 우리 중 한 사람이 다시 패를 돌릴 때까지 너하고 놀아줄 거다. 됐지? 저 지빠귀 좀 봐라.」

마리아가 페터의 관심을 끌어보려고 한다.

「지빠귀, 개똥지빠귀, 참새, 그리고 찌르레기.」

페터가 즐겁게 노래를 부르듯 중얼거린다.

줄리아가 그 아이를 보았다가 다음에는 지빠귀를, 그 다음에는 다뉴브 강을 바라보면서 팔꿈치를 땅에 괴고 몸을 뒤로 젖힌다. 한순간 그녀의 모습이 아주 애교 있고 행복해 보인다.

6-17

다음날 아침 일곱시 이십칠분, 줄리아가 슈트케이스와 조그만 여행가방을 들고 플랫폼으로 달려온다. 나는 그녀에게 미친 듯이 손을 흔든다. 일곱시 삼십분이 되자 기차가 떠난다.

우리 객실에는 줄리아와 나 두 사람밖에 없다.

「좋은 아침.」

내가 정식으로 인사를 건넨다.

「좋은 아침.」

「당신 이렇게 허둥대는 게 습관이야?」

「늦게 일어났어요. 봐요, 우리뿐이에요. 기차 외벽이 낙서로 잔뜩 덮여 있어요. 꼭 뉴욕의 지하철 같네요, 비엔나가 아니라. 하지만 안쪽은 근사하네요.」

줄리아가 갖가지 전등 스위치들과 난방 손잡이, 그리고 스피커 음량 조절기 들을 살펴본다.

「일등 표를 사느라 한재산 날렸지. 이번 여행이 십 년 동안 기다린 가치가 있었으면 좋겠는데.」

「마이클, 화를 내지는 말아요. 하지만…….」

「안 낼게.」

「부탁이에요.」

「안 낸다니까.」

「적어도 내 몫은 내가 부담하게 해줘요. 당신은 이럴 만한 여유가 없어요.」

「이건 내가 한턱내는 거라고 생각해, 줄리아. 나는 내 비행기표를 환불받게 될 거야. 게다가 당신은 우리하고 같이 묵기로 되어 있었어.」

그녀가 내 맞은편 창가에 자리를 잡은 다음 잠시 망설이다가 입을 연다.

「나 어젯밤에 아주 혼란스러운 꿈을 꿨어요. 내가 다뉴브 강에서 헤엄을 치고 있는데, 아버지가 오래된 가죽 제본 책들을 한 무더기 실은 뗏목에 타고 있었어요. 책들은 계속 떨어져 내렸고 아버지는 이러저리 뛰어다니면서 그 책들을 구해내려고 죽기 살기로 애를 쓰고 있었죠. 난 아버지에게로 헤엄쳐 가려고 했지만 아버지는 점점 더 멀어지고 있었어요. 그래서 도와 달라고 비명을 지르려고 했지만 어디 그럴 수가 있어야죠. 정말 끔찍한 꿈이었어요. 난 그게 꿈이었다는 걸 알 수 있었지만 그래도, 아마 별 뜻이 있는 건 아닐 거예요. 어쨌건 우리는 지금 여기에 있어요. 오늘이 좋은 하루가 될지 두고 봐야죠.」

그녀가 자기의 왼쪽 귀 근처를 손으로 두 번 찰싹찰싹 친 다음, 오른쪽 귀 근처에다 같은 짓을 되풀이한다.

「도대체 지금 무슨 짓을 하고 있는 거야?」

「이건 시험이에요. 일종의 청력시험이죠. 그래요, 평소 때보다는 더 좋은 하루가 될 것 같네요. 오늘 아침에는 너무 서두르는 바람에 이러는 걸 깜빡 잊었어요. 하지만 물론 기차 소리 때문에 혼동이 생길 수도 있죠.」

「난 너무 졸려. 그 온갖 일로 긴장을 하고 그 다음엔 햇빛을 쬐며 하루를 보내고…….」

「얼마든지 길게 뻗고 누워도 좋을 것 같네요. 이 객실이 내내 비어 있게 될까요?」

「아니, 빌라흐까지만이야. 바로 바깥쪽 게시판에 그렇게 적혀 있어. 거기에서 네 사람이 더 타. 그러면 꽉차는 거지.」

「거기까지는 아직 한참 더 가야 해요.」

「네 시간. 국경선 바로 전까지. 당신 이탈리아어 실력은 어때?」

「겨우 통할 수 있을 정도죠. 그런데 지금은 귀를 쓸 수 없으니까 아마도 한심할 거예요.」

「글쎄, 나는 거의 못하는데. 우리 어떻게 해야 하지?」

「잘해낼 수 있을 거예요.」

그녀가 미소를 짓는다.

그녀의 마음속에서 무슨 일이 일어났을까? 이 순간을 얻기 위해 그녀가 겪어야 했던 일이 무엇이건 그녀는 불행해 보이지 않는다. 그녀는 나와 함께 있으면 안되지만 나와 함께 있다. 그녀는 행복해 서는 안되지만 행복하다…….

「난 외국어 관용구집이나 보는 편이 더 낫겠어……. ‘나는 좋은 디스코테크를 알고 있다.’ ‘내 타이어 압력을 확인해 주겠습니 까?’ ‘도심으로 차를 몰아갈 수 있을까요?’」

「지금 뭐라고 했어요?」

「‘도심으로 차를 몰아갈 수 있을까요?’ 그걸 이탈리아어로는 어 떻게 하지?」

「당신이 주제를 그렇게 갑자기 바꾸면요, 마이클, 난 무슨 말인 지 통 알 수가 없어요. 어쨌건 그 한 문장은 베니스에선 필요하 지 않을 거예요.」

「그냥 해보는 거야. 그런데?」

「넬 첸트로 치타(nel centro citta)인가 뭔가라고 할 거예요. 우리 좀더 진지한 다른 얘기 해요.」

「글쎄, 당신이 하고 싶은 얘기가 뭔데?」

「마이클, 무슨 일이 있었던 거죠?」

「줄리아, 제발…….」

「어째서죠?」

「그냥 그러고 싶지가 않아서…….」

「하지만 이건 꼭 예전에 일어났던 일 같아요. 당신은 얘기를 하지도 또 설명을 하지도…….」

「제발, 줄리아.」

「난 당신 때문에 너무 겁이 났어요. 당연히 나는 그때 당신이 좌절했다는 생각을 했죠. 내가 달리 무슨 생각을 할 수 있었겠어요.」

「이건 그런 일이 아니야.」

「사실을 사실대로 시인할 수 없어요? 정말로 놀라운 건 당신이 그걸 극복해 낸 방법이에요. 모두들 현악 5중주가 정말 훌륭하다고 했어요. 심지어는 우리 어머니까지도요. 내가 그걸 들을 수만 있었다면…….」

우리는 몇 초 동안 이야기를 하지 않는다.

「당신이 연주한 곡이 나를 구해줬어.」

내가 마침내 입을 연다.

「그랬나요, 마이클?」

「난 당신에게 '디 리베'에 대해서 감사하고 싶어. 나는 전에 그 곡을 들어본 적이 없어.」

내가 고마움을 표시한다.

「나도 마찬가지예요. 그리고 또 내가 알아차릴 수 있었던 한에서는 그 곡이 마음에 들지도 않아요. 꽤나 절망적인 구제책이었죠.」

「그래도 그게 효과가 있었어. 당신 어머니가 당신이 휴식시간에 옆자리에 있지 않아서 걱정하지 않았어?」

나는 그녀의 손을 잡아 쥔다.

「글쎄요, 그건 별 도움이 되지 않았을 거예요. 엄마가 정말로 화를 내는 건 내가 이 며칠 동안 엄마하고 같이 지내지 않는 거니까요.」

「우리 비엔나에 줄을 그어 지우자구. 그것도 두 줄로.」

「당신은 꼭 그게 비엔나 잘못인 것처럼 말하는군요. 당신이 그 도시를 싫어하는 것처럼.」

줄리아가 내 손에서 슬며시 손을 빼낸다.

「그렇지 않아. 당신은 믿을 수 없겠지만 난 그 도시를 사랑해. 하지만 그 도시는 나한테 설명할 수 없는 일을 했어.」

요란스럽게 딱딱 끊기는 소리로 스피커에서 멋진 여행을 즐기라는 인사말이 처음에는 독일어로, 그 다음에는 영어로 흘러나온다.

줄리아는 그 소리에 영향을 받지 않는다. 나는 마리아가 했던 말을 생각해 본다.

「줄리아, 당신한테 이런 걸 물어본 적은 없지만, 귀가 먹었다는 게 이익이 될 수도 있지 않아? 내 생각엔 당신은 잡담에 말려드는 걸 피할 수 있을 것 같은데.」

「아, 하지만 난 그걸 피할 수 없어요. 적어도 내가 귀먹었다는 걸 모르는 사람들하고는요. 더군다나 대부분의 사람들은 그걸 몰라요.」

「나도 참 멍청하군.」

「당신이 어떻다고요?」

줄리아가 재미있다는 듯이 묻는다.

「나도 참 멍청하다고 했어. 당신도 알 거야. 내가 바흐의 푸가를 연주하려고 내 바이올린의 음정을 1도 낮게 조율했을 때 내가 어떤 특정한 방법으로 악보를 읽는 데 길이 들기까지 내 귀가 계속 반란을 일으켰어. 나는 귀마개를 끼어야 했지. 나 자신을 귀머거리로 만들 셈으로. 하지만 그건 아주 예외적인 상황이었어.」

「한두 가지 이점은 있어요. 호텔에서는 길거리 경치가 내다보이는 방을 밖의 소음 때문에 잠을 깰 걱정 없이 즐겁게 쓸 수 있죠. 그리고 연주를 할 때는 청중들이 기침을 하는 소리나 아니면 기침약을 싼 종이를 버스럭거리며 펼치는 소리를 듣지 않아도 되고요.」

「정말 그렇겠군.」

내가 미소를 짓는다.

「휴대폰이 울리는 소리도 듣지 못하고 사람들이 프로그램에 적힌 걸 흘끗 쳐다본 뒤에 안경을 접는 소리도 듣지 못하죠. 아, 그래요. 난 당신이 콧노래를 부르는 소리도 듣지 못해요. 정말 다행스러운 일이죠.」

「그 말은 전에도 했어.」

내가 웃으면서 말한다.

「하지만 난 천창에 떨어지는 빗소리도 들을 수 없어요.」

만일 내가 그녀를 몰랐다면 나는 그녀의 목소리에서 그 하찮은 즐거움을 잃는 것이 그녀에게 얼마나 큰 상처가 되는지를 알아차리지 못했을 것이다. 그녀는 거의 무심결에 그 말을 입 밖에 내었다.

「슬픈 일이군. 하지만 우리가 브람스 홀에서 연주를 할 때는 천창에 비가 떨어지지 않았어……. 당신 며칠 전 밤에 폭풍우 때문에 불안하지 않았어? 난 그 바람에 계속 잠이 깼는데.」

「아뇨. 사실 음악가로서 귀가 안 들린다는 것에는 한 가지 대단한 이점이 있지만 그게 뭔지는 나중에 얘기해 줄게요.」

줄리아가 좀 슬픈 목소리로 대답한다.

「왜 지금 얘기하지 않아?」

내가 묻는다. 그러나 줄리아는 아무 대답도 하지 않고 눈길을 창쪽으로 돌린다.

기찻길 양 옆으로 포도밭들이 지나간다. 한 뙈기의 황무지를 덮은 양귀비꽃들이 화려한 색깔로 휙 스쳐간다. 티셔츠를 입은 뚱뚱한 남자 하나가 철길 옆의 숲길을 따라 걸어간다. 분홍색 산사나무가 내게 런던과 하이드 파크를 떠올려준다.

「당신 다른 단원들과 무슨 문제가 있어요?」

마침내 그녀가 묻는다.

「모르겠어. 어쩌면 우리가 팔라초 트라도니코에서 같이 묵겠다고 했어야 했는지도 모르고…….」

「난 지금 이대로가 더 좋아요.」

「훨씬 더 좋지……. 내 말은 비엔나에서 그런 일이 있은 뒤로…… 책임감을 떠나서, 당신도 알 거야……. 하지만 나는 당신하고 단둘이 있는 게 훨씬 더 좋아.」

「당신 리허설을 많이 해야 하나요?」

「아니, 별로 많이는 아니야. 모두 예전의 레퍼토리니까. 첫번째 공연은 팔라초 이층을 임대한 미국 부인이 여는 일종의 생일 파티가 될 거야. 웨슨 부인이라고, 그 여자가 일층을 점령하고 있는데 피어스는 그걸 피아노 뭐라고 하더군.」

「피아노 노빌[14]요.」

「맞아. 아무튼 그 여자는 잔치를 벌이기 위해 일층을 차지했고 베니스의 명사들을 모두 끌어들이려 하고 있어. 헬렌 말로는 그 사람들이 런던 사람보다도 공짜를 더 좋아한다더군.」

「그 여자가 무슨 일을 하고 있길래요? 난 잘 이해가 되지 않네요.」

「베니스에서 내로라 하는 사람들은 모두 초대하는 거지.」

「그런데 당신들은 도대체 왜 그런 일에 끼여들었죠?」

---

14) 르네상스 건축물. 특히 팔라초의 가장 중요한 층. 노블 플로어라고도 함.

「에리카가 그 여자를 알아. 우리는 스쿠올라 그란데 디 산로코[15]에서 공연을 할 예정이지만 베니스를 약간 벗어난 다른 곳에서도 할 거야. 에리카가 그 여자에게 우리는 마조레라는 이름을 가지고 있으니까 베니스 식의 파티에 적격이라고 설득을 했지. 그리고 웨슨 부인은 우리가 베니스로 갈 예정이니까 사례만 지불하고 여비는 지불하지 않아도 되는 거고. 이건 분명히 우리에게도 좋은 일이야. 비엔나 공연은 그 온갖 영광에도 불구하고 재정적으로는 완패였으니까.」

우리 오른쪽으로 푸른 하늘 밑에 야트막한 푸른 언덕들이 보인다. 천천히 우리는 그 언덕들 사이로 나아가고 이제는 모든 것들이 선명하게 뒤엉킨 가파른 초록색 계곡에 둘러싸여 있다. 샬레[16], 들판, 언덕들, 구름들, 말들, 소들, 라일락 그리고 금련화 무리, 그 모두가 매우 오스트리아적이고 대단히 아름답다. 그러니까 이것은 내가 십 년 늦게 타고 있는 기차다.

줄리아가 끄덕끄덕 존다. 나는 바로 여기에 앉아 있는 그녀의 모습을 보는 것에 행복감을 느끼며 한동안 그녀를 바라보다가 일어서서 복도로 걸어나간다. 대략 예순쯤 된 쾌활한 미국인 부부가 창가에 서서 이야기를 나누고 있다. 여자는 노란 원피스에 딸기 모양의 장식이 달린 핸드백을 들고 있고 남자는 초록색 나비 넥타이에 구겨진 카키색 바지를 입었고 걸걸한 목소리를 가지고 있다.

「엘리자베스, 얼마나 잘 짜여져 있나 봐. 봐, 정말 잘 짜여 있어.」
「난 속이 몹시 울렁거려요.」
그녀가 말한다.
「당신 멀미하는 거야? 그러면 들어가서 쉬지 그래, 엘리자베스.」

---

15) 산로코대학교. 1478년에 설립되어 1560년에 폐교되었음.
16) 스위스 농가풍의 별장.

여자가 안으로 들어간다. 그녀의 남편이 주위를 둘러보다가 내가 영어를 할 수 있다고 생각했는지 하던 말을 계속한다.

「야, 이거 정말 대단하군. 정말 아름다워. 그리고 여기에서 사는 사람들도. 난 시골을 사랑해요. 나한테는 시골이라는 게…… 나는 이 사람들을 알 수 있죠…… 그 민족주의……. 만일 저기에 뭔가 있다면 저 사람들이 깨끗이 치울 겁니다. 그런데 뉴욕, 뉴저지, 낡은 냉장고들, 낡은 차들…… 맥주 깡통이 어디 있습니까? 스프레이 페인트 깡통이 어디에 있죠?」

「글쎄요, 이 기차 밖에는 좀 있겠죠.」

내가 대답한다.

그가 내 말을 관대하게 그냥 넘겨버리는 제스처를 보인다. 그리고는 묻지도 않았는데 먼저 말을 꺼낸다.

「나한테 농장이 하나 있었습니다. 하지만 난 그걸 팔아버렸죠. 나는 맥주를 한 잔 들고 현관에 앉아서 텔레비전도 없이 그저 석양이나 지켜볼 수 있지만, 조리 식품점이 어디 있죠? 또 담배 가게는 어디 있고? 그게 문제였습니다.」

「맞습니다.」

내가 갑자기 분명한 이유도 없이 기쁨에 들떠서 대답한다.

철로가 구불구불 경사지고, 기차는 비명을 지르며 터널 속으로 들어간다.

계곡이 좀더 넓어지고 구름들이 사라진다. 모든 것들이 꽃을 피우고 있다. 촛대 모양으로 꽃을 활짝 피운 밤나무들, 들판에 듬성듬성 피어난 양귀비들, 그리고 다음에는 계곡 양쪽의 언덕을 가득 채우고 수백 미터에 걸쳐 타는 듯이 붉은 꽃을 피운 양귀비들, 자주색 루핀꽃들, 온갖 종류의 하얀 산형화들 그리고 흰색에서부터 짙은 자주색에 이르기까지 갖가지 색조의 라일락들. 자주자주 어떤 이국적인 침엽수처럼 고압 송전탑들이 나타난다. 그리고 비단

116

결처럼 매끄러운 담황색 털로 덮인 어린 송아지들이 넓은 개울가에서 물을 마신다.

나는 객실로 돌아온다. 줄리아는 잠이 깨어 있다. 우리는 많은 말을 하지 않지만 이따금씩 함께 보고 싶은 것들을 차창 밖으로 가리킨다.

「줄리아, 들을 수가 없다는 게 주는 '대단한 이점'이 어떤 거지?」 한참 뒤에 내가 묻는다.

「그게 그렇게 마음에 걸렸어요?」

「조금은.」

「글쎄요, 당신은 틀림없이 내가 '숭어'를 연주하는 방법에서 이미 어느 정도 감을 잡았을 텐데요.」

「문제는 내가 당신이 생각하고 있는 게 어떤 종류인지를 모른다는 거야.」

「글쎄요, 그건 이런 거예요. 음악회에 갈 때나 아니면 음반을 들을 때, 나는 곡이 어떻게 진행되고 있는지 막연한 느낌만을 얻을 수 있을 뿐이에요. 다른 사람들이 하는 연주의 온갖 미묘한 점들은 나한텐 이제 아무 소용이 없어요. 그래서 내가 어떤 곡을 연주하게 될 때는, 특히 전에 들어본 적이 없는 곡일 경우에는 난 완전히 독창적이 되어야 해요……. 독창성 그 자체로 충분하다는 건 아니에요. 그런 뜻으로 말한 건 아니에요. 하지만 적어도 그게 출발점이죠. '숭어'와 관련해서는, 물론 나는 그 곡을 귀가 안 들리게 되기 전에 충분히 듣고 또 연주도 했어요. 하지만 기억이란 강화되지 않으면 희미해지죠. 많은 음악가들은 어떤 곡을 연주해 달라는 부탁을 받으면 악보도 훑어보기 전에 그 곡의 CD부터 사러 나가요. 하지만 나한테는 그런 선택권이 없어요. 아니, 그보다 나한테는 그게 별 소용이 없죠.」

나는 고개를 끄덕인다. 우리는 다시 각자의 생각 속으로 빠져들고 바깥쪽의 경치가 어느새 그 골똘한 생각 속으로 들어온다. 나는 그녀가 자기로 하여금 이 세상을 이해하도록 강요한 고통에 대해 무슨 말인가를 할 것이라고 생각했었다. 하지만 나는 지금껏 그녀가 내게 한 말만으로도 기쁘다.

클라겐푸르트. 커다란 호수. 빌라흐. 그러나 실제로는 아무도 타지 않는다. 우리는 여전히 객실을 독차지하고 있다. 국경선. 회색 제복 차림에 매우 살이 찌고 불만스러운 얼굴을 한 남자가 배지를 번쩍거리며 헐떡이는 소리로 으르렁거린다.

「파사포르토(Passaporto)!」

나는 그를 노려보다가, 순간 줄리아가 마치 내 반응을 예상할 수 있다는 듯이 쳐다보고 있다는 것을 알아차리고 싹싹하게 중얼거린다.

「네, 그러지요.」

백악질의 절벽들, 높고 험한 바위산들이 눈에 들어온다. 그 밑으로 낮은 경사지에는 돌 무더기들이 넓게 흩어져 있다. 넓고 거의 말라붙은 강바닥을 뿌연 푸른색으로 흐르는 여러 갈래로 갈린 물길, 제방에 있는 먼지 낀 콘크리트 공장 건물.

우리는 단둘이 있지만 키스도 하지 않고 거의 수줍기까지 한 태도를 보인다. 이 여행은 더없이 소중하다. 날씨는 점점 더워지고 나는 움직임이 둔해진 벌 같다.

얼마 안 가서 곧 우리는 베네토에 이른다. 붉은 진흙을 설 구운 테라코타와 황토벽들, 거대하게 솟은 산 그림자 속에서 붉은 지붕을 인 집들, 철길을 따라 열린 검보라색 말오줌나무 열매, 분꽃과 분홍색의 장미 정원, 그리고 고물 집적소들과 메스트레 철도의 측선들.

우리가 호수의 회녹색 물을 가로질러 쌓아올린 둑길을 따라 빠른 속도로 나아가는 동안 아름다운 도시가 우리의 눈길을 끈다. 탑들, 돔들, 건물 정면들. 설령 몇 년 늦었다 하더라도 우리는 마침내 여기에 와 있다. 우리 두 사람은 짐을 들고 복도에 서서 창 밖으로 물을 내다본다. 나는 혼자말처럼 나지막하게 그녀의 이름을 부른다. 줄리아도 어떻게 그것을 알아차리고 내 이름을 부른다.

7

7-1

평일 오후 네시 반은 절대로 매혹적인 시간이 못된다. 하지만 나는 줄리아에게 거의 기대다시피 한 채, 베니스의 냄새와 소리와 현기증이 날 것 같은 경치에 넋을 잃고 정거장 계단에 서 있다.

종착역에서 기차가 우리를 포함해 수백 명의 사람들을 토해놓았다. 관광철은 아니지만 사람들이 꽤 많다. 나는 기대에 어긋나지 않은 아름다움에 입을 쩍 벌린다.

「그러니까 이게, 그러니까 대운하로군.」

「이게 그러니까, 그래요.」

줄리아가 살짝 웃으며 대답한다.

「우리 바다로 올걸 그랬나?」

「바다로요?」

「석양녘의 바다 어때?」

「안돼요.」

「안돼?」

「안돼요.」

나는 입을 다문다.

우리는 바포레토(수상 버스) 앞머리에 앉아 있다. 그 배는 정류장 선창에 부딪히고 승객들을 싣고 내리며 물로 이루어진 실용적인 길을 따라가고 있다. 온 주위는 뱃전에 부딪히는 상쾌한 물소리, 차들이 없어 소란스럽지 않은 소리로 차 있다.

미풍이 낮 동안의 더위를 식혀준다. 갈매기 한 마리가 빛의 반점처럼 빠르게 짙은 푸른색 물위로 날아 내린다.

운하를 둘러싼 궁전들과 교회들이 양 옆으로 꾸준히 환상처럼 지나간다. 내 눈길이 카지노, 유대인 거주지역을 가리키는 표지판, 격자 울타리에 등나무가 얽힌 아름다운 정원으로 끌린다. 오렌지색 셔츠를 입은 두 남자가 탄 조그만 작업선이 바포레토 옆을 천천히 지나간다. 카도로에서 묵직한 진주 목걸이와 브로치로 장식한 기품 있는 노부인이 승선하고 그 뒤를 이어 유모차에 쇼핑한 물건들을 실은 여자가 올라탄다. 물 가장자리에서 초록색 거품이 돌계단을 넘어 배를 매어두는 줄무늬가 새겨진 기둥들로 밀려간다.

「제라늄이 없다면 베니스가 어떻게 되었을까요?」

줄리아가 위를 올려다보며 묻는다. 나는 몸을 굽혀 그녀에게 키스를 하고 그녀도 내게 키스를 한다. 열정적으로는 아니지만 허물없이. 나는 기분이 좋아져서 마구 떠들어대기 시작한다.

「당신, 지난번에 왔을 때는 어디에서 묵었지?」

「아, 유스호스텔에서요. 그때는 마리아하고 같이 왔었는데 우리에게는 돈이 많지 않았어요.」

「당신 친구의 관리인이 내 말을 알아들으면 좋겠는데. 그 여자가 수화기를 집어들었을 때 난 당신이 써준 대로만 읽었어. 하지만 만일 산텔레나 정류장에 아무도 우리를 마중 나와 있지 않으면…….」

「그건 그때 가서 걱정하기로 해요.」

「우리 짐 안전하게 있어?」

내 바이올린 케이스는 우리가 앉아 있는 벤치 밑에 놓여 있고 그 케이스에 묶인 끈은 내 다리에 둘려 있다.

「누가 그걸 가지고 달아날 수 있다는 거죠?」

「봐, 또다른 곤돌라야!」

내가 말을 바꾼다.

「그렇네요. 우린 벌써 열 척도 넘게 봤어요.」

줄리아가 내 손을 잡으며 대답한다.

「우리 꼭 곤돌라를 타러 가야겠어.」

「마이클, 그렇게 자꾸 얘기를 하면 난 생각을 할 수 없잖아요.」

「글쎄, 그렇다면 당신이 나를 보지 않으면 돼.」

그러고 나서 나는 여행 안내책자를 들여다보는 일에 몰두한다.

리알토의 돌다리, 아카데미아의 나무다리, 살루트의 거대한 회색 돔, 산마르코의 기둥들과 종탑들, 도지스 팰리스의 분홍색 흰색 옷들이 우리 머리 위로, 또는 옆으로 차례차례 지나간다. 모두가 너무도 사치스럽고 너무도 예상대로이고 너무도 나른하고 너무도 빠르고 너무도 놀라워서 뭔가 혼란스러운, 거의 걸신들린 듯한 구석이 있다. 배가 호화로운 경치에 둘러싸이지 않은 탁 트인 석호로 나오자 오히려 안심이 된다.

우리 오른쪽으로는 섬으로 고립된 산조르조 마조레 교회가 있다. 나는 그것을 알아보고 놀란 눈으로 쳐다본다.

「하지만 산텔레나는 어디지?」

「몇 정류장만 더 가면 돼요.」

「내가 헬렌에게 산텔레나 얘기를 했더니 몹시 놀라더군요. 마치 내가 클래펌[17]으로 추방당하기라도 하는 것처럼.」

「세인트 헬레나[18]로 추방당하는 것처럼이겠죠.」

「그래, 맞았어.」

「난 산텔레나가 마음에 들어요. 전에 실수로 거기를 헤맸던 적이 있어요. 푸른빛으로 덮인 교외였는데, 사람과 개 들이 아주 많았죠. 차는 물론 한 대도 없었고요. 그리고 마리아와 나처럼 지도를 볼 줄 모르는 사람만 빼놓고는 관광객도 없고요. 하지만 그곳은 내가 당신에게 보여주고 싶은 어떤 것과 아주 비슷해요.」

「그게 뭔데?」

「알게 될 거예요.」

「그게 뭐지? 동물성, 식물성, 아니면 광물성?」

줄리아가 잠시 뒤에 내 말을 알아듣고 대답한다.

「동물성요. 하지만 아마 식물성과 광물성으로 만들어졌을 거예요.」

「글쎄, 우리 모두가 다 그렇지.」

「우리가 다 그렇다, 그건 맞아요.」

「팔라초에서 묵었더라면 참 멋졌을 거야. 그렇게 생각 안해? 내 말은 우리가 언제 다시 팔라초에서 묵을 기회를 얻을 수 있겠느냐는 거야. 당신이 아니었다면 난 거기에서 묵었겠지. 욕조에 드러누워 샴페인을 대접받으면서.」

「샴페인이 아니라 프로세코겠죠.」

「당신이 뭐라고 하건.」

「어쨌건 거기가 어디죠? 당신이 묵을 뻔한 팔라초 말이에요.」

「그걸 내가 어떻게 알아? 난 베니스를 몰라.」

---

17) 잉글랜드 북부 페나인닌 산맥 지대의 험준한 지역.
18) 나폴레옹이 유배되어 죽은 대서양의 외딴 섬.

줄리아가 조바심을 내고 관광 안내 책자를 집어든다.

「아, 그래요, 팔라초 트라도니코. 산폴로 근처에 있네요.」

「그게 대체 뭔데?」

「베니스에서 가장 큰 풀밭이에요, 산마르코를 제외하고는. 피아자(광장)라고 불리는 단 하나뿐인 풀밭이죠.」

「그건 어떤 의미를 갖기엔 너무 명료하군.」

「당신은 졸린 것뿐이에요. 하루종일 졸린 것 같네요.」

「이 세상에서 가장 아름다운 여행을 하는 동안 내내 잠을 잔 건 바로 당신이었어.」

「난 잠깐 선잠이 들었을 뿐이에요. 이십 분쯤.」

「내 생각엔 당신이 없으면 아무데도 가지 못하겠는걸. 베니스는 너무 혼란스러워.」

「아, 틀림없이 그럴 거예요. 난 당신 리허설에 모두 따라가진 않겠어요. 힌트를 줄게요, 마이클. 대운하의 한쪽을 마르코라 부르고 다른쪽을 폴로라고 불러요. 그런 다음 마르코 쪽이나 폴로 쪽에 뭐가 있는지를 기억해요. 그러면 운하를 건너게 되더라도 길을 찾을 수 있을 거예요.」

「하지만 당신은 왜 우리 리허설에 오지 않겠다는 거지? 우린 단지 세 곡이나 네 곡만 연주할 건데.」

「비엔나 공연이 끝난 뒤에는 나 없이 연주하는 게 훨씬 더 나아요. 내가 지켜보지 않는 데서.」

나는 고개를 젓는다.

「저 건물이 뭔지 알아요? 정면이 하얀 건물 말이에요.」

줄리아가 손가락으로 가리키며 묻는다.

「난 사실 별 흥미 없어.」

내가 좀 퉁명스럽게 대답한다.

「저게 바로 비발디 교회예요.」

「아!」

내가 시큰둥해 한 것에 미안해 하면서 대답한다.

「내가 비엔나 얘기를 꺼내지 말았어야 했어요. 앞으로는 그러지 않을 거예요.」

「정말 문제가 있는 사람은 당신이야. 그리고 나는 우는 소리를 하는 사람이고.」

「그렇더라도 당신에게 일어난 일은 분명한 현실이었어요.」

「당신, 내가 여기로 데려온 게 기쁘지 않아?」

내가 화제를 돌릴 셈으로 묻는다.

「당신하고 같이 있는 게 좋아요. 그리고 나는 여기로 왔고요.」

그녀가 내 눈을 들여다본다. 나는 갑자기 너무 기뻐서 북이라도 치고 싶어진다. 그녀와 함께하는 열흘, 그것도 여기에서.

「베르디, 바그너.」

그녀가 잠시 뒤에 입을 연다.

우리 주위에는 푸른 바다가 드넓게 펼쳐져 있고 해안은 초록색이다. 나는 그녀의 눈길을 좇아 공원의 원기둥 위에서 서로 대립하는 흉상들을 본다. 한 그루 나무를 사이에 두고 그 흉상들은 물 저너머 쪽을 바라보고 있다.

「다음번 정류장이에요.」

우리는 난간에 서서 물가에 죽 늘어서 있는 소나무숲을 바라본다. 산텔레나가 우리에게 무엇을 가져다줄지 궁금하다.

7-2

마리아니 부인이 숨찬 목소리로 우리를 반긴다. 마치 바포레토가 들어오는 것을 지켜보고 있다가 하던 말을 중간에서 끊고 정류장으로 쓰이는 철제 뗏목으로 달려오기라도 한 것처럼. 그녀는 반백인 머리칼에 몸집이 작고 매우 다정하다. 만일 우리 두 사람 중 하나가 그녀와 잡담을 할 수 있다면 그녀는 상당히 수다스러울 것 같다. 우리가 작은 소나무숲을 지나 산텔레나로 걸어들어가는 동안 그녀가 별난 모습을 한 몇몇 사람들과 한꺼번에 쏟아내는 듯한 말로 인사를 나눈다. 그녀의 말 가운데서 내가 알아들을 수 있는 것은 「포르티치아리 부인의 친구」라는 말뿐이다. 그녀가 야채장수에게 고개를 끄덕이고 개똥을 밟지 않도록 나를 잡아끈다. 그리고 가끔가다 한 번씩 우리 가방을 들어다주겠다며 말로만 선심을 쓴다.

그녀가 우리를 이끌고 꽤 넓은 길을 따라 올라가 등나무가 단조(鍛造) 철대문을 덮은 조그만 마당으로 들어선다. 그녀는 갖가지 열쇠가 매달린 꾸러미를 꺼내어 그 열쇠들을 안마당 입구에서, 건물 출입구에서, 그리고 가파른 삼층 계단 위에 있는 공동주택 입구에서 어떻게 사용하는지 설명한다.

우리가 묵을 곳은 아름답고 단순한 나무 바닥이 깔리고 길과 안뜰이 모두 내다보이는 공동주택이다. 안뜰에는 조그만 목련나무 꼭대기에 갖가지 색깔의 겉옷과 속옷 들이 널린 빨랫줄이 매어져 있다. 줄리아와 나는 기쁜 마음으로 서로를 바라본다. 마리아니 부인이 음모를 꾸미듯 우리에게 웃음을 지어 보이고 나서 갑자기 셔터를 내리더니 깨끗한 흰 시트로 덮인 침대가 있는 침실과 전화기 겸 자동 응답기, 세탁기, 소화기, 노란 꽃들이 담긴 꽃병 따위를 가리킨다. 꽃병 옆에는 크림색 편지지에 쓴 포르티치아리 부인이 보낸 편지가 놓여 있다. 우리가 미처 알아차리기도 전에 그녀가 가버린다. 잠시 뒤에 아래층 문이 요란스럽게 열리고 계단을 통해 성난 외침 소리가 들려온다.

「그러지 말아요, 마이클.」

내가 그녀를 침실로 이끌자 줄리아가 웃으면서 저항한다.

나는 그녀의 귀를 잘근잘근 깨문다.

「음, 잔털이 보송보송해.」

「그만 해요, 마이클. 제니의 편지를 좀 읽게요.」

「나중에 읽어.」

우리는 옷을 다 입은 채로 침대에 나란히 누워 있다. 우리의 섹스 스타일에서 그녀가 무엇을 원하건 나는 다 좋다. 오늘 그녀는 내게 급히 서두르지 말고 천천히 해주기를 원한다. 그것은 단지 지난번 정사 이후로 너무 오랜 시간이 지났기 때문이다. 그 사이에 너무도 많은 일이 있었고 뜻밖의 긴장과 희망이 너무도 많아서 나 또한 그녀를 다시 내 품에 안고 있는 시간이 끝나기를 원치 않는다.

나는 셔터를 올리고 싶지만 그녀는 싫다고 고개를 젓는다. 우리는 다른 방에서 흘러드는 빛으로 그럭저럭 지낸다. 나는 그녀의 블라우스를 벗긴 다음 내 얼굴을 그녀의 얼굴에 대고 누른다. 오늘 아침에는 면도할 시간을 내지 못한 탓으로 줄리아가 따가운지 조금 불평을 한다.

「당신 입술이 좀 부드러웠으면 좋겠어요.」

우리의 대화는 그녀가 내 말을 알아들을 수 없기 때문에 완전히 일방적이다. 그녀는 촉감으로 내 의도를 알아차리지만 그녀가 느끼는 것과 하고 싶은 것, 그리고 내가 해주기를 원하는 것은 소리를 내어 말할 수 있다. 그녀는 처음에는 수줍은 듯 보이지만 이제는 어느 때보다 대담하다. 마치 배를 타고 온 여행과 이 미지(未知)의 방이 그녀를 긴장에서 풀어준 것 같다.

나는 잠시 일어나 아직 풀지 않은 가방을 뒤져야 하지만 그것마저도 우리의 고조된 흥분을 깨지 않는다. 그녀가 팔베개를 하고 누워 나를 바라본다. 내가 다시 침대로 왔을 때에도 우리의 황홀감을 방해할 어떤 의심이나 생각은 끼여들지 않는다.

나는 침대 가장자리에 앉아 있는 그녀에게 제니의 편지를 가져다주고 전등을 켠다. 편지를 읽는 그녀의 표정이 심각해 보인다. 아이들이 홍역에 걸려서 제니가 집에 붙어 있어야 한다는 내용이다. 그녀는 아무도 자기 집으로 오는 것을 원치 않지만 줄리아에게 이틀 뒤 치프리아니에서 자기와 함께 점심식사를 할 수 있는지 묻는다. 그리고 만일 내가 따라오고 싶어한다면 나하고도 같이. 분명히 자기 자신은 감염되지 않았다고 믿고 있는 모양이다.

「그런데 마이클, 당신은 어떻게 할래요?」

줄리아가 좀 걱정스러운 표정으로 묻는다.

「아니, 난 별로 가고 싶지 않아. 그리고 당신도 내가 안 가는 편이 더 나을 거야.」

나는 아직까지도 우리의 섹스를 생각하고 있어서 홍역은 엉뚱한 침입자인 셈이다.

줄리아가 고개를 끄덕인다.

「제니는 아주 좋은 친구예요, 학창 시절부터요. 그 애는 오 년쯤 전에 베네치아 사람과 결혼했고 지금은 아이가 둘 있어요. 계집애 하나하고 사내아이 하나.」

「매끄러운 검은 머리칼을 한 제니?」

「그래요, 미인으로 바뀐.」

「그렇다면 만나지 않는 편이 더 낫겠어. ……다른 사람들이 무사히 왔는지 모르겠군. 비행기가 여섯시에 도착하기로 되어 있어. 그 사람들 공항에서 시내로 어떻게 들어오지?」

나는 한 손으로 그녀의 목을 어루만지다가 손가락을 천천히 그녀의 등 쪽으로 옮겨간다.

「배로요. 마이클, 난 당신이 오늘 저녁에 다른 어떤 계획도 없었으면 정말 좋겠어요.」

「아무것도 없어. 하지만 그 친구들에게 전화를 걸어주겠다고 했는데. 내일 오후에 리허설이 있거든.」

「지금부터 우린 뭘 하죠?」

「나는 당신 손 안에 있어.」

「품안에요.」

「정확하게 말하자면, 당신 굉장히 바라는 것처럼 보여.」

그 말에 줄리아가 못마땅한 표정을 짓는다.

「왜 그렇게 찡그려? 내가 뭐라고 했길래?」

「밝힌다고요.」

「바란다고 했어.」

「그건 제대로 된 말이 아니에요.」

「자, 지금이…… 그런데 우리 오늘 저녁에는 뭘 해야지?」

「그냥 이리저리 돌아다니면 돼요. 그게 내가 아주 좋아하는 일이거든요. 그리고 우리에겐 시간도 아주 많아요.」

「충분하지는 않아. 충분 근처에도 못 가.」

그녀가 돌아누워 내 이마에 입을 맞춘다.

「당신도 알 거예요. 우리는 지금껏 한 번도 같이 춤을 춘 적이 없잖아요. 우리 그럴 수 있는 곳을 한번 찾아볼래요?」

「아, 안돼. 나는 어떻게 추는지 몰라, 당신도 그거 알잖아. 나는 춤을 추려면 몸이 완전히 굳어버려. 내가 어색하게 느낀다면 당신도 어색하게 느낄 거고, 그러면 우리는 첫날 저녁을 망치게 될 거야. 당신이 좀전에 얘기했던 대로 그냥 걷자구.」

우리는 샤워를 하고 옷을 입은 다음 천천히 밖으로 걸어나간다. 맑게 갠 산뜻한 저녁이다. 저 멀리 마주 보이는 해변 휴양지에서 거대한 캄파리[19] 네온사인이 우리 쪽으로 비치고, 물에 떠

_____

19) 향을 가미한 와인의 이탈리아 상표명.

워진 부표들이 촛불처럼 빛을 발한다. 날이 어두워질수록 줄리아와 나는 점점 더 조용해진다. 우리는 한동안 물가를 따라 거닐다가 우리를 어딘가로 데려다줄 다음번 바포레토가 오기를 기다린다.

7-3

우리는 산마르코에 두 정류장 못 미친 곳에서 내려 한동안 비발디의 교회, 아니 그의 교회가 있던 자리에 서 있는 교회인 피에타 앞에 서 있다. 바로 이곳에서 내 바이올린은 틀림없이 여러 차례 연주를 했을 것이다. 검은 물위로 산조르조 마조레의 정면이 하얀 빛을 받아 환하게 빛난다. 거기에서 우리의 4중주단이 잉태되었다.

우리는 내일, 우리가 원하는 대로라면 피에타가 열릴 때, 다시 여기로 오자고 합의한다. 그런 다음 우리는 한동안 넓은 산마르코 광장을 향해, 그리고 다음에는 조그만 샛길들을 지나 천천히 걷는다. 그녀가 내게 지난번 밤중에 여기로 왔을 때는 골목마다 불빛이 어느 정도 있다는 것을 전혀 알아차리지 못했다고 한다. 그것은 내가 무슨 할말이 있으면 언제라도 이야기를 할 수 있다는 뜻이다. 하지만 나는 말을 거의 하지 않아도 만족스럽다.

우리는 만에 인접한 넓은 해변으로 다시 천천히 걸어간다. 이십여 나라 말로 떠들어대는 목소리들이 우리를, 아니 그보다는 나를 둘러싼다. 밤에는 시계(視界)가 줄어드는 대신 소리가 들어서게 마련이다. 그러나 이 많은 소리 가운데서 그녀는 무엇을 들을 수 있을까? 증기유람선의 엔진에서 나는 깊은 고동 소리? 어쩌면 그것마저도 아닐 것이다.

그러나 우리는 여기에서 손을 잡고 익명(匿名)으로 걷는다. 시

130

트론[20] 향기가 반은 신선하고 반은 소금기 섞인 도시의 냄새에 섞여든다. 내가 그녀에게 배고프냐고 묻자 그녀는 아니라고 대답한다. 술 한 잔은 어떻겠느냐고 하자 좋다고 한다. 선술집에서 프로세코 한 잔. 줄리아가 들떠서 주데카 운하 옆에 있는 곳으로 가자고 한다. 나는 육지로 가는 것도 즐겁고 물길을 따라 가는 것은 더더욱 즐겁다.

그 술집은 조명이 밝다. 우리 옆자리 테이블은 두 젊은 프랑스인 사업가와 아기가 실려 있는 유모차, 핸드폰, 담뱃갑 그리고 몇 권의 잡지들이 차지하고 있다. 좀더 나이가 든 미국인 부부가 호기심 어린 눈으로 그들을 바라보다가 카페인을 제거한 에스프레소를 더블로 주문한다. 회색 양복 차림의 매니저가 이리저리 분주하게 돌아다니며 감독을 하고, 손님들이 나갈 때 거들어주고, 안경을 썼다 벗었다 하고, 눈에 거슬리는 기다란 빵들이 담긴 바구니를 치운다. 우리가 주문한 프로세코가 오자 우리는 그 음료를 홀짝거리면서 비가 올 것 같은가 아닌가, 그리고 온다면 어떻게 할까 하는 실없는 이야기를 나눈다. 내 4중주단과 그녀의 가족은 아예 안중에도 없다.

우리 뒤쪽 테이블에 자리를 잡은, 악센트로 보아 영국인인 온화해 보이는 여자가 자기 친구에게 이야기를 하고 있다.

「그 트라도니코 패거리들 말인데, 알고 있지?」

그녀가 이야기를 시작하고 나는 트라도니코란 이름에 끌려서 귀를 기울인다.

「그 사람들한테서 기대할 수 있는 건 그것뿐이야. 그 사람들은 자기네들이 할 수 있는 일, 자기네들이 디자인할 수 있는 옷, 자기네들이 팔 수 있는 보석을 위해 여자들을 이용해. 그 사람들은

---

20) 지중해 연안과 서인도 제도에서 자라는 상록 귤속 식물.

여자들을 배경 음악으로 이용하는 거지……. 그 책에 대해서는 내 생각이 어떤지 알려줄게. 그건 신문기사지 문학이 아니야……. 난 초대를 받지는 않았지만 초대를 받았더라도 가지 않았을 거야……. 그 사람들이 땅콩을 던지니까 원숭이들이 춤을 추고……. 난 그 사람들을 경멸해.」

줄리아가 호기심을 품고 나를 쳐다보지만 고개를 돌리지는 않는다.

「들어볼 가치도 없는 얘기야. 저 여자 지금 트라도니코 사람들에 대해서 무슨 얘기를 하고 있어. 내 생각엔 저 여자가 팔라초에 있는 사람들을 말하는 것 같아. 우리 왜 하필이면 다른 데도 많은데 여기로 왔지?」

내가 그 독기 품은 말들에 놀라서 나지막하게 소곤거린다.

「마리아하고 여기에 한 번 왔었어요. 그때 난 여기가 아주 매혹적이라고 생각했고, 그래서 어떻게 변했는지 궁금했던 거죠.」

우리는 계산서를 가져오라고 해서 값을 치른다. 이번엔 내가 내기 전에 그녀가 치른다.

「당신 하품을 하고 있어요, 마이클.」

우리가 바포레토를 기다리는 동안 줄리아가 말한다.

「나 틀림없이 내가 알고 있는 것보다 더 피곤한 것 같아. 사실 배가 고프기도 하고.」

나머지 저녁시간은 별 사건 없이 즐겁게 지나간다. 트라토리아 식당에서의 저녁식사, 좁은 길거리들을 돌아다니는 산보, 어느 술집에서 밤늦게 마시는 술. 그녀는 내가 사랑하는 여자고 우리는 베니스에 있다. 그래서 나는 이것이 기쁨이라고 여긴다. 사실 그렇다. 우리는 밤늦게 보트를 타고 공동주택으로 돌아와 서로의 품에서 거의 순결하게 잠이 든다.

간밤에 깜빡 잊고 셔터를 내리지 않아서 빛이 방으로 쏟아져 들어온다. 그녀가 마치 자기를 지켜보고 있다는 것을 알아차리기라도 한 것처럼 눈을 떴다가 재빨리 다시 감으며 웅얼거린다.

「나 더 자게 해줘요.」

그토록 여러 해 동안 나는 그녀 옆에서 잠을 깬 적이 없었다. 우리가 비엔나에서 학생이었을 때도 실제로 그녀와 함께 온 밤을 보낸 것은 시골로 여행을 했을 때뿐이었다.

내가 침실로 돌아왔을 때 그녀는 하얀 드레싱 가운을 입고 있었다.

「당신은 왜 늘 실크를 입어?」

「실크요? 내가요?」

그녀가 큰소리로 되묻고 나서 손바닥으로 머리 양 옆을 두 번 찰싹찰싹 친다.

「좋은 날이야?」

「그저 그래요.」

그녀가 미소를 짓고 나서 어깨를 으쓱한다.

나는 먹을 것을 찾아 주방을 둘러보지만 커피 외에는 아무것도 보이지 않는다. 밖으로 나가서 뭘 좀 구해와야 할까? 줄리아가 내게 외국어 관용구집을 가지고 나가서 관련이 있는 단어들을 가리키라고 알려준다. 나는 천천히 가게로 내려와 빵과 잼과 우유를 조금 사가지고 돌아온다. 퍼컬레이터에서 커피가 끓자 우리는 자리에 앉아 조금은 어색하게 커피를 마신다. 아침을 함께하는 것이 밤을 함께하는 것보다 더 친밀하고 더 즐거우면서도 약간은 어색하게 느껴진다.

아니, 밴프에서도 우리는 몇 주일 동안 계속해서 날마다 함께 있었다. 그녀는 내게 멀리서 들려오는 기차의 긴 기적 소리가 기억난다고 했다. 하지만 지금 석호에서 들려오는 뱃고동 소리는 어떻게 될까?

「오늘 아침엔 면(綿)이에요.」

외출할 준비가 되자 줄리아가 말한다.

「거기에다 립스틱도 좀 바르고!」

「난 휴일을 즐기고 있어요.」

「당신, 카메라 가져왔어?」

「아, 우리에게 사진은 필요 없어요. 소풍을 갔을 때 마리아가 사진을 몇 장 찍기도 했고요……. 당신, 다른 사람들한테 전화하지 않아도 돼요? 어젯밤에 하지 않았잖아요.」

나는 팔라초 트라도니코로 전화를 걸어 피어스와 통화한다. 그는 내게 우리가 열한시에 만나기로 되어 있다는 말을 전한다. 그의 어조에서 나는 그가 무슨 일인가로 기분이 좋지 않다는 것을 알아채지만 자기가 묵고 있는 장소 때문인지, 내가 어제 그들에게 전화하는 것을 잊었기 때문인지, 아니면 콘서트에서 있었던 일 때문인지, 아니면 알렉스와 베니스에 대한 상반된 기억 때문인지는 알 수 없다.

그들은 당연히 나에 대한 이야기를 했을 것이고 나는 그들이 내게 일종의 공통된 입장을 제시하지 않을까 하는 생각이 든다. 줄리아가 내게 걱정하지 말고 그들을 만날 때 침착한 태도를 보이라고 충고한다.

우리는 겨풀 냄새가 풍기고 차들이라고는 없는 조그만 섬의 녹지대를 지나 베니스 본토(本土)로 연결되는 다리들 중의 하나로 간다. 우리 왼쪽은 거의 목가적일 만큼 침체된 지역이고 오른쪽은 바지선에서 반짝거리는 통풍관들이 내려지는 작업수로다. 세 명의 젊은 남자가 서로 채 1미터도 안되는 거리를 두고 서서 일과 관련된 이야기를 주고받느라 고함을 지르고 있다. 우리가 걸어가는 길을 가로질러 빨랫감들이 줄줄이 널려 있고 집집마다 놓인 플라스틱 화분들에는 제라늄꽃들이 피어 있다.

우리는 짙은 색 줄기에 신선한 잎사귀들이 햇살을 가득 머금은 키 큰 라임나무들이 양쪽으로 늘어선 하얀 자갈길을 따라 천천히 걷는다. 우리 양 옆으로는 손질되지 않은 정원들이 펼쳐져 있다. 보도가 끝나는 곳에 조각상이 서 있다. 비둘기와 금붕어, 거북, 개들, 아이들, 유모차에 실린 아이들, 그리고 주절대는 어머니들에게 둘러싸인 가리발디[21]와 사자. 적어도 백 개는 되는 상호 의존적인 생명들. 우리는 다시 걸음을 옮기기 전에 여기에서 잠시 서성거린다.

「우리는 시아보니[22]를 거쳐서 가야 해요. 내가 당신에게 보여주고 싶은 것이 있는 데가 거기예요.」

그러나 우리가 찾아갔을 때 그곳은 닫혀 있다.

「오늘은 일요일도 아닌데.」

줄리아가 의아해 하면서 앞문을 두드려보지만 아무런 응답도 없다. 다른 관광객들이 주위로 모여들어 어깨를 으쓱하고 어떻게 해야 할지 상의하면서 약이 오르거나 무관심한 눈으로 닫힌 문을 바라보다가 발길을 돌린다. 줄리아가 한 번 더 문을 두드린다.

「줄리아, 그만 해둬.」

「아니, 싫어요.」

그녀는 여느 때와 달리 단호하게, 심지어는 화가 난 것처럼 보인다.

---

21) 1807~1882. 시실리와 나폴리를 정복하여 사보이 왕가의 통일 왕국 수립에 공헌한 이탈리아의 애국자.
22) 이탈리아의 미술가인 비토레 카르파초의 가장 뛰어난 작품들을 소장하고 있는 미술관.

「여기에서 뭐가 그렇게 특별하다는 거야?」

「모두 다요. 이거 정말 실망이네요. 표지판도, 설명도, 사람도 하나 없어요. 그리고 난 비엔나에서도 내가 좋아하는 베르메르[23]를 보지 못했어요. 종이 가진 거 있어요?」

내가 바이올린 케이스에서 연필과 종이쪽지를 꺼내주자 줄리아가 거기에다 대문자로 'TELEFONARE'와 'PRONTO'라는 단어가 든 글을 휘갈겨 쓴 다음 그것을 편지함에 밀어넣는다.

「보수공사나 뭐 그런 것 때문에 닫혀 있다면 정말 곤란한데.」

그녀가 중얼거린다.

「그런데 당신은 여기에다 뭘 어떻게 해달라고 요구한 거지?」

「나한테 전화를 걸어주지 않으면 나한테서 복수를 당할 거라고요.」

「당신은 전혀 복수를 할 것 같지 않은데.」

「내가 그런가요?」

줄리아가 반은 혼자말처럼 묻는다.

「설령 그 사람들이 우리에게 전화를 하더라도 나는 그 사람들 말을 알아들을 수 없고 당신은 그 사람들 말을 들을 수 없어.」

「우리는 다리를 건널 때가 되면 거기로 가게 될 거예요.」

「그게 무슨 말이지?」

「내 말은, 우리가 그 다리에 이르면 건널 거라는 얘기예요. 자, 이제 당신 교회로 가요. 비발디 교회로요.」

줄리아가 리오와 피에타 사이를 정기적으로 운항하는 조그만 푸른색 보트를 보고 이마를 찌푸리며 대답한다.

---

23) 1632~1675. 네덜란드의 화가. 색의 조화가 뛰어난 실내 정경과 풍경화로 17세기 독일 미술의 거장 가운데 하나로 인정받았음.

하지만 그곳 역시 닫혀 있다. 아니, 겉모습만 닫혀 있다. 바깥쪽 문을 열고 들어서자 거대한 자주색 커튼과 여러 나라 글자로 적힌 표지판이 교회 안쪽으로 들어서지 못하도록 가로막는다. 나는 내 토노니 바이올린이 속상해 하는 것을 느낄 수 있다. 이것은 너무 심하다.

출입구 오른쪽 접수대에 얼굴이 통통한 젊은 여자가 앉아 있다. 그녀는 겉 표지로 보아 공포소설처럼 보이는 책을 읽고 있다.

「들어갈 수 없습니까?」

내가 영어로 묻는다.

「네, 그럴 수 없어요.」

그녀가 미소를 짓는다.

「어째서죠?」

「닫혔어요. 여러 달 전부터죠. 하느님께 기도하는 것 외에는 안 돼요.」

「우리는 기도를 하려는 건데요.」

「그건 일요일이라야 해요.」

「하지만 일요일에 우리는 토르첼로로 갈 겁니다.」

그녀가 어깨를 으쓱한다.

「오늘 밤에 연주회가 있는데요. 티켓 드릴까요?」

「뭘 연주하는데요?」

「뭘 연주하다니요?」

「바홉니까, 모차르툽니까?」

「아!」

그녀가 우리에게 지역 합주단이 공연하는 프로그램을 보여준다. 전반부는 몬테베르디와 비발디고 후반부는 현재 활동하는 이탈리아 작곡가의 영어 제목이 붙은 곡을 포함한 현대음악이다. 그들의 입맛에 맞는 곡들. 내가 줄리아와 함께 있지 않았더라도 이 연주회는 내 입맛에 맞지 않을 것이다.

「얼마죠?」

「3만 5천 리라예요.」

「아이구야! 너무 비싸군.」

내가 줄리아의 눈길을 피하면서 과장된 몸짓을 보인다.

여자가 미소를 짓는다.

「난 음악갑니다. 바이올리니스트죠. 비발디! 이건 그 사람 교힙니다. 부탁 좀 합시다.」

내가 바이올린 케이스를 들어올리면서 말한다. 찬양조로 양손을 들어올리자 그녀는 재미있어하는 것처럼 보인다.

그녀가 책을 내려놓고 접수대에서 걸어나와 지켜보는 사람이 아무도 없는지 확인하려고 주위를 둘러본 다음, 얼른 자주색 커튼을 한쪽으로 끌어당겨 우리를 안으로 들여보내 준다.

「거봐. 봤지? 위협을 하기 전에 먼저 홀리는 거.」

내가 줄리아에게 으스댄다.

「다시 말해봐요.」

「위협을 하기 전에 먼저 홀리는 거.」

「시아보니에는 홀릴 사람이 아무도 없을걸요.」

그녀가 되받는다.

우리 머리 위로 높은 천장에는 공간과 빛의 소용돌이 무늬 장식이 천사들과 음악가들로 둘러싸여 있고, 그 한가운데에는 연푸른색, 장밋빛이 도는 황토색, 그리고 흰색이 장려하게 어우러져 있다. 아버지와 아들 그리고 비둘기로 구현된 성령이 성처녀를 받들고 있다.

우리가 경탄스럽게 그 그림을 올려다보고 있는 동안 제단 근처에서 미친 듯한 불협화음이 터져나온다. 야트막한 연단에 놓여 있는, 확성기와 연결된 피아노가 어떤 미친 남자의 습격을 받고 있다. 처음에는 산허리 전체가 조각 조각으로 폭발하고 다음에는 바위 부스러기들이 미친 생쥐들처럼 높은 옥타브에서부터 굴러 내려와 마침내는 밑바닥에서 피를 얼어붙게 하는 곰들로 바뀐다. 이것이 '그들의 입맛에 맞는 음악'일 수 있을까?

줄리아도 역시 어리둥절해 하지만 그것은 내가 어리둥절해 하기 때문이다.

소리가 갑자기 멈추고 피아니스트와 음향 기술자가 다시 한번 시험을 해보기 전에 몇 가지 조정을 한다. 다음에는 다시 고요가 내려앉고 뚜껑이 닫힌다. 그리고 참으로 다행히도 나타났을 때와 마찬가지로 느닷없이 사라진다.

「그게 정말로 그렇게 끔찍했어요?」

「아, 그랬어. 정말이야. 한동안 나는 당신이 부러웠어.」

「그렇다면 당신이 토노니를 연주해서 교회의 악령을 몰아내요.」

「그랬다가는 쫓겨나게 될 거야. 우리는 여기에 있어서도 안돼.」

「마이클, 여기에서 그 바이올린을 연주하지 않으면 당신은 평생 후회하게 될 거예요.」

「그리고 또 내 바이올린도 나를 절대로 용서하지 않겠지.」

「거봐요, 그렇다니까.」

「하지만 줄리아……」

「하지만 줄리아라니, 뭐죠?」

「그렇다면 당신이 나를 도와줘야 해.」

내가 그녀를 피아노 쪽으로 이끌면서 말한다.

「아, 안돼요. 마이클. 안돼요. 나를 연주에 끌어들이려고 하지 말아요. 내가 그러지 않을 거라는 거 알잖아요.」

「당신은 전에 이 곡을 연주해 본 적이 있어.」

내가 바이올린 케이스에서 비발디의 첫번째 맨체스터 소나타 가운데 라르고 악장을 꺼내 펼친 다음 그것을 피아노 악보대에 올려 놓는다.

줄리아가 피아노 앞에 앉아 몸을 이쪽저쪽으로 조금씩 흔들면서 잠시 악보를 훑어보는 동안 나는 바이올린을 조율한다.

「당신은 정말 못 말리는 사람이군요, 마이클.」

줄리아가 아주 달콤하고 침착한 소리로 속삭인다.

나는 대답 대신 활을 위로 밀어 바이올린을 연주하고 그녀는 더 이상 저항하지 않고 다음번 음정으로 들어간다.

하지만 그 황홀한 연주는 곧 끝나고 만다. 바이올린이라는 악기를 위해 이보다 더 사랑스러운 어떤 곡도 쓰여진 적이 없었고 내 바이올린은 그 곡이 제가 여기에서 연주를 하기 위해 쓰여졌다고 느낀다. 결국 이 곡이 여기말고 달리 어디에서 연주되어야 할까? 비발디가 고아원에서 데려온 어린 소녀들을 유럽에서 가장 훌륭한 음악가로 만든 곳이 바로 여기였다. 또 이 곡은 내가 음악을 연주하는 일에 관해 그렇게 많은 것을 배웠던 바로 그 맨체스터 도서관에서 불과 몇 년 전에 초고 형태로 발견된 만큼, 나는 이 곡이 또한 나를 위해 쓰여졌다고 느낀다.

아무도 우리의 연주를 중단시키지 않는다. 교회는 우리 두 사람 외엔 텅 비어 있다. 단지 천장에 그려진, 비올라와 트럼펫과 기다란 류트를 든 음악가들만이 귀를 기울인다.

「완벽했어. 한 번 더 해보자구.」

연주가 끝나자마자 내가 칭찬한다.

「아니에요, 마이클. 완벽했다면, 아니 완벽했으니까 다시 연주되어서는 안돼요.」

줄리아가 피아노 뚜껑을 덮으면서 대답한다.

좁은 샛길들을 지나 조그만 다리들을 건너서 팔라초 트라도니코 쪽으로 걸어가는 동안 쿵쿵 부딪히거나 되튀는 이상한 소리가 들린다. 그 소리는 몇몇 동네 꼬마 녀석들이 축구공을 차는 소리다. 팔라초 트라도니코는 육지로 둘러싸여 있지는 않고 아주 조그만 운하 쪽으로 수문이 열려 있다. 회색 페인트 칠이 여기저기 벗겨져 나간 그 건물 앞쪽에 있는 불규칙한 형태의 조그만 광장 캄피엘로 트라도니코는 관광객들의 발길이 닿지 않는 곳이어서 일종의 스쿼시 축구 비슷하게 보이는 게임을 하는 장소로 적격이다. 일층 높이에 세워진 말뚝들에 검은색과 흰색으로 된 꽤 많은 축구공들이 꽂혀 있다. 그 공들은 거기에 꽂힌 채 날마다 바람이 빠지지만 완전히 쭈그러들지는 않은 모양으로 파인애플이나 이무기돌이나 다른 전통적인 건축의 장식물들처럼 그 저택의 경계를 정하고 장식한다.

나는 초인종을 누른다. 이탈리아어로 뭐라고 묻는 여자 목소리에 「마조레 4중주단의 호움입니다」라고 대답하자 문의 자물쇠가 짤깍 열린다. 커다란 문을 밀어 열고 보니 우리는 한쪽 벽을 따라 위층으로 오르는 계단이 나 있는 넓고 어둡고 텅 빈 석조 홀에 들어와 있다. 다른 빛이 들어오지 않아서 더듬더듬 일층으로 올라간다. 우리가 계단을 다 올라갔을 때 문이 열린다.

열대여섯 살쯤 되어보이는 트라도니코 백작의 딸이 우리를 반갑게 맞아들여 자신을 테레사라고 소개하고 4중주단의 다른 단원들은 음악실에 모여 있다고 알려준다. 그녀가 우리에게 그 방을 가리켜주고 미소를 지어 보인 다음 사라진다.

쪽마루 세공을 한 황토색과 검은색으로 반짝거리는 메인 홀 바닥이 정면에서부터 후면까지 이어져 있고 양쪽에서 빛이 쏟아져 들어온다. 초라한 건물 외벽과 음침한 입구를 보고서는 실내가 이처럼 호화롭다는 것이 전혀 상상이 가지 않는다.

우리가 지나는 방 하나하나가 구색을 갖춘 훌륭한 장식품들과 몇 세기에 걸쳐 수집한 골동품들로 채워져 점점 더 환상적으로 보인다. 벽걸이 융단, 능라 천으로 덮인 금박을 입힌 소파들, 벨벳 의자들, 낙타와 표범이 그려진 문들, 화려하게 장식된 다리에 초록색 대리석 상판이 올려져 있는 완전히 곡선으로만 이루어진 거대한 테이블, 날개와 꽃 모양의 가지가 달린 유리 촛대들, 하품하는 곰들이 떠받치고 있는 시계, 갖가지 모양의 중국산 화병들, 니치 안에서 밖을 내다보거나 우리에게 손짓을 하는 작은 조각상들, 가족의 초상화들로부터 서명이 있는 조그만 연필 스케치들, 젖 빛깔의 마돈나에서부터 피투성이의 유디트[24]와 홀로페르네스[25]에 이르기까지 갖가지 그림들이 정찬 테이블 위의 벽에서 아래쪽을 내려다보고 있다.

빌리가 안쪽 방에서 나와 따뜻하게 우리를 반긴다.

「다 잘됐습니까?」

「그럼.」

내가 대답한다.

「확실한가요?」

「물론이지.」

「우리는 이곳을 자유롭게 출입할 수 있습니다.」

빌리가 나지막하게 알려준다.

「굉장하네요!」

---

24) 아시리아의 장군인 홀로페르네스를 죽이고 옛 유대를 구한 과부.
25) 기원 전 6세기에 앗시리아의 왕인 네부카드네자르의 명령에 따라 팔레스타인을 정복한 장군.

줄리아가 감탄한다.

「우리는 웨슨 부인이 기거하던 이층에서 묵고 있지만 콘서트가 열릴 곳은 여기 일층입니다. 일반에게는 공개되지 않는 정원도 있어요. 그 정원은 레이톤스톤에 있는 내 정원보다는 작지만 피어스 말로는 베니스 기준으로 치면 골프 코스라더군요.」

그가 운하를 가로지르는 조그만 구름다리를 가리킨다.

줄리아의 얼굴이 이 온갖 사치스러움에서 벗어나 정원으로 나간다는 생각에 환해진다.

「우리 한번 빨리 둘러봐요. 아니면 다른 사람들이 마이클을 기다리고 있나요? 나 혼자서 나가봐도 될까요?」

그녀가 서두르고 나선다.

「아, 잠깐이면 될 겁니다. 같이 나가기로 해요.」

빌리가 대답한다.

우리는 다리를 건너 색다른 세계, 잎이 작은 나무들과 향기로운 흰 꽃들, 단풍나무, 협죽도, 그리고 삼나무로 이루어진 은신처에 들어와 있다. 나뭇잎 몇 개가 야트막한 돌 수반에 떠 있다. 지루함에 지친 사자가 물받이에 앞발을 걸치고 분수 앞에서 햇볕을 쬐고 있다.

조그민 운히에는 배가 한 척도 다니지 않는다. 조그만 새 한 마리가 지저귀는 소리와 멀리서 들려오는 교회 종소리를 제외하고는 아무 소리도 들리지 않는다. 심지어는 축구공 소리도 들리지 않는다. 나는 월계수 잎을 이겨서 줄리아에게 냄새를 맡아보라고 건네준다.

어느 사이엔가 헬렌이 소리도 없이 우리 뒤쪽에 와 있다.

「그런데 말이요, 이 모두가 아주 멋지기는 하지만 우린 먼저 리허설을 끝내는 편이 좋겠어요.」

그녀가 우리 두 사람 중 누구도 쳐다보지 않고 말한다. 우리가 구름다리 위를 지날 때 그녀가 잎사귀를 몇 개 떨어뜨린다.

음악실에는 피아노와 하프시코드가 모두 구비되어 있다.

「당신도 알겠지만 줄리아, 우리는 여기에서 비발디를 연주할 건데, 이건 당신한테 훨씬 더 많은 의미가……」

내가 그녀에게 같이 있자는 뜻을 비친다.

「아니에요.」

줄리아가 잠깐 위쪽을 쳐다보고 나서 얼른 말을 자른다. 나는 그녀의 눈길을 뒤쫓아 회색과 황금색으로 꿈틀거리는 거대한 아기 나체 석고상을 본다. 조그만 팔과 다리와 엉덩이가 천장에서 돌출되어 있다.

「자 그러면, 드디어 시작인가요?」

우리를 기다리고 있던 피어스가 입을 연다. 하지만 그의 목소리는 차갑고 우리를 반기려고도 하지 않는다.

「죄송해요, 여러분. 저는 그냥 인사를 하러 왔어요. 그리고 콘서트에는 올 거지만 지금은 그만 가봐야 해요.」

줄리아가 얼른 끼여든다.

「하지만 줄리아.」

내가 가로막는다.

「쇼핑을 좀 할 게 있어서요. 열쇠는 갖고 있어요.」

「점심식사는 어떻게 하고?」

「당신 친구들하고 같이해요. 당신은 이분들하고 같이 보낸 시간이 너무 적어요. 난 여기저기 돌아다니다 여섯시쯤 공동주택으로 돌아가 있을 거예요. 여섯시 괜찮죠?」

「글쎄, 그래. 하지만……」

「그러면 여섯시에 봐요. 잘 있어요.」

「우린 한두 시간만 있으면 끝날 건데. 그냥 정원에 앉아서 책이나 읽는 게 어때?」

144

내가 붙들고 늘어진다.

그러나 줄리아는 화난 태도로 돌아서버린다. 나는 그녀가 불빛도 없는 계단에서 발을 헛디디지나 않을까 걱정스러워서 얼른 일어나 문까지 뒤따라간다.

「마이클, 돌아가요.」

「당신을 아래층까지 배웅해 주려는 거야.」

「그러지 말아요.」

「도대체 뭐 때문에 그래?」

「아무것도 아니에요.」

우리는 이제 계단에 있고 너무 어두워서 이야기를 할 수 없다.

「당신 돌아가는 길 찾을 수 있겠어?」

내가 앞 문을 열고 서서 걱정스럽게 묻는다.

그러나 줄리아는 고개를 까딱하고 나서 깜짝 놀란 어린 축구선수들을 아랑곳도 하지 않고 캄피엘로를 가로지른다.

7-7

내가 다시 방으로 돌아왔을 때 빌리는 초조하게 피아노를 띵동거리고 있다.

「아무 일 없는 거겠지?」

피어스가 좀 무관심하게 묻는다.

「없어.」

나는 그의 태도와 헬렌이 줄리아를 반기지 않는 태도가 못마땅해서 짤막하게 대답한다.

「우리에게는 상황을 이해할 시간이 없었어. 나는 콘서트 다음날 로타르와 입씨름을 좀 벌였고. 그 사람이 전화를 한 건, 그러니까 축하를 해주려는 거였지. 우리의 콘서트는 물론 대단한 성공이었어. 난 그 사람한테 연주회장으로 왔어야 하지 않느냐고 따졌어. 그 사람은 우리뿐 아니라 줄리아도 대리하니까, 상황을 감안해서 이런저런 어려움이 있을 수 있다는 걸 알아야 한다고 말이야.」

피어스의 이상스럽고 형식적인 말투가 나를 짜증스럽게 한다.

「난 그 사람이 어딘가에 또다른 약속이 있는 줄 알았는데.」

「그래, 그게 그 사람이 한 얘기였지.」

「글쎄, 그건 충분히 이해가 가는 일 같은데, 피어스. 그 사람은 모든 조치를 다 취해줬어. 공항으로 우리를 마중 나와서 첫번째 리허설 장소로 데려다주기까지 했고. 어쨌건 그 사람 잘츠부르크에 기반을 두고 있지 않아? 난 자네가 노리는 게 뭔지 모르겠어. 나한테 무슨 일이 일어나게 될지는 나도 몰랐어. 그런데 그 사람이 어떻게 그걸 알 수 있지? 그 사람은 내가 줄리아를 전부터 알고 있었다는 것조차도 몰랐어.」

「또 선배가 그 여자를 만나고 있다는 것도요. 빌리, 그만 좀 둘 수 없어요?」

헬렌이 끼여든다.

빌리가 피아노를 땅동거리다 말고 그만둔다.

「난 로타르가 우리에게 줄리아의 문제점에 대해서 얘길 해줬어야 한다고 생각해요. 그렇게들 생각 안해요? 하마터면 큰 낭패를 볼 뻔했어요.」

헬렌이 지적한다.

「어떻게 그런 소리를 할 수 있죠?」

내가 큰소리로 따지고 든다.

「어떻게 그걸 부정할 수 있죠?」

「헬렌, 생각 똑바로 해요. 그건 줄리아 문제가 아니라 내 문제였습니다. 그리고 어쨌건, 내가 당신들한테 그 일에 대해서 얘기를 했는데 로타르가 얘길 했건 안했건 그게 무슨 문제가 된다는 거죠?」

나는 침착하라는 줄리아의 충고를 까맣게 잊고 벌컥 화를 낸다.

「그 일 때문에 모두가 스트레스를 받았어.」

피어스가 대답한다.

「이 얘기 미리 계획해 두었던 거야?」

내가 묻는다.

「물론 아니야. 이건 단지 우리 모두가 비엔나에서 일어났던 일에 정말로 걱정이 됐기 때문이라구. 아무말도 하지 않으려고 하는 빌리를 포함해서.」

피어스가 날카롭게 되받는다.

「우리가 맨 먼저 연습할 곡이 뭐더라? 멘델스존 맞지?」

내가 모두를 둘러보면서 얼버무린다.

「우리 이 얘길 끝내야 해. 어떤 콘서트에서건 사후 검토가 필요하다면 지금이 바로 그럴 때야.」

피어스가 거의 협박조로 내 어깨에 손을 올려놓는다.

나는 피어스의 손을 치운다.

「끝까지 해봐야 할 얘긴 아무것도 없어. 줄리아는 누구와도 다시는 연주를 하시 않을 거니까. 그걸로 됐지? 그 여자의 삶에서 그 부분은 끝났어. 우리는 앞으로 다시 그 여자하고 연주를 하지 않을 건데, 내가 어떻게 그 일에 대해서 이러니저러니 할 수 있지? 비엔나에서 있었던 일에 대해서는 대단히 미안하게 생각하고 있어. 정말이야. 그 일이 나한테도 끔찍했고 그 여자한테도 끔찍했고 또 자네한테도 끔찍했다는 거, 그건 알고 있어. 난 어떤 변명도 하고 싶지 않아. 그 일은 일어나지 말아야 했고 난 자네를 실망시켰어. 하지만 어떻게 다시 그런 일이 일어날 수 있지? 그리고 자네는 어떻게 그 여자에 대해서 그렇게 무정할 수가 있지?

나를 비난하는 건 상관없지만 왜 그 여자를 비난해?」

내가 자제심을 잃지 않으려고 애쓰면서 말한다.

잠시 침묵이 흐른다. 그러나 헬렌도 또 피어스도 수긍이 가는 것처럼 보이지는 않는다.

「자네 말이 옳아. 그 얘기는 그만두자구.」

피어스가 느닷없이 한발짝 물러선다.

「좋아요, 그러면 멘델스존.」

빌리가 긴장을 풀고 동의한다.

헬렌은 아무말도 하지 않고 고개를 가볍게 끄덕인다.

「그러면 음계부터?」

피어스가 묻는다.

우리는 천천히 음계를 연주하면서 조금씩 조금씩, 거의 고통스럽게 좀전의 신랄한 태도를 벗어던진다. 나는 고개를 들어 천장에 얽혀 있는 아기들의 이상한 모습을 다시 쳐다본다. 그리고 다음에는 무늬 없는 바닥을 내려다보며 처음에는 올라갔다가 다음에는 내려오는 음계의 느린 음정에 다시 빠져든다.

「한 번 더.」

우리가 마지막 음정에 이르자 빌리가 전례 없는 요구를 하고 우리 모두는 이의 없이 그 요구에 따른다. 헬렌과 빌리는 침착하고 부드럽게 연주를 하지만 피어스는 내가 4중주단에 처음 가담했을 때 그랬던 것처럼 자기만의 세계에 빠져 있는 듯 보인다.

리허설이 끝나자 우리는 콘서트를 하기 전에 또다른 리허설은 필요 없다는 결론을 내린다.

「우리 모두 내일 산조르조 마조레로 가는 게 어때요? 우리는 이번 여행에서 같이한 일이 아무것도 없어요. 거기에서 누군가에게 기둥들을 배경으로 우리 사진을 좀 찍어달라고 할 수도 있을 건데. 그러면 아주 좋은 광고 사진이 될 거예요. 내일 하루종일 무슨 할 일이 있다는 말은 하지 말아요, 마이클.」

헬렌이 다시 그녀의 본모습으로 돌아와서 제안한다.

「같이 갈 수 있을 겁니다. 점심때쯤이 어떨까요?」

「그때는 교회가 닫혀 있지 않을까요?」

빌리가 묻는다.

「글쎄, 그렇다면 내일 아침은 어때요? 아니면 오늘 저녁이나.」

헬렌이 묻는다.

「난 지금은 산보를 좀 하고 싶습니다. 하지만 세시쯤에는 거기에서 같이 만날 수 있을 겁니다.」

「오빠는 어때?」

헬렌이 피어스를 돌아다본다.

「아니, 난 시간이 없어.」

「오늘 말이야?」

「그래.」

「그러면 내일은?」

「있어.」

피어스가 멍한 소리로 대답한다.

「그러면 내일 아침으로 해요. 됐죠?」

헬렌이 결정을 내린다.

피어스가 고개를 젓고 나서 한숨을 쉰다.

「나 내일도 바빠.」

「뭐라고? 하루종일? 도대체 무슨 할 일이 있다는 거야? 같이 가겠다고 해, 피어스. 아주 재미있을 거야. 그리고 탑에서 보는 경치도 너무 멋지고.」

헬렌이 다그치듯 말한다.

「나는 그 섬으로 가고 싶지 않아. 나도 그 탑에서 보이는 경치는 알고 있어. 그건 내 머릿속에 새겨져 있으니까. 제발 부탁인데,

헬렌, 바보인 척 좀 하지 마. 난 다시는 그 섬으로 가지 않을 거야. 오늘도 내일도 또 앞으로 어느 때라도. 난 베니스가 싫어. 어떤 때는 4중주단을 구성하겠다는 생각이 아예 떠오르지도 않았더라면 싶어.」

피어스가 자기의 바이올린을 케이스에 집어넣으면서 분명하게 잘라 말한다.

피어스가 방에서 걸어나간다. 우리 세 사람은 그의 격렬한 태도에 놀라 서로를 바라보지만 무슨 말을 해야 할지 몰라한다.

7-8

줄리아와 나는 공동주택에서 촛불에 의지해 저녁식사를 한다. 요리는 그녀가 했고 테이블은 내가 차렸다. 나는 그녀에게 피어스가 불끈 화를 냈던 일에 대해서 이야기한 다음 팔라초에서 왜 그렇게 이상한 기분이 되었느냐고 묻는다.

「헬렌 때문이었어?」

「이 일은 너무 어려워요.」

「정말 미안해.」

「내 말은, 이렇게 하고 있으니까 정말 아름다워보이기는 하지만요 마이클, 촛불 빛으로는 입술을 읽을 수 없다는 거예요. 그 달에 대한 얘기가 뭐였죠?」

「달이라니?」

「아, 별거 아니에요. 그런데 자동 응답기 불빛이 깜빡거리고 있었어요. 우리에게 메시지가 왔나 봐요. 난 그게 제니에게서 온 게 아닌가 싶은데.」

「시아보니에 있는 남자에게서 온 것일 수도 있어.」

「정말 그렇겠네요.」

「그럴 경우엔 이탈리아어로 되어 있을 텐데 그걸 우리가 어떻게 해야 하지?」

「저녁식사를 한 뒤에 당신이 그 메시지를 듣고 들리는 대로 받아 적으면 내가 그 뜻을 한번 헤아려볼게요.」

내가 불을 켜려고 일어선다.

「자…… 하지만 그게 정말로 그렇게 힘이 들어? 내 말은 그냥 여기에 이렇게 있는 게 말이야.」

「난 여기에서 당신하고 같이 있는 게 좋아요.」

「글쎄, 하지만 내 말은 떠나 있는 게, 런던으로부터 떠나 있는 게 어떠냐는 거야.」

「식구들이 보고 싶어요. 하지만 그건 우리가 비엔나에 그대로 머물러 있었더라도 마찬가지였겠죠. 아니 꼭 그렇지만도 않아요. 나 오늘 신용카드로 돈을 좀 빼냈는데, 아무래도 베니스에서 돈을 인출했다는 기록이 남을 것 같아요. 난 늘 이런 식으로 생각하지는 않았어요. 이건 정말 지독한 속임수예요.」

그녀가 잠시 입을 다문다.

「제임스가 정말…….」

「눈치를 챘겠느냐고요?」

「아니, 다른 어떤 여자하고 잤을까?」

줄리아가 그 질문에 어떻게 대답해야 할지 곰곰이 생각해 본다. 그녀는 내 질문을 상스럽다고 생각할까? 하지만 나는 그것을 신의니 정절이니 하는 표현으로 둘러 말하고 싶지는 않았다.

「내가 아는 건 꼭 한 번이에요. 몇 년 전에요. 그런데 그건 우리 사이가 가장 좋은 것처럼 보였을 때였어요. 하지만 그때는 사정이 달랐죠. 그 사람은 여행 중이었고, 그래서 외로웠고, 또 꼭 하룻밤뿐이었어요. 난 지금 그 사람이 다른 여자와 잔다고는 생각하지 않아요.」

그녀가 차분한 음성으로 말한다.

「그런데 당신 그걸 어떻게 알아냈어?」

「내가 알아낸 게 아니에요. 그 사람이 얘기해 줬죠. 나는 내내 그게 이상하다고 생각했어요. 지금도 그렇고요……. 하지만 그렇다고 해서 지금 내가 하고 있는 짓에 변명이 되지는 않아요. 이건 내가 당신을 사랑하기 때문에 훨씬 더 나빠요. 내가 어떻게 그 사람한테 이 일을 얘기할 수 있을까요? 그 생각을 하기만 하면 머리가 빙빙 돌기 시작해요. 오늘 하루종일 귀에서 울리는 소리 같은 게 들렸어요……. 나 조금 전에 당신 생일 선물을 샀어요. 때늦었다는 건 알지만요.」

「정말? 보여줘 봐.」

「곧 보게 될 거예요. 하지만 당신한테 주기 전에 손을 좀 봐야 해요.」

나는 우리의 와인 잔을 다시 채운다.

「당신은 화제를 갑자기 바꿀 수 있는데 나는 그럴 수 없다는 게 좀 불공평한 것 같아.」

「그건 작은 보상이에요. 당신도 아마 기억하겠지만 난 늘 겁쟁이였어요. 하지만 당신은 귀가 먹더라도 겁쟁이가 될 수 없겠죠. 지금 난 뭘 이해하지 못하거나 이해하기 싫으면 화제를 바꿔요. 그리고 다른 사람들은 내가 하는 대로 따라해야 하죠.」

「당신은 절대로 겁쟁이가 아니었어.」

「내가 안 그랬나요? 어쩌면 나는 여기에서 제임스에게 팩스를 보내야 할지도 몰라요. 제니에게 팩스가 있는데, 나 내일 점심때 그 애를 만나기로 했어요.」

「왜 간단히 그 사람한테 당신이 베니스에 있다고 할 수 없는 거지? 더군다나 그 사람은 어떻게든 알아낼 수 있을 텐데.」

「그래요, 당신 말이 맞아요. 내가 왜 그럴 수 없는 거죠?」

「물론 마리아가 그 사람한테 전화를 걸어서 당신이 자기하고 같이 있다는 말을 해야 하겠지만.」

「지금 생각해 보니까 내가 마음이 정말로 산란해졌던 건 당신이 리허설을 한 방 천장에 있는 발가벗은 아기 상 때문이었던 것 같아요.」

줄리아가 털어놓는다.

「그게 무슨 소리지?」

「벌써 일주일도 더 됐어요.」

「그 애는 할머니가 응석을 다 받아주고 있지 않아?」

「그래요. 그 앤 틀림없이 나를 하나도 보고 싶어하지 않을 거예요. 난 그게 견딜 수 없어요. 내 가엾은 아들.」

나는 그 가엾은 아들에 대해 분노가 치미는 것을 느낀다. 내가 어떻게 그 아이와 경쟁을 할 수 있을까? 내가 어떻게 그 둘을 떼어놓는다는 생각이라도 할 수 있을까?

7-9

저녁을 먹은 뒤에 우리는 커피를 마시러 나간다. 은행나무, 비파나무, 그리고 라임나무가 심어진 근처의 광장으로 갔다가, 등나무 밑을 지나 대문에 부딪히지 않으려고 조심하면서 집으로 돌아온다.

그녀는 밤늦게까지 내 손을 잡고 이따금씩 내 이름을 부른다. 나는 그녀에게서 점자 알파벳을 배웠고, 그 덕분에 줄리아는 어둠 속에서도 내가 손가락으로 쓰는 한두 마디 사랑의 말을 읽을 수 있다. 그리고 때로는 내가 스펠을 틀린 것에 웃기도 할 만큼 마음이 편해져 있다. 우리는 서로 끌어안고 잠을 자기가 어렵다는 것을 알고 마침내는 그녀가 내 어깨와 팔에 머리를 기대는 자세를 취하기로 한다. 그런 다음에야 나는 제대로 잠이 든다.

아침에 나는 손으로 턱을 받치고 빈둥거리며 그녀가 화장하는 모습을 지켜본다. 그 모습이 너무도 아름답게, 이 도시의 환한 햇살을 받아 더더욱 사랑스럽게 보인다. 그녀가 신경이 좀 쓰이는지 다른 할 일이 없느냐고 묻는다. 왜 베니스에 관한 글을 읽지 않느냐? '푸가의 기법' 악보를 가져왔으면서도 왜 그 악보를 검토하지 않느냐? 왜 면도를 하지 않느냐? 자기가 화장하는 모습을 지켜보는 것 외에는 할 일이 아무것도 없느냐? 그녀는 내가 면도하는 모습을 지켜보지 않고, 그래서 내가 매혹되어 있는 것을 이해하지 못한다.

하지만 내가 어떻게 매혹되지 않을 수 있을까? 우리는 여기 베니스 한쪽 끝에서 너무도 쉽게 사랑을 나눈다. 손에 손을 잡고 여기저기로, 어디든 걸어다닌다. 우리는 한 쌍의 부부다. 포르티치아리 부인의 친구인 영국인 부부. 베니스 어디에도 이제부터 생겨날 것을 제외하고는 내가 다녀간 자취는 없다. 그녀에게는 나 없이 찾아왔던 기억이 있지만, 중요하지도 않고 중요시되지도 않고 거의 방문한 적도 없는 산텔레나는 그 기억에서도 벗어나 있다.

자동 응답기에 녹음된 메시지는 정말로 스쿠올라 디 산조르조의 시아보니로부터 온 것이다. 관리인이 병이 났는데 대신할 사람을 구하지 못해서 문을 열 수 없었지만 이제는 적당한 사람을 찾았으니까 아홉시 반경에 다시 개관할 예정이라는 것이다.

우리는 걸어서 스쿠올라로 건너간다. 아직 이른 시간이라서 관람객들이 많지는 않다. 줄리아가 내게 작품을 보여주고 싶다는 미술가의 이름을 알려준다. 카르파초. 눈이 어둠에 익어갈수록 나는 놀라서 입이 다물어지지 않는다. 벽의 짙은 색 목조 부분들에 걸려 있는 그림들은 내가 이제까지 보았던 것들 중에서 가장 놀랍다. 우

154

리는 나란히 첫번째 그림 앞에 서 있다. 성 조지[26]의 공격을 받아 반격을 가하려는 용이 불길하게 꿈틀거리고, 창끝이 그 용의 입과 대가리를 꿰찌른다. 그 주위로는 풀 한 포기 자라지 않는 썩은 황무지가 펼쳐져 있다. 뱀, 두꺼비, 도마뱀, 잘린 머리통, 팔 다리 뼈, 두개골, 시체 등 혐오스러운 대상들로 채워져 있는 그 그림에서 원근법으로 그려진 남자의 상반신이 — 마치 곱슬곱슬한 머리칼을 한 성 조지가 용의 희생물이 된 것처럼 보이는 — 한쪽 팔과 한쪽 다리를 먹힌 채 그림 바깥쪽을 응시한다. 한 처녀는 하반신을 먹히고서도 고결한 표정을 유지하고 있다.

모든 것이 창백하고 기괴하지만, 시든 나무와 파멸적인 황무지 뒤쪽 저 멀리로 고요한 아름다움을 보이는 구역, 배와 바다와 키 큰 나무들과 화려한 건물들이 그려진 경관이 보인다.

우리는 아무말도 하지 않고 벽을 따라 천천히 옮겨간다. 나는 여행 안내 책자를 들고 뒤를 따른다. 힘이 빠져 움츠러든 용이 승리자에게서 마지막 칼이 떨어지기를 기다리고, 이교도인 군주들이 극적으로 개종되는 동안 빨간색 앵무새가 조그만 나뭇잎을 물어뜯으면서 냉소적이고 사색적인 눈길로 그림 밖을 내다본다. 한 어린아이가 기괴한 바실리스크[27]를 쫓아낸다. 제단 건너편 다른쪽 벽에는 온후한 성 제롬[28]이 그보다도 더 온후한 사자와 함께 두루 여행을 하며 캔버스 전체를 가로질러 겁 많은 수도사들을 복제된 박쥐들처럼 쫓아 보낸다. 성 제롬이 경건하게 죽을 때 빨간색 앵무새가 다시 나타난다. 그리고 다음에는 무엇보다도 더 불가사의하게, 그가 죽었다는 소식이 책들로 둘러싸이고 펼쳐진 악보로 장식된

---

26) 3세기 경의 초기 기독교 순교자. 영국의 수호 성인.
27) 아프리카 사막에 살며 사람을 입김이나 시선으로 죽인다는 전설상의 파충류 동물.
28) 347~419. 복음 전파자. 수도사들의 지도자로 라틴 교부들 가운데서 가장 박식한 인물로 알려져 있음.

호화롭고 조용한 서재에 앉아 있는 성 아우구스티누스에게 전해진다. 거기에서 그는 흠잡을 데 없이 우아하고 예의바르고 충직한 털이 곱슬곱슬한 흰 개 한 마리만 데리고 혼자 앉아 있다. 그의 방이나 베니스나 세상에서 그 개보다 더 완전하거나 더 필요한 것은 아무것도 없다.

그 개 옆에 펼쳐져 있는 악보책보다 더 눈에 띄지 않는 조그만 두루말이에 비토레 카르파초가 그 개를 그렸다는 글이 적혀 있다. 하지만 그것이 가능할까? 용을 그린 사람이 그 개를 그렸을까? 개 주인의 손에는 펜이 쥐어져 있고 그의 얼굴에는 선견지명의 지혜가 빛난다. 늦은 저녁의 긴 그림자가 그 훌륭한 개 외에는 아무것도 없는 텅 빈 바닥을 가로지른다. 더없이 멋진 그 개의 코는 얼마나 촉촉하고 주의 깊은 눈은 얼마나 반짝이는가! 그 그림은 개가 없다면 상상조차도 할 수 없다. 그리스도가 자기의 니치에서 사라진다 하더라도 아쉬울 것이 없을 것이다.

갑자기 노란 모자를 쓴 한 무리의 어린 프랑스 학생들이 소크라테스 같은 선생의 감독하에서 그림들을 감상하고 있다. 그 아이들은 벤치에 앉아 있거나 주위를 둘러보거나 특별한 장면 주위로 몰려든다. 「크레티앵(기독교적인)…… 윈느 베트 페로세(사나운 동물)…… 쥔느 퓨(젊은 처녀)…….」 마음의 귀로 나는 성가를 듣는다. 「푸(미쳤어).」 「농, 솔(아니, 제정신이야).」 「농, 푸(아니, 미쳤어).」 「농, 솔.」 나는 마음이 동요되지만 곧 고요해진다. 우리는 방해가 되지 않게 오른쪽으로 비켜서 있다. 줄리아가 내 손을 잡고 있다. 조그만 사내아이 하나가 질문을 받고 수줍게 대답한다.

「르 시앵 세(개가 알아요).」

그 아이 말이 옳다. 그 개는 분명히 알고 있다. 비록 그 동기가 의심스러운 빨간 앵무새처럼 잘 알고 있지는 못하더라도. 그 개는 알고 있기에 침착하고 세상 돌아가는 이치에 대한 믿음과 위엄과

헌신을 가지고 있다.

이층으로 올라가자 우리 둘뿐이다. 나는 그녀에게 키스를 한다. 그녀도 내 키스에 다정하고 허물없이 응해준다. 창가에 벤치가 하나 놓여 있다. 비둘기가 구구 울고 미풍에 빨간색 커튼이 펄럭이고 운하 건너편에서 사람들이 일하는 소리가 들려온다. 사람들이 석고 칠한 벽의 벽돌을 들어내고 있다. 우리는 오랫동안 키스를 한다. 내가 벤치에 앉자 그녀가 내 무릎 위로 걸터앉는다. 나는 손을 그녀의 허벅지에 올려놓았다가 치마 밑으로 집어넣는다.

나는 그녀가 들을 수 없다는 것을 알면서도 그녀의 귀에다 대고 내가 하고 싶은 대로 속삭인다.

「오, 맙소사. 당장 그만둬요! 그만두라니까!」

그녀가 기겁을 해서 소리친다.

누군가가 계단을 올라오는 소리가 들린다. 우리는 펄쩍 떨어져서 여행 안내서를 들여다보거나 천장에 그려진 성화(聖畵)에 나오는 다양한 인물들이 성스러운 임무를 수행하는 그림들을 쳐다본다.

늙수그레한 남자가 뻣뻣한 걸음걸이로 천천히 계단을 올라와 차갑게 우리를 훑어보고 나서 아무말도 없이 다시 아래층으로 내려간다. 우리가 하고 있던 짓을 그가 알 수 없다 하더라도 우리는 주눅이 들지 않을 수 없다.

아래층에서 우리는 그림들을 마지막으로 둘러본다. 신자석들은 이제 저희들 멋대로 떠들어대는 백 명은 족히 되는 학생들로 가득차 있다.

우리는 옆에 붙어 있는, 성작 등이 놓여 있는 성물실(聖物室)로 들어간다. 그 방에는 성배들과 제의들, 아기 예수를 안고 있는 성모 마리아 상 세 점과 청백색 폐쇄회로 모니터 스크린이 있다. 그 모니터는 잠시 전에 우리가 앉아 있던 위층의 빈 벤치에 초점이 맞추어져 있다.

「여기에서 나가요.」

줄리아가 겁에 질린 얼굴로 재촉한다. 그녀의 뺨이 부끄러움으로 달아올라 있다. 늙은 남자는 어디에도 보이지 않는다.

우리는 재빨리 그곳에서 빠져나와 다리를 건넌다. 건물들이 빽빽히 들어선 골목길로 깊숙이 들어온 뒤에야 그녀가 입을 연다.

「끔찍해, 너무 끔찍해.」

「줄리아.」

「너무 저질스러워.」

「이거 봐, 그 늙은 남자는 단지 자기 일을 하고 있었을 뿐이야.」

「이런 일엔 넌더리가 나요.」

그녀가 울기 시작한다.

「줄리아, 제발, 제발 울지 마.」

「오, 마이클.」

나는 그녀를 끌어안는다. 그녀는 내가 두려워했던 것처럼 나를 밀쳐내지는 않는다.

「왜 나한테서 떠났죠? 이 일은 계속될 수 없어요…… 난 이게 싫어요…… 그리고 이제 치프리아니…… 제임스가 전에 언젠가 거기에서 묵었는데…….」

나는 그 두서없는 말을 알아듣고 그녀에게 두서없는 소리를 늘어놓는다. 하지만 그보다는 단지 흐느낌이 잦아들기를 기다릴 뿐이다.

우리는 해변 쪽으로 걸어간다.

「나 어떻게 보여요?」

그녀가 자기를 호텔로 데려다줄 바포레토에 오르기 전에 묻는다.

「끔찍해.」

「나도 그렇게 생각했어요.」

「아니, 당신은 그렇지 않아. 여느 때처럼 사랑스러워보여. 세시 삼십분에 여기서 당신을 기다리고 있을게. 그렇게 슬퍼하지 마. 우린 모두 긴장해 있어. 그것뿐이야.」

하지만 그 말은 서툴게 달래는 소리일 뿐이다. 나는 문제가 더 있다는 것을 알고 있다. 뭔가 일이 수포로 돌아갔다. 조그만 갈색 배가 칙칙폭폭 만을 건너고 커다란 흰 배가 시야에 들어온다. 맑게 갠 푸른 하늘, 배들이 바쁘게 돌아다니는 푸른 석호. 지금까지 일어났던 일에서 생각을 돌릴 셈으로 나는 오후의 작은 운하에 떠 있는 것들을 하나하나 바라보며 그 정경을 내 기억 속에 그려보려 한다. 유람선, 카페리, 수상 택시, 경비정, 곤돌라, 두 척의 바포레토, 바지선처럼 생긴 밑이 평평한 작은 보트. 하지만 아무 소용도 없다. 머릿속으로 들어와 박힌 생각들이 떨쳐지지 않는다. 나는 그녀 없는 나 자신을 상상해 보려고 애쓰다가 몸을 돌려 광장을 지나 좁고 구불구불한 길로 들어선다.

나는 좁은 운하 위로 걸쳐진 조그만 다리 위에 서서 선창을 내려다본다. 선창의 파란색 말뚝들은 꼭대기가 황금색으로 칠해져 있다. 이곳은 오페라 하우스로 통하는 수문이다. 그러나 오페라 하우스가 있던 자리에는 뒤틀린 쇳조각들이며 오르간의 공기 조절판, 까맣게 탄 문짝들, 녹슨 새〔鳥〕의 조각상 따위가 널려 있다. 그리고 검게 탄 벽들에 긁힌 낙서가 적혀 있다. '티 아모. 파트리치아(Ti amo. Patrizia).' 이것은 전에 한 번 소진되어 다시 일어나지 못한 불사조다. 그처럼 한심하게, 그처럼 빨리, 그처럼 짧은 시간 내에 사라져버린 것은 복구되고 재건되어 반드시 한 번 더 소생될 수 있다.

나는 줄리아에게 줄 선물로 조그만 푸른색 도자기 개구리를 하나 산다. 세시 삼십분에 우리는 헤어졌던 곳에서 다시 만난다. 그 사이에 줄리아는 좀더 침착해진 것처럼 보인다. 우리는 무라노 섬으로 건너가 맛이 메스꺼운 살구 아이스크림을 먹고 악몽 같은 유리제품들로 가득 채워진 가게를 찾아간다. 그녀가 내게 홍역이 이탈리아어로는 모르빌로(morbillo)라고 알려준다. 다행히도 그녀는 기분이 많이 나아져 있다. 나는 그녀에게 루크의 선물로 인빅타 배낭을 하나 사라고 권한다. 그녀가 느닷없이 친구 말로는 자기가 떠난 뒤에 내가 공동주택을 계속 써도 좋다고 했다면서, 자기는 화요일에 떠날 예정이라고 덧붙인다.

「화요일? 왜 그렇게 일찍?」

나는 얼굴에서 피가 싹 빠져나가는 듯한 느낌이다.

어떤 말로도 그녀를 설득해서 말릴 수가 없다. 더군다나 그녀는 오늘 저녁 콘서트에도 올 수 없다는 말까지 한다.

「어째서 못 오지? 그 저택 때문이야? 그 어린아이 나체 상 때문에? 4중주단의 내 동료들 때문에?」

그녀가 고개를 젓는다. 그녀의 입에서 나온 대답은 팩스를 보내야 하는데 집으로 돌아가는 길에 그럴 생각이라는 것뿐이다. 그녀는 일찍 잠자리에 들겠다고 한다.

잔인하게도 나는 베니스의 소리들에 대해서 이야기한다. 그녀는 아무말도 하지 않지만 이제는 얼굴이 하얗게 질려 있다. 나는 아주 멋지게 그 소리들을 묘사한다. 이 여자가 어떻게 나를 혼자 남겨두고 화요일에 떠날 수 있을까? 어떻게, 어떻게? 우리가 여기에서 함께 보낼 수 있는 날은 겨우 나흘뿐이지 않은가? 더군다나 오늘은 이틀째 되는 날이다.

콘서트를 하는 동안 내 손은 지판 위에서 자신 있게 움직인다. 하이든과 멘델스존은 눈을 감고도 연주할 수 있다. 공연은 박수 갈채를 받는다. 앙코르 곡으로 우리는 좀전에 웨슨 부인에게서 요청받은 베르디 4중주의 한 악장을 연주한다. 트라도니코 백작과 백작 부인은 처음 보는 사람에게건 안면이 있는 사람에게건 누구에게나 더없이 훌륭하게 배려해 주면서 함께 주인 노릇을 한다. 그들의 매력은 침착하고 전문 직업인답다는 점이다. 백작의 성질 못된 동생인 조각가가 뚱한 얼굴로 손님들 사이를 이리저리 돌아다닌다. 나는 그에게 말을 걸려다가 그만둔다. 나로서는 주데카 운하 옆의 술집에서 들었던 뒷소리를 여기에서 본 어떤 것과도 결부시킬 수도, 또 아무것도 조정할 수도 없다.

웨슨 테레사가 우리에게, 특히 그녀가 좋아하는 빌리에게 미소를 짓는다. 가랑비가 오고 있어서 아무도 조그만 다리를 건너 정원으로 나가려고 하지 않는다. 천장에 회색과 황금색 아기들이 매달린 방에서 프로세코와 카나페를 먹고, 성대한 모임답게 왁자지껄한 소리가 인다. 웨슨 부인이 흥에 겨워 큰소리로 떠들어댄다. 아는 사람이 아무도 없다는 것, 어디에도 속하지 않는다는 것이 마음 놓인다. 나는 마조레 악단의 동료들과도 베니스에서 열릴 예정인 다른 두 번의 콘서트를 위한 리허설 시간을 정하는 것 외에는 별이야기를 나누지 않고 산텔레나를 향해 떠난다.

아무래도 프로세코를 너무 많이 마신 모양이다. 줄리아는 틀림없이 내 몸에서 풍기는 술 냄새를 맡을 것이다. 바포레토를 타러 가는 길에 나는 술에서 깨려고 어느 바에 들렀다가 결국 술을 좀더 마신다. 이번에는 강한 그라파[29]다. 나는 기분이 거나해져서 말이 통하지 않는데도 말이 많아진다. 시간이 어느덧 자정을 넘

---

29) 포도 짜는 기계 속의 찌꺼기로 증류한 술.

는다.

밤중에는 바포레토가 검은 물위로 살금살금 다가오니까 그것을 놓쳐서는 안된다.

셔터 뒤에서는 불빛이 하나도 새나오지 않는다. 이 공동주택에서는 소리를 낼 수는 있지만 불을 켜서는 안된다. 그녀가 꿈을 꾸고 있고 불빛 때문에 그녀의 꿈이 깨질 수 있기 때문이다. 나는 옷을 벗고 그녀 옆에 눕는다. 밤이 깊어갈수록 우리는 조금씩 조금씩 서로의 품으로 파고든다. 아니면 내가 그렇게 생각했거나. 어쨌든 잠이 깨었을 때 우리는 서로 바짝 붙어 있다.

7-11

알람 시계가 울린다. 잠을 거의 자지 못한 것 같다. 시계의 반짝이는 숫자판이 정각 새벽 다섯시를 가리키고 있다.

줄리아는 물론 아직 잠에 빠져 있다. 하지만 그녀가 알람 시계를 그처럼 말도 안되는 시간에 맞춰놓았다면 깨워주기를 원한 것이 틀림없다.

나는 그녀를 가볍게 흔들고 눈꺼풀에 입을 맞춘다. 그녀가 조금 투덜거린다. 나는 그녀의 발을 살짝 간질인다.

「자게 놔둬요.」

그녀가 잠이 덜 깬 채로 웅얼거린다.

내가 불을 켜자 그녀가 눈을 뜬다.

「지금 몇 시인지 알고 있어?」

「몰라요. 아, 난 너무 졸려요.」

「그렇다면 시계를 왜 다섯시에 맞춰놨지?」

「아, 그래. 난 일출을 놓치고 싶지 않았어요.」

그녀가 하품을 한다.

「일출? 난 아직 술이 덜 깬 것 같은데.」

내가 멍하니 되묻는다.

「옷을 좀 따뜻하게 입어요, 마이클.」

「어째서?」

「바포레토를 타고 산마르코로 갈 거예요. 그 다음에는 걸어서 폰 다멘테 누오베로 갔다가 여섯시에 보트를 타고 토르첼로로 갈 거고요.」

「아, 줄리아, 난 싫어.」

「마이클, 난 그러고 싶어요.」

「여섯시 보트라고?」

「네, 여섯시 맞아요.」

「그럼, 먼저 커피를 끓여야겠군. 내가 올려놓을게. 난 커피를 마시지 않고는 움직일 수 없을 거야.」

「그러다 일출을 놓치게 돼요.」

「일출이 몇 신데?」

「잘은 몰라요.」

「그렇다면 의심스러운 것보다 확실한 걸 먼저 챙기자구. 그러니까 커피 한잔 해.」

하지만 그녀는 내가 바로 저항을 포기하자 꽤나 실망한 표정이다.

소나무들이 바람에 스쳐 살랑거리는 소리를 낸다. 낮게 깔린 하늘이 여기저기 황금빛으로 물들어 있다. 선창에서 새들이 요란스럽게 지저귀고 있다. 우리가 해변 유흥지 쪽을 바라보는 동안 선창이 삐걱거리고 흔들거린다. 뭔가가 다가오는 소리가 들린다. 일요일 아침인 데다 다섯시 삼십분밖에 되지 않아서 보트는 거의 비어 있다.

넓은 석호를 가로질러 황금빛 햇살이 비친다. 엔진 소음이 높아졌다 낮아졌다 한다. 우리는 곧 산마르코에 이른다.

「그러면 이제는?」

「이제는 광장을 지나서 그 공허함을 음미할 거예요.」

「광장을 지나 공허함을 음미한다. 해보자구.」

광장에는 수많은 비둘기들과 비를 든 남자 하나 외에는 아무도 없다. 나는 그 광경을 마음껏 음미한다.

회색 고양이 한 마리가 비둘기들 틈에 끼여든다. 그 고양이는 공격을 하려고 들지 않고 비둘기들도 전혀 놀란 기색을 보이지 않는다.

「당신이 계속 쓰는 이 레몬 향 향수 이름이 뭐지? 향기가 아주 좋아.」

「이건 레몬 향이 아니에요, 마이클. 이건 꽃 향기예요. 그리고 또 제대로 된 향수도 아니고요. 이건 단지 화장수일 뿐이에요.」

줄리아가 짜증스럽게 대답한다.

「미안, 미안, 미안. 어쨌건 향기가 정말 아주 기막혀. 거의 당신만큼 기막혀.」

「아, 그만 좀 해줘요, 마이클. 안 그러면 당신을 '기막혀'라고 부를 테니까요.」

「그러니까, 당신 말은 비둘기들 앞에서 그러겠다는 거야? 글쎄, 당신 보기에 난 기막히지 않단 말이야?」

「아뇨, 기막히고 말고요. 당신이 원한다면.」

「당신이 정말로 하고 싶은 말은 입다물라는 거겠지.」

「맞아요.」

「하지만 콧노래는 해도 되지?」

「그래요.」

우리처럼 제정신이 아닌 게 틀림없는 일본인 부부 한 쌍이 산책을 하고 있다. 그들이 주랑(柱廊)에서 나오더니 여자가 청소부에게 사진을 찍을 건데 그의 빗자루를 들고 포즈를 취할 수 있게 해 달라고 부탁한다. 그가 빗자루를 넘겨주자 여자가 산마르코를 배경으로 비둘기들 앞에서 빗자루를 움켜쥐고 사진을 찍는다.

「일출이 어디에서 있지?」

내가 묻는다.

하늘이 점점 더 밝아오고 있다.

「저 구름들 뒤에서요. 우린 일출을 보지 못할 것 같아요.」

줄리아의 말소리에 섭섭해 하는 기미가 배어 있다.

나는 아직도 술이 덜 깨서 어질어질하다. 우리는 이리저리 헤매고 두어 번 운하로 끊기는 막다른 골목으로 들어간다. 어딘가에서 접시를 든 빵집 점원이 나타나고 한 남자가 자전거 페달을 밟아 신문 가판대로 간다. 넓게 트인 광장에 비둘기들이 날개를 퍼덕이며 내려앉는다. 청동기마상이 잠 못 이루는 높은 대 위에서 우리를 내려다본다. 겨우겨우 폰다멘테 누오베를 찾아갔을 때는 우리가 타려던 보트가 막 떠나고 있다.

「너무 늦었어. 이제 어떻게 하지?」

「이제는 하늘을 음미해야죠.」

줄리아가 대안을 제시한다.

「좋아.」

우리는 다리를 따라 걷다가 그 위에 서서 메스꺼운 살구 아이스크림 때문에 기억에 남은 섬을 바라본다. 우리가 타려던 보트는 그쪽으로 떠나가고 있다.

「만일 당신이 그렇게 늦지만 않았다면…….」

줄리아가 내 탓을 한다.

「만일 당신이 그렇게 여러 번 길을 잘못 들지만 않았더라면.」

내가 되받는다.

「난 당신이 지도를 읽을 줄 아는 줄 알았죠.」

「난 당신이 경험으로 길을 아는 줄 알았어.」

「아무튼 경치가 아름답다는 건 인정해야겠네요.」

나는 인정한다. 하늘이 묘지(墓地) 섬 위에서는 연한 황금색으로, 무라노 섬 위에서는 밝은 분홍색으로 환하게 열려 있다. 그러나 다음번 보트는 한 시간 이상 기다려야 한다. 다리 위에 서 있기는 너무 춥고 토르첼로 정류장에 앉아 있기는 너무 적막해서 우리는 그 근처에, 사람들 몇몇이 왔다갔다하는 곳에 앉기로 한다. 보트가 들어올 때마다 배다리들이 삐걱거린다. 갈색 수사복을 입은 성직자가 보트에서 내리고 푸른 셔츠 차림의 일꾼들이 몇 명 탄다. 길 반대편에 있는 가게가 열리자 우리는 커피를 좀더 마신다. 그런 다음 나는 바로 옆에 있는, 이제 막 문을 연 술집으로 들어가 도전적으로 그라파를 마신다.

「해장술이야.」

내가 둘러댄다.

「날 애먹이지 말아요.」

그녀가 나무란다.

「내가 이걸 음미하게 놓아둬. 나는 요즘 음미할 게 많이 생겼어.」

「마이클, 자꾸만 그러면 혼자 놔두고 갈 거예요.」

「기차 기억해? 비행기는? 당신은 기차와 비행기를 잡아타기는 했지만 겨우 탔을 뿐이야.」

그녀가 나를 노려보고 바에서 그라파 잔을 움켜쥐더니 그 술을 자기가 대신 마시고 길을 건너 보트 타는 곳으로 나를 잡아끈다.

7-12

통나무 다발들이 석호에서 아스파라거스 묶음처럼 배들이 다니는 길을 표시한다. 삼나무들이 죽음의 섬을 떠나지 않고 비엔나의 거대한 묘지에서처럼 저명한 인물들과 함께 자리를 차지하고 있다. 움직이지 않고 떠 있는 거품들이 회색 물에 얼룩을 넣는다. 나는 진초록색을 띤 베니스의 변두리를 돌아다본다. 그녀는 예정보다 너무도 이르게, 너무도 빨리 떠날 것이다. 오늘은 벌써 일요일이다.

높고 하얀 등대가 부조로 장식된 피에타와 조화를 이룬다. 우리는 공장의 깨어진 창문들 밑을 지나 거의 아무런 특징도 없는 얕은 석호로 다시 나온다.

내 왼편에 공항이 있다. 그녀가 타고 갈 비행기는 얼마나 작은가. 이틀만 더 있으면 줄리아는 그 비행기, 하늘에서는 훨씬 더 작아보이는 그 비행기에 탈 것이고 그녀의 입술과 눈, 팔, 다리, 가슴, 정신, 어깨, 머리칼, 발가락, 목소리, 그 모든 것이 순식간에 멀어져 갈 것이다. 그리고 짐칸에는 내가 그녀에게 줄 도자기 개구리가 들어 있을 것이다.

썰물 때인가? 기울어진 탑처럼 생긴 말뚝들이 박히고 모기들이 들끓을 것 같은 석호의 드러난 개펄에 갈매기들이 앉아 있다. 그리고 개펄 왼쪽으로는 어떤 사람이 막대기와 흰색으로 된 어떤 도구를 가지고 뭔가 열심히 일을 하고 있다. 그처럼 많은 노력을 들여서 그는 무슨 일을 하고 있을까? 하지만 내가 신경을 쓸 이유가 무엇인가? 우리가 탄 배는 이제 경적 소리와 엔진 소리를 내며 섬들 사이의 통로를 지나고 있다.

다른 사람들은 모두 마초르보에서 내린다. 그렇다면 우리 두 사람은 아침 여덟시에 토르첼로에서 뭘 해야 할까? 빨간색으로 칠해진 두 개의 벤치에 호랑이줄 무늬를 한 회색 고양이 두 마리가 앉아 있다.

우리가 따라 걷고 있는 운하는 개숫물처럼 회색이다. 서늘한 미풍이 불어온다. 새들이 기분 좋게 지저귀고 멀리서 까마귀가 깍깍거리고 발동기가 천천히 돌아간다. 우리는 오늬 무늬 보도 블록을 따라 걷고 있다. 바람 소리, 철썩이는 물 소리. 그녀는 아무것도 듣지 못하지만 포도덩굴이며 무화과, 양귀비, 술집 앞에 있는 짙은 색 장미꽃 같은 것들은 볼 수 있다. 또 꼬리를 치켜올리고 사나운 눈으로 짖고 있는 개도 볼 수 있다. 잘 얻어먹어서 통통한 다리가 셋인 개가 왜 으르렁거리는가? 그 개가 코를 킁킁거리고 오줌을 찔끔거리고 우리 옆을 지나쳐 달려가 서툴게 악마의 다리로 뛰어오른다. 우리가 다리를 지나 잎이 은빛으로 반짝이는 나무들과 이른 아침의 공허에 감탄하도록 놓아두렴. 걱정하지 마. 우리는 네 평화를 깨지 않을 거니까. 철썩이는 물 소리, 바람 소리.

조그만 산타 포스카 교회에서의 평화. 줄리아는 조용히 무릎을 꿇고 나는 빗발치는 소리 한가운데에 앉는다. 검은 옷을 입은 작달막하고 뚱뚱한 성직자가 하얀 머리칼 아래쪽의 이마를 닦는다. 늙은 보좌 신부가 힘겹게 오렌지색 가방을 내민다. 한 주일 동안 받은 헌금이 상자들에서 가방으로 하나씩 하나씩 쏟아져 내린다. 돈, 돈, 기분 좋은 리라화. 동전들이 쏟아져 내리고 지폐들이 그 동전들과 섞이는 분명한 소리, 상자들을 닫는 소리, 발을 질질 끌며 걷는 소리. 그 동안 내내 새들의 노랫소리가 아주 똑똑하게 들리고 열린 문을 통해 멀리서 발동기 돌아가는 소리가 나지막하게 들려온다.

신부가 기침을 하고 그리스도에게 등을 돌린 채 측면 복도에 있는 재물의 신 앞에서 무릎을 꿇는다. 그것은 대 위에 놓인 나무로 된 헌금 상자다. 나는 좀이 쑤셔서 일어선다. 제단 왼쪽에서 조그만 전구들로 된 열두 개의 별이 박힌 왕관을 쓴 성모 마리아가 아기를 품에 안고 있다. 그 착한 아기는 자기가 세상의 빛인 줄 아는 어떤 사람들이 그러듯 능글능글 웃지 않는다. 오른쪽에서 한 남자가 전능하고 자애로운 하느님 앞에 무릎을 꿇고 있다. 그의 해머와 다른 작업 도구들은 내려놓아졌고, 그가 고개를 들어 위를 올려다보며 기도를 하느라 얼굴을 가리고 있던 팔을 들어올리자 그의 턱만이 보인다.

줄리아가 촛불을 두 개 켜고 나를 바라본다. 나는 잠시 망설이다가 촛불을 한 개 켠다.

우리는 햇살 속으로 걸어나왔다가 잠시 뒤에 대성당으로 들어간다.

7-13

하느님의 거대한 헛간에서 영혼들의 무게가 재어지고 있다. 악마의 무릎에 가짜 그리스도가 건방지면서도 얌전한 모습으로 앉아 있고, 거대한 들보들이 벽을 뚫고 들어와 지붕을 떠받치고 있다. 온통 푸른색 옷을 입은 은총의 여왕은 총명한 얼굴을 한 아이를 안고 있다.

최후의 심판일로 이르는 길이 황금으로 덮여 있다. 야수들이 마지막 나팔 소리를 듣고 게걸스럽게 삼켰던 사람들을 토해낸다. 죽은 자들이 시트를 걷어낸다. 시뻘건 불꽃 속에서 저주받아 타들어가는 침착한 사람들에게서는 어떤 고통도 보이지 않는다. 어두운 부분에서는 벌레들이 그들의 구멍 난 두개골을 파고든다.

구원받은 사람들은 일어서서 하느님을 찬양한다. 그것이 시대를 통틀어 그들의 운명이다.

한 번 더 그녀가 무릎을 꿇는다. 종이 울리자 신부와 그의 어린 양들이, 넓은 홀에 채 열 명이 안되는 신자들이, 성가를 부르기 시작한다. 불평을 멈춰라, 동글동글한 신부야. 높고 낮은 소리로 노래하지 마라. 그건 음정도 박자도 틀리고 내 귀에 몹시 거슬리니까.

나는 따분하고 답답해서 나가려는 기색을 보이지만 그녀가 놓아
두지 않을 것이다. 어쩔 수 없이 나는 미사가 계속되는 그 긴긴 시
간 동안 그대로 앉아 있지만 마음은 다른 곳에 가 있다.

빵과 포도주가 축성을 받는다. 그녀가 처음에는 망설이다가 성
체를 받으러 나간다. 그리고 다음에는 하느님도 고마우셔라, 밖으
로 나가기만 하면 된다.

하지만 나는 그녀가 무아지경에 빠져 있음을 본다. 아, 이렇게
감동을 받고, 그처럼 충격을 받고, 목적이 있다는 것을 느낀다면
마지막에는 분명히 좋을 것이다. 나 역시 무릎을 꿇지만 감동을 해
서도, 충격을 받아서도 아니다. 나는 그녀처럼 뼈에까지 사무치는
감동을 느끼지 못했다. 우리가 이곳을 떠날 때 내가 그녀에게, 또
는 그녀가 내게 무슨 말을 할까?

7-14

우리는 군중들 틈으로 섞여든다. 차가운 음료들, 레이스 달린 테
이블보들, 자질구레한 장신구들, 무라노 산 유리. 한 시간 전에는
텅텅 비어 있던 곳이 시장으로 바뀌어 있다. 나는 우편 엽서를 몇
장 산다. 아버지와 조안 고모는 따로따로 받기를 좋아한다. 미안한
마음과 함께 나는 비엔나에서 그분들에게 아무것도 보내지 않았다
는 것을 깨닫는다.

우리는 소금기 밴 물길 위로 소금기 밴 공기가 떠도는 후미진 소
택지로 물러난다. 어떤 얼간이가 노래를 삼분의 일쯤 부르다 말고
몇 번씩 다시 부른다. 땅이 촉촉하게 젖어 있는 것으로 보아 신부
가 설교를 늘어놓는 동안 가랑비가 내린 모양이다. 샛길을 따라 야
생 보리와 귀리가 자라고 황록색 늪지로 길이 끊긴 곳에는 플라스

틱 병이며 석유 깡통, 부서진 스티로폼 따위가 물가에 몰려 쓰레기
의 제방을 이루고 있다.

오 분여 동안 줄리아는 아무말도 하지 않는다.

나는 가방에서 도자기 개구리를 꺼내어 그녀에게 건네준다. 그
파란색은 모자이크로 장식한 마리아의 옷과 같은 군청색이다.

「아름답네요.」

「정말 그래?」

「성당에서 그렇게 참아줘서 고마워요.」

「천만에. 그런데 내 선물은 어디에 있지?」

「집에다 두고 왔어요. 이제 준비가 다됐어요. 어젯밤에 마지막으
로 거기에다 손을 좀 봤죠. 어쨌든 그걸 여기서 풀어보면 비에
젖을 거예요.」

「그런데 왜 그렇게 일찍 베니스를 떠나려는 거지?」

「그래야 돼요. 일을 너무 어렵게 만들지 말아요. 부탁인데, 왜냐
고 더이상 묻지 말아요.」

「난 내일 적어도 한 시간은 연습을 하면서 보내야 돼. 그 다음에
는 리허설이 있고. 시간이 너무 빨리 가고 있어.」

「내 몸이 둘이었다면.」

그녀가 농담처럼 받는다.

「당신 런던으로 돌아가는 거야? 아니면 비엔나로?」

「런던으로요.」

「그러면 이 일은 모두 끝나는 거야?」

「마이클, 나는 여기에서 당신하고 같이 있는 게 즐거워요. 당신
도 마찬가지일 거고요. 그게 사실 아닌가요? 우리가 여기에 있
다는 것만도 기적이에요. 그걸로 충분하지 않나요?」

나는 잠시 아무말도 하지 않고 그 말을 곰곰이 생각한다. 그래,
그것은 사실이다. 하지만 결코 충분하지는 못하다.

우리는 팔라초 트라도니코의 정원에서 분수대 근처의 돌 위에 앉아 있다. 태양이 밝게 비치는 느지막한 월요일 아침이다. 우리가 앉아 있는 곳은 내가 알 수 없는 어떤 나무, 반짝반짝한 잎에 조그맣고 향기가 아주 강한 흰 꽃이 핀 나무로 그늘이 져 있고, 내 무릎 위에는 책이 한 권 놓여 있다. 그 책에서 제조인 카드가 떨어져 내린다. 나는 그 카드를 주워든다. 거기에는 제조인의 이름, 전화번호, 산마르코의 우편번호, 칼레 델라 만돌라라는 거리 이름이 적혀 있다.

「만돌라가 무슨 뜻이지?」

내가 카드를 들여다보면서 묻는다.

「만돌린요. 아니면 아몬드였던가? 아니, 만돌린 맞아요.」

「아, 정말이야?」

「아, 정말이야? 당신이 할 수 있는 말이 그것뿐인가요?」

그녀가 미소를 지으며 내 말을 따라한다.

「난 아무말도 할 수 없어. 정말로 할 수 없어. 지금까지 아무도 나한테 이렇게 멋진 걸 준 적이 없었어. 심지어는 당신도.」

그녀의 선물은 우리가 베니스에서 보낸 첫날 지나쳤던 조그만 제본소에서 만든 수제품으로, 옛날에 악보를 복사하는 데 쓰이던 책처럼 세로보다 가로가 더 길다. 책 커버는 대리석 무늬가 든 연한 회색이고, 그 안에는 백장이 넘는 묵직한 종이들이 끼워져 있다. 그리고 각 페이지에는 비어 있는 오선 보표가 여덟 줄씩 그려져 있다. 처음 몇 페이지에 그녀는 자기가 늘 쓰는 푸른색이 아닌 짙은 갈색 잉크로 내가 가지고 있던 '푸가의 기법' 악보 가운데서 팔십여 소절, 그러니까 사실상 첫번째 푸가 전체를 손으로 베껴 적어놓았다.

내가 알 수 있는 한 단 하나의 음표도 지워지거나 다시 그려지지 않았다. 보기 드문 음자리표들로 그처럼 노력을 들이려면 틀림없이 많은 시간이 걸렸겠지만 각각의 페이지들이 흐르는 듯 매끄러워 별 노력을 들이지 않은 것처럼 보인다.

책등에는 장식선(裝飾線)이 없는 조그맣고 흐릿한 은색 대문자로 '마이클 호움의 고귀한 노트북'이라는 글자가 적혀 있다.

첫 페이지에 그녀는 이렇게 적어두었다. '소중한 마이클, 나를 설득해서 여기로 데려온 것, 그리고 함께 보낸 며칠 고마워요. 당신을 사랑하는 줄리아.'

나는 그녀의 어깨에 머리를 기댄다. 그녀가 내 이마에 손을 올려놓았다가 머리칼을 쓸어준다.

「이제 그만 들어가 봐요. 열한시가 거의 다됐어요.」

「당신, 나를 위해 그 곡을 연주해 주지 않겠어? 리허설까지는 아직 몇 분이 남아 있는데.」

「싫어요. 내가 어떻게 할 수 있겠어요?」

「난 당신이 여러 해 전 비엔나에서 그 곡을 좀 연주했던 거 기억해.」

「그건 나 혼자 해본 거였죠. 당신 나를 엿보았군요?」

「그랬다면 어쩔 거야?」

「나는 그 음자리표를 아주 잘 읽지는 못해요, 마이클. 당신 악보를 가져오지 않았죠? 피아노 편곡이 있어야 해요.」

「아니, 공동주택에 두고 왔어. 이럴 줄 알았더라면…….」

「글쎄요, 그게 내 변명이에요.」

「어쩌면 당신 손가락이 아직 얼마쯤 기억하고 있지 않을까?」

그녀가 한숨을 쉬고 내 말에 따른다.

우리는 다리를 건너 음악실로 간다. 나는 그녀에게서 받은 선물을 피아노에 올려놓고 페이지를 넘기기 위해 그녀 옆에 선다. 그녀가 피아노 앞에 앉아 낮은 음을 두 소절 연주한 다음 높은 음과 중간 음으로 옮겨간다. 눈을 감고 자기의 손과 내이(內耳)가 기억을 떠올리게 하면서. 이따금씩 그녀는 연주를 멈추고 눈을 떠서 악보를 좀더 마음에 새긴 다음 연주를 계속한다. 그녀의 연주는 천국처럼 아름답다. 중단된 천국. 마침내 절반쯤을 치고 나서 그녀가 손을 떼고 일어선다.

「그럭저럭 치긴 했는데 잘 모르겠어요.」

「당신, 정말로 잘하고 있어.」

「아니, 아니에요. 난 아니라는 거 알아요.」

「난 모르겠는데.」

「난 이 푸가를 당신이 위그모어 홀에서 연주하는 걸 들었던 날 밤에 끝까지 다 쳐봤어요. 이 곡을 좀더 잘 기억했어야 하는 건데.」

「그러면 런던에서 해볼 테야?」

그녀는 잠시 대답을 하지 않고 망설인다. 내 말이 그녀의 불안정한, 아니 너무 안정된 삶을 방해하는 것일까? 마침내 그녀가 나지막하게 대답한다.

「잘 모르겠어요, 마이클.」

「어쩌면?」

「글쎄요, 어쩌면.」

「그러겠다고 약속해 줘, 줄리아. 내가 받을 선물의 나머지 반으로.」

「난 약속할 수 없어요. 이건 상황이…… 너무 달라요. 내가 런던에서 이 곡을 연주하고 싶어하게 될지 어떨지도 모르고요.」

「당신은 나한테서 닷새를 빼앗아갔어, 줄리아. 그러니까 나한테 그러겠다고 약속해 줘.」

「좋아요. 하지만 이건 내가 앞으로 당신에게만 연주해 줄 그런

174

곡은 아니에요.」

마침내 그녀가 대답한다.

7-16

그녀가 피아노에서 내 책을 집어들고 정원으로 간다.

몇 분 뒤에 헬렌, 피어스, 빌리가 들어오고 이어서 악기를 조율한다. 우리는 내일 스쿠올라 그란데 디 산로코에서 열릴 콘서트를 위해 리허설을 하고 있다. 줄리아의 비행기는 저녁 여섯시 삼십분에 떠날 것이고 나는 공항에서 그녀를 전송해 줄 수도 없을 것이다.

우리가 연주하는 곡들 가운데는 몇 달 전에 공연했던 브람스의 C마이너도 들어 있다. 나는 그 곡에 도무지 주의를 기울일 수 없었고, 그 때문에 오히려 전보다도 더 잘 연주한다. 그 곡이 전에 늘 그랬던 것처럼 나를 좌절감으로 얽어매지 않기 때문이다. 어쨌건 내 마음은 조그만 구름다리를 건너 정원에 가 있다. 다른 사람들은 내가 얼이 빠져 있는 것을 알아챘겠지만 아무도 별말을 하지 않는다.

우리는 생각했던 것보다 훨씬 더 일찍 휴식시간을 갖는다. 나는 천천히 정원으로 걸어나간다. 줄리아는 틀림없이 안으로 들어간 모양이다. 책은 나무 밑의 벤치에 놓여 있고 그녀의 가방은 근처 바닥에 놓여 있다.

나는 책장들 사이로 종이 한 장이 삐죽 나와 있는 것을 보고 그 페이지를 연다. 비스듬히 기울어진 매끄러운 필체로 쓴, 자기 남편에게 팩스로 보낼 편지다. 그것은 사적인 편지지만 부끄러움을 모르는 내 눈은 그녀에 대해 알 수 있는 모든 것에 욕심이 나서 읽으라고 강요한다.

더없이 소중한 제임스.

당신이 몹시 보고 싶어요. 당신과 루크 모두 다요. 당신을 다시 보게 되기를 고대하고 있어요. 제니가 행운을 빌며 안부 전해 달래요. 제니는 여러 날 동안 집에 매여 있었고, 그래서 우리는 원했던 만큼 많은 시간을 함께하지는 못했어요. 제니에게는 힘든 일이죠. 내가 제니의 아이들이 홍역에 걸렸다는 얘기는 했을 거예요. 가정부가 있기는 하지만 아이들은 엄마의 모습이 보이지 않는 걸 원치 않아요. 제니의 두 아이들은 보통 싸우면서 시간을 보낸대요. 하지만 지금은 너무 힘이 빠져서 그러지조차 못한다는군요. 그런데 제니의 아이들은 감염 단계는 아니어서 당신과 루크가 감염될 위험은 전혀 없어요. 그리고 나도 우리 엄마가 키우던 푸들이나 발바리들처럼 검역소에 격리되지는 않을 거예요.

나는 베니스에서 아주 즐거운 시간을 보내고 있어요. 여기로 온 것이 정말 기뻐요. 비엔나에서는 너무 많은 긴장감을 느끼고 있었고 그래서 만일 내가 마리아와 그 애 남편 그리고 어린 아들과 함께 케른텐으로 갔더라면 비참한 느낌밖에 들지 않았을 거예요.

나에게는 이 휴식이 필요했어요. 기운이 아주 많이 되살아난 느낌이에요. 나는 매일 몇 마일씩 걸어요. 하지만 당신과 루크가 너무 보고 싶어서 한 주일 동안 더 떨어져 지낸다는 게 견딜 수 없어요. 그게 내가 빨리 돌아가는 이유예요.

며칠 전 나는 제니하고 치프리아니에서 점심식사를 했는데, 거기에서 집에 남아 있을 당신 생각을 했어요. 루크에게 내가 그렇게 오래 떨어져 있던 것 용서해 달라고 말해줘요. 그 아이는 깜짝 놀랄 선물을 두 가지 받게 될 거예요. 둘 다 베니스에서 산 건데, 하나는 크고 다른 하나는 작아요. 또 제외할머니가 보내준 선물도 있어요. 내 귀여운 꼬마 곰에게 큰 포옹을. 아니, 그 애는 할머니가 추켜세우고 응석을 다 받아주어서 내가 돌아가면 나를 기억도 하지 못하겠죠.

나는 내일(화요일) 알리탈리아 항공편으로 돌아가서 저녁 일곱시 이십오분 히드로 공항에 도착해요. 당신을 찾아보기는 하겠지만 업무나 다른 일이 있으면 일부러 공항으로 나오지는 말아요. 나에 대해서는 별걱정 하지 않아도 돼요. 택시를 잡을 수 있고 짐도 별로 많지 않으니까요.

나는 당신을 너무도 사랑하고 내내 당신 생각을 하고 있어요. 당신이 과로하지 않았으면 좋겠군요. 당신에게 전화를 할 수 없다는 게 너무 힘들어요. 내가 가장 두려워하는 것은 당신의 목소리를 잊어버리면 어쩌나 하는 거예요.

정말 사랑해요.

줄리아

나는 향기로운 흰색 꽃들을 한 움큼 꺾는다. 기분이 몹시 안 좋다. 마치 나 자신이, 어떤 집으로 들어갔다가 오히려 내 집에서 훔쳐간 물건들을 보게 된 도둑 같은 느낌이다.

물받이에 기대어 있는 닳고닳은 사자가 마치 이런 말을 하려는 것처럼 하품을 한다. '글쎄, 뭐가 그렇게 중요하지? 네가 기대했던 게 뭐야?'

검은색 잉어 한 마리가 오렌지를 한쪽으로 밀어내고 일없이 분수 주위를 계속 맴돈다.

나는 다리를 건넌다. 저택 안 어딘가에서 테레사가 빠른 이탈리아어로 쾌활하게 떠드는 소리에 뒤이어 좀 망설이는 듯한 줄리아의 목소리가 들려온다. 그 말 가운데서 나는 '웨슨', '빌리', '론드라(런던)'라는 말을 알아들을 수 있다.

우리는 리허설을 계속한다. 모든 일이 순탄하게 진행되고 내일 공연은 틀림없이 무난한 성공 가운데 하나가 될 것이다.

7-17

「도대체 왜 그러는 거죠?」

줄리아가 침대머리 램프를 켜고 놀란 표정으로 나를 쳐다보고 있다.

전날까지 나는 그녀의 목 언저리와 어깨와 팔 그리고 나로서는 어떻게 그처럼 뇌쇄적인 체취를 발산하는지 알 수 없는 엷은 빛깔의 젖꼭지를 살짝살짝 깨물었다. 어쩌면 그것은 비르지니가 내게 물려준 이상한 행태학적(行態學的) 유산인지도 모른다. 하지만 오늘 밤에는 쓰라린 감정에 휩쓸려 무슨 일이 벌어졌는지도 몰랐다. 아니, 내가 그녀와 사랑행위를 하고 있다는 것도 거의 느끼지 못했다. 나는 제정신이 아니었다.

「당신은 미쳤어요. 이 자국들 좀 봐요.」

그녀가 쏘아붙인다.

「불쌍한 제임스. 난 그 친구가 히드로 공항에서 당신을 만났을 때 그걸 보고 뭘 알아낼 수 있을까 궁금해. 당신, 그 친구가 꼬마 곰을 같이 데려올 거라고 생각해, 아니면 그 애가 잠잘 시간이 넘었을 것 같아?」

내 혀는 내 이와 마찬가지로 난폭하다. 그녀가 나를 빤히 쳐다보더니 분노와 상처와 불신과 모독이 합쳐진 끔찍한 소리로 울음을 터뜨렸다가 손가락과 머리칼로 얼굴을 덮어 가린다. 나는 그녀를 만지려고 하지만 그녀는 내 손을 탁 쳐낸다.

그녀가 거의 미친 듯이 울기 시작한다. 그녀의 어깨에 팔을 두르려고 하자 그녀가 내 손을 뿌리친다. 또 내가 무슨 말인가를 하려고 해도 그녀는 내 말을 들으려 하지 않는다.

그녀가 느닷없이 불을 끄고 어둠 속에 아무말 없이 눕는다. 나는 그녀의 손을 잡으려고 하지만 그녀는 내 손을 뿌리친다. 나는 그녀의 뺨과 입술 언저리에 키스를 한 다음 혀로 눈물을 핥아준다. 서서히 그녀가 잠잠해진다. 나는 다시 그녀의 손을 잡고 손바닥에 미안하다는 말을 쓴다. 다섯 글자 가운데 두 글자를 썼을 때 그녀가 뜻을 알아차리고 손을 다시 빼낸다. 내가 내뱉었던 그 가슴 후벼파는 말을 무엇으로 용서받을 수 있을까?

이상하게도 그녀는 곧 잠이 들고 나는 잠이 깬 채로 남아 있다. 그녀가 안됐고 그녀가 말려든 세상이 한탄스럽고 내가 했던 짓이 부끄럽고 후회스럽다.

내가 잠이 깼을 때는 그녀의 팔이 내 몸에 둘려 있지만 나는 용서받았다는 기분을 느끼지 못한다. 그녀의 어깨에 멍 자국이 남아 있다. 그 멍 자국은 노랗게 변해서 며칠 동안 갈 것이다. 그 자국들이 어떤 말로 설명될 수 있을까?

7-18

세상의 끝, 지진대에서 혼자 걷는 걸음. 침전과 범람의 개펄, 그리고 진정한 십자가를 발견한 은둔자의 외딴집. 그 당시 지진이 일어났던 날 그 도시에서 태어난 나약한 성직자의 글들은 흩어졌다가 손에 손을 거쳐 벽이 만곡(彎曲)된 도서관으로 들어갔고, 성령(聖靈)과 최고위 천사들도 들어보지 못한 황홀경이 생길 때까지 그곳에 놓여 있었다.

만일 우리가 돌고래라면 어떤 장난을 할까? 만일 우리에게 손이 네 개라면 바흐의 마음이 더 멀리까지 뻗쳤을까? 우리의 엄지손가락 끝이 서로 마주보게 하자. 플랑크톤처럼 떠도는 우리의 사랑이

자라도록, 우리가 이를 가는 소리를 내지 않도록, 이가 앞으로 튀어나오고 고래 같은 수염을 갖게 하자.

슬픔과 후회. 슬픔과 후회가 죄지은 가슴을 둘로 쪼갠다. 슬픔과 후회가 비행기 소리로 절규하고, 그녀는 틀림없이 여섯 번째 줄 D석에서 창 밖도 내다보지 못한 채 바람에 실려갈 것이다. 그녀는 착륙할까? 착륙했을까? 착륙할 수 있을까? 모든 서류들이 도장을 받거나 검사를 받았을까? 그녀는 이 공동주택에 회색으로 대리석 무늬를 넣었고, 내 악보 책에 '디 리베'라는 말을 적어넣었다. 해변 휴양지에서 캄파리가 나를 부르고 나는 그 네온사인이 보이는 곳에서 '숭어'를 노래한다. 위에서부터 빛이 어두워져 붉은 원주(圓柱)들을 갈색 조류 빛깔로 물들이고 음악이 모래 없는 암초와 여울 위를 떠돈다.

마리아니 부인은 우리의 침대 시트를 가지고 별의별 상상을 다 할 것이다. 트라도니코 백작은 자기의 비파나무 덤불을 손보고 새 떼의 습격을 막기 위해 허수아비를 세울 것이다. 음침한 카를이 화성에서 혼자 살도록, 유코가 베토벤의 무덤에 루타[30]를 바치도록 놓아두자. 로치데일 장원의 영주가 자기의 관을 카누에 던져넣고 물위에서 즐기도록 놓아두자. 짜짜가 마리아의 첼로 케이스에 있는 대구를 베개 삼아 자도록 놓아두자. 웨슨 부인이 천 번째 달을 볼 때까지 살도록 놓아두자. 이소벨이 이마를 펴도록 놓아두자. 가엾은 비르지니가 울도록 놓아두자. 모든 일이 일어나도록, 아무 일도 일어나지 않도록 놓아두자. 나는 이 며칠을 어떻게 보내야 할까?

달걀이 삶아지지 않을 수도 있고, 신뢰가 다시 회복되지 않을 수도 있다. 우리는 여기 이 어둡고 불길한 학교에서, 십자가가 앞

---

30) 지중해 연안 원산의 귤과 상록 다년초. 잎은 흥분제나 자극제로 쓰임.

쪽으로 크게 기울어진 곳에서 연주를 하지만 사람들은 박수 갈채를 보낸다. 우리는 저기 견실한 이탈리아의 한 저택에서, 장미꽃은 태양처럼 붉고 붓꽃은 베니스의 여섯 번째 구역, 울타리가 쳐진 들판에서 죽어가는 곳에서 연주를 한다. 거기에는 돌연변이 북극곰 같은 커다란 흰 개가 두 마리 있다. 버찌들이 익었고 나는 덤불 속을 돌아다니며 버찌 열매에 입을 맞추거나 나무에서 따먹는다.

나는 모든 수단 방법을 다 썼다. 나는 배에서 개를 한 마리 보았다. 그것은 구체화된 카르파초의 개였다. 나는 그 개를 보았다. 그 조그만 흰 개는 충직하고 제 주위에서 일어나는 일에 기민해서 여자들이 찬 진주의 가치를 알아차렸고 인빅타 가방을 멘 십대의 슬픔을 헤아렸다. 다리들 아래로 느리게 흐르는 물이 S자를 이루고 그 위에 떠 있는 우중충한 거룻배에는 이마에 보석이 박힌 기운찬 개가 앉아 있다. 그 개의 앞발은 그린 듯 멎어 있었다. 내 손이 멈춘 것은 그때였을까, 아니면 나중이었을까? 그 이후로 모든 야수는 슬프지만 회개하는 놈은 거의 없다.

번개가 어떻게 섬광을 발하고 그 빛이 어떻게 검은 석호를 가로질러 양면으로 된 교회의 정면을 하얗게 비치는지 보라! 거기에 우리 모두의 머리가 적셔지고 이름붙여진 세례반[31]이 있다. 비록 우리가 고개를 숙이고 달아났을지라도. 피어스, 헬렌, 빌리, 알렉스, 마이클, 제인, 존, 세드릭, 페러그린, 앤, 버드, 토드, 차드, 제임스, 세르게이, 유코, 볼프, 레베카, 피에르. 어떤 배와 씨앗의 목록들이 이 큰 세상을 채울까? 섬들은 고요하지 않고 소음으로 가득차 있다. 그 연분홍색 벽 뒤에서 톱니 막대가 원치로 감아 올려지고 있다. 유람선이 경적을 울리고 참새가 짹짹거린다. 초록색으로

---

31) 세례식 때 머리에 부은 성수(聖水)가 바닥에 떨어지지 않도록 받치는 접시.

고인 물, 아이의 풍선, 청동 종들. 그녀는 내 입술에서 그런 것들을 읽었지만 그녀 자신의 입술은 창백해진다.

8

8-1

「런던으로 돌아온 거 환영해요, 환영해. 대단한 성공이라고 들었어요. 축하해요, 축하해. 잘했어요. 로타르가 이 일로 굉장히 기뻐하고 있었어요.」

에리카가 호들갑을 떤다.

「로타르는 거기에 없었는데요.」

내가 귀에서 수화기를 좀 떼면서 응수한다.

「나도 알아요. 그 사람은 스트라스부르, 아니 미안, 잘츠부르크에 있었어요. 이런 숙맥같이.」

에리카가 약간 누그러진 목소리로 받는다.

「슈거 클럽에서 점심식사 중이라고요, 에리카?」

「아니, 아니, 아니에요. 그냥 말이 헛나온 거였어요. 피어스가 개의치 않았으면 좋겠는데. 그 사람 가끔씩 이런 일로 불끈불끈 화를 내거든요. 그 사람은 누가 팔을 배배 꼬면서 취재를 한 신문사가 어디니 참석한 유력 인사들이 누구니 떠들어대야 한다고 생각하죠. 하지만 이번에는 평이 좋았으니까 그 사람도 틀림없이 즐거워할 거예요. 내가 거기에서 당신들 손을 일일이 잡아주었더라면 좋았을 텐데. 특히 휴식시간에. 하지만 일이 그렇게 됐으니 할 수 없죠. 다음번에는 그러기로 해요.」

「그 얘기 누구한테서 들었습니까?」

「무슨 얘기요?」

「휴식시간 얘기요.」

「아니, 아무도 얘기 안해줬어요. 그냥 여기저기서 주워들은 거죠. 입방아 찧기 좋아하는 사람들, 비밀 정보……. 이 말만은 꼭 해야겠네요, 굉장히 극적이었다는 거. 때로는 그런 일이 연주를 환상적으로 만들죠. 아드레날린이 떠돌게, 아니 흐르게.」

「그 소문이 얼마나 멀리까지 퍼졌죠?」

「멀리는 아니에요. 사실 난 이 얘기를 로타르에게서 들었고 그 사람은 무직베라인 경영진에게서 들었대요. 그 사람들은 로타르에게 얘길 해야 할 필요가 있다고 느꼈던 거죠. 그리고 로타르는 아주 신중한 사람인데 그 문제 때문에 피어스와 약간 트러블이 있었고요. 사실 우리끼리 얘긴데, 나는 피어스에게 좀 지쳤어요. 그 사람도 나한테 지쳤고. 그런 거 아닌가요?」

에리카의 목소리가 갑자기 아주 조심스러워진다.

「무슨 뜻으로 그러는 겁니까?」

「글쎄요, 당신도 알잖아요. 줄리아 때문이죠. 얘기를 했건 하지 않았건 말이에요. 로타르는 하지 않았거나 할 수 없었고 피어스는 그걸 신뢰에 금이 갔다고 느꼈어요. 그 불쌍한 여자, 귀가 하나도 들리지 않다니. 분명히 우리는 그런 일을 미리 알아야 할 자격이 있어요. 당신도 피어스가 어떤지 알 거예요. 당신, 그 사람이 나를 제거할 셈이라고 생각해요?」

「아뇨, 그렇게 생각하진 않습니다, 에리카. 당신은 훌륭한 매니저니까요. 왜 그런 생각을 하게 된 겁니까?」

「대리인, 그냥 대리인이기 때문이죠. 글쎄요, 몇 가지 문제가 있어요. 가장 최근에는 '푸가의 기법' 문제가 있고. 아참, 그런데 나 지금 모두에게 다 얘기하려는 참이에요. 피어스는 즐거워할 줄 아는 사람이 못돼요. 한 번도 그런 적이 없었잖아요? 내가 듣기로는 그 사람이 비엔나에서 연주회가 끝난 뒤에 좀 성질이 났다고는 하지만. 그런데 당신은 괜찮았어요?」

「무슨 뜻으로 괜찮았냐고 하는 거죠?」

「글쎄, 당신이 먼저 얘기해 봐요. 피해가려고 하지 말고. 그런 다음 질문에 대답해요.」

「아니, 먼저 얘기해 봐요……. 그런데 줄리아는 귀가 하나도 안 들리는 건 아닙니다.」

「아, 그래요. 물론 그렇지는 않겠죠. 하지만 그거 아주 대단한 선전이 될 거예요. 로타르는 그 일을 숨기지 말았어야 했어요. 그 슬픈 미소 뒤에 뭐가 있는 걸까요? 그 여자는 천사처럼 연주하지만 음을 들을 수 없으니…… 선전만 제대로 한다면 앨버트 홀을 꽉채울 수 있을 거예요.」

「제발, 에리카! 지금 뭐 하자는 겁니까? 바넘 앤드 베일리 서커스를 하자는 건가요?」

그러나 에리카의 생각은 벌써 저만큼 앞서가고 있다.

「당신들에게는 그게 가장 어려운 일이에요. 4중주단을 어떻게 선전하느냐 하는 거. 4중주 단원들이 누구죠? 그 진짜 개성은 뭐죠? 네 명의 얼굴 없는 연주자들이에요. 그런데 만일 내가 당신들의 개성을 하나하나 쪼갤 수 있다면 환상적인 역전이 생겨날 가능성이 있어요…….」

「그만 좀 해요, 에리카!」

「아, 마이클, 그렇게 점잔 빼지 말아요. 난 단지 집에 베이컨을 좀더 가져올 수 있는 방법을 생각하고 있는 거니까요. 당신도 알 테지만, 이소벨은 그런 점에서 굉장히 영리해요. 하지만 그 여자는 음악적으로 아주 까다로워서 별 탈 없이 그 일을 해낼 수 있는 거죠. 이런, 나 서둘러야겠네요.」

「오후에 한숨 자고 나서 싹 잊어버리는 게 어때요?」

「하! 그런데 당신, 지금 뭘 하고 있죠?」

「비올라를 연습하고 있어요. 켜본 지 너무 오랜만이라서 손가락을 길들이고 있는 중이죠. 이건 단지 음역을 많이 벗어나는 곡을 위한 겁니다. 그리고 물론 비브라토도 있고.」

「아, 당신 정말 똑똑하군요……. 그래서 난 당신을 곧 봤으면 싶어요…… 거절하지 말고……. 만일 피어스가 고약한 소리를 하면 내 편에서 좀 싸워줘요. 잘 있어요……. 이만 끊을게요.」

그러고 나서 에리카가 재빨리 수화기를 내려놓는다.

7-2

나는 줄리아와 내가 베니스에서 함께했던 마지막 날을 되살린다.

나에게는 리허설이 있고 그녀에게는 타고 가야 할 비행기가 있다. 우리는 궁지에 몰려 있지만 그러면서도 서로를 마주보기가 두렵다. 우리는 더 이전의 어둠 속으로 잠겨들고 상황은 더 나빠질 뿐이다. 그녀는 내 눈길을 피한 채 짐을 꾸리고 있다.

내가 한 짓은 용서받을 수 없지만 그렇다고 또 내가 그녀를 용서할 수 있는 기분도 아니다. 이틀 전날 밤 줄리아는 내게 책을 선물했고, 우리는 내가 원해서라기보다 그녀가 원해서 사랑을 나누었다. 그런데도 불과 몇 시간 뒤에 그 남자, 그래, 자기 남편에게 그런 편지를 쓰다니.

「어떻게 그 편지를 읽어볼 수가 있죠? 어떻게 루크를 끌어들일 수 있죠? 난 우리가 다른 차원에서 행동한다고 생각했어요.」

왜 이런 말을 할까? 다른 차원이라니, 내가 지게차일까?

「난 그 사람을 미워하지 않아. 당신도 미워하지 않고. 내가 했던 짓은 미안해.」

그녀가 내 말을 믿지 않는 듯 나를 바라본다.

「나는 어디엔가 숨어 지내다가 제임스에게 계속 거짓말을 해야 할 거예요. 그 사람에게 다른 누군가를 찾아갔다거나 다른 어떤 일을 했다고 할 수밖에 없을 테니까요. 난 이제 당신을 이해할 수 없어요. 지금까지는 이해를 했더라도요. 당신, 무슨 뜻으로 사과하는 거죠? 난 루크도 볼 수 없을 거예요.」

「나도 당신을 이해할 수가 없어. 지금까지는 이해를 했더라도. 당신, 왜 나를 가지고 노는 거지? 왜 당신 집으로 나를 불러서 당신 남편을 만나라고 한 거지? 난 지금도 당혹스러워. 우리 사이에 있었던 모든 일이 허위였다면 왜 나하고 같이 여기로 온 거지?」

사후 토의가 더 이전의 논쟁과 합쳐진다. 그렇다면 이 위기에는 당사자가 셋이란 말인가? 이 싸움에는 선생과 학생만 있는 것이 아니었던가? 하지만 우리는 있는 그대로의 모습을 보이지 않았던가? 우울함이 나를 잔인하게 만들었다. 나는 그녀에게서까지도 단절된 느낌이었다. 카를과 나와의 인연 역시 거의 사랑 비슷한 감정으로 시작되지 않았던가? 줄리아의 말로는 「난 지금 누구인 척도 할 수 없어」라는 것이 내가 그때 했던 말이라고 한다. 하지만 나는 그 말만 하고 다른 말은 더 하지 않았을 수도 있지 않을까? 나는 이 더 젊은 여자에게서 업신여김을 받는다고, 내 무지를 경멸하는 기미를 보았다고 느꼈던 것일까? 「나는 우리가 다른 차원에서 행동한다고 생각했어요.」 나는 그녀가 당연한 것으로 생각하는 것을 누려본 적이 없다.

이제 그녀는 자기가 읽지 않았던 편지들에 대해서 이야기한다.

「당신 편지들이 비엔나에 있더군요, 트렁크 안에. 지난주에야 그걸 알았어요. 대단한 충격이었죠. 나는 아버지에게 그 편지들을 보내지 말라고 했었어요. 아버지가 보관하고 있었던 줄은 몰랐죠. 어쨌건 그 편지들은 틀림없이 아버지의 다른 서류들에 휩쓸려 트렁크로 들어갔을 거예요. 나는 그 편지들이 어머니가 분류하지 않았거나 버리지 않은 낡은 인형들이며 다른 물건들과 함께 있는 것을 보았지만 읽지는 않았어요. 내가 어떻게 그럴 수 있었겠어요? 그건 단지 당신이 비엔나에 있었기 때문만은 아니었어요. 나는 그 편지들이 새삼스럽게 떠올려줄지도 모르는 기억, 우리에게는 단지 절반만 진실인 십 년 전의 생각들이 두려웠어요.」

「그게 당신이 나하고 같이 베니스로 오기로 한 이유였어?」

「모르겠어요. 너무 많은 일들이 일어나고 있었으니까요. 그래요, 어쩌면, 부분적으로는요.」

「그렇다면 당신, 편지를 읽기는 읽었군.」

「아니, 읽지 않았어요, 읽어보려고 했지만요. 손에 잡히는 대로 아무 편지나 펼쳤지만 내처 읽을 수가 없었어요. 이 얘긴 그만해요.」

하지만 우리가 행복하게 지냈던 이 공동주택에는 우리 둘밖에 없다. 그녀는 자기의 어깨 위에 놓인 내 손을 몇 초 동안 그대로 놓아둔다. 내 손바닥은 그녀의 어깨에 닿아 있지만 내 손가락은 멍자국을 따라 움직이지 않는다. 분명히 그녀는 내 편지를, 내 쓰라린 후회와 슬픔을 읽었고, 그 후회와 슬픔은 세월이 지나도 흐려지지 않았을 것이다.

「마이클, 앞으로 나한테 편지하지 말아요.」

「그러면 당신이 나한테 전화를 걸거나 팩스를 보내거나, 아니면 나를 찾아올 거야?」

「모르겠어요, 어쩌면요. 그래요, 때가 되면. 지금은 나를 그냥 놓아둬요.」

하지만 그 말에서 나는 그녀 아버지의 목소리를 듣는다. 나에게서 좀더 쉽게 벗어나기 위한 거짓말.

그녀가 팩스를 보내러 나갔다 한 시간쯤 뒤에 돌아온다. 나는 그녀의 가방을 정류장까지 들어다 준다. 그녀는 내게 돌아가라고 하지만 나는 그 말을 듣지 않는다. 우리는 그녀를 해변 휴양지로 실어다 줄 보트가 올 때까지 아무말 없이 그대로 서 있다. 거기에서 그녀는 곧장 공항으로 갈 것이다. 그녀가 서둘러 배에 올라탄다. 극적인 장면을 피하려고 키스도 하지 않은 채.

나는 리허설에 참가하고 산텔레나의 공동주택에서 계속 머문다. 책을 읽고 산보를 하고 늘 하던 일을 한다. 우리의 삶이 우리 손에 있지 않을 때 일어나는 일이 이런 것일까?

그렇다. 나는 다른 어딘가로부터 내가 원래 있던 곳으로 돌아와야 한다. 하지만 또한 나는 음악, 내 동료들, 내가 없으면 더 나아지는 누군가의 삶에 종속되어 있다. 하다 못해 음악으로라도 줄리아에게 봉사할 수 있을까? 때때로 내 손가락은 책에 마치 알려지지 않은 형태의 점자가 있기라도 한 것처럼 그녀가 순 책을 가로실러 움직인다. 여기 런던에서도 그 책은 내가 줄리아를 기다리는 몇 주일 동안 나를 진정시켜 주는 부적이다.

8-3

내 작은 음악실 악보대 위에 펼쳐져 있는 대리석 무늬의 회색 커버로 덮인 책을 보며 나는 비올라로 첫번째 대위 선율을 연주한다.

그 악보는 마침 알토 음자리표로 적혀 있고, 그래서 읽기가 편하다.

우리는 '푸가의 기법'을 연주하기 위해서는 두 대가 아니라 세 대의 비올라가 필요하다는 것을 알게 되었다. 헬렌의 정규 비올라, 낮은 음을 내는 특별히 큰 비올라, 그리고 내가 연주할 부분 가운데 바이올린의 음역 아래로 내려가는 곳에서 내가 연주할 비올라. 이 연주를 위해 나는 헬렌의 정규 비올라를 빌릴 수만은 없다. 집에서도 연습을 해야 할 필요가 있기 때문이다.

내가 지금 연주하고 있는 비올라는 한 악기 판매업자에게서 빌린 것이다. 그처럼 여러 해가 지난 뒤에 좀더 큰 악기를 연주한다는 것이 즐겁게 느껴진다. 하지만 나는 팔을 얼마나 더 뻗어야 하는지 잊어버렸다. 아니 정확히 말해서 잊어버린 것은 아니고 익숙하지 않다.

우리는 지금 상당한 충격을 느끼면서 우리가 맡은 프로젝트의 독자성에 대처하기 시작하고 있다. 우리의 녹음에 정확히 어떤 것이 포함되어야 할까? 다양한 푸가와 전칙곡(典則曲) 들을 어떤 순서로 연주해야 할까? 세 사람만이 연주해야 하는 부분에서 피어스와 나 두 사람 중에 누가 가장 높은 음을 연주해야 할까? 정확히 어떤 푸가에서 헬렌이 낮은 음으로 조율을 하거나 내가 바이올린을 비올라로 바꿔야 할까? 바흐가 템포를 지정하지 않은 곡에서 가장 나은 빠르기는 무엇일까?

우리는 처음엔 이 모든 것을 빌리에게 맡기기로 결정했다. 그는 우리의 연구자이자 사색가, 지휘자니까. 만일 그가 우리에게 어떤 곡을 장송곡조로 연주하라면 우리는 장송곡조로 연주할 것이고 급하게 연주하라면 급하게 연주할 것이다. 그의 방식대로 해본 뒤에 우리는 좋다고 하거나 따라가거나 뒤집어엎을 수 있을 것이다. 이런 음악적인 분규를 헤치고 우리를 인도할 수 있는 사람은 작곡가의 직관을 지닌 사람일 것이다. 피어스는 그것을 알고 그대로 받아들인다. 내가 알기로 그는 '푸가의 기법'에 대해서 아직까지는 에리카에게 의심하는 목소리를 내지 않았다.

빌리는 놀랄 만큼 빨리 우리가 제기할 법한 대부분의 의문점들을 다룬 십여 페이지의 노트를 작성했다. 나는 그가 이 일을 우리가 베니스에 머물러 있을 동안 시작하지 않았나 하는 생각이 든다. 제외할 곡들, 순서, 템포, 대체할 곡들, 재조율, 구성원, 여러 가지 읽을 것들. 그는 바흐의 육필본, 바흐가 죽은 다음해인 1751년에 출판된 형인본, 그가 눈이 멀어 죽어갈 때 구술한 합창곡이 그 작품의 한 부분을 이룰 의도로 쓰여졌느냐 하는 의심스러운 문제, 만일 완성되었더라면 거의 틀림없이 그 작품의 주된 테마는 네 번째 주제로 포함되었을 위대한 '세 가지 미완성 주제', 푸가의 대치, 일반적인 원칙과 현존하는 초판 사본 가운데서 지워진 페이지 수의 고찰을 통해 본 바흐가 의도한 순서에 관한 연구, 그리고 심지어는 바흐의 이름에 든 글자들을 포함하는 수비학(數秘學)의 몇몇 난해한 문제들에 대해서도 이야기한다.

마음씨 좋은 빌리는 또한 컴퓨터 프로그램을 이용해 피어스와 헬렌 그리고 내가 연주하게 될 악기에서 가장 편한 음자리표로 된 악보들을 만들기도 했다. 실제로 악기를 조율해 가며 그 일을 하려면 상당한 시일이 걸릴 것이다.

우리는 어떤 곡이든 먼저 철저하게 악보를 읽지 않고는 연습을 하는 일이 별로 없다. 그래서 우리가 지금까지 함께 연주한 것이라고는 첫번째 대위 선율뿐이다. 하지만 이 작품에서는 특히 헬렌을 위해, 그리고 정도가 좀 덜하기는 하지만 나를 위해, 또 우리가 물 흐르듯 거침없는 연주를 하기 위해 많은 준비가 필요할 것이다. 그래서 나는 줄리아가 선물로 준 책에 그려진 첫번째 악곡을 연주하고 텅 빈 페이지들을 하나하나 넘기며 거기에다 베니스의 물과 하늘과 돌들을 투영한 다음, 빌리의 컴퓨터가 만들어낸 연주 부분으로 되돌아간다.

나는 그 악보를 우리의 첫번째 리허설을 위해 몇 시간 동안이나 살펴본다. 내 마음과 손가락이 뻗어나가 내 눈앞에, 그리고 내 귀에 무슨 소리가 있는지 확인할 때까지 그 악보를 연주하고 생각하면서.

8-4

내게 사랑과 위안의 말을 적어 보내줘. 내 자동 응답기에 메시지를 남기거나 아니면 내 집 문 앞이나 내 조그만 모니터 스크린에 나타나줘. 나는 당신에게 편지를 썼고 그 팩스가 들어갔다는 걸 알고 있어.

지금은 6월이야. 다람쥐들이 담 위에서 설익은 무화과를 먹고 마른 밤꽃들이 바람에 날려 자갈길 가장자리에 쌓여 있어.

나는 당신에게서 소식을 듣지 못했어. 당신은 내가 보낸 팩스에도 답장을 하지 않았어. 당신, 지금 런던에 있지 않은 거야? 당신 남편과 시어머니와 아이를 데리고 어디론가 떠난 거야? 조그만 회색 블레이저 코트에 조그만 회색 모자를 쓴 그 아이가 보내는 날들은 이제 세어지지도, 써넣어지지도, 적히지도 않는 거야?

멍 자국이 사라질 때까지 일주일 정도 어디에 숨어 있었어? 비엔나로 돌아가서 당신 어머니 집에? 당신은 나에게서 받은 상처를 치유할 시간이 필요했을 거야. 나는 나 자신을 용서하지 않아. 내가 당신에게 한 짓은 그것만이 아니야.

광장들은 날이 갈수록 금련화로 반짝거리고 움푹 들어간 정원 근처의 버섯으로 덮인 산사나무는 분홍색 꽃을 잔뜩 피우고 있어. 조그만 회색 괴물들은 2열 종대로 행진을 하고.

흰 산사나무도 내가 좋아하는 거지만 나는 라일락을 더 좋아해. 그 멋진 빛깔의 꽃들이 언젠가는 그 나무들을 완전히 바꾸어놓겠지. 나는 이리저리 걸어다니고 당신은 나를 위해 바흐를 연주해. 음계에서는 사랑이 그처럼 가벼울까? 하지만 나는 이층 버스를 타고 주춧돌과 기둥과 박공벽 들을 봐. 그건 내 눈앞에 펼쳐진 한편의 영화, 위대한 석수가 네 권의 책을 가지고 런던에 해놓은 일이지. 짓는 일은 더디지만 일단 세워지면 견고하게 오래 남아.

나는 또 고양이도 보고 있어. 눈으로, 직관으로. 어느 날 밤늦게 나는 산책을 하다가 한 여자를 보았어. 그 여자는 병기고 옆의 강둑을 따라 걷고 있었는데, 그 여자가 불러 모아 먹이를 주는 열한 마리의 고양이들이 뒤를 따르고 있었지. 그 늙은 여자는 가방에서 먹이 부스러기를 꺼내 던져주었고 고양이들은 야옹야옹하면서 더 달라고 했어. 하지만 그 고양이들은 많은 사랑을 받았고 지금은 북쪽에서 심하게 앓고 있는 짜짜와는 달리 여위었고 사나웠고 옴을 앓고 있었지.

당신은 내게 당신에게서 전화가 걸려올 때까지 기다려야 한다고 했어. 그렇게 오랜 세월이 흐른 뒤에야 겨우 당신과 연락이 닿았는데, 이제 얼마를 더 기다려야 하지? 그 푸른회색 눈으로 다정하게 나를 봐. 그래, 당신은 미소를 지을 수 있어. 미소를 짓고 웃을 수 있어. 이성적이 되어봐.

내 마음속으로는 우리가 주말과 일요일까지 며칠 동안 사랑을 나누었던 방에서 내려다보이던 빨랫줄과 등나무가 있는 안뜰이 떠올라.

나는 당신이 머리를 기댔던 내 어깨에 손을 얹고 있어. 그리고 당신의 이름을 불러. 한 번, 두 번, 세 번, 네 번. 어떤 날 밤에는 그런 식으로 당신을 기억하면서 잠이 들고 또 어떤 날 밤에는 새벽이 올 때에야 잠이 들 수 있어.

8-5

하지만 이제 나는 여기 그녀의 집 문 앞에 있다. 루크는 학교에 가 있고, 가정부는 프랑스 협회에서 가정법(假定法)을 배우기 시작하고, 제임스는 카나리 부두에서 주판알을 튀기고 있다. 그녀는 어떻게 벨 소리를 들을까? 틀림없이 어떤 방법이 있는 모양이다. 그녀가 문간에 나타난 것을 보면.

나는 그녀의 표정을 읽고 있다. 그녀가 나를 보고 기뻐할까? 그런 것 같기도 하고 아닌 것 같기도 하다. 하지만 놀라는 기색은 전혀 없다. 그녀는 너무 피곤해 보인다. 그녀의 얼굴이 처져 있다. 잠이 부족한 것일까, 아니면 마음이 편치 못한 것일까? 그녀가 뒤로 한걸음 물러서고 나는 안으로 들어선다.

「들어가도 되겠어?」

「나 혼자만의 시간이 좀 필요해요.」

「집에 아무도 없어?」

「없어요. 만일 있다면 내가 이런 식으로 얘기할 수 있겠어요?」

「나 용서해 줄 거지, 줄리아? 난 내가 당신에게 한 말이나 당신에게 한 짓을 정말로 할 생각은……」

「알아요.」

그녀가 재빨리 말을 자른다.

「내가 뭐에 씌었는지 모르겠어.」

「내가 됐다고 했잖아요. 그 얘긴 그만 해요.」

「당신에게 왜 나를 보러 오지 않았냐고는 묻지 않겠어. 하지만 편지도 쓸 수 없었어?」

「그런 일이 있은 뒤에 내가 왜 당신까지 현혹시켜야 하죠?」

나는 아무 대답도 하지 않다가 다시 묻는다.

「오늘은 당신 음악실을 보여줄 거야?」

그녀가 지칠 대로 지친 듯한 표정으로 나를 바라본다. 그녀는 내게서 그런 질문이 나올 줄 몰랐겠지만 이제는 아무것도 그녀를 놀라게 할 수 없는 것처럼 순순히 고개를 끄덕인다. 하지만 그것은 무언의 양보다. 마치 내게 마지막 식사를 자유로이 선택할 권리를 주는 것처럼.

우리는 이층으로 올라간다. 이층은 전체가 하나의 방으로 되어 있다. 방 한복판의 쓰지 않는 난로 옆에 검은색 슈타인바이 피아노가 놓여 있다. 퇴창 옆에는 초승달 모양의 정원이 내다보이는 곳에 책상이 하나 있고, 책상 위에는 내가 선물한 푸른색 개구리가 한 무더기의 노트장 위에 쭈그려앉아 반쯤 쓰다 만 편지를 쳐다보고 있다. 나는 눈길을 돌린다.

「열심히 하고 있는 중이야?」

우리가 서로 얼굴을 마주보게 되자 내가 묻는다.

「그래요, 비엔나에서 내가 할 일이 결정되었어요.」

「그러면 당신, 이제부터 혼자 연주할 거야?」

「그래요.」

「달팽이관을 이식하거나 그러면 안돼?」

「지금 무슨 얘기를 하는 거예요? 당신은 이 일에 대해서 아는 게 아무것도 없어요.」

그녀가 발끈 화를 낸다. 한때 나는 그녀에게 분노라고는 없다고 생각하지 않았던가?

어딘가에서 전화벨이 네 번 울리다 그친다.

나는 피아노에 바흐의 골드베르크 변주곡[32]이 펼쳐져 있는 것을 알아차린다.

---

32) 바흐가 1742년에 발표한 하프시코드를 위한 변주곡. 1956년 캐나다의 피아니스트인 글렌 허버트의 연주로 보기 드문 대중적 성공을 거두었음.

「내가 하는 말이 모두 멍청하게 들린다면 무슨 곡이든 연주를 하는 게 어때?」

그녀가 이의를 달거나 긍정적으로 묵인을 하지도 않고 당장 피아노 앞에 앉더니 책을 열지도 않고 25번 변주곡을 연주한다. 마치 내가 거기에 있지도 않은 것처럼. 나는 눈을 감고 서 있다. 그녀가 연주를 끝내고 일어나서 뚜껑을 닫는다. 나는 아래쪽을 내려다본다.

「나는 '푸가의 기법' 첫번째 악장을 연습하고 있었어.」

「고개를 좀 들래요? 고마워요. 뭐라고요?」

「나는 '푸가의 기법' 첫번째 악장을 연습하고 있었어. 비올라로. 당신이 그려준 악보를 보면서.」

그녀는 넋을 잃은 것처럼, 정신이 혼미한 것처럼 보인다. 내 말이 그녀를 생각의 미로로 밀어넣는다.

「내 책에다 다음번 악장을 베껴주겠어?」

나는 그 일을 별로 원하지는 않지만 단지 질문과 요청을 통해서만 그녀와 계속 이야기를 할 수 있다고 느낀다.

「나는 아주 열심히 연습을 해왔어요.」

그녀가 대답한다. 그 대답에 나는 할말을 찾지 못한다.

「쇼팽이야? 아니면 슈만?」

내가 그녀의 위그모어 홀 콘서트를 생각하면서 묻는다.

「그리고 다른 것들도요.」

그녀는 이야기를 계속하고 싶어하지 않는다. 그녀의 표정이 불안해 보인다. 그녀의 눈길이 연신 푸른 개구리가 놓여 있는 테이블 쪽으로 쏠린다.

「난 당신 없이 잘 수가 없어.」

「그런 말 하지 말아요. 누구든 결국은 자게 되어 있어요.」

「그러면 내가 뭐라고 해야 하지? 당신, 정원 일은 어때? 이명 현상은 어때? 제임스는 어때? 버지는 어때? 루크는 어때? 그런데 정말 루크는 어때?」

내가 가시 돋친 소리로 묻는다.

「난 그 애가 학문적, 예술적, 음악적, 사회적, 정신적, 육체적 그리고 도덕적으로 나날이 성장해 간다고 생각해요.」

줄리아가 꿈결에서처럼 대답한다.

나는 웃기 시작한다.

「그 애가 지금 그래? 조그만 사내아이치고는 정말 대단한 성장이군.」

「난 그 애 학교 팸플릿에서 인용한 것뿐이에요.」

나는 그녀의 목 언저리에 키스를 한다. 거기에는 이제 어떤 멍자국도 남아 있지 않다.

「안돼요, 안돼요. 놓아줘요. 미친 짓 하지 말아요. 난 이런 것 조금도 원치 않아요.」

나는 그녀를 놓아주고 창가로 간다. 찌르레기 한 마리가 비에 젖은 진달래 덤불 밑에서 뭔가를 쪼고 있다. 줄리아가 자신이 좀 심했다고 느꼈는지 내게로 다가와 내 어깨에 손을 가볍게 올려놓는다.

「우리 그냥 친구일 수누 없나요?」

그러니까 바로 이거로군. 마침내 그 말이군.

「안돼!」

내가 그녀를 돌아다보지도 않고 잘라 말한다. 그녀가 내 어깻짓을 읽게 하자.

「마이클, 내 생각을 좀 해줘요.」

그런 식으로, 마침내 그녀가 내 이름을 부른다.

우리는 아래층으로 내려온다. 그녀는 내게 커피도 한 잔 권하지 않는다.

「난 그만 가보는 게 좋겠어.」

「그래요, 난 당신이 찾아오는 거 원치 않았어요. 하지만 당신은 여기에 와 있어요. 만일 내가 당신을 사랑하지 않았더라면 일이 훨씬 더 간단했을 거예요.」

그녀가 비참한 표정으로 내 눈을 들여다보면서 말한다.

그렇다면 그녀가 나를 찾아와 줄까? 내가 여기로 다시 와도 될까? 그녀가 어떤 대답을 하건 나는 마음이 편치 못할 것이다. 매끄러운 일을 거칠게 하고 거친 일을 매끄럽게 할 줄 아는 것이 사랑은 아니지 않은가?

그녀가 내 손을 잡는다. 하지만 억지로 예의를 차리려는 것은 아니다. 문이 열렸다 닫힌다. 나는 계단 꼭대기에서 아래쪽을 내려다본다. 다섯 길은 족히 되는 물이 엘진 크레센트를 지나, 래드브로크 덤불을 지나, 서펜타인 연못을 거쳐 템스 강으로 흘러가고 빨간 증기유람선이 미시시피 강의 증기유람선들처럼 푹푹거리는 소리를 내며 강을 따라 오르내린다. 뱃머리에 조그만 흰 개가 한 마리 앉아 있다. 그렇다면 난리를 치지 말고 썰물과 함께 가라. 그리고 어딘가에서 찾아온 조그만 개, 그런 것은 그런 것이고 아닌 것은 아닌 것이라는 더 어려운 지식을 아는 개의 지혜를 배워라.

8-6

우리는 헬렌의 집에서 리허설을 갖는다.

「난 지금 다이어트 중입니다. 내가 과체중이라는 말을 들었어요.」

빌리가 말한다.

「안 그래요. 얼마나 날씬한데요.」

헬렌이 이죽거린다.

「의사 말이, 내가 과체중이라는 겁니다. 그것도 심각할 정도로요. 그리고 혈압도 위험스러울 만큼 높다는 겁니다. 만일 내가 리디아와 장고를 사랑한다면 나는 살을 빼는 편이 좋고, 그래서 바로 그게 내가 앞으로 해야 할 일입니다. 나한테는 달리 선택할 길이 없어요. 지난주에 나는 체육관엘 세 번 갔는데 체중이 벌써 2파운드는 준 것 같은 느낌입니다.」

헬렌이 생긋이 웃기 시작한다.

「이건 너무 끔찍해요. 그 의사는 심각할 정도라고 했어요……. 그 사람은 요령 있게 말을 하려고도 하지 않더라구요……. 그런데 모두들 내 노트 봤습니까?」

「정말 굉장하더군.」

내가 칭찬을 하자 빌리가 우쭐해 한다. 헬렌과 피어스도 고개를 끄덕여 동감을 표시한다. 그렇게 우리는 여기 함께 모여 있다. 나 역시 이제 내 가족을 가지고 있다.

「우리가 연주할 부분을 모두 조율하려면 틀림없이 두 주일은 걸렸을 거야.」

내가 추켜세운다.

「아, 아닙니다. 난 단지 그걸 악보에서 스캔으로 읽어들여서 깨끗이 정리를 하고 이상한 음표를 바로잡고 프린터로 빼낸 것뿐입니다. 오늘날 컴퓨터로 할 수 있는 일들을 보면 정말 놀랍죠. 내 프로그램은 지금 에스프레시보라고 불리는 피아노 녹음 재생 기능을 갖고 있습니다. 컨트롤된 몇 가지 불규칙성이 있어서 연주를 하고 있는 게 사람이 아니라 컴퓨터라는 걸 여간해서 알 수 없죠. 이제 곧 사람들은 그걸 완벽하게 만들 거고 그러면 전혀 알 수가 없을 겁니다. 그 다음에는 컴퓨터 때문에 연주자들이 남아돌게 될 테고요…….」

빌리의 눈이 있을 수 있는 일에 대한 추측으로 반짝 빛난다.

「내 생각엔 작곡자는 아닐 것 같군.」

피어스가 한마디 쏘아붙인다.

「아, 그럼요. 푸가를 예로 들어봅시다. 여러분은 컴퓨터로 온갖 종류의 일을 할 수 있습니다. 예를 들어서, 여러분이 어떤 푸가의 주제를 12도 음정에서 증음하고 반전하고 한 소절 반을 늦추고 싶다면 자판을 몇 개 두드리는 걸로 그 일은 끝납니다.」

빌리가 신이 나서 떠들어댄다.

「하지만 그런 일에 상상력이 어디 있지? 음악은 어디에 있고?.」

「아, 그건 문제가 안됩니다. 단지 여러 가지 조합을 만들어서 화음이 일치하는지 면밀히 조사하고 아름다움을 위해 사람들에게 검사를 시키면 됩니다. 나는 이십 년 내에 컴퓨터들이 맹목적인 취향의 연주에서는 우리를 능가할 거라고 확신합니다. 어쩌면 우리는, 여러분도 알겠지만, 여러 가지 매개변수를 테스트하는 데 기초를 둔 아름다움을 위한 공식을 갖게 될지도 모르지요. 하지만 물론 그게 완전하지는 않을 겁니다. 단지 우리들 대부분보다 약간 더 완전하겠지요.」

「정떨어지네요. 으스스하고. 일종의 체스군요.」

헬렌이 한마디 한다.

빌리가 기분 상한 표정을 짓는다.

「더 거룩한 일종의 체스죠.」

「자 그러면, 불완전한 현재로 돌아가자구. 이 얘긴 모두 매혹적이지만, 빌리, 이제 그만 시작해도 상관없겠지?」

피어스가 말을 자른다.

「내 생각엔 마이클이 비올라를 연주하지 않아도 되는 곡으로 시작하는 게 어떨까 싶은데요. 물론 이건 불신임투표는 아니지만요……」

빌리가 고개를 끄덕인 다음 제안한다.

나는 조심스럽게 그를 쳐다본다.

「그건 물론 아닙니다. 정말이에요. 이건 단지 일을 가능한 한 단순하게 하자는 겁니다. 시작할 때는 헬렌도 낮게 조율한 그 더 큰 비올라를 연주하지 않는 편이 나을 것 같은데요.」

빌리가 덧붙인다.

헬렌이 가볍게 고개를 끄덕인다.

「그러면, 대위 선율 5번이나 9번으로 좁혀지겠군요. 누구 더 좋아하는 곡이 있나요?」

빌리가 이야기를 마무리한다.

「자네가 두목이야.」

피어스가 선심을 쓴다.

「좋습니다, 그럼 5번. 처음부터 끝까지 피치카토³³⁾로.」

「뭐라고?」

우리 세 사람이 거의 동시에 묻는다.

빌리는 그 반응에 꽤나 즐거워한다.

「글쎄요, 그래서 잃을 게 뭐죠? 이건 단지 삼 분이나 그쯤밖에 안 걸릴 겁니다. 좋아요, 마이클, 시작해요. 템포는 이겁니다.」

그가 약간 명령조로 말한다.

「빌리, 자네 미쳤군.」

내가 한마디 한다.

「우린 아직 음계도 연주하지 않았어요.」

헬렌이 지적한다.

「난 음계에 대해서 잊어버렸습니다. 그건 나중에 연주하기로 해요. D마이너 음계, 피치카토.」

빌리가 되받는다.

---

33) 손톱으로 뜯어 치는 연주.

「안돼! 우린 음계를 피치카토로 연주할 수 없어. 그러면 음계가 우스꽝스럽게 되고 말 거야. 처음엔 활로 음계를 연주해. 그러고 나서는 자네 마음대로 해도 좋아, 지지든 볶든.」

피어스가 이 가당치 않은 일에 격분해서 나선다.

그래서 우리가 처음에 활로 연주를 하고, 그 다음에는 빌리가 우리에게 그 음계를 손톱으로 뜯게 한다. 주법은 이상야릇하지만 우리는 대위 선율 5번을 그 주법으로 따라간다. 비록 우리가 길게 늘어지는 음계의 음들을 제대로 느낄 수 없고 또 손톱으로 뜯는 바이올린의 음은 첼로와 비교하면 형편없지만 대위 선율이 새긴 것처럼 분명하게 나타난다. 또 그 외에도 이 주법은 음의 정조법에 상당히 좋은 연습이다. 우리는 앙코르 곡으로 첫번째 대위 선율을 연습했을 때 이 주법을 한 번도 쓰지 않았다. 어쩌면 그때 썼어야 했을 것이다.

빌리가 우리를 차츰차츰 원래의 페이스로 이끈다. 다음에는 그 곡을 우리가 보통 사용하는 일종의 비브라토로 연주한다. 세 번째와 그 다음에 뒤따르는 모든 과정에서는 비브라토가 거의 없다. 빌리의 의도대로라면 우리가 그 작품을 녹음하거나 공연할 때 써야 하는 스타일로, 진행 속도는 더디지만 숨겨진 것들을 드러내준다. 한 시간쯤 뒤에 우리는 우리 음역 내에 있는 다른 곡으로 옮겨가고 거의 똑같은 방법으로 그 곡을 다룬다.

다음에는 일거에 4중주단이 바뀐다. 그 소리와 짜임새와 모습이 모두. 우리는 곧장 헬렌과 내가 모두 더 깊고 더 큰 악기를 사용해야 하는 곡으로 넘어간다. 우리 두 사람의 모습이 그 자체로도, 그리고 다른 사람들과도 이상하게 균형이 잡히지 않은 것처럼 보이고 느껴진다. 나는 빌려온 비올라를 연주하고 헬렌은 테너 비올라라고 불릴 수도 있는 악기를 연주한다. 그 악기가 놀라운 소리, 굼뜨면서도 깊게 울리고 아주 풍부하면서도 기묘한 소리를 내서 우

202

리 네 사람은 갑자기 즐거워져 웃기 시작한다. 그렇다, 즐거워서. 바깥 세상은 우리가 계속 연주를 하는 동안에도 점점 엷어져 사라져간다.

8-7

우리는 빌리가 미리 생각해 둔 순서에 따라 곡을 바꿔가며 연주한다. 연습 시간은 여섯시까지로 되어 있지만 우리는 저녁을 먹은 뒤에 연습을 계속하기로 결정한다. 헬렌과 빌리가 파스타와 소스를 요리하는 동안 피어스와 나는 와인과 샐러드를 준비하고 테이블을 차린다. 빌리가 리디아에게 전화를 걸어 늦겠다는 말을 하고 피어스도 누군가에게 전화를 건다.

헬렌의 집에서 즉석으로 하는 저녁식사는 우리 네 사람 모두가 여러 달 만에 함께하는 식사다. 여행 중이 아니라 런던에서 그처럼 함께 모여 식사를 한다는 것이 조금은 이상스럽다. 비엔나에서도, 베니스에서도 우리는 식사를 함께하지 않았다. 줄리아와 함께 보낸 그 며칠 동안 나는 시간을 내거나 다른 사람들과 함께 지낼 수 없었고, 그녀가 떠난 뒤로는 계속해서 혼자 지냈다.

빌리가 음식을 한 접시씩 더 먹자고 우긴다. 우리 앞에 서너 시간의 연주가 놓여 있다는 사실은 문제되지 않는다. 우리가 '푸가의 기법'을 연주하고 있다는 것이, 그것도 녹음을 위해 연주하고 있다는 것이 아직도 너무 신나고, 그처럼 불가능해 보이던 헬렌의 악기가 더 바랄 나위 없이 좋은 소리를 내는 것에 너무도 안심이 되어서 일을 한다기보다는 축제 분위기에 젖어 있다.

「레베카는 아기 이름을 호프(희망)라고 지을 거래.」

헬렌이 불쑥 이야기를 꺼낸다.

「그러면 여자애가 될 거라는 얘기야?」

피어스가 묻는다.

「아니, 확실히는 몰라. 그들 부부는 알고 싶어하지 않았어. 하지만 어쨌든 아기 이름을 호프라고 부를 거래.」

「멍청한 아버지에 멍청한 이름이군. 나는 세례식에 가지 않겠어. 스튜어트는 내가 아는 가장 따분한 친구야.」

피어스가 촌평을 하며 나선다.

「레베카 마음을 상하게 하면 안돼. 그리고 또 스튜어트는 따분하지 않아.」

헬렌이 구슬린다.

「아니, 그 친구는 따분해. 아주 철두철미하게 따분한 친구야. 그 친구하고 삼십 초만 같이 있으면 따분해서 좀이 쑤실걸. 아니, 죽을 지경일 거야.」

피어스가 자기의 파스타에 후추를 잔뜩 갈아 넣으면서 이죽거린다.

「그 사람 무슨 일을 하고 있죠?」

빌리가 묻는다.

「전자기계 관련 일. 그런데 그 친군 내내 그 지겨운 코맹맹이 소리로 얘기를 해. 같은 방에 있는 사람들이 그 친구가 무슨 얘길 하고 있는지 전혀 모를 때도 말이야. 그 친구 리즈 출신이거든.」

피어스가 대답한다.

「리버풀이야.」

헬렌이 말을 고친다.

「어쨌든 잊어버리기 꼭 좋은 데야.」

피어스가 되받는다.

한때는 나도 그런 빈정거림을 되받아치곤 했지만 그것은 여러 해 전의 일이다.

「머리칼이 빨간 사람들을 위한 특별한 샴푸가 나왔대.」

헬렌이 다른 이야기로 넘어간다.

「잘됐군, 아주 잘됐어. 좀더 얘기해 봐.」

피어스가 별 관심도 없으면서 흥미 있는 척 말을 받는다.

「우리가 언젠가는 '푸가의 기법'을 무대에서 공연하도록 계획을 잡아야 한다고 생각합니까?」

빌리가 묻는다.

「아, 빌리, 잠깐 얘기할 틈 좀 줘.」

피어스가 말을 자른다.

「어째서지? 그 얘길 해보자구. 그게 빌리하고 내가 알지도 못하는 레베카나 스튜어트 얘기를 하는 것보다는 더 나아.」

내가 반박한다.

「자네는 모르면 가만히 있어.」

피어스가 내 말을 뭉개버린다.

「레베카는 어린아기였을 때부터 우리 친구였어요. 그리고 피어스의 첫번째 여자친구였고요.」

헬렌이 알려준다.

「그렇지는 않아. 어쨌든 난 레베카에 대해 나쁜 감정은 전혀 없어.」

피어스가 반박한다.

「그래, 나는 우리가 그걸 공연해야 된다고 생각해. 누가 뭐래도 우리 앙코르 곡은 많은 박수 갈채를 받았으니까.」

내가 빌리의 질문에 뒤늦게 대답한다.

「하지만 우리가 청중들을 그렇게 오래 붙들어둘 수 있을까요? 모든 곡이 같은 조로 되어 있어요. 아니 적어도 각각의 푸가가 같은 조로 시작되고 끝나요.」

빌리가 문제를 제기한다.

「그건 골드베르크 변주곡도 마찬가지예요. 어쨌든 그건 같은 주음(主音)이에요. 그리고 피아니스트들은 그걸로 홀을 채워요.」
헬렌이 지적한다.

「하지만 내가 신경이 쓰이는 건 '푸가의 기법'이 단조롭기도 하다는 겁니다. 내 말은, 공연을 할 곡으로 짜임새 면에서 그렇다는 거죠. 하지만 다른 한편으로는 다른 곡을 보강해 줍니다. 어쩌면 우리는 그 곡을 반쯤만 연주할 수도……」
빌리가 되받는다.

「그걸 모두 자네의 수첩에 적어놓는 게 어때, 빌리? 아, 난 모르겠어. 아무튼 나는 내가 받은 노트들이 너무 길다고 생각해.」
내가 빌리에게 말한다.

「그렇지는 않아요.」
헬렌이 반박한다.

빌리가 잠시 망설이다가 하던 이야기를 계속한다.

「이건 이소벨이나 슈트라투스나 현재의 우리 4중주단하고는 아무 상관도 없는 겁니다. 나는 개인적으로 현악이 푸가를 연주하는 데 이상적이라고, 아주 이상적이라고 생각합니다. 현악기들은 하프시코드나 피아노보다 음정을 더 잘 유지하니까요. 그리고 하나하나의 행도 더 잘 표현합니다. 또 이를테면 관악기와는 달리 두 현을 동시에 누르고 켤 수도 있습니다. 피어스와 내가 오늘 첫번째 곡 말미에서 네 음부(音部)가 여섯 음부로 될 때 했던 것처럼요. 또 그 외에도 모차르트와 베토벤은 나한테 맞습니다.」

「아, 그래. 그렇지? 자네 언제 마지막으로 그 기막힌 연결을 이용했지?」
피어스가 묻는다.

「그럴 필요가 없었습니다. 모차르트가 바흐의 푸가를 현악 4중주곡으로 편곡하고 베토벤이 헨델의 푸가를 편곡했다는 건 잘 알려진 사실입니다.」

우리는 놀란 표정을 짓는다.

「그게 잘 알려진 사실이라고?」

피어스가 싸울 기세로 묻는다.

「글쎄요, 어쩌면 몇몇 4중주곡에서는 아니고요.」

빌리가 만족스러운 미소를 지으며 대답한다.

「만일 그게 사실이라면, 만일 그게 정말로 사실이라면 우리는 아마도 '푸가의 기법'을 전반부만 연주하고 나서 휴식시간이 끝난 뒤에 모차르트와 베토벤의 편곡을 연주할 수도 있지 않겠어요? 그건 굉장한 프로그램이 될 거고 청중들에게 어느 정도 다양성을 주게 될 텐데요.」

헬렌이 나선다.

「그래. 우리는 어째서 푸가 프로그램 중심으로 우리의 음악 인생을 구축하지 않았을까?」

피어스가 의아해 한다.

「푸가들은 중간음을 내는 악기에 너무 힘을 실어주니까.」

헬렌이 약간 잘난 척을 하면서 대답한다.

「힘을 실어준다, 힘을 실어준다. 너한테 힘을 실어준다느니 뭐니 하는 얘기를 해준 친구가 누구지? 아, 얘기할 거 없어. 샌들 냄새를 맡을 수 있을 것 같으니까.」

피어스가 약간 비꼬는 투로 말한다.

「아참, 빌리. 당신에게 꼭 좋은 디저트가 한 가지 있어요. 정확하게 삼십 초면 될 거예요.」

헬렌이 느닷없이 딴소리를 한다.

그녀가 벌떡 일어나 냉장고에서 노란 버찌를 다섯 개 꺼내 전자레인지에 십 초쯤 집어넣었다가 꺼낸 뒤 빌리 앞에 놓는다.

「이게 뭡니까?」

「노란 버찌예요. 칼로리가 없는 건 말할 것도 없고.」

「하지만 이거에다 뭘 어떻게 한 겁니까?」

「빨리 먹어봐요, 그런 다음에 물어요. 빨리요.」

빌리는 하나를 조심스럽게 입 속으로 집어넣어 보고는 그 맛에 홀딱 반해 눈이 휘둥그래진다. 그가 하나를 더 먹고 다음에 또 하나, 마침내 버찌를 다 먹어치운다.

「기가 막히군요. 바깥쪽은 녹은 젤리 같고 안쪽은 아삭아삭한 셔벗 같아요. 나하고 결혼합시다, 헬렌.」

「당신은 이미 결혼했잖아요.」

「아참, 그렇지. 어떻게 한 겁니까?」

「물에 깨끗이 씻어서 얼린 버찌를 전자레인지에 데운 것뿐이에요.」

「당신은 천잽니다.」

「난 그걸 마이크로 셔벗 버찌라고 불러요. 난 내 학교를 하나 시작할까 생각 중이에요.」

「그거 굉장할 겁니다. 현악 4중주 요리학교. 헬렌은 교장이 되고 피어스와 나는 학생, 그리고 빌리는 실험용 동물이 될 수 있을 겁니다. 그러면 에리카가 브랜드 이미지를 만들어내는 데는 아무 문제도 없을 테고요.」

내가 추켜세운다.

「우리를 알리는 데 어째서 에리카가 필요하지?」

피어스가 못마땅한 투로 묻는다.

「아, 그 여자는 우리가 음악 애호가들에게 더 잘 알려지려면 뭔가 색다른 것이 필요하다고 생각하거든. 현악 4중주는 선전을 하기가 힘들대.」

「어디에서건 에리카로군. 난 그 여자에 대해서 좀 이상하게 여겨왔어. 내 생각엔 우리, 다른 대리인을 구하는 문제를 생각해 봐야 될 것 같아.」

피어스가 투덜거린다.

빌리, 헬렌 그리고 내가 제각기 다른 방식으로 항의를 한다.

「난 이번 여행에 대해서도 만족스럽지가 못했어. 우리는 재정적으로도 겨우 파산을 면했고, 또다른 일들도 여러 가지가 있어. 이제 얼마 안 있으면 코스모와 함께 클라리넷 5중주를 연주해야 돼. 우리는 전에 그 사람하고 같이 연주해 본 적이 있어서 그 사람이 괜찮다는 걸 알지만, 만일 우리가 그러지 않았더라면 무슨 수로 그걸 알 수 있지? 에리카가 우리에게 충분한 정보를 주지 않으면 우리가 어떻게 대리인을 믿을 수 있지?」

피어스가 열을 올린다.

「에리카는 줄리아에 대해선 몰랐어. 공정하게 해, 피어스. 로타르는 알고 있었지만 얘기를 할 수 없다는 결론을 내렸어. 만일 자네가 누군가를 제거할 생각이라면 그 사람을 제거해야 돼. 하지만 그렇게는 할 수 없겠지. 그 사람은 오스트리아에서 가장 나은 대리인이니까.」

내가 반박한다.

「나 버찌 조금 더 먹을게요.」

빌리가 얼른 화제를 바꾼다.

헬렌이 자기가 창작해 낸 음식을 좀더 준비하고 이번에는 우리 모두 그 일을 거든다. 그녀가 베니스에서 사온 그라파를 조금씩 따르자 화기애애한 분위기로 다시 회복된다.

리허설이 다시 시작된다. 하지만 나는 이제 바깥 세상을 잊어버릴 수 없고, 이따금씩 내 마음이 아니라 내 손이 눈앞에 있는 노트에 닿을 때마다 몇 초씩 지속되는 돌연한 공포와 함께 브람스 홀옆의 회색 화장실이 나에게로 엄습해 오는 것을 느낀다.

밤늦게 집으로 돌아온 나는 전화 메시지를 확인한다.

「마이클, 나 제임스입니다. 제임스 한센. 당신과 할 얘기가 있는데요. 내 사무실로 전화 걸어주시기 바랍니다. 가능한 한 빨리 전화 주시면 고맙겠습니다.」

메시지가 그렇게 시작되고 잠시 말이 끊기면서 서류를 뒤적거리는 소리가 들린다. 그가 내게 전화번호를 알려주고 조금은 퉁명스럽게 전화를 끊는다.

그 다음에 다른 메시지가 또 있지만 나는 그게 무슨 말인지 이해가 되지 않아서 다시 들어야 한다. 도서관에서 걸려온 악보 배달이 지연되는 데 대한 내용이다. 나는 아직도 좀 뻣뻣한 왼손을 오므렸다 폈다 한다. 리허설은 길었고 나는 아직 비올라를 다시 연주하는 데 길이 들지 않았다.

어째서 전화를 한 사람이 줄리아가 아니라 그녀의 남편일까? 어째서 그는 내게 자기 사무실로 전화를 걸어 달라는 걸까? 줄리아가 그에게 무슨 말을 했을까?

내 생각은 전화벨 소리로 중단된다. 이렇게 늦은 시간에 누구일까? 틀림없이 밤 열한시가 넘었을 것이다.

「여보세요, 마이클이냐?」

아버지의 목소리가 흘러나온다.

「아버지, 어쩐 일이십니까? 다들 아무 일 없고요?」

「그놈이 죽었어, 짜짜가 죽었어. 오늘 오후에. 난 전화를 걸었지만 계속 네 자동 응답기가 받더구나.」

아버지의 목소리는 불만스럽고 울음을 터뜨릴 것 같다.

「정말 죄송해요, 아버지.」

「난 어떻게 해야 할지 모르겠구나.」

「그 고양이를 안락사시켜야 했나요?」

「아니. 그놈은 점심을 먹고 나서 여느 때처럼 테이블 밑에 누워 있었는데 한두 시간쯤 뒤에 보니까 죽어 있더구나.」

「아, 그랬군요. 그놈 참 멋진 고양이였는데요.」

「그놈은 내 무릎에서 죽을 수도 있었어. 네 어머니가 그놈한테 이름을 붙여주었던 날이 기억나는구나.」

나는 아버지의 목소리가 갈라지는 것을 들을 수 있다.

「조안 고모는 어떠세요?」

「정신을 못 차리고 있어.」

아버지가 마음을 가라앉히려고 애쓰면서 대답한다.

불쌍한 짜짜. 늙고 충실하고 공격적이고 연어를 도둑질하고 자신의 자리에 집착했던 교활한 고양이. 하지만 그 고양이는 길고 파란만장한 삶을 살았다.

「아버지, 다음주에 찾아뵐게요. 아니면 늦어도 그 다음주에는 갈게요.」

「꼭 와라, 마이클, 부디.」

「아버지, 그간 못 찾아뵈어서 죄송해요……. 그놈을 어디에다 묻을 생각이신가요?」

「지금 네가 그걸 묻는 게 우습구나. 우리는 방금 전에 그 얘기를 하고 있었다. 조안은 화장을 해야 한다고 생각하지만 난 그놈을 정원에다 묻어야 한다고 생각해.」

아버지가 기운을 차리고 말한다.

「땅 신령 근처는 아니었으면 좋겠는데요.」

「땅 신령 근처는 안된다구?」

「안됩니다.」

내가 단호하게 대답한다.

「하지만 어쨌든 그건 보이드네 정원에 있어.」

「압니다. 하지만 그 정원은 우리집 정원에서 5,60센티미터밖에 안 떨어져 있고 반은 맞붙어 있잖아요.」

「그러면 어디가 좋겠니?」

「꽃밭에다요.」

「알았다. 내 한번 생각해 보마. 전화 걸어줘서 고맙다, 마이클. 난 정말 어쩔 줄을 모르고 있었어. 만일 네가 전화를 걸지 않았다면 나는 밤이 늦었더라도 너한테 전화 걸 생각을 하고 있었을 거다.」

「하지만 전화는 제가 건 게 아니라 아버지가…….」

내가 말을 바로잡으려다가 그만두고 작별인사를 건넨다.

「잘 자거라, 마이클.」

아버지가 수화기를 내려놓는다.

나는 몸과 손과 마음이 모두 피곤하다. 줄리아의 남편이 왜 나와 이야기를 하고 싶어할까? 그 생각을 하면서 나는 잠속으로 빠져든다.

나는 짜짜의 꿈을 꾼다. 그놈은 머리를 내 팔에 기대고 있다. 나는 그놈에게 이렇게 말한다. 봐, 나는 이게 꿈이라는 걸 알고 있어, 짜짜. 그리고 이제 너는 죽었어. 하지만 나는 네 허락을 받아 계속 네 꿈을 꿀 거고 어떻게든 그렇게 할 수 있을 거야.

8-9

다음날 나는 한센의 사무실 번호를 재빨리 돌린다. 그러나 그쪽에서 수화기를 집어들기 전에 끊어버린다. 몇 분 뒤 나는 다시 다이얼을 돌린다. 그의 비서가 나를 그와 연결시켜 준다.

「이렇게 빨리 전화 걸어줘서 고맙습니다, 마이클. 어쩌면 당신도 알고 있는지 모르겠습니다만, 실은 줄리아의 생일이 일주일도 안

남았는데 나는 아내를 위해 파티를 열어줄 생각입니다. 그래서 내 생각엔 당신이 아내와 그렇게 좋은 친구였으니까 와줄 수 있을지 어떨지 궁금해서요……. 여보세요, 마이클, 듣고 있습니까?」

「네, 네. 고맙습니다, 제임스. 기꺼이 가지요.」

「네, 그러면 수요일 오후 일곱시쯤에요. 하지만 이건 깜짝 선물이 될 거니까 누구에게도 얘기하지 않았으면 좋겠군요.」

「파티는 어디에서 열게 되나요?」

「집에서요. 크레센트에 있는 이웃이 요리해 줄 사람들을 알고 있고 음식과 마실 것도 준비가 됐습니다. 그래서 나는 줄리아가 지금 내가 하고 있는 일을 알아채지 못했으면 싶습니다. 나는 인원수를 열 명쯤으로 제한하려고 합니다. 그건 뭐랄까, 아내가 사람들이 많은 곳에서는 집중을 할 수 없어서죠. 그래서 4중주단에 있는 당신 동료들은 부르지 않았습니다.」

「아, 네, 알겠습니다. 내 말은 좋은 생각이라는 겁니다.」

「날씨가 오늘보다는 더 좋았으면 좋겠는데요.」

「그럴 겁니다.」

「당신이 와주신다니까 정말 기쁩니다. 며칠 뒤에 봅시다. 저번에 만나서 반가웠습니다.」

「아, 네. 고맙습니다. 줄리아에게 안부 전해주세요.」

「글쎄요, 그건 기다려야 할 겁니다. 그렇지 않겠습니까?」

「아, 네. 그렇고말고요. 그런데 내 전화번호를 어떻게 알아냈습니까?」

「누구나 하는 식으로요. 전화번호부를 찾아봤죠.」

「아, 그랬겠군요.」

나는 안도감으로 정신이 멍해져서 수화기를 내려놓는다. 그렇다. 나는 갈 것이다. 그래, 나는 속으로 말한다. 나는 가야 할 거야.

그렇지 않고는 어떤 말로도 설명이 될 수 없을 거니까. 줄리아가 나를 보면 뭐라고 할까? 선물은 뭘로 사야 할까? 줄리아가 제임스에게, 틀림없이 그의 눈에 자주 띌, 푸른색 개구리에 대해서 얘기했을까? 아니, 얘기했을 리가 없어. 얘길 했다면 내가 분명히 그걸 느꼈을 테니까.

8-10

마침내 그 수요일이다. 나는 줄리아에게 줄 선물을 종이로 싸서 문 옆의 테이블에 올려놓는다. 내 손이 떨리고 있다.

하지만 오늘 그녀의 남편은 별로 기뻐하지도 않고 전혀 다정하지도 않다. 단지 정중할 뿐 그 이상은 아니다. 못마땅한 얼굴은 아니지만 냉랭하다. 날씨가 아주 좋아서 손님들이 정원으로 쏟아져 나간다. 나뭇결 무늬의 짙은 색 장미꽃들이 피어 있다. 웨이터들이 빈 술잔을 채우고 줄리아는 그 행사를 위해 특별한 옷을 입지 않았는데도 사랑스러워보인다.

그의 태도를 어떻게 설명해야 할까? 그의 사무실에서 무슨 일이 있었을까? 아내와 사소한 말다툼을 했을까? 만일 그것이 나를 겨냥한 다른 어떤 일 때문이었다면, 그는 내게 전화를 걸어 모든 일이 취소되었다고 할 수 있지 않았을까? 그에게는 내가 하찮은 주변 인물만은 아닌 것일까?

줄리아가 웃으며 이야기를 하다가 나를 보자 곤란한 표정을 짓는다. 루크가 나에게로 달려와서 새로 알아낸 수수께끼를 낸다. 괴물이 이빨을 모두 뽑히고 난 다음에 먹는 게 뭐게요? 치과의사. 버지가 이리저리 뛰어다니고 루크가 그 개 뒤를 쫓아다닌다. 나는 한옆으로 물러서서 지켜본다.

얼마쯤 뒤에 줄리아가 내게로 다가와 인사조차도 없이 말을 건넌다.

「마이클, 난 제임스가 당신을 왜 초대했는지 모르겠어요. 하지만 내 생각엔 그 사람이 우리 일을 알고 있는 것 같아요. 어떻게 해서인지는 잘 모르지만요. 지난 이틀 동안 그 사람은 평소 때와 달랐어요.」

그가 좀 떨어진 곳에서 우리 쪽으로 눈길을 던지고 있다.

「난 지난주엔 그 사람이 분명히 모른다고 생각했는데. 그게 확실해? 그 사람이 무슨 말을 했어?」

「아뇨. 직접적으로는 아무말도 하지 않았지만, 알고 있는 건 확실해요.」

「그렇다면 결국 그렇게 행복한 생일은 아니군.」

「그래요.」

「나는 며칠 뒤 로치데일로 갈 생각이야. 나하고 같이 가. 나하고 같이 거기로 가보고 싶다고 했었잖아. 내가 어디에서 태어났고 자라났는지 보고 싶다고 말이야.」

「난 그럴 수 없어요. 지금도, 또 앞으로도요.」

「오, 줄리아. 상황이 좋지 않은 거야?」

「앞으로 무슨 일이 일어날지 모르겠어요……. 난 이제 다른 손님들하고 얘기를 하는 편이 더 낫겠어요.」

「내 선물 테이블 위에 놓아두었어.」

「고마워요.」

그녀는 나와 눈길을 마주칠 수 없다. 내 선물이 십이 년 된 분재로 이틀마다 한 번씩 물을 주어야 한다는 것을 알게 되면 그녀는 뭐라고 할까? 만일 그녀가 돌보지 않으면 그것은 분명히 죽고 말 것이다.

나는 그녀가 마침내 고개를 들 때까지 기다렸다가 입을 연다.

「난 핑계를 좀 대고 갈 생각이야. 하지만 제발 나를 좀 보러 와,

부탁이야.」

그 말을 입 밖에 내고 있는 동안에도 나는 이런 생각이 든다. 내가 뭐지? 애완용 강아지?

「알았어요, 알았어요. 그럴게요. 나를 혼자 있게 좀 내버려둬요, 마이클.」

「좋아. 저쪽으로 가서 제임스에게 좀 따져야겠어.」

내가 불쑥 내뱉는다.

「안돼요, 그러지 말아요. 그냥 사람들 틈에 섞여서 그 사람을 피해요. 난 그 사람이 어떻게 알았는지 몰라요. 어쩌면 내가 잠결에 얘기를 했을 수도 있고. 어쩌면 소냐가 무슨 말을 했는지도 몰라요. 아니면 제니가. 아, 이 모든 일이 너무 무서워요.」

「줄리아, 우린 둘 다 결백해.」

「우리가요?」

「난 당신을 사랑해. 그거면 충분히 결백하지 않아? 그가 입술을 읽지는 못하지?」

「난 이제 가봐야 해요. 하지만 제발 당장 떠나지는 말아요. 그러면 이상해 보일 거예요. 그럼 잘 가요, 마이클.」

그녀가 내게서 떠난다. 나는 몇 분 동안 전혀 알지도 못하는 사람들과 함께 술을 찔끔거리고 음식을 깨지락거리다가 루크에게 작별 인사를 하고 나가는 길에 제임스에게도 작별 인사를 한다.

「줄리아에게 작별인사 했습니까? 줄리아에게 작별인사를 해야 합니다.」

「일찍 가겠다고 얘기했습니다. 그러니까 내가 슬그머니 빠져나가리라는 거 알고 있습니다.」

「정말 안됐군요. 무슨 일이 생겼습니까?」

「네, 일이 좀 있어서요.」

「지금 무슨 작품을 하고 계십니까?」

그가 묻는다. 나를 가지고 노는 것일까?

「'푸가의 기법'을 하고 있습니다. 매일 중요한 리허설이 있는데 나는 한심하게도 준비를 하지 못했습니다.」

「줄리아도 그 음악 좋아합니다. 당신도 아마 알고 있겠지만요. 때때로 그 곡을 조금씩 연주하지요. 꽤나 미묘한 음악이더군요. 안 그렇습니까?」

「미묘해요?」

「아, 처음 들었을 때의 느낌보다 훨씬 더 많은 의미가 있지요……. 물론 나는 음악가가 아닙니다. 내가 옳은 단어를 쓰고 있는지도 모르고요. 하지만 줄리아는 나한테 내가 음악인이 아닌 것에 꽤 만족한다고 하더군요. 일종의 역설이겠죠. 만일 내가 음악가였다면 나는 아내와 함께 음악을 할 수 있었을 겁니다. 그러나 다른 한편으로 아내가 청력을 잃었을 때는 음악을 계속하라고 격려를 해주지 않았겠지요. 물론 이건 가설적인 얘깁니다만, 나로서는 이 일을 잘 알고 있는 누군가와 상의를 할 수 있다는 게 위안이 됩니다.」

「그렇겠지요. 미안합니다, 제임스. 난 그만 가봐야겠군요. 감사합니다. 파티 즐거웠습니다.」

그가 평온한 눈으로 나를 바라보며 손을 내민다. 나는 그 손을 잡아 흔들고 그곳을 떠난다.

8-11

나는 약속한 대로 다시 로치데일을 찾아왔다. 아버지는 크리스마스 이후로 부쩍 늙었다.

오후 두시, 우리는 오드 베츠에 앉아 있다. 아버지의 눈물이 여러 겹으로 된 구두창으로 떨어진다. 밖은 구름이 끼어 있다. 아래쪽 하늘에는 진줏빛이 스며 있고 저수지에는 어슴푸레한 빛이 비친다.

「그건 고양이일 뿐이에요, 오빠. 올케가 아니고요.」

조안 고모가 쓸데없는 소리를 한다.

그 말에 아버지가 기분이 나빠져서 고모를 노려본다.

「그만둬요, 오빠. 오빠는 한창때 칠면조가 죽는 걸 수없이 봤잖아요.」

「조안 고모!」

내가 말을 자른다.

「네 아버지한테는 이러는 게 좋아. 네 아버지는 며칠 동안 계속 이랬어. 말 한마디 하지 않고. 그건 건강에 좋지 않아. 그리고 나한테는 따분하고. 네가 와준 게 네 아버지한테는 잘된 일이지.」

조안 고모가 인정머리없이 내뱉는다.

「나도 그랬으면 좋겠습니다. 아버지, 새끼 고양이를 한 마리 구하는 게 어때요? 제가 한 마리 구해드릴게요.」

「그런 소리 하지 마. 만일 내가 먼저 죽으면 그 고양이가 어떻게 되겠니? 그리고 또 네 아버지가 먼저 죽으면 내가 그놈을 돌봐야 하는데 난 그러고 싶지 않아.」

조안 고모가 단호하게 자른다.

나는 고모의 잔인한 논리 앞에서 할말을 잃는다. 갑자기 고모의 가장 칭찬할 만한 재주 가운데 하나는 죽음의 현장을 떠맡아 모든 사람들이 현실을 직시할 때까지 법석을 떠는 것이라는 생각이 떠오른다. 이것은 아마도 고모부가 밸더스톤의 장의사였기 때문일 것이다.

「그런데 너한테 무슨 문제가 있는 거냐? 그 여자가 너를 떠났니?」

조안 고모가 묻는다.

나는 흑맥주 잔을 내려놓으며 되묻는다.

「누가요?」

「그 여자가 누구건 간에. 넌 갑자기 처량한 표정이 되었어.」

「조안 고모, 스컨토르프로 간 그 부부는 어떻게 되었죠?」

「그러니까 남자가 이혼하고 그 여자와 결혼을 했지, 물론. 하지만 그 불쌍한 아내는 가게에 대한 보험금을 충분히 타내지 못했어. 화물차 운전사가 든 보험회사에서는 쥐꼬리만큼만 주고 나서 더이상 지급하기를 거부했지.」

아버지는 어느새 그라시 필즈의 좀 외설스러운 노래 가운데 하나를 콧노래로 부르고 있다. 여러 겹으로 된 아버지의 구두창이 한 층은 닳아 있다.

「요즘엔 사람들이 어떤 식으로도 방부 처리를 하지 않아. 장의사가 집으로 찾아가면 커다란 잔으로 위스키를 한 잔 주는데, 그게 장의사를 맞는 식이야. 그리고 장의사는 두말없이 위스키를 마시고 나서 시체에 옷을 입히지, 방부 처리도 하지 않고. 사람들은 시체를 집에 두었다가 묻고 말아.」

조안 고모가 혼잣말처럼 뇌까린다.

우리 세 사람 앞에 놓인 커스터드 한가운데로 아버지 몫의 생강과 레몬을 넣은 푸딩이 나오자 아버지가 눈에 띄게 기뻐하는 빛을 보인다. 짜짜의 유령은 이제 음식 위로 떠돌지 않는다. 조안 고모도 화제를 좀더 일상적인 잡담과 회상으로 돌리고 우리를 귀찮게 하지 않는다.

「잊지 말아요, 스탠리. 인생은 불평할 만한 가치가 있다는 거.」

조안 고모가 갑자기, 그때쯤엔 기분이 되살아난 아버지를 돌아다보면서 말한다.

나는 이곳이 좋다. 비록 이곳이 언덕 꼭대기에 있어서 황무지에 너무 노출되어 있긴 하지만, 그리고 들어오다가 하마터면 들보에

머리를 부딪힐 뻔하긴 했지만 나에게는 오드 베츠가, 정겨운 희망의 상징이다.

학교에 다니던 시절 나는 한 친구와 함께 블랙풀에서 로치데일까지 후원금을 받는 도보여행을 한 적이 있다. 우리는 버스에 실려와 해변가에 내려졌고 걸어서 집으로 돌아가라는 말을 들었다. 휘몰아치는 비에 흠뻑 젖고 물집이 생기고 기진맥진하고 굶주린 채 우리는 마침내 오드 베츠를 통과했고, 처음으로 목적지가 시야에 들어온 것을 느꼈다. 내가 집에 도착했을 때 어머니의 눈에 떠올랐던 놀라움을 나는 지금도 기억한다. 그 뒤로 사흘 동안 나는 내처 잤다.

지금으로부터 그처럼 멀리 떨어진 그 시절, 내 마음이 사랑을 알지도 못하고 사랑을 동경하지도 않았던 때를 나는 돌이켜 생각한다. 그때 우리 부모의 결혼생활에 외부 사람이 끼여들었더라면 나는 어떤 생각을 했을까? 제임스는 재치가 있었다. 그는 루크 얘기를 꺼내지 않았다.

「난 걸어서 돌아갈게요.」

「도대체 뭐 때문에, 마이클?」

아버지가 묻는다.

「걸으면서 술을 깨고 싶어서요.」

「그러면 누가 우리를 다시 태워다 주니?」

조안 고모가 묻는다.

「그야 물론 고모지요. 고모가 우리를 여기까지 태워왔잖아요.」

내가 미소를 지으며 대답한다.

「하지만 거리가 상당히 멀어. 몇 시간은 걸릴 거다.」

「몇 마일밖에 안돼요. 저녁때쯤엔 집에 가 있을 거예요. 난 런던에서 너무 오래 있었고, 그래서 걷는 게 필요해요.」

「그렇다면, 어쩌다 수직 갱에 떨어지더라도 나를 탓하지는 말아라.」

조안 고모가 조심을 시킨다.

나는 음식값을 치르고 아버지와 고모를 차까지 배웅한 다음, 차가 조금은 불안정하게 구불구불한 언덕길을 따라 내려가는 것을 지켜본다. 조안 고모는 관절염이 있을지는 모르지만 다른 사람이 운전대를 잡는 것은 난로를 함께 쓰는 것만큼이나 마음 내키지 않아한다.

오드 베츠 너머 쪽에 무슨 이유에서인지 바리케이드가 쳐져 있고 뿌연 초록색 재킷을 입은 경찰들이 차를 다시 로치데일 쪽으로 돌리느라 바쁘다. 말 한 필이 끄는 조그만 이륜 마차를 탄 남자가 항의를 하지만 아무 소용이 없다. 틀림없이 훨씬 앞쪽에서 사고가 난 모양이다. 나는 길을 벗어나 언덕으로 올라간다.

8-12

여기 높은 곳에서는 오드 베츠의 간판, 술집 그 자체, 미나리아재비와 엉겅퀴와 비바람에 시달려 검게 변한 돌담이 있는 길, 그리고 저수지밖에 보이지 않는다. 뿌연 초록색 재킷들이 저만큼 멀어지고, 있는 것이라고는 풀과 바람뿐이다.

차 소리는 사라졌지만 나는 거세게 쌩쌩 불어오는 바람을 뚫고 들려오는 말발굽 소리를 듣는다. 가랑비가 약간 내리고 있기는 해도 서쪽에 구름 사이로 드러난 파란 하늘이 조금 보인다.

바람은 상쾌하고 쌀쌀하다. 그리고 땅은 덤불들과 검은 흙이 미묘한 지도를 이루고 있다. 어떤 것은 솜털 같은 붓 모양의 꽃을 피우고 어떤 것은 별 모양의 조그만 흰 꽃을 피운 수백 가지 다른 풀들, 아직 푸른 열매를 맺고 있는 야트막한 월귤나무 덤불. 그 모든 것이 펄럭펄럭 불거나 휙휙 몰아치는 바람에 물결치거나 저항한다.

나는 움푹 팬 구덩이에 쪼그려앉아 있다. 바람이 약해진다. 구덩이가 축축하게 젖어 있기는 하지만, 나는 그 안에 그냥 드러눕는다. 바람이 자고 지평선도 희미해지고 고요와 하늘밖에는 아무것도 없다.

어디에선가 소가 음매 하고 운다. 그리고 다음에는 휘리릭휘리릭 하는 소리. 종달새가 낮게 드리워진 회색 하늘로 눈에 보이지 않는 나선형을 그리며 날아오르는 동안, 점점 더 높이 떠오르며 열광적이고 자유로운 노래로 바뀌는 기쁨과 힘의 지저귐이 들려온다.

어쩌면 나는 종달새가 똑바로 떨어져 내릴 때 그 새를 보게 될 것이다. 아니, 그러려면 나는 일어서거나 하늘을 훑어봐야 할 것이다. 그보다는 팔을 눈 위에 올려놓고 누워 있거나 손가락 사이로 하늘을 보는 편이 더 행복하다. 두 마리, 세 마리, 그리고 이제는 하늘이 별로 더 밝아지지 않았는데도 수많은 종달새들이 축축한 땅에서부터 무질서한 대위법으로, 한 마리씩 무리와 섞이는 동안에도 저 자신을 유지하며 솟아오른다.

하지만 어째서 종달새는 그 새를 가장 사랑하는 사람들에 의해서도 특성을 부여받거나 비교되지 않은 채 오로지 저 자신일 수가 없을까?

높이 떠오르되 결코 배회하지 않는 현자의 전형이여.
천국과 가정의 합일점에 충실하라!

아, 이런 답답한 멍청이.

궁전의 탑에서

은밀한 시간에,
내실(內室)에 넘쳐흐르는 사랑처럼 감미로운 음악으로
연인들의 영혼을 달래는
고귀한 신분의 처녀처럼.

지나치게 감정적인 바보.

종달새가 날아올라 맴돌기 시작한다.
수많은 고리들이 하나로 연결된
소리의 은빛 사슬들을 떨어뜨리며
이어지고 흔들리는 지저귐과 휘파람 소리로……

아, 그래 이거. 바로 이거야.

8-13

나는 폼비 부인과 함께 블랙스톤 에지와 그 너머로 길이 검은 바위를 뚫고 들어간 곳까지 드라이브를 한다. 돌담은 끝이 나고 황무지가 끝간데 없이 이어진다 고압선 철탑들이 멀리 요크셔까지 이어져 있다.

우리는 4중주단이 준비하고 있는 음악에 대해서 이야기한다. 내가 그녀에게 음반을 낼 계획이라는 말을 하자 그녀의 얼굴이 환해진다.

그녀가 내게 이번에는 무슨 일로 로치데일에 왔느냐고 묻는다. 나는 아버지와 고모 그리고 짜짜에 대해 간단히 이야기한다. 그리고 주책스럽게도 그 외에는 집으로 올 이유가 없다고 덧붙인다. 그녀가 슬프고 마음이 편치 못해보여서 나는 가슴이 철렁 내려앉는다.

「마이클, 바이올린 얘긴데. 그 일이 잘 안될 것 같아. 피는 물보다 진하고 또…… 사실 내 피는 좀 진한 편이야. 고혈압이거든. 하지만 어째서인지는 모르겠어. 나는 아주 조용한 사람인데 말이야.」

「아무 일 없기를 진심으로 바랍니다.」

「그래, 난 괜찮아. 난 아마 백 살까지 살 거야. 그런데 내가 전에 얘기했듯이 마이클, 나는 내 조카를 아주 좋아하지는 않지만 현실이 그래.」

「저는 이 일이 두려웠습니다.」

「그래도 자네는 나를 보러 왔어.」

「네, 그거야 뭐. 또 그 밖에도…….」

「뭐지?」

「아주머니는 몇 달 전 아버지에게 제 전화번호를 물으셨어요. 그래서 저는 아주머니가 저한테 무슨 할말이 있다고 생각했죠.」

그녀가 잠시 말을 않고 있다가 다시 입을 연다.

「자네한테 전화를 걸 용기가 나지 않았어. 그런데 자네, 바이올린은 어떻게 할 생각이지?」

「그거에 대해서는 아직 충분히 생각을 해보지 못했습니다. 언제 돌려받고 싶으신가요, 폼비 아주머니? 제가 그 바이올린을 여기로 가져왔다는 건 알고 계시겠지요? 저는 로치데일로 올 때면 언제나 그 바이올린을 가져옵니다. 그 바이올린은 아주머니 거고 전에도 늘 그랬어요. 하지만 제가 몇 달 동안만 더 그 바이올린을 가지고 있어도 될지 모르겠습니다. 저희가 녹음을 마칠 때까지요. 저한테 그 정도 기간을 허락해 주실 수 있겠는지요?」

「아, 걱정 마. 아직 신탁이 설정된 건 아니니까. 어쨌건 그 일은

224

「몇 달 걸릴 거야.」

「감사합니다.」

「아니, 마이클. 아니야. 나한테 고마워할 거 없어. 이건 분명히 어려운 일이야.」

나는 고개를 끄덕인다.

「글쎄요, 사랑했다가 잃는 것이 그래도, 폼비 아주머니, 아예 사랑조차 하지 않았던 것보다는 더 낫지 않을까요?」

내가 지금 무슨 말을 하고 있는 거지? 그녀는 왜 웃고 있는 거지?

「자네, '푸가의 기법' 리허설은 어떻게 하고 있어?」

나는 그녀에게 빌리가 구상하고 있는 일에 대해, 헬렌의 저음 비올라에 대해, 나 자신의 비올라 연주에 대해, 피어스의 의심에 대해, 그리고 이소벨 싱글과 에리카에 대해 이야기한다. 그녀는 기뻐서 어쩔 줄을 모른다.

「어느 정도나 아래까지 내려가야 하지?」

「대개는 F지만요, 때로는 E나 D까지 내려갑니다.」

「자네 나한테 우리 바이올린의 가장 낮은 현을 위그모어 홀 리사이틀에서는 F까지 낮췄고, 그렇게 조율을 해서 직관적으로 연주를 할 수 있었다고 그러지 않았어?」

「그랬지요.」

「그러면 왜 지금은 똑같이 하지 않아?」

나는 그녀를 바라본다. 정말 왜 나는 그러지 않을까? 사실 나는 전에도 그 생각을 했지만 아주 진지하게 해본 적은 없었다. 그러나 거기에는 나름대로 이점이 있다. 즉, 내가 연주하는 음이 너무 낮아져서 어쩔 수 없이 비올라를 써야 하는 세 곡을 제외하고는 내내 바이올린으로 버틸 수 있다. 그리고 우리의 4중주도 전체적으로 좀더 일관성이 있을 것이다. 그러나 다른 한편으로 표준적인 조율로 연주하는 것보다 더 자주 다르게 조율해서 연주를 한다면 좀 이상할 것이다. 그것으로 인해 바이올린이 다른 리허설이나 콘서트에서 불안정해질 수도 있을 것이므로.

그러나 지금 가장 중요한 문제는 바이올린이 어떻게 조율되건 마지막 날까지 어떻게 하면 최대한 오래 이 바이올린을 연주할 수 있느냐는 것이다.

「폼비 아주머니, 그게 정말 좋은 생각인 것 같습니다.」

「이 모든 일에 대해서 정말 미안해, 마이클. 자네 쪽에서 내가 자네에게 마음을 쓰지 않았다고 생각하지 않았으면 싶어.」

「아니, 아닙니다, 폼비 아주머니. 그런 말씀 마세요.」

나는 그녀에게 산길을 걸었던 일과 종달새에 대해서 이야기한다. 두꺼운 안경 뒤에서 그녀의 눈이 점점 더 커지고 그녀가 미소를 짓는다.

「종달새가 날아올라 맴돌기 시작한다.」

그녀가 먼저 운을 뗀다.

「소리의 은빛 사슬들을 떨어뜨리며.」

내가 다음 행을 암송한다. 그리고 우리는 교대로 한 줄씩 정확하게 그 시를 암송한다.

「제 바람 같은 날개에서 잊혀질 때까지.」

그녀가 마지막 행을 암송하고 나서 한숨을 내쉰다.

나는 말없이 침묵을 지킨다. 얼마쯤 뒤에 그녀가 들릴 듯 말 듯한 소리로 마지막 행을 다시 웅얼거린다.

8-14

그렇다면 내가 가지고 있는 것, 내 재산은 무엇일까? 내 활은 내 것이다. 그리고 가구와 책, 사천 파운드의 저축, 내 저당잡힌 아파트 가운데 내 소유분. 슬프게도 나에게는 차도, 배우자도 없다. 난 가진 것이 너무도 없다.

런던으로 돌아오는 길에 나는 피어스에게 전화를 건다. 그 역시 악기를 하나 구하고 있다. 그는 아무말도 하지 않고 있다가 이렇게만 말한다.

「정말 안됐어, 마이클.」

그가 내게 악기를 사려고 하는 음악가들이 저리로 얻어 쓸 수 있는 소액대부에 대해서 알려준다. 하지만 대부만으로는 충분하지가 못하다.

내가 거래하는 은행이 도움을 줄 수 있을까? 만일 내가 값을 치를 수 있다면 아마도 나는 결국 내 바이올린을 지킬 수 있을 것이다. 피어스는 내 사정을 알지 못한다.

지난 이 년 동안 그는 런던의 모든 악기상들을 찾아가 보았지만 마음에 꼭 들면서 값을 감당할 수 있는 것은 하나도 찾지 못했다. 이제 그는 행운을 만날지도 모른다는 희망을 품고 바이올린 경매에 참가하기 시작했다.

그는 나도 자기처럼 하라고 얘기한다. 그러면 우리는 함께 악기를 검사하고 연주하고 우리 마음에 드는 것과 감당할 수 있는 값에 대해 이야기를 할 수 있다는 것이다. 내가 그 일에 흥미가 있느냐고? 하지만 그는 경매로 마음이 찢어질 수 있다고 경고한다. 지금까지 그는 세 대의 바이올린이 마음에 들었지만 그 모두가 더 높은 값에 낙찰되었다.

또 어쩌면 나는 샌더슨에게 내 바이올린의 치수를 재서 똑같은 것으로 하나 만들어 달라고도 할 수 있을 것이다. 바이올린, 바이올린. 그렇게 한번 해보자.

시간은 내 편이 아니다. 피어스와 달리, 나는 내가 이미 가지고 있는 것보다 더 나은 것을 구하려는 것이 아니다. 올해 말쯤 내 손에는 어떤 바이올린도 없을 것이다.

8-15

나는 거래 은행을 찾아가 내 상황을 설명한다. 은행에서는 양식과 증빙자료를 제출하라고 한다. 나는 이틀 뒤 다시 은행을 찾아간다.

쾌활한 젊은 남자가 나를 맞는다. 그의 어휘로 보아 말로는 둘째 가라면 서러워할 사람도 맥을 못 출 것 같다. 그가 내 손을 잡아 흔든다.

「자, 앉으시지요. 우리는 서류들을 믿지 않습니다. 커피 하시겠습니까?」

「네.」

「그리고 설탕은요?」

「감사합니다.」

왜냐하면 세 운명의 여신이 이 우아한 컵에 있으므로. 식물성 콩, 동물성 우유, 광물성 스푼. 나는 대부의 전제조건과 그의 다정하면서도 인정사정없는 눈빛을 읽는다. 그에게서 나는 은행이 내 문제를 고찰했다는 사실을 알게 된다. 은행은 내 신용을 알아준다. 또 내가 한 번도 연체한 적이 없다는 사실을 인정한다. 은행은 나를 고객으로 높이 평가한다. 그러나 은행은 나를 도와주지는 않을 것이다.

「어째서입니까? 어째서죠? 이건 내 직업에 필요한 도구가 아닙니까? 내 이야기나 신용이 쓸 만하다는 걸 모르겠습니까?」

은행 직원은 내 수입이 적고 불안정한 점을 문제 삼는다. 나를 어떤 기관에서 인정해 주지도 않고, 심지어 나는 카메라타 앙글리카의 상임 연주자도 아니고 필요할 때마다 불려가는 객원 연주자라는 것이다. 또 내 아파트의 분할 납입액이 너무 높아서 은행측에서는 현재의 분할 납입액과 상당히 비싼 악기의 구입 대부금에 대한 분할 납입액을 합치면 내가 살아갈 돈이 거의 없다고 생각한다는, 그러니까 사실상 내 이익을 최우선으로 고려하고 있다는 것이다.

「하지만 내 이익은 분명히 은행이 나한테 대부해 준 돈을 상환하는 데 있는데요?」

「만일 선생이 납입을 지체할 경우 보증을 서줄 사람이 있습니까? 자, 호움 씨 죄송합니다만 우리 은행 지침은……」

「그러니까, 그런 겁니까? 나는 그 바이올린을 만지지도 듣지도 보지도 못하게 되는 겁니까? 그 생각을 하면 난 정말로 견딜 수가 없습니다, 모튼 씨. 나는 그 바이올린을 아주 오랫동안 가지고 있었습니다.」

「노튼입니다.」

「미안합니다, 정말 미안합니다.」

양식들이 내 손에서 마구 구겨진다.

「자, 제발 진정하십쇼, 호움 씨. 선생의 자산을 한번 살펴봅시다. 혹시 아파트를 파실 생각은 없습니까? 은행은 뭐랄까, 주택판매 회사와 제휴를 맺고 있습니다. 저희 은행에서는 기꺼이 도와드릴 겁니다.」

「생각할 시간이 좀 필요합니다. 거기가 어디지요?」

「하지만 은행은 선생에게 담보를 뺀 가격이 불충분하고, 부동산 시장이 불안정하고, 또 거기에다 선생도 알고 계시리라 믿지만, 경비와 수수료가 어느 정도 포함된다는 점을 미리 알려드려야 할 것 같습니다.」

그렇다면 내가 다음에 해야 할 일은 무엇일까? 다른 해결책은 없을까? 컴퓨터나 아니면 본점의 잘못은 아닐까? 어째서 지점장 사무실에는 창문이 하나도 없어야 할까? 그것이 지침일까? 어째서 이 나무로 된 물건이 나를 망치려 들까?

샌더슨은 내게 단단한 나무와 무른 나무로 된 복제품을 복제해 줄 것이고, 그 복제품을 베니스의 보고(寶庫)에서 가져온 수지로 칠할 것이다. 아프리카 북서부 산 측백나무 수지, 서남 아시아 산 침엽수 수지, 유향 수지. 그는 짐승 창자로 그 바이올린의 줄을 맬 것이다. 삼백 년 동안의 땀과 눈물이 산성비로 바이올린에 스며들 것이고, 하루도 빠짐없는 삼백 년 동안의 음악이 그 꼬부라진 입을 통해 노래될 것이고, 바이올린은 다시 내 것이 될 것이다. 그 유일무이한 것이 복제될 것이다.

아니면 나는 피어스와 함께 경매장으로 가서 급히 휘갈겨 쓴 숫자를 들고 손을 뻗칠 수 있다.

그러나 내가 원하는 것은 내 토노니다. 이제는 그 바이올린이 너무도 소중하다.

8-16

친애하는 마이클.

당신을 보러 가겠다고 했지만 그럴 수가 없어요. 나는 그 긴장을 더이상 받아들일 수 없어요. 요즘 나는 피아노도 거의 칠 수 없어요. 피아노를 칠 때면 마치 내 심장이 멎는 것 같아요.

상황이 나를 억누르고 있어요. 제발, 이 편지에 답장을 하거나 나를 보러 오거나 설명을 요구하지 말아요. 나는 언제까지고 당신을 사랑할 거라고 말하지 않겠어요. 그건 너무 거짓으로 들릴 테니까요. 그건 절대로 거짓이 아니지만, 당신이나 내가 그걸 알고 그 말을 한다고 해서 좋을 게 뭐가 있겠어요?

나는 마치 내 마음속에서, 그리고 이 방에서 죄수인 것 같은 느낌이에요. 당신은 이제 그걸 알았으니까, 책상이나 피아노 앞에 앉아 있는 나를 상상할 수 있을 거예요. 나는 당신에게 그 모습을 보여주고 싶지만 당신은 내 삶 다른 어느 곳에서나 마찬가지로 여기에서도 너무 벅차요. 나는 다시 평화를 찾아야 해요. 나 자신을 위해서, 그리고 루크와 망연하고 피곤해 보이는 제임스를 위해서도요. 나는 당신과 함께 있기가 불안해졌고, 자신이 없어졌고, 겁이 나고, 죄책감을 느끼고, 견딜 수가 없고, 바보같이도 기쁨과 고통으로 채워져 있어요. 그 모든 것은 다른 누구의 잘못이 아니라 내 잘못이에요. 나한테 왜인지 또는 어떻게 해서인지는 묻지 말아요. 나 자신도 모르니까요. 내가 알고 있는 것은 당신을 도저히 만날 수 없다는 것, 당신을 만나기가 불가능하다는 것뿐이에요. 전에 만난 남자와 나중에 만난 남자를 모두 가진 여자들이 있지만, 난 당신이 예전의 삶을 다시 살 수 없다는 것을 알아야 했어요. 그날 밤 내가 무대 뒤 분장실로 찾아가지 말아야 했어요. 제발 나를 용서해 줘요. 그리고 만일 당신이 내가 당신을 잊는 것처럼 나를 잊을 수 없다면, 적어도 나를 날이 갈수록 해가 갈수록 조금씩 덜 생각하려고 해봐요.

사랑. 그래요, 당신은 내 느낌이 어떤지 알아요. 하지만 이제는 그 말을 다시 접는 편이 좋겠어요.

줄리아

8-17

이것은 사실이 아니다. 하지만 나는 편지가 문구멍을 통해 들어오는 것을 보았다. 나는 그녀의 비스듬한 글씨체를 보고 봉투를 찢어 열었다.

승강기. 안돼, 멈춰 세워. 그 사람을 다시 불러 이 편지를 도로 가져가게 해. 부치지도, 쓰지도, 생각하지도 말게 해.

줄리아, 그리고 당신이 믿는 신의 이름으로, 제발 이 일을 다시 생각해 줘. 나는 이 편지 못 들은 걸로, 못 본 걸로 할 거야. 그러는 게 어떻겠어? 나는 지금 이 편지를 다시 읽고 있지만, 다시는 읽지 않을 거야. 나는 슈베르트의 곡을 틀 거야. '숭어' 5중주, 즐겁고도 즐거운, 그리 깊지 않은 곳에서 요술처럼 떠오르는 그 작은 물고기들. 당신은 이것 그리고 저것 그리고 다른 것을 연주했어.

그 생각에 목이 꽉 멘다. 나는 서둘러 면도를 한다. 턱에서 심장의 피가 배어나오지만 내 턱은 다시 매끄럽고 깔끔하고 완전해진다.

언젠가 차들이 꽉 막혀 있을 때 당신을 보았던 곳으로, 이층 버스를 타고 당신을 찾으러 갈 거야. 여름의 무성한 잎사귀가 서펜타인 연못을 어둡게 하고 있어. 단지 지식을 통해서만 나는 물 저 건너편에 무엇이 있는지 알 수 있어. 내가 당신의 친절을 믿듯이 내가 선물한 분재를 살게 해줄 거지? 그건 내가 당신에게 보살펴달라고 맡긴 거잖아? 거기에 대해서 당신은 한마디 말도 하지 않았어.

셀프리지의 천사는 너그러운 기분이 아니야. 우리가 죄를 범했기 때문일까?

온 주위의 보도가 씹다 버린 검은 껌으로 더러워져 얼마나 구접스러운지. 여기는 좋은 곳이 못돼.

당신 주소는 알고 있어. 그러니까 이제 어느 화창한 날에 나는 당신 집 문 앞으로 가 있을 거야.

8-18

줄리아는 내 앞에, 그녀의 아들은 그녀 옆에 서 있다. 나는 그녀

232

의 목소리가 어떤지 듣는다. 말에는 전혀 신경을 쓰지 않는다.

루크가 내게 인사를 하고 나는 미소를 짓는다. 그 아이의 말을 듣지도 이해하지도 않으면서.

「하지만 너는 학교에 있어야 하지 않니?」

「오늘은 쉬는 날이에요.」

「네 어머니를 잠시 좀 빌려야겠다, 루크. 음악에 대해 좀 의논할 게 있어. 너희 할머니 안에 계시니? 좋아, 네 어머니 바로 돌려보내겠다고 약속할게.」

「나도 같이 가면 안돼요?」

그 아이가 사정한다.

나는 고개를 젓는다.

「안돼, 루크. 따분한 얘기야. 음계보다도 더 고약해. 하지만 아주 중요한 거야.」

「난 버지하고 같이 놀면 되는데요.」

「그건 별로 좋은 생각이 못되는 것 같다. 엄만 아무래도 나가야 할 것 같아. 곧 돌아올게. 아참, 마이클, 깜빡 잊었어요. 당신 레코드판 아직 내가 가지고 있어요.」

그녀가 루크를 설득하고 나서 덧붙인다.

「그건 나중에 아무때나 받아가도 되는데.」

「아니, 내 생각엔 지금이 제일 낫겠어요.」

그녀가 얼른 말을 바꾸면서 재빨리 루크에게 미소를 지어 보인다. 그녀가 안으로 들어갔다가 삼십 초쯤 뒤 흰색 속표지에 든 베토벤 현악 5중주 레코드판을 가지고 나온다.

「줄리아, 그냥 가지고 있어.」

아니, 이렇게 강한 어조는 효과가 없을 것이다.

「아니에요, 마이클. 그러지 않겠어요.」

그녀가 거절을 하고 레코드판을 내 손에 떠넘긴다.

「빨리라는 게 얼마만큼이야?」

루크가 좀 놀란 표정이 되어 묻는다.

「꼭 한 시간이면 돼.」

줄리아가 대답한다.

우리는 언덕길을 지나 공작새들이 뻐기며 울고 있는 공원으로 들어선다. 그녀의 얼굴이 이런 말을 하고 있다. '딱 한 시간만 이 사람이 자기 멋대로 하게 놓아두고 일을 분명히 해야겠어.' 지루하게 긴 종결부는 결코 없을 것이다. 우리는 일본식 정원에 자리를 잡고 앉는다. 물가 근처의 완만한 경사지에 다른 사람들이 앉아 있다.

「뭐라고 말 좀 해봐, 줄리아.」

그녀가 고개를 젓는다.

「무슨 얘기든 해봐, 아무말이나. 당신 어떻게 그럴 수가 있었지?」

「어떻게 그럴 수가 있었냐니요?」

「난 당신이 보고 싶었어. 당신은 진심으로 그랬을 리가 없어. 당신, 연습은 할 수 있었어?」

또다시 그녀가 고개를 젓는다.

「마이클, 난 당신을 다시는 보고 싶지 않아요.」

「귀가 울리는 건 어때?」

「내가 한 얘기 못 들었어요?」

「당신은 내가 한 얘기 못 들었어? 귀가 울리는 건 어때? 어떠냐니까? 더 잘 듣는 거야, 아니면 더 못 듣는 거야? 당신, 나하고 같이 다시 연주할 거지? 토노니에 문제가 생겼어, 줄리아. 난 이런저런 일들을 철저히 생각해 봐야 돼.」

「마이클, 난 그럴 수 없어요. 당신에게 이런저런 문제가 생겼다고 해서 억지로 사람들과 함께 연주를 할 수는 없어요.」

「어떤 사람들?」

「누구든요. 앞으로 다시는, 절대로 누구와도 같이 연주를 하지 않을 거예요, 영원히.」

「그 친구가 당신에게 얼마나 중요하지? 나만큼 중요해?」

「마이클, 그만둬요.」

「우리에게 무슨 일이 일어난 거지?」

「우리? 우리? 어떤 우리요?」

「줄리아.」

나는 눈을 감고 고개를 숙인다. 귀에서 요란한 폭포 소리가 들린다.

「난 당신을 누구에게서 빼앗아가려는 게 아니야. 난 단지 우리가 함께…….」

「우리는 한 달 동안 보스턴으로 가 있을 거예요.」

그녀가 말을 자른다.

나는 손바닥으로 풀을 쓰다듬는다.

「그 친구가 알고 있다는 거 당신이 어떻게 알지?」

「그 사람은 상처를 받았어요. 난 그걸 알 수 있고 그게 견딜 수 없어요. 내 상태가 거울에 비친 내 모습을 거의 알아볼 수 없을 만큼 안 좋았을 때에도 나는 그 사람 눈에서 내가 여전히 나라는 걸 알았어요. 그 사람은 나를 계속 도와주었고 난 그 사람 마음을 읽을 수 있어요, 마이클.」

「그 사람이 어떻게 알아냈지?」

「마이클, 당신 이거 몰라요? 이 얘기는 모두 요점을 벗어났다는 거. 어쩌면 아무도 무슨 얘기를 하지 않았을 수도 있어요. 몇 년 동안을 함께 산 사람들은 그런 일을 느낄 수 있어요. 어쩌면 그 사람이 단지 내 목소리에서 거짓을 들었는지도 모르죠.」

「당신, 그 사람 목소리에서 거짓을 들을 수 있어?」

「마이클!」

「당신은 나 없이 살 수 있지만, 줄리아, 난 당신 없이 살 수 없어.」

「마이클, 일을 더 힘들게 만들지 말아요.」

「당신, 그 사람하고 춤춰본 적 있어?」

「춤을 춰요? 무슨 질문이 그렇죠? 춤을 추냐고 했어요?」

「당신, 그 사람을 사랑해?」

「그래요, 그래요, 그래요. 물론 사랑해요.」

「하지만 당신이 그 사람과 결혼한 건……」

나는 중간에서 말을 끊는다.

「반발심 때문이었다는 건가요?」

「그 말을 할 생각은 아니었어.」

「아니, 그랬어요. 아니면 그런 취지의 말이었거나. 그건 단지 일부분일 뿐이에요. 난 처음부터 그 사람을 좋아했어요. 그 사람은 변덕스럽지 않아요. 나처럼요. 또 침울하지도 않고요. 나처럼요. 그 사람은 느닷없는 질문을 하지 않아요. 내 마음을 편하게 해줘요. 나를 행복하게 해줘요. 내가 제정신으로 있게 해줘요. 나한테 용기를 줘요.」

「그러면 나는 할 수 없어? 나는 그러지 않았어?」

「난 지금 그 사람을 사랑해요. 그 사람 없이는 살 수 없어요. 내가 무슨 이유로 이런 것들을 설명해야 하죠? 또 루크에 대해서도요. 내가 어떻게 그처럼 멍청할 수가 있었는지, 아니 멍청한 것보다도 더 나쁘게 그처럼 이기적이고 그처럼 방종하고 그처럼 무모할 수가 있었는지……. 난 감당할 수가 없어요. 당신도 알 거예요, 마이클. 난 그렇게 보이지만 그렇지가 못해요. 그 애는 밤중에 불이 꺼져 있을 때는 제 부모가 서로 얘기하는 소리조차도 들을 수 없어요. 모든 아이들이 다 그 소리를 들어요. 나는 내가 귀먹었다는 게 정말 싫어요. 만일 내가 눈이 멀었더라면 좀더 잘 대처할 수 있었을 거예요. 음악이 아니었더라면 난 엉망이 됐을 거예요.」

나는 그녀의 말을 따라잡을 수도, 결말을 지을 수도 없다. 이야기가 우리 삶의 서로 동떨어진 구석까지 너무 깊숙이 들어가고 있다.

「당신은 외아들이에요. 나 역시 외동딸이고요. 일부는 그것 때문이에요.」

그녀가 다시 좀더 침착한 목소리로 말한다.

「일부라니, 당신은 그게 문제의 일부라는 뜻이야?」

「나는 아이를 하나 더 갖고 싶어요. 루크에게도 나를 함께 나눌 누군가가 필요해요. 그렇지 않으면 그 아이는 나처럼 이기적으로 자랄 거예요.」

「왜 이런 논리를 제임스에게는 적용하지 않지? 그 사람은 어째서 당신을 함께 나눌 어떤 사람을 필요로 하지 않지?」

그녀는 내 말에 대답도 하려고 들지 않는다.

「난 돌아가야겠어요.」

「그러면 우리는 다시는 안 보는 거야?」

「다시는요.」

「당신, 나를 위해 기도는 해주겠지? 당신이 토르셀로에서 그런 것처럼.」

「그래요, 그래요.」

이제 그녀는 울고 있다. 하지만 내 말을 알아들으려면 여전히 내 얼굴을 보아야 한다.

「당신을 귀머거리로 만들다니 이상한 하느님이군.」

「그런 말은 얼마든지 쉽고 편하게 할 수 있죠.」

「그렇겠지. 하지만 그걸 반박하기는 그렇게 쉽지 않아.」

「그리고 잔인해요.」

「당신은 자신이 어떤 존재라고 생각하지? 당신은 나를 무슨, 무슨 도자기 개구리쯤으로 생각하고 있어. 흥미를 잃었거나 불편하다고 여겨지면 집어던져 박살을 내버릴 수 있는. 당신, 어떻게 나한테 편지로 그런 말을 할 수 있었지, 줄리아? 당신, 최소한 이렇게라도……」

「잔디밭에서 나와요. 잔디밭에서 나와주세요. 잔디밭에서 나와요.」

땅딸막한 여순경이 순찰을 돌면서 금지구역에 들어간 사람들을 사정없이 몰아내고 있다. 쌍쌍이 있던 사람들이 조용히 흩어진다. 우리도 일어선다.

「왜 그래야 하죠?」

내가 멍하니 여순경에게 묻는다.

「저기에 표지판이 있어요. 잔디밭에서 나와주세요.」

풀밭 저 아래로 연못 가장자리에는 앉아서 참선을 하기에 꼭 좋은 매끄러운 돌들이 있다. 내가 너를 만질 것이니 나를 인도하라.

「그러면 저 돌들은요?」

내가 묻는다.

「돌요?」

여순경이 고개를 돌려 그쪽을 쳐다본다.

「돌에 대해서는 아무 표지판도 없지 않습니까? 안 그래요?」

「마이클, 저 여자하고 말다툼하지 말아요. 제발, 그만 가요.」

줄리아가 내 팔을 잡아끈다.

「고맙지만 줄리아, 내 일에 상관하지 마.」

「분명히 얘기하겠는데, 돌에서 비켜나요.」

「법률이 없다면 당신이 무슨 말을 하건 그게 무슨 상관입니까? 만일 내가 저 돌 위에 올라선다면 어떻게 할 겁니까?」

「나는…… 나는…… 당신을 고발하겠어요.」

그 여자가 손가락으로 나를 가리키며 으름장을 놓는다.

여순경이 휙 돌아서서 샛길을 따라 사라진다. 우리는 옷에 묻은 먼지를 털고 일 분쯤 그대로 서서 서로를 마주본다. 나는 그녀에게 키스를 하지 않을 것이다. 이것이 내가 필요로 하는 평화다. 나는 물가로 내려가 매끄럽고 동글동글한 돌들을 만질 것이다.

줄리아가 한 번 더 레코드판을 내게 내민다. 이것은 우리 두 사람이 한때 그토록 좋아했던 음악이다. 이것은 내가 잃어버렸다 찾은 음악이다.

나는 그 레코드판을, 다음엔 그녀를 바라보다가 그 가증스럽고 가소로운 것을 받아 연못에 던진다.

레코드판이 가라앉는다. 나는 그녀의 표정을 보려고 고개도 돌리지 않고 그녀를 거기에 놓아둔 채 떠나온다.

8-19

길거리는 소음으로 가득 차 있다. 나는 세상 사람들 위에 있는 내 둥지에 앉아 있다. 바람이 창유리를 흔들지만 그 외에는 아무 소리도 없다.

내 눈길이 그녀가 선물한 책, 그녀가 선물한 봉투칼에 떨어진다. 아니, 그대로 놓아두자. 무슨 이유로 그런 물건들에 화풀이를 해야 할까?

내 전화에는 아무 메시지도 없다. 나는 자동 응답기를 꺼버린다. 때때로 전화벨이 울린다. 나는 응답을 하지 않는다. 기다림에 지친 사람이 누구건 간에.

나는 하늘이 어두워질 때까지 그대로 앉아 있다.

하늘은 회색이고 방은 아직 춥지 않다. 나를 정적 속에 앉아 있게 해줘. 머리를 가슴에 박고 있게 해줘. 제발 바라건대, 내가 평화를 찾을 수 있게 해줘.

8-20

전화벨이 미친 듯이, 미칠 듯이 울린다. 나는 전화벨이 울리도록 놓아둔다. 전화벨은 계속 울린다. 스무 번, 스물다섯 번. 전화벨이 울릴 때마다 그 소리가 곤죽이 된 내 머릿속으로 파고든다. 마침내 나는 수화기를 집어든다.
「네, 여보세요?」
여자 목소리다.
「런던 베이트산가요?」
「뭐라구요?」
「얘기했잖아요. 거기 런던 베이트사 맞죠? 전화를 해달랬는데 왜 전화를 해주지 않는 거죠?」
나귀가 우는 소리처럼 지긋지긋한 남부 사투리가 잔뜩 섞인 목소리다.
「고기를 낚는 데 쓰는 '미끼'를 말하는 겁니까?」
「그래요, 물론이죠.」
「네, 여기 런던 베이트사 맞습니다. 뭘 찾고 있지요?」
내 목소리가 틀림없이 꽤나 사납게 들릴 것이다.
「동그랗게 뭉친 송어 미끼요.」
「동그랗게 뭉친 송어 미끼요? 그건 추천하지 않겠습니다.」
「도대체 왜죠?」
「송어를 간지럽히는 편이 더 낫습니다.」
「난 당신한테 충고를 구한 게 아니라…….」
「나는 이 일에 아직 익숙하지가 않습니다. 어떤 특별한 송어 미

240

끼를 찾는 건가요?」

「도대체 그게 무슨 소리죠?」

「우리는 소형, 중형, 대형을 갖춰놓고 있습니다. 커피, 초콜릿, 감초, 향을 가미한 것, 골 무늬가 진 것, 얽은 무늬가 있는 것, 아주 긴 것…….」

「여보세요, 거기 런던 베이트사 아닌가요?」

「글쎄요, 아닙니다. 공교롭게도 아닙니다. 하지만 내가 받은 전화번호로 본다면 그럴 수도 있겠지요.」

「당신, 어떻게 감히 나한테 이런 식으로 얘기해요? 이건 순전히 골탕을 먹이는 짓이잖아요.」

「이걸 일깨워드려야겠군요, 마담. 골탕을 먹이는 건 나한테 전화를 건 당신이라고. 나는 1471번으로 전화를 걸어서 당신 번호를 알아내 가지고 매일 밤마다 당신에게 '디 포렐레'를 연주해 줄 생각이 얼마든지 있어요.」

「이건 도저히 용서를 못하겠군. 당신 상사한테, 아니 경찰에 신고하겠어.」

「당신 꼴리는 대로 얼마든지 해도 좋지만, 마담, 이 번호로 전화거는 거나 그만두시오. 난 오늘 당신한테 복수하고 싶은 마음도 없을 정도로 힘든 하루를 보냈으니까. 내가 평생 사랑한 사람이 나를 떠났고, 경찰은 나를 체포하겠다고 위협했고, 그러니까 당신 위협쯤은 겁날 게 하나도 없어. 그리고 난 동그랗게 뭉친 송어 미끼는 추천하지 않겠어. 최근의 연구조사 결과를 보면 마담, 1880년대에 그 송어 미끼를 쓴 사람의 99.93퍼센트가 그후에 죽었다니까 말이오.」

전화선 반대편에서 숨을 삼키는 소리가 들리고, 곧이어 전화가 끊긴다.

나는 전화벨이 울리지 않도록 꺼버리고 몇 시간 동안 아무것에도 귀를 기울이지 않으면서, 아무것도 기다리지 않으면서, 그대로 앉아 있는다.

9

9-1

매일매일의 고달픈 삶만이 내 정신을 맑게 지켜준다. 우리 4중주 단원들은 함께 모여 네 가지 악기로 하나의 곡을 엮는다. 그렇게 나는 연주를 하고 동료들로부터 칭찬을 받는다. 단지 슬픔만이 내가 이 악구들을 솜씨 있게 연주할 수 있도록 해주기에, 나는 바이올린을 활로 켜고 또 켠다. 내 바이올린은 내가 어디로 가고 있는지를 느끼고 내 삶이 올바르고 검소하게 유지되도록 지켜준다. 그러나 우리가 함께할 날은 불과 몇 달뿐이다.

해가 뜨고 해가 진다. 나는 내가 연주해야 할 것을 착실하게 연습한다. 우리는 연주를 하고, 치근덕거리는 팬이 다시 나타나 입에 발린 찬사로 우리를 조롱한다. 그에 대해서 어떻게 손을 쓸 방법이 없을까? 헬렌은 왜 그를 그냥 놓아둘까? 출연자 대기실에서 우리는 때때로 조롱기 섞인 이런저런 질문을 받는다. 그러나 나는 그 모든 일에서 벗어나 있다.

내 사랑하는 바이올린아, 나도 너처럼 슬프지만 몇 달 동안 유예

기간을 얻은 것에 고마워하고 있어. 네 현들은 음조가 정확해. 공인감정사가 너를 보고 어떤 미소를 지을까? 그자는 네 견적을 매기고 자기 딸들 사이에서 네 등과 배를 가를 거야. 네 황금빛 무늬결이 그자에게 이익을 가져다주겠지. 피가 얼마나 진하고 얼마나 붉기에 가까운 모든 관계를 잠식시킬 수 있을까?

밤이면 나는 눈멀고 귀먹은 알파벳을 써야 한다. 내 한 손이 제 짝에게 말할 것이고, 제가 무엇을 하고 있는지 알 것이다. 센사일(감각기능이 있는), 센세이트(감각으로 아는), 센서리(감각의), 센서블(느낄 수 있는), 센서티브(느끼기 쉬운). 나는 다른 두 가지 말, 센슈어스(감각적인)와 센슈얼(관능적인)을 마음속에 간직해둔다. 또 센시브와 센설은 그 뜻을 정확히 모르기 때문에 아직 나에게서 벗어나 있다. 그래서 모두 합치면 아홉 가지다. 센세이셔널(선정적인)에 대해서 말하자면 그것은 의심스러운 경우라서 나는 한 손가락을 의사소통이 되지 않은 채로 남겨둘 것이다. 그녀는 내가 연주할 수 없는 이중 건반으로 연주할 수 있지만 무엇이 그녀의 망가진 고실(鼓室)에서 유모(柔毛) 세포를 흔들어줄까?

달이 뜨고 달이 진다. 보스턴에서도 날짜는 같은 빠르기로 지나갈 것이다. 내가 걸프 만에서 런던의 광장들로 옮겨진 식물들을 목록에 기입할 필요가 있을까? 변함없는 달력을 물감과 즙으로 얼룩지게 해야 할까? 라임 열매의 황금색 껍질들이 연석을 따라 무더기무더기 모여져 있다. 라운드 연못 근처의 넓은 땅은 풀꽃들로 인해 하얀 먼지를 쓴 것처럼 보인다. 이 모든 일이 초승에서부터 다음번 초승까지 한 달 사이에 일어난 것처럼 보인다. 하지만 그때는 내 뒤에 있는 단풍나무에 비가 후드득거리며, 아니 거의 우지끈거리며 쏟아졌다. 그리고 지금은 비가 라임꽃 꽃가루와 섞여 풀밭에서부터 솟아올라 가장 낮은 가지 아래에 내려앉는 일종의 안개처럼 내린다.

산사나무가 초록색 열매를 맺고 피라칸타[34] 열매가 익는다. 내 발은 디딜 곳을 잃었고 내 손은 수입만을 긁어모은다. 날씨는 푹푹 찌고 사람들은 길거리에서 카니발을 벌인다. 나는 당신이 없으면 잘 수 없다고 했지만 어떻게든 자고 있어. 그거 놀랄 일 아니야?

우리는 지금 덴턴 경매소에 와 있다. 나는 피어스가 입찰하는 것을 보려고 따라왔다. 나로서는 내가 곧 밟아야 할, 배신 행위를 향한 이와 같은 단계를 아직은 밟을 수 없다. 피어스는 자기의 바이올린에 별 관심이 없다. 하지만 지금 그는 자기 마음에 쏙 드는 것을 보았고 만졌고 소리를 들었다. 덴턴 경매소에서 그 바이올린을 빌려 이틀 동안 우리와 함께 연주도 해보았다. 그 바이올린은 광택이 있는 붉은 바탕에 검은색 빙렬(氷裂)이 져 있다. 그것이 피어스에게는 슬픈 일, 아니 그보다는 오히려 기쁜 일이다. 왜냐하면 그 때문에 금전적인 가치만이 줄어들기 때문이다. 그 바이올린의 머리 장식도 원래의 제작자가 붙인 것이 아니다. 그 악기는 장중하고 애처롭지 않은, 내가 듣기에는 약간 지나치다 싶을 정도로 윤택하게 울리는 소리를 내지만 피어스는 갑작스러운 열정으로, 그리고 손에 넣을 수 있다는 애정으로 그 바이올린을 마음에 꼭 들어한다. 저축과 빌린 돈을 모두 합치면 그는 간신히 예상 가격 정도의 돈을 댈 수 있을 것이다. 경매인에게 가는 15퍼센트의 수수료가 그를 궁지에 몰아넣겠지만 피어스는 그것이 자기가 마땅히 감당해야 할 몫이라는 것을 알고 있다. 그가 바이올린 값을 다 치르는 데는 몇 년이 걸릴 것이다.

---

34) 장미과 울산사속의 가시 있는 상록 관목의 총칭, 장식용, 관상용.

경매 목록에는 그 바이올린이 P. J. 로저리로 표기되어 있다. 피어스의 목덜미를 잡은 것은 덴턴 경매장의 악기부장인 초록색 스웨이드 양복 차림에 세련되고 자애로운 모습을 한 헨리 치담이었다. 분개한 듯 내뿜는 콧김, 초조한 듯 시계를 들여다보는 제스처, 깡깽이들로 장식된 방을 감독이라도 하듯 둘러보는 눈길이 그가 혼자 떠들어대는 얘기를 그처럼 자신만만하게, 그처럼 믿을 만하게 강조한다.

「아, 그래요. 딜러들은 우리 경매인들이 단시간 내에 돈을 벌려고 이 일에 종사한다고들 하지만 난 다락방에서 굶고 있는 딜러는 하나도 못 봤습니다. 안 그렇습니까? 적어도 우리 경우에는 모든 일이 투명합니다. 가격은 공개 경매에서 가장 높은 입찰가로 결정되고 거기에다 뭐랄까, 약간의 수수료가 더해지지요. 우리는 물론 사려는 사람과 팔려는 사람들에게서 수집을 하지만 아시다시피 일반 경비니 뭐니 하는 게 있으니까요. 그리고 우리는 절대로 딜러들이 그러는 것처럼 장난질은 치지 않습니다. 딜러들이라니! 그 사람들에 비한다면 우리는 정말 성자들이지요……. 아무튼 행운을 빕니다, 피어스. 더 높은 값을 부르는 사람이 없길 바래요. 지난번에는 너무 안됐습니다. 하지만 나는 당신이 이번 것을 구할 수 있도록 보호받았다는 느낌이 듭니다. 이 가장자리 장식과 무늬결을 좀 보세요! 거기에다 또 소리와 음색은 어떻고. 이건 정말 에, 뭐랄까, 굉장히 오래된 바이올린입니다. 당신과 이 바이올린은 천생연분이에요. 아, 두시 사십분이로군. 그만 아래로 내려가봐야겠습니다. 등록은 했겠지요? 좋습니다…… 좋아요, 정말 좋습니다. 피어스는 프룹니다.」

피어스는 초조해서 병이 나고 말 지경이다.

「이 사람이 당신에게 요령을 가르쳐줄 겁니다. 아니면 내가 얘기를 해줘야 할까요? 하하하.」

246

그가 나에게 비밀을 털어놓듯 덧붙이고는 위풍당당하게 사무실 밖으로 걸어나간다.

「헨리는 누구에게나 이 바이올린이 천생연분이라고 얘기할 거야. 틀림없어.」

「내 생각엔 그건 저 사람이 하는 일의 일부 같은데.」

「자네는 도대체 누구 편이야, 마이클?」

피어스가 비참한 표정으로 심술을 부린다.

「이거 봐, 진정하라구.」

내가 그의 어깨에 팔을 올려놓으며 구슬린다.

「경매가 시작되려면 아직 이십 분이나 더 있어야 해. 그 시간을 어떻게 견디지? 신문에도 정신을 집중할 수 없고 잡담도 하고 싶지 않아. 그렇다고 술을 한잔 하기도 뭣하고.」

「아무것도 안하는 게 어때?」

「아무것도?」

피어스가 나를 빤히 쳐다본다.

「그래. 아래층으로 내려가서 아무 일도 하지 말고 그냥 앉아서 기다리자구.」

9-3

오후 세시 정각, 짙은 회색 더블 양복 차림을 한 경매인이 아래층의 커다란 방에 있는 연단으로 올라간다. 그가 오른손으로 희끗희끗해져 가는 금발을 쓸어올리고 연단 앞에 놓인 마이크를 톡톡 친 다음 안면이 있는 객석의 두 사람에게 고개를 끄덕인다. 초록색 앞치마를 두른 푸줏간 점원처럼 보이는 젊은 남자가 연단 앞에 서서 공시되고 팔린 물건들을 들어올린다.

처음에는 현악기 연주기법과 관련된 몇 권의 책들, 그리고 다음에는 활들이 경매된다. 푸줏간 점원이 약간 조심스럽게 그것들을 하나하나 집어든다. 경매인의 눈은 나른하면서도 빈틈이 없고 그의 목소리는 어르고 구슬리는 듯 경쾌하다. 그의 눈길이 우리가 앉아 있는 곳에서부터 우리 왼쪽으로 전화기들이 죽 늘어서 있는 곳까지 재빠르게 옮겨간다.

활의 가격은 경매 물건 목록에 적힌 최저 평가액의 절반이 좀 못 되는 1천5백 파운드에서부터 신속하게 올라간다.

「2천2백 파운드 나왔습니다……. 네, 당신 차렙니다, 내 앞에 있는……. 2천4백 파운드…….」

전화 부스 중의 한 곳에 있던 젊은 여자가 고개를 끄덕인다.

「2천6백…… 더 없습니까? 없어요? 2천6백, 한 번 두 번…….」

그가 망치로 가볍게 연단을 치고 나서 입찰자를 확인한다.

「입찰자 211번입니다.」

전화 부스에 있는 여자가 나선다.

「211번에게 팔렸습니다.」

경매인이 되풀이한다. 그가 물을 마시려고 잠시 말을 멈춘다.

「자네 정말로 끝까지 계속 앉아 있을 셈이야?」

내가 피어스에게 묻는다.

「그래.」

「하지만 로저리가 경매에 부쳐지려면 두 시간은 걸릴 거라고 하지 않았어? 이건 모두 그저 일종의 서곡 아니야?」

「난 기다리고 싶어. 자네는 좋을 대로 해.」

그는 바이올린 이외의 다른 어떤 것에도 입찰을 하지 않았고 다른 어떤 것도 원치 않는다. 그래서 어떻게 보면 자신을 괴롭히고 있는 셈이지만, 그렇더라도 낙찰 가격을 살펴보면서 경매로 나온 물건들이 대체로 최저 예상가보다 더 낮게 낙찰되고 있다는 점을 지적한다. 그에게는 좋은 조짐인데 내가 동의를 해야 하지 않을까? 나는 고개를 끄덕인다. 하지만 나는 이런 곳에 와본 적이 한 번도 없어서 경매가 진행되는 동안 내내 그에게 별 힘이 되어줄 수 없다. 그만큼 나는 신경이 과민해져 있다.

피어스의 말에 따르면, 비결은 각 단계의 입찰에서 수수료와 세금을 포함한 모든 경비를 계산하고 기꺼이 치르려는 액수를 결정한 다음, 입찰이 아무리 열띠어지고 경매로 나온 물건이 아무리 마음에 들더라도 그 가격을 고수하라는 것이다. 그가 연필로 더이상 넘어가지 않을 액수에 동그라미를 치고 거기에다 덤으로 밑줄까지 친다.

그가 앞쪽에 있는 딜러들을 가리킨다. 그들과 경매인들 사이에 아무리 틈이 벌어져 있더라도 그들은 얼마든지 기꺼이 적의 영토에서 원하는 것을 획득한다. 경매가 한 시간쯤 진행되었을 때 립스틱과 마스카라를 짙게 바른 야리야리한 중년 여자가 깊게 베인 상처 같은 웃음을 띠고 사람들의 눈길을 한 몸에 받으며 뻐기는 걸음걸이로 들어선다. 그녀는 돈 많은 딜러들 가운데 한 사람을 대리하고 있다. 수염을 기른 수수한 차림의 남자가 그녀의 요란한 모습을 보고 숨죽여 낄낄거린다. 그녀가 고개를 한 번씩 까딱여서 몇 가지 품목에 입찰을 한 다음 삼십 분쯤 뒤 일곱 개의 쇼핑백을 집어들고 떠나기에 앞서 복도를 이리저리 돌아다닌다.

우리 주위에 있는 다른 사람들은 누구일까? 나는 아마추어 바이올리니스트이자 위그모어 홀의 관리 직원인 한 여자를 알아본다. 헨리 치담은 신중하게 한쪽으로 비켜서 있다. 나는 오케스트라나 일시적인 일에서 알게 된 두 사람의 얼굴을 알아본다. 그러나 런던은 음악을 하는 사람 천지라서 그 밖의 다른 사람들은 누구인지 알 길이 없다.

경매는 첼로에서 비올라를 거쳐 바이올린으로 옮겨온다.

「신사 숙녀 여러분, 제가 여러분에게 고시한 것이 조금이라도 의심스러우면 말씀하시기 바랍니다. 손가락이 목록에 가려져 있을 때는 보기가 어렵습니다. 그리고 제가 일단 종결한 입찰을 재기한다는 것도 매우 곤란합니다. 그래서 저는 여기 앞에 계신 분들의 양해를 얻어 1만 9천 파운드에서부터 입찰을 시작할까 하는데……」

피어스는 심기가 몹시 불편해 보이는 표정으로 마음을 진정시키려고 숨을 천천히 들이쉬고 있다. 하지만 그가 원하는 것과 같은 급으로 평가된 한 바이올린이 최저 예상가보다 약간 낮은 금액으로 낙찰되자 그의 어깨에서 긴장이 풀린다. 잠시 전까지 그렇게 더뎠던 경매가 엄청나게 빠른 속도로 진행되고 있다. 그는 초조감에 못 이겨 목록의 순서를 따라가는 일도 그만두었다. 마침내 로저리가 경매에 붙여진다.

그 바이올린이 그의 손에 있었을 때는 마치 그의 것 같았다. 하지만 이제는 에이프런을 두른 젊은이가 우리 앞에서 그 바이올린을 들고 있다.

그 바이올린의 적갈색 광택이 황금색 바탕을 뚫고 번쩍 빛난다. 그 바이올린은 나중에 붙인 이탈리아 머리 장식을 부끄러워하지도 않고 누구의 소유물이 되건 상관하려 들지도 않는다. 경매소 직원들은 그것을 가장 필요로 하는 사람, 지갑이 가장 두둑한 사람, 자기의 재산을 가장 무모하게 저당잡히려는 사람, 원하는 사람이 누구건 돈을 낼 능력이 가장 많은 사람에게 그것을 팔 것이다.

피어스는 그 바이올린을 구하려는 사람들이 전화 부스와 입회장에서 경쟁을 하느라 진이 빠질 때까지 입찰을 하지 않는다. 그 바이올린은 다행히도 머리장식이 제것이 아니라서 5만 5천 파운드 내지 5만 파운드로 평가된다. 그러나 가격은 이미 다른 바이올린이 팔린 값인 2만 8천 파운드까지 올라가 있다.

잠시 침묵이 흐른 뒤 마침내 그가 자기의 입찰판을 들어올린다.

경매인의 표정이 누그러진다.

「새로운 입찰자에게서 3만, 여기 중간에서 3만 나왔습니다. 3만 파운드에서 더 부를 사람 없습니까?」

우리 뒤에서 누군가가 손을 들어올린 모양이다. 경매인의 눈길이 방 뒤쪽으로 옮겨간 것을 보면.

「3만 2천 파운드, 3만 2천 파운드 나왔습니다.」

그의 눈길이 피어스에게 고정되자, 그가 가볍게 고개를 끄덕인다.

「3만 4천, 3만 4천 파운드 나왔습니다.」

그의 눈길이 남아 있는 다른 두 명의 입찰자 사이를 오락가락한다.

「3만 6천…… 3만 8천…… 4만.」

나는 피어스가 손으로 경매 물건 목록을 꽉 움켜쥐고 숨을 아주 천천히 쉬는 것으로 혼란스러워하는 조짐을 읽을 수 있다.

경매인이 볼펜을 든 손으로 그가 앉아 있는 곳을 가리키며 묻는다.

「이번에는 당신 차렙니다. 4만 파운드에 대해서 응찰하겠습니까?」

피어스가 할 수 있는 일은 고개를 돌려 보이지 않는 라이벌, 그처럼 갑작스럽게 한 번 한 번 입찰을 할 때마다 그의 저축과 소득을 뭉턱뭉턱 먹어치우는 사람의 얼굴을 쳐다보지 않는 것뿐이다. 그가 조용히, 가볍게 고개를 끄덕인다.

「4만 2천, 4만 4천, 4만 6천, 4만 8천.」

경매인이 값을 부른다.

입찰은 경매인이 피어스를 바라보고 응찰을 기다리는 동안 잠시 중단된다. 피어스가 고개를 끄덕인다.

「5만, 5만 2천, 5만 4천, 5만 6천, 5만 8천.」

경매인은 동요하는 기색을 전혀 보이지 않는다.

「피어스!」

내가 깜짝 놀라서 소곤거린다. 그는 자기가 동그라미를 쳤던 숫자에서 만 파운드를 넘어섰다.

「5만 8천에서 더 부를 사람 없습니까?」

경매인이 기다린다. 방안에 깊은 정적이 내려앉는다. 이제는 서로 경쟁적으로 입찰을 하는 사람이 악기상이 아니라 두 명의 음악가라는 것이 분명해진다. 응찰액이 전매(轉買)를 하기에 합당한 가격을 훨씬 넘어서고 있기 때문이다. 그들 앞에 놓인 단풍나무와 가문비나무로 만들어진 바이올린은 그들의 손에 들어갔다가 다시 나올 그런 악기가 아니다.

핸드폰이 귀에 거슬리게 울린다. 삐리릭 삐리릭 삐리릭. 머리통들이 그 소리가 나는 쪽으로 돌아간다. 피어스의 입찰판이 바닥으로 떨어진다. 에이프런을 두른 청년이 깜짝 놀라서 바이올린을 한 바퀴 빙 돌렸다가 제자리에 놓는다. 경매인이 눈살을 찌푸린다. 핸드폰의 벨소리가 갑자기 멎는다.

「나는 그게 크리스티[35]가 여기를 폭파하는 소린 줄 알았습니다. 자, 잠시 막간극이 있었으니까 이제 계속해야겠지요. 5만 8천, 5만 8천 나왔습니다. 6만에 응할 분 있습니까? 있습니까? 6만, 6만 2천?」

그가 피어스를 바라본다. 그의 어깨가 축 처져 있다.

「그만둬, 피어스. 다음번 경매에서 더 좋은 물건이 나올 거야.」

내가 소곤거린다.

그러나 피어스는 푸줏간 청년이 들고 있는 물건을 쳐다보고 한 번 더 고개를 끄덕인다.

---

35) 런던 미술품 경매회사.

「6만 2천, 6만 2천 나왔습니다. 6만 4천, 6만 4천, 6만 6천?」

피어스가 얼굴이 하얗게 질린 채 고개를 끄덕인다.

「6만 6천, 6만 8천에 응할 분 있습니까? 6만 8천.」

「빌어먹을!」

피어스가 나지막하게 중얼거린다. 앞줄에 앉아 있던 여자가 고개를 반쯤 돌린다.

「하지만 피어스.」

내가 이의를 달자 그가 나를 노려본다.

「미안합니다만 응찰한 겁니까? 7만 나온 겁니까?」

「네.」

피어스가 처음으로 침착하게, 고민스러운 소리로 대답한다. 이 친구 될 대로 되라는 걸까? 그렇다면 좋다. 다른 개자식이 그걸 갖게 놔둬, 피어스. 자네 자신을 망치지 말고.

「7만, 7만 2천 응할 분 있습니까? 네. 7만 2천, 7만 4천.」

나는 아무말도 하지 않는다. 지금까지 그를 긁을 대로 긁어놓았으니까. 피어스는 침묵을 지킨다. 경매인의 날카로운 눈이 피어스가 어느 정도 고심하고 있는지 헤아리며 그에게 머물러 있다. 하지만 그를 몰아대지는 않는다. 그의 볼펜이 손에 그대로 쥐어져 있다. 마침내 피어스가 한 번 더 고개를 끄덕인다.

「7만 4천, 7만 6천? 7만 6천 나왔습니다. 어쩌시겠습니까?」

「안돼, 안돼!」

내가 피어스에게 속삭인다.

마침내 피어스가 고개를 젓고 물러난다.

「7만 6천. 다른 입찰자는 없습니까? 7만 6천 한 번, 7만 6천 두 번, 7만 6천 파운드로 입찰자…… 111번에게 팔렸습니다.」

의사봉이 내리쳐진다. 방안에서 웅성거리는 소리가 인다. 다음 번 바이올린이 전시된다.

피어스가 길게, 반쯤은 흐느끼는 듯한 한숨을 내쉰다. 그의 눈에 좌절과 실망의 눈물이 어려 있다.

「품목 번호 171번. 안셀모 벨로시오가 제작한 아주 훌륭하고 진귀한 베니스 바이올린입니다…….」

9-4

「이것으로 오늘 경매를 마칩니다.」

로저리가 팔린 지 십 분이 지났다. 피어스는 주위의 다른 사람들이 모두 일어났는데도 그대로 앉아 있다.

마침내 우리도 일어선다. 문 옆에 서 있는 젊은 여자가 축하를 받고 있다. 하지만 그녀는 기운이 빠질 대로 빠진 표정이다. 뒤쪽에 있어서 보이지 않았던 입찰자인 것이 틀림없다. 그녀가 피어스를 보고 뭔가 위로의 말을 해주려는 듯 입을 벌렸다가 그냥 다물어버린다.

피어스가 그녀 앞에 멈춰서서 사과한다.

「그렇게 오랫동안 값을 부른 거 용서하십쇼. 난 그 바이올린이 너무 갖고 싶었습니다. 용서하십쇼.」

그녀가 뭐라고 말을 꺼내기도 전에 그는 복도로 걸어나간다.

헨리 치담이 손을 흔들면서 우리 쪽으로 걸어온다.

「나 좀 봅시다. 이거 뭐라고 해야 할지. 정말 유감입니다. 저 여자도 그게 자기 거라고 느낀 모양이지요. 어쩌겠습니까? 모든 게 잠잠하다가도 갑작스럽게 불이 붙지요. 아주 전격적으로. 이런 말이 조금이라도 위안이 될지 모르지만, 저 여자는 틀림없이 훨씬 더 높은 가격까지 갔을 겁니다. 아무튼 만만찮은 세상이죠. 하지만 실망은 절대 금물입니다……. 두고 봅시다. 다음번에는 꼭…… 에……. 아, 안녕하세요, 시몬. 실례합니다.」

그 순간 느닷없이 폼비 부인의 조카가 내 바이올린을 경매에 붙이려고 하는 모습이 눈앞에 떠오르고, 나는 그의 얼굴을 마구 내리쳐 곤죽으로 만들고 싶은 비이성적인 충동을 느낀다. 내가 잘 알지도 못하는 사람에 대한 증오로 가슴이 줄달음을 치고 주먹이 꽉 쥐어진다.

피어스가 손으로 이마를 짚는다.

「여기에서 나가자구.」

「난 화장실 좀 가야겠어. 일 분 내에 돌아올게.」

내가 흩어지는 사람들 사이를 헤집으며 화장실로 가고 있는데 좀전에 보았던 위그모어 홀에서 온 여자가 인사를 건넨다.

「안녕하세요, 마이클.」

「안녕하세요, 루시.」

「흥미진진했어요. 안 그래요? 피어스 일은 정말 안됐어요.」

나는 고개를 끄덕인다.

「당신도 뭘 입찰하러 왔나요?」

그녀가 고개를 끄덕인다.

「하지만 음역이 같은 게 하나도 없네요.」

「그래서 구했습니까?」

「아뇨, 나도 오늘 운이 좋지 못했어요.」

「안됐군요. 미안합니다, 난 급히 화장실엘 좀 가야 해서. 아참, 그런데 루시, 당신한테 뭘 좀 부탁드려도 될까요? 줄리아 한센 콘서트 티켓이 판매에 들어가면 내 것으로 한 장 따로 챙겨줄 수 있습니까? 나는 물론 그런 표들이 때로는 아주 빨리 매진된다는 걸 압니다만.」

「기꺼이 그래 드리죠.」

「잊어버리진 않겠죠?」

「아뇨, 노트에 적어놓겠어요. 당신, 그 여자하고 비엔나에서 같이 연주하지 않았나요?」

「네, 맞아요. 정말 고마워요, 루시. 나중에 봐요.」

「그런데 그 여자가 프로그램을 변경했다는 거 알고 있어요?」

「그랬나요? 잘됐군요. 틀림없이 슈만을 슈베르트로 바꿨겠죠?」

「아뇨, 그 여자 바흐를 연주할 거예요.」

「바흐요?」

「네.」

「바흐요? 확실한가요?」

나는 그녀를 빤히 쳐다본다.

「물론 확실하죠. 일주일쯤 전에 그 여자가 미국에서 팩스를 보내 왔어요. 틀림없이 빌이 별로 좋아하지 않았을 거예요. 슈만과 쇼팽을 연주하겠다고 동의하고 나서 느닷없이 바흐로 건너뛰어서는 안되는 거니까요. 하지만 어쨌든 그 여자는 이유를 설명했어요. 옥타브 범위가 더 적어서 자기 음역에 더 잘 맞는다는 건데……. 알고 있지 않았나요?」

나는 잠시 그녀의 질문이 무슨 뜻인지 잘 몰라서 망설이다가 고개를 끄덕인다. 그녀는 안심한 듯 보인다.

「이런 말은 하지 말아야 하는 건데……. 난 다만 당신이 그 여자의 뭐랄까, 어려움에 대해서 알고 있다고 생각했어요. 당신이 그여자하고 같이 연주를 했으니까요. 하지만 이 일은 절대 비밀로지켜져야 해요. 그 여자 대리인이 우리에게 아무말도 하지 말라고 했거든요. 그런데 당신에게 뭐 한 가지 물어봐도 될까요? 비엔나에서 그 여자하고 같이 연주하는 데 아무 문제도 없었나요, 마이클?」

「아뇨, 전혀.」

「하지만 우리 콘서트를 위해 선택한 곡치고는 이상한 것 같아요. '푸가의 기법'이거든요.」

「아니, 아니, '푸가의 기법'은 아닙니다. 그 곡일 리가 없어요. 아닌 게 확실하죠?」

「글쎄요, 분명히 자주 듣는 곡은 아니죠. 난 일정이 겹치지 않나 살펴봤어요. 그 달에는 런던 어디에서도 그 곡이 연주되지 않는 것 같더군요. 사실 난 그 곡이 피아노로 연주되는 걸 마지막으로 들었던 때가 언제인지도 기억이 나지 않아요. 하지만 누구도 아주 확신을 할 수는 없지요. 더블베이스 콘체르토는 일 년에 한 번도 듣지 못했다가 그 다음엔 갑자기 급진전이 이루어져서 한 주일 동안에 세 명의 다른 연주자들이 세 번의 다른 더블베이스 콘체르토를 연주하기도 하니까요. 그런데 왜 그래요, 마이클? 괜찮은 거예요? 꼭 유령을 본 것 같은 표정이네요.」

「난 괜찮습니다. 아무렇지도 않습니다.」

나는 화장실로 들어가 변기에 앉아서 문을 노려본다. 내 가슴에서 심장이 불규칙하게 뛰고 있다.

9-5

집으로 돌아오자 나는 그 곡을 연습해 보려고 하지만 뜻대로 되지 않는다. 내 손이 그 곡을 연주하려고 하지 않는다. 지판이 현들과 닿기를 거부한다. 나는 현을 억지로 지판에 누르고 활로 켜기 전에 소리를 들어본다. 이것은 너무도 분별없는 짓이다. '푸가의 기법'을 사랑했던 내가 심지어는 나 자신에게도 그 곡의 한 부분조차 연주할 수 없다. 나는 음계를 연습하고 이 상황이 지나가기를 기다릴 것이다.

하지만 저녁에 만난 다른 사람들과의 리허설에서도 그 발작 증세가 내 손을 움켜쥔다. 우리는 음계를 연주하지만 여기에서도 내가 연주하는 음정이 나 자신에게도 생소하다. 그들은 이것을 듣지 못할까? 다음에 빌리가 우리에게 어떤 푸가를 연주하게 될 것인지 알려준다. 나는 현을 낮게 조율해 본다. 일 분쯤 뒤에 다른 사람들이 어리벙벙해서 나를 바라본다. 이번에는 F음에 비해 너무 낮은 것 같고 다음번에는 너무 높은 것 같다.

「준비됐지?」

「됐어.」

빌리가 고개를 끄덕인다. 내가 연주에 들어가는 순서는 넷 가운데서 세 번째다.

「자네는 어디에서부터 연주할 거지, 마이클?」

피어스가 묻는다.

아니, 아니, 나는 아무것도 연주하지 않을 거야. 아무것도 연주하지 않겠어. 이 묘한 곡이 내 신경을 몹시 거슬러서 나는 숨을 쉴 수 없고 내 팔을 따라 잔털이 곤두서는 것을 느낀다.

「도대체 무슨 일이에요?」

헬렌이 묻는다.

연주가 모두 중단되어 있다. 내가 왜 연주에 합류하지 않았을까? 나는 내가 연주를 하고 있다고 생각했지만 실제로는 하지 않고 있다.

「마이클, 정신 똑바로 차려.」

피어스가 짜증을 낸다.

하지만 나는 눈과 손의 연결고리를 잃고 말았다. 월요일에는 얼마든지 연주할 수 있었던 간단한 기법마저도. 지금 현에서 소리를 끌어내는 것은 활이 아니라 망치다. 나는 우리가 연주를 하는 바로 그 방에서 그녀가 연주하는 것을 본다. 하지만 아니다. 그녀는 보스턴에서 남편 품에 고이 잠들어 있다.

「여기 이 부분을 다시 한번 해봅시다.」

빌리가 제안한다. 나는 다시 소리를 내지만 다른 사람들이 중간에서 연주를 멈추게 하는 그런 소리다. 그처럼 많은 훈련을 받은 손의 뼈들이 제대로 움직이지를 못하고 내 마음은 혼란스러워진다.

「제기랄, 마이클. 이번 공연이 비엔나 공연의 재판이 되지 않았으면 좋겠어.」

피어스가 내뱉는다.

「첫번째 푸가를 먼저 시도해 볼까요? 우리가 다시 익숙해지기 위해서라도요. 누가 뭐래도 우린 그 곡을 완전하게 알고 있으니까요.」

빌리가 묻는다.

「아니, 그 푸가는 안돼. 미안해, 나는……. 하루이틀 지나면 괜찮아질 거야.」

내가 말을 자른다.

내 주위에서 온통 사리를 틀고 있는 것은 그 푸가였다. 그 곡이 줄리아를 내게 이끌었고, 그날 밤 그녀는 그 곡을 연주했다. 그 곡은 줄리아가 내게 선물을 주겠다고 약속하고 나서, 아직 그 약속을 지키지 못한 나머지 부분이다.

「글쎄요, 그러면 뭘 연주해야 하지요? 뭔가 다른 곡을 연습해야 할까요? 하지만 우리에게 악보가 있는지 모르겠군요. 더군다나 여기에는 많은 노력을 들여야 하는데……. 에리카 말로는 연출자, 그리고 어쩌면 음향기사까지도 우리와 곧 미팅을 가졌으면 한다더군요. 시간이 별로 없어요. 어쩌면 우린 그냥 질주를 해야 할지도 모릅니다.」

빌리가 말한다.

「난 내가 오늘 그럴 수 있을지 모르겠어. 난 이 곡을 연주하는 데 좀 어려움이 있는 것 같아.」

「난 그걸 좀 어려움이 있다고만 하지는 않겠어. 만일 자네가 이러는 거 습관으로 삼을 셈이라면 모두가 견딜 수 없게 될 거야.」

피어스가 끼어든다.

「그게 무슨 소리지?」

내가 따져 묻는다.

「난 자네가 이 모든 일을 심각하게 고려해야 한다고 생각해. 우리는 '푸가의 기법'을 녹음하기로 계약했어. 마조레는 아무렇게나 하는 공연을 하지는 않을 거야.」

「그만해, 피어스! 바보 같은 위협 하지 마. 오빠는 빌리나 나나 마이클이 우리 악단 이름을 걸고 무엇이든 적당히 얼버무리는 걸 용납할 것 같아? 우리 모레 오후 세시에 여기에서 다시 만나요. 좋죠? 잠을 좀 자요, 마이클. 몹시 지쳐보이네요. 내가 나중에 전화할게요. 그리고 만일 뭔가 우리가 도울 게 있다면 꼭 도움을 청해요.」

헬렌이 분위기를 정리하고 나선다.

나는 활을 풀고 바이올린을 한쪽으로 치운다. 그리고 재빨리 그곳을 떠난다. 나는 그들 중 누구도 쳐다보지 않는다. 나 자신을 위해서는 잠을 자는 것이 최선이다. 나는 호(弧)들을 둥근 천장으로 회복시켜야 한다. 옹기종기 모인 금박을 입힌 아기 천사들 밑에서 나 역시 어떤 완전한 천국을 꿈꾸어야 한다.

9-6

자동 응답기에 헬렌에게서 온 메시지가 들어 있지만 나는 응답하지 않는다. 비르지니가 친구들과 함께 여행을 하면서 보낸 엽서 한 장, 카를 캘에게서 온 편지 한 통이 도착해 있다. 나는 그 편지를 봉해진 채로 놓아둔다. 내가 무슨 이유로 온 세상일에 신경을 써야 할까?

260

여기는 잔인한 곳이다. 어젯밤 라운드 연못에서 백조 한 마리가 살해되었다. 목이 잘린 것이다. 그런데도 틀림없이 곤돌라는 그랜드 피아노처럼 아름답고, 공작의 다리는 백조의 다리처럼 추하다. 그 백조의 시체는 털이 뽑힌 채 얼음에 보관되어 있다.

그녀는 왜 나를 이곳에서 겉돌게 할까? 나는 이 모든 것을 심각하게 생각해야 한다. 할 것이냐 말 것이냐, 그것이 내가 결정해야 할 일이다. 만일 내가 이 연주를 해낼 수 있다면 4중주단에 그대로 머물 수 있지 않을까? 우리 모두를 위해서가 아니라면 연주 그 자체를 위해서라도. 하지만 나는 단 두 소절도 연주할 수 없고 의미를 파악할 수도 없다.

나만의 진통제를 발라야 할 것이다. 공원으로의 산책. 하지만 오란제리 옆으로는 아니다. 다리 위에서 손으로 깨어진 조각을 가리는 체스 퍼즐, 변덕스러운 존 던[36]의 집이 아닌 현자의 나무집, 내 앞쪽의 길에 있는 종달새도 나이팅게일도 아닌 지빠귀. 그 새는 올해 얼마나 늦게까지 노래를 부를까?

나는 첫번째 대위 선율 소리에 잠이 깬다. 그녀는 점점 더 큰소리로 피아노를 쾅쾅 쳐댄다. 그 소리를 들을 수 없기에 그녀는 나를 당황하게 만들고 위축시켰다. 회색 양복은 시대에 뒤떨어졌고, 그래서 그녀도 시대에 뒤떨어졌다. 날이면 날마다 학문적으로나 음악적으로나 예술적으로나 사회적으로나 정신적으로나 도덕적으로나 육체적으로나 모든 방법으로 펨브리지 초등학교 아이들은 점점 더 나아진다.

몇 가지 소식이 더 있다. 그들은 불쌍한 아이들의 삶에서 음악을 빼앗고 있다. 자, 아이들아, 이제 너희들의 LMN을 리터리트(글을 읽을 줄 아는), 뮤지케이트(악보를 읽을 줄 아는), 뉴머리트(수를

---

36) 1572~1631. 영국의 형이상학파 시인, 목사.

셀 줄 아는)라고 말해라. 그리고 한 번 더 다시 모두 다함께 일리 터리트(글을 읽을 줄 모르는), 임뮤지케이트(악보를 볼 줄 모르는), 인뉴머리트(수를 셀 줄 모르는)라고 말해라. 이 신성한 힘들이 불을 보듯 뻔하게 너희들에게서 음악을 앗아갈 것이다. 음악은 제멋대로 할 수 있는 사람에게 맡겨라. 이십 년 뒤에는 어떤 푸줏간 집 아들도 바이올리니스트가 될 수 없을 것이다. 절대로. 또 어떤 푸줏간 집 딸도.

이틀 동안 더 연습을 하더라도 나는 그 곡을 연주할 수 없다. 그것은 내게 두 달, 아니 이십 년이 주어지더라도 세르팡[37]이나 숌[38]을 연주할 수 없는 것이나 마찬가지다. 나를 사로잡고 있는 것은 내 손 밖에 있다. 펨브리지 초등학교에 다니는 아이가 새된 목소리로 내게 물었다. '그러니까 아저씨는 내가 태어나기 전부터 우리 엄마를 알았어요? 그런 시간이 있었나요? 내가 태어나기 전의 시간이?'

내 삶과 내 사랑 사이의 다른 점은 무엇일까. 하나는 나를 떨어뜨리고 다른 하나는 나를 가도록 놓아둔다. 루크, 오 루크, 나를 수수께끼들로 더 괴롭히지 말아라. 너는 어째서 내 아들이 아니었니?

9-7

겨울은 지나갈 것이고 내 입술은 키스를 받지 못할 것이고 내 가슴은 위안을 받지 못할 것이고 내 손과 귀는 따로 놀 것이다. 어떤 미스터리도 남아 있어서는 안된다. 나는 손으로 카를이 보낸 편지 봉투를 찢는다. 이게 뭘까?

---

37) 16~18세기의 뱀모양을 한 저음 취주악기.
38) 중세 퉁소의 일종, 오보에의 전신.

그래, 이것은 일종의 추신이다. 그는 내 편지를 받았는데 그 편지는 친절하지만 진실하지는 못하다고 생각한다. 카를은 내가 그에 대해 어떻게 느끼는지 너무도 잘 알고 있다. 노령에 반드시 노망이 따르지는 않는다는 점을 그는 지적할 것이다. 또다시 유감의 뜻을 표하지 않고 단지 자기는 마침내 나의 진정한 길이 4중주단이라는 결정을 내렸다고 말할 것이다. 그는 내게 현재 있는 곳에 머물러 있으라고 권한다. 어쩌면 음악적 후손에 대한 그의 기여는 제2바이올린 주자들이라는 혈통일 것이다. 나는 볼프 스피처가 현재는 트라운 4중주단의 일원이라는 말을 들었던 것을 조금도 의심하지 않을 것이다. 카를 캘 자신의 건강이나 계획이나 하는 일에 대해서는 아무런 언급도 없고 답장을 달라는 요청도 없다. 편지는 그것으로 끝난다.

하필이면 이런 때에, 아무도, 나도, 그들도, 우리들 사이에서 무엇이 잘못될지 알 수 없을 때에 날아온 이상한 미사일. 그는 결정을 내렸지만 그것은 아무 상관없는 일이다. 볼프에 대해서 나는 마땅히 기뻐야 하고 또 기쁘지만, 마음속으로는 카를 캘이 내가 하거나 하지 않을 수도 있는 일에 대해 축복하거나 비난할 권리를 주장한다는 사실 때문에 불끈 화가 난다.

밤늦게 목이 말라 잠이 깬 뒤로 나는 다시 잠을 이룰 수가 없다. 내 침대 옆에는 그녀가 글씨를 새겨넣고 악보를 적어넣은 책이 놓여 있다. 나는 손가락에 물을 묻혀 내 연주 부분을 따라가며 페이지 페이지마다에서 내 더럽혀진 음정들을 듣는다. 보표들이 지워지고 콩나물 대가리와 줄기 들이 흐릿하게 더럽혀지고, 유리잔에 든 물은 탁한 갈색이 된다. 물기가 옆에 있는 음표들로, 아직 손가락이 따라가지 않아 흐려지지 않은 페이지들로 스며든다. 마치 닳아빠진 점자에서처럼 내 손가락들은 언젠가 그녀가 쓴 내 이름을 만진다. 그리고 보라, 나는 더이상 그 악보를 읽을 수 없다.

내가 단원들에게 그만두겠다는 이야기를 꺼내자, 헬렌이 먼저 나선다.

「마이클, 한 일주일쯤 쉬었다 돌아와요. 선배가 우리를 떠나고 싶다는 말은 진심일 리가 없어요. 중음부에서 우리의 결속은 어떻게 되죠? 우리는 선배 없이 해낼 수 없어요. 난 내가 그럴 수 없다는 거 알아요. 우리 다음 주에 브리스톨에서는 어떻게 해야 하죠? 그리고 계약이 된 모든 연주에 대해서는요? 다른 사람과 연주를 한다는 건 생각만 해도 끔찍해요.」

「내가 한 얘기 진담으로 그런 건 아니었어, 빌어먹을! 자네는 미쳤어 마이클, 내가 진심으로 그랬다고 생각하다니. 내 얘기는 단지 우리가 형편없는 CD를 만들 수는 없다는 거였어. 자네, 단지 내가 한 말 때문에 떠나겠다고 위협을 하는 거야? 자네가 이 폭탄을 터뜨리기 전에도 헬렌이 나를 몹시 못살게 굴었어. 좋아, 자네가 한동안 맥을 놓쳤다고 하더라도 곧 다시 돌아올 거야. 자네는 분명히 어떤 위기를 겪고 있어. 하지만 우리 가운데서 문제를 일으켰던 건 자네 한 사람만이 아니야. 그런 일은 전에도 있었어. 우리는 그 일을 풀어나갔고 이번에도 다시 풀어나갈 거야. 우리는 그렇게 나약하지 않아.」

피어스가 위로를 한다.

하지만 아무 소용도 없다. 꼬인 끈은 풀어헤쳐졌다. 나는 몇 번씩 생각을 하고 또 했다. 슈트라투스를 생각해. 나는 그들에게 말한다. 이소벨을 생각해. 이런 기회가 얼마나 자주 오겠어? 제2바이올린은 글쎄, 전에도 찾아냈잖아.

빌리는 슬픔에 잠겨 아무말도 하지 않는다. 하지만 말을 해봤자 아무 소용이 없다는 것, 사태가 너무 멀리까지 갔다는 것을 다른 두 사람보다 더 분명히 알고 있다.

「마지막으로 들어와서 첫번째로 나가는군요. 우리 모두 선배를
그리워할 겁니다, 마이클.」

그들은 모두 나를 그리워할 것이다. 그러나 누구도 내게 행운을
빌어줄 수는 없다. 내가 우리 4중주단에 이런 짓을 하고 있는데,
그들이 무슨 이유로 그럴까? 우리의 이야기는 빙빙 돌기만 할 뿐
달라지는 것은 아무것도 없다.

나는 이제 손가락이 말을 안 들어서 당신들에게 아무 소용도 없
다, 휴식시간조차도 견뎌낼 수 없다, 당신들이 줄리아가 연주하게
될 홀에서 일 분 동안 그랬던 것처럼 나 없이 연주해라. 이 일은 원
래부터 일어나도록 되어 있었다. 아니, 그것도 아니다. 이 모든 일
은 그녀가 나를 버렸기 때문이다. 하지만 그녀는 자신의 삶을 구해
야 하지 않을까? 그래야 하지 않을까?

그들에게 내가 아프다고 해라. 에리카에게 안부 전하고. 망가진
것은 망가진 것이다. 내가 고통을 받는 건 푸가 때문이다. 내가 연
주를 하는 이 바이올린마저도 다른 사람 손으로 넘어가야 한다. 밤
이고 낮이고 나는 반은 사람이고 반은 목석이다.

9–9

에리카는 안된다고, 자기가 이제 어떻게 나를 대리할 수 있느냐
고 묻는다. 그녀는 이제 「옴마 옴마」 하는 소리도 내지 않고 아주
단호하다. 어리석은 짓, 돌이킬 수 없는 손상, 경력.

「그들은 누군가 다른 사람을 찾아낼 거예요. 당신이 그 사람들을
그러도록 만들었어요. 하지만 당신은 어쩔 거죠? 난 당신을 좋
아해요, 마이클. 어쩌다 자신에게 이런 일이 일어나도록 놓아둔
거죠?」

헬렌이 눈물을 머금고 다시 전화를 건다. 내 일은 어떻게 될 것인가, 내가 생계를 유지할 수 있을 것인가, 내가 의지할 곳은 어디인가, 왜 지금 당장 이런 짓을 그만두지 않는가? 하지만 나는 이미 스스로 그런 일을 생각해 보았다. 내가 베니스에서 그녀와 식사를 함께하지 않은 것은 사실이지만 길을 잃고 헤매는 동안 우리는 아우구스티누스의 개를 보았다.

그건 당신도 알겠지만 한때는 고양이였어요.

그녀가 서글프게 말한다.

아니 개였어.

그래도 한때는 고양이였어요.

나는 개를 보았다. 그녀도 개를 보았다. 그것은 개였다. 심지어 나는 그 개가 어느 날 미묘하게 복제되어 방심하지 않고 거룻배에 앉아 있는 것도 보았다.

그의 스케치에서는 원래 고양이. 대영박물관에서는 그렇다고 나는 생각한다.

아니, 그것은 사실이 아니다. 나는 내 귀를 틀어막을 것이다. 친애하는 헬렌, 나한테 그렇지 않다고 말해줘요.

왜 사실을 직시하지 않아요? 무슨 이유로 지금 당장 이걸 논의해요?

9-10

바이올린은 내 베개 옆의 또다른 베개에 놓여 있다. 나는 자고 깨고 다시 잔다. 바깥쪽에 있는 움직이지 못하는 나무들에서 철새들이 휴식을 취한다. 이 바이올린은 누구의 손에서 노래를 하게 될까? 바이올린 없이 내가 어떻게 연주를 할 수 있을까? 또 그 바이올린으로는 어떻게?

나는 바이올린을 잘 조율하고 바이올린은 다시 좋은 소리를 낸다. 나는 그 바이올린을 지킬 수도, 내 것이라고 주장할 수도, 가지고 다닐 수도 없다. 별의별 조각들이 내 주위로 눈보라처럼 날아다녔다. 팩스 용지, 흰 개의 털 뭉치, 주차장에 내린 눈, 그녀가 연주하는 피아노 건반. 만일 그녀의 손에 있는 하나하나의 목소리가 하나의 도시라면 어느것이 어떤 부분을 가질까? 귀가 먹어가고 있는 그녀가 연주하는 것들을 나는 연주할 수 없다. 의지가 결여된 사람에게 어떤 상황을 적용할 것인가? 이건 절대로 내가 당신만을 위해 연주할 그런 곡은 아니에요.

그 외에도, 그 곡은 단지 내 마음속에만 있지 않다. 내가 들고 있는 물건은 반쯤 떨어져 나갔다. 내 머리에서 울리는 것은 단지 이명(耳鳴)만이 아니다. 그 소리는 윙윙거리고 통곡을 한다. 그 소리는 윙윙거리는 독을 품고 있다. 바이올린의 튀어나온 배가 건반에 부딪혀 쓸린다. 샌더슨은 그 바이올린을 볼 것이고, 조심스럽게 살필 것이고, 뭐가 잘못되었는지 판단할 것이고, 다음에는 그 바이올린을 누르고 찌르고 기워 상태를 호전시킬 것이다.

9-11

폼비 부인이 어제 세상을 떠났다.

조안 고모가 내게 전화를 걸어 그 사실을 알려준다. 폼비 부인은 보름쯤 전에 뇌졸중을 일으켜 언어 능력을 상실했던 모양이다. 어제 아침 그녀는 두 번째로 뇌졸중을 일으켰고, 병원으로 다시 실려가는 도중에 사망했다.

나는 그녀가 몇 달이나 몇 년씩 병석에 누워 있지 않았고 거의 마지막까지 정신과 말소리가 또렷했다는 것이 기쁘다. 우리 어머니처럼 그녀의 죽음도 빨리 진행되었다.

나는 폼비 부인의 병이 그처럼 위중했던 것을 미리 알았더라면 싶다. 조안 고모와 아버지도 그녀가 첫번째 뇌졸중을 일으킨 사실에 대해서는 알지 못했다. 만일 알았더라면 나는 마지막으로 그녀를 위해 연주를 했을 것이다. 그녀를 위해서라면 토노니는 어디에서건 노래를 불렀을 것이다. 집에서건, 병원에서건, 또는 블랙스톤에지에서건.

그녀의 토노니. 나는 그 바이올린 때문에, 그리고 나 자신 때문에 슬프다. 이제 그 바이올린을 돌려 달라는 요구가 들어오기까지 남은 기간은 몇 달이 아니라 몇 주일밖에 되지 않을 것이다.

나는 그녀의 장례식에 가지 않을 것이다. 조안 고모의 말로는 화장을 할 것이라고 한다. 폼비 부인은 장례식을 싫어했다. 그녀는 자기 남편의 장례식에 조문을 하러 온 사람들을 못 견뎌했고 자기 친구들의 장례식에 절대로 가지 않았다. 공인감정사, 체셔 출신의 고양이는 크림을 핥아먹을 꿈을 품고 그 자리에 있을 것이다. 그의 아내는 남편이 다 잘 알아서 할 것이라는 기대로 아무말도 하지 않을 것이고, 그들의 앙앙거리는 세 딸은 차를 몰아 집으로 돌아올 때까지 서로 할퀴고 삐치고 하는 짓을 미룰 것이다.

그의 손에 나는 내 사랑하는 바이올린을 넘겨야 한다.

나는 폼비 부인을 사랑했다. 그녀는 내게 음악의 즐거움을 일깨워주었다. 그녀의 죽음에서 나는 음악의 슬픔을 맛보아야 한다.

9-12

「좀더 무감동하게 연주해 주세요.」

지휘자가 사정한다. 왜냐하면 우리는 어떤 독창적인 정신병자가 모차르트 피아노 소나타를 피아노가 빠진 콘체르토로 변주한 곡을 녹음하고 있기 때문이다. 이 곡은 '그대 자신의 대가가 되라(Be

Your Own Maestro)'라고 불리는 것이다. 야망이 있는 젊은 피아니스트라면 누구나 오케스트라와 협연으로 소나타를 연주하려고 할 것이다. 모차르트는 뭔가 개선되어야 할 소지를 남겼고, 정신병자는 자기 멋대로 새로운 가락을 덧붙여서 트라이앵글을 팅팅팅 울린다. 카메라타 앙글리카 악단은 그 곡을 연주하고 있지만 연주자들 대부분이 메스꺼워하고 있다. 하지만 지금 나에게는 이것이 고기를 사고 주택 할부금을 낼 수 있는 방법이다. 그래서 내 활은 완벽한 리듬과 억양으로 올라갔다 내려갔다 한다.

한때 나는 바이올린을 한 대 살까 생각했었다. 지금은 내 문 투입구로 우편물이 떨어질 때마다 나는 이런 생각을 한다. 제발 로치데일 소인이 찍히지 않았으면, 유예기간이 하루만 더 연장되었으면.

흰 머리칼들이 눈에 띈다. 나는 보이는 것을 모두 뽑아낸다. 늘 그랬듯 두통이 인다. 지금 나는 이런 생각을 한다. 고양이일까, 개일까? 고양이일까, 개일까?

마조레는 나 없이 어떻게 되어가고 있을까? 그들은 어떻게 일을 수습했을까? 헬렌은 아직도 이따금씩 내게 전화를 걸어오지만 어떻게 지내느냐고만 물을 뿐 나를 다시 끌어들이려고는 하지 않는다.

대영박물관 인쇄실에서 햇빛이 지붕을 통해 쏟아져 들어온다. 카르파초의 상자가 꺼내진다. 그의 스케치는 명확하다. 아우구스티누스에게는 턱수염이 없고, 악보는 공란이다.

그리고 바닥에 버티고 있는 것은 고양이다. 아니, 고양이도 아니고 교활한 흰담비나 끈에 묶인 족제비다. 어째서일까, 어째서일까? 어째서, 어째서? 나는 많은 것을 파악했지만 이것은 이해가 가지 않는다. 그 불쌍한 개는 제가 태어나기 전에도 시간이 있었다고 짖을 것이다. 흰담비, 흰담비, 흰담비.

흰담비, 내가 너를 잘못 보았을까? 네가 겨울에 하얀 담비일까?

너에게는 꼬리 끝이 없지만 이것은 스케치다. 아스트롤라베[39]는 둥글고, 악보는 공란이다. 겨울 몇 달 동안 순수하고 순결하고 고상한 너는 여름에 망쳐져 갈색 털로 덮인 담비로 되돌아간다.

나를 이해했다고 위로한 그 개는 어디에 있었을까? 그 개는 냄새 고약하고 빼빼 마르고 고양이 같은 발톱을 갖게 되었을까? 위층에서 우리는 감시받는 것도 모른 채 키스를 했다.

짜짜, 너는 죽었다. 늙은 미망인인 폼비 부인도 죽었다. 카를 역시 무덤 저 너머에서 난쟁이가 보는 식으로 이야기를 하고 있을까? 인쇄실 밖에 베니스의 지도가 있다. 이 지도와 다른 것들에 대해서 나는 그녀에게 알려야 한다. 그녀는 알고 싶어할 것이다. 옥스퍼드 가에서 우리의 곤돌라들이 지나간다. 그녀는 베일을 올렸고 재빨리 가버렸다.

어젯밤, 건반들 사이에서 그녀의 손이 움직였다. 그녀는 무슨 곡을 연주하고 있었길래 내 꿈을 진정시켰을까? 틀림없이 바흐일 것이다. 하지만 나는 전에 그 곡을 들어본 적이 없다. 그런 음악을 연주하기 위해서는 사람의 마음에 얼마나 많은 방들이 있어야 할까? 그 곡은 바흐가 죽기 바로 전 해에 쓴 곡이었을까?

9-13

남자에게 아이가 있으면 절대로 크게 성장하지 못한다는 것이 이상한 일이다. 자신의 일부가 열리고 일부는 떠나고 마치 그 부분이 자신의 일부가 아닌 것처럼 울부짖는다고 느끼는 것은. 다음에는 그 자식이 초록색 모자를 쓰고 회색 양복을 입고 친구들을 사귄다. 그런 모든 사람들이 펨브리지 초등학교의 계단에서 자기네들

---

39) 고대의 천문 관측용 기계.

의 분신이 나타나기를 기다리고 그들 모두에게 언젠가 이런 일이 일어난다.

마로니에 열매가 맺히고 고슴도치를 상자에 넣어 키우기 꼭 좋은 철이다. 플라타너스 잎들과 라임나무 잎사귀들이 빙글빙글 뱅글뱅글 돈다. 보스턴에 있는 어린 루크는 마로니에 열매를 어떻게 생각할까? 비엔나 26번 구역의 클로스터노이부르크에 있는 그의 외할머니는 마로니에 열매를 어떻게 생각할까? 그녀는 너도밤나무 밑에 서서 중얼거리고 있었다. 거기 다뉴브 강가에는 밤나무와 포플러 들이 늘어서 있었다.

아, 이제 오후 세시 사십오분. 아이들이 수업을 마치고 나와 키스를 받는다. 하지만 루크는 어디에 있을까? 저기에 그녀의 차가 세워져 있다. 그녀가 차에서 내려 계단을 달려 올라간다. 루크도, 또 그녀도 거기에 있다. 그들의 얼굴이 행복감을 대변한다.

그녀는 차 근처의 포장도로에 서 있다. 그녀는 나를 볼 수 없고 내 말소리도 듣지 못한다. 이 상황은 바뀌어야 한다. 베르디는 바그너의 입술을 읽지 못하고 사자도 그리핀[40]의 입술을 읽지 못한다.

나는 이제 그녀의 눈길이 미치는 곳에 있다. 그녀가 깜짝 놀란다. 몹시 당황해서 경계심을 품은 그녀의 눈빛은 너무나 파랗다.

「마이클!」

「안녕, 줄리아. 당신 알고 있지? 카르파초의 개……」

「뭐라구요?」

「알잖아, 베니스에서. 시아보니에서……」

「베니스요? 어디에서요?」

---

40) 그리스 신화에 나오는 머리·앞발·날개는 독수리이고, 몸통·뒷발은 사자인 상상의 동물.

「시아보니에서……」

「차에 타거라, 루크.」

「하지만 엄마, 마이클 아저씨잖아요. 난 같이 있고 싶은데……」

「얼른 차에 올라타.」

「아, 알았어, 알았어. 화내지 마.」

「도대체 무슨 일이죠? 왜 우리를 괴롭히는 거죠?」

「하지만 내가 말하고 싶은 건 단지……」

「뭔데요?」

「그 개는 원래 고양이였어. 아니면 담비였거나. 아니면 흰담비. 그건 절대로 개가 아니었어. 나는 그림, 그 사람 손으로 직접 그린 그림을 보았어.」

「마이클, 당신이 말하려는 요점이 정확히 뭐죠?」

　나는 할말이 너무 많아서 아무말도 하지 못한다. 마조레, 폼비 부인, 토노니, 아우구스티누스, 전화번호부에 실린 이름들, 그런 것들이 어떻게 그녀의 가슴을 찌를 수 있을까?

「그러니까, 뭐죠? 그냥 거기에 서 있지만 말고요.」

「나는……」

「마이클, 이건 소용없는 짓이에요.」

「난 당신이 언제나 나를 사랑한다는 말을 했다고 생각했어.」

「난 일이 이렇게 될 줄은 몰랐어요.」

「줄리아……」

「그러지 말아요. 루크가 보고 있어요. 거기에 그대로 있어요.」

「나 카를 캘에게서 편지를 받았어.」

「마이클, 미안해요. 난 지금 얘기할 시간이 없어요.」

「분재는?」

「잘 있어요, 아주아주 잘 있어요. 훌륭한 선물이더군요. 당신에게 감사해야 할 것 같아요.」

그녀가 쌀쌀맞게 대답한다.

「당신 왜 '푸가의 기법'을 연주하려는 거지? 당신이 하려는 게 뭐지?」

「'푸가의 기법' 말인가요? 왜요? 도대체 왜 안된다는 거죠? 나도 그 곡을 좋아해요. 나 정말로 이제 그만 가봐야 해요. 정말이에요. 그리고 마이클, 당신은 나를 괴롭히고 있어요. 그거 모르겠어요? 당신은 나를 괴롭히고 있어요. 제발, 부탁인데 다시는 나를 기다리고 서 있지 말아요. 난 당신을 보고 싶지 않아요. 정말, 정말로 보고 싶지 않아요. 만일 다시 보게 된다면 난 돌아버릴 거예요. 당신이 나를 사랑한다면 그게 당신이 원하는 건 아니겠죠? 그리고 당신이 나를 사랑하지 않는다면 아무 일도 없었던 것처럼 당신의 삶을 살아요. 그리고 제발 나한테 어떤 게 진실이라고 말하지 말아요.」

그녀가 손으로 눈을 가린다.

9-14

그녀를 못 만난 지 삼 주일이 지났다. 나는 내 마음의 주소에서 항목들을 하나하나 없애고 있다.

아니, 나에게는 이 환상이 소용없고, 나는 방들이며 책들, 모임들, 그녀의 눈동자에 있는 반점들, 그녀의 체취 같은 것들이 없어도 살 수 있다. 그런 것들이 평일날 아침에 끌려 올라가 버리도록 놓아두자. 헬륨 기구들 속에서 떠오르도록 놓아두자.

나는 또한 내가 마침내는 어느것에도 의지할 수 없고 의지할 것이 아무것도 없다고 믿는다. 그것을 알기까지는 시간이 좀 걸렸다. 왜냐하면 희망이란 잘 포장된 병원균들이니까. 나 자신에 대해서 나는 이렇게 생각한다. 만일 내가 이 어둠과 공허를 떠나더라도 우주가 재채기를 하지는 않을 것이라고. 나는 꿈과 생각에서 자유로이 풀려나 나 자신의 마에스트로가 될 것이다. 그러나 우리 아버지는 슬퍼할 것이다. 또한 조안 고모도. 가을이 깊어갈수록 내 눈 언저리에 거무스름한 그늘이 생긴다.

치워버릴 수 없는 것은 좀더 깊이 보관해 두어야 한다. 나는 교회 창고를 하나 세내어 원하지 않는 것들을 모두 넣어둘 것이다. 냄새, 소리, 시야, 기질.

토요일 아침이지만 나는 헤엄을 치지 않는다. 대신 다리 위에서 옥외 수영장 저 너머로 워터 서펜트 회원들의 헤엄쳐 지나간 자리에 노니는 햇살을 지켜본다. 나는 다리에 적힌 경고문을 읽는다. '위험, 물이 얕으니 다리에서 뛰어내리지 마시오.' 아니, 아니, 나는 수영 선수고 관절염에 걸릴 때까지 살 거야.

내가 가장 좋아하는 나무는 플라타너스다. 그 모든 매듭들과 옹이들과 벗겨지는 껍질들. 하지만 왜 여기를 볼까? 그 여러 해 동안 황무지에서 나는 종달새 둥지를 한 번도 찾아내지 못했다. 여기에서도 나는 말발굽 소리가 아니라 개들이 짖는 소리를 듣는다. 이것은 개들의 4중주다. 조그만 흰 개, 커다란 갈색 개, 악마의 다리에서 본 절름발이 개, 여우 같은 떠돌이 개. 그 개들은 짖고 노래하고 킁킁거린다. 그녀가 개 4중주단 한가운데로 슬리퍼를 집어던지고 개들은 음악적으로 울부짖으며 그 슬리퍼를 갈기갈기 찢는다. 그 개들에게는 누가 누구를 만났는가, 세상 위나 우리의 마음속에 무엇이 있는가에 대한 인식이 없다. 그 개들은 매력으로 가득 차 있고 개들의 눈에는 사랑과 쌀쌀함이 있다.

귀가 먹는 데에도 수백 가지 종류가 있다. 더 긴장을 하면 할수록 나는 더 제대로 듣지 못한다. 그러니까 누군가의 행동을 정돈하는 것은 의미 있는 일이다.

몇 가지 것들에 관심을 집중시켜 보자. 빵, 종이, 우유, 몇 가지

야채, 전자레인지에 넣을 몇 가지 음식, 오늘 밤에 읽을 책, 글자들을 다시 읽어보자. 나에게는 연주를 할 4중주단도, 훑어보아야 할 악보도 없다. 할 일을 적당한 시기가 올 때까지 미루자.

그렇더라도 현을 조율하고 음계를 연주하자. 이 바이올린은 아버지보다도 어머니보다도 친구나 연인보다도 더 나와 오랜 삶을 함께해 왔다. 바이올린을 넘겨주어야 할 날은 이제 몇 주일, 며칠밖에 남지 않았다. 그 바이올린으로 음계를 연주하는 일이 나에게 평온을 가져다준다. 턱받이를 떼어내고 나무의 감촉을 다시 느껴보자.

책들을 비교 평가하자. 버스에 올라타자. 걷자. 나는 외로운 다수 가운데 있다. 내 주위에 앉아 있는 사람들 가운데 누가 나와 동류일까? 수다쟁이, 미소를 짓는 사람, 사람들 사이에서 수줍어보이는 조용한 사람?

그 차장, 미쳤어라고 소곤거리는 여학생, 노점에서 날짜가 지난 일기장들을 파는 남자, 비르지니처럼 검은 머리칼을 한 그 여점원?

9 –15

「막 테이블에서 날아오를 것 같죠? 이 티셔츠들 말이에요. 충분한 수량을 확보하진 못했어요.」
여점원이 내게 미소를 지어 보인다.
「저기 있는 저 짙은 빨간색으로 더 큰 건 없습니까?」
「적갈색 말인가요? 테이블에 있는 것뿐인데요. 오늘 아침에 재고 창고를 비웠거든요.」
「아…….」
그녀의 얼굴에 나를 계속 붙잡아두는 어떤 표정이 있다.

「큰 사이즈는 별로 없어요. 구색이 제대로 갖추어지지 않았죠. 그래서 우리는 본사에다 불평을 했고요.」

「아, 네, 본사. 그리고 컴퓨터에다도 했겠군요.」

「그러기보다는 누구를 비난하는 편이 더 낫죠.」

그녀가 웃으면서 말한다.

「거기에서는 이럴 겁니다. '미안하지만 내 잘못이 아녜요. 컴퓨터가 다운됐어요'.」

「미안해요. 난 이제 점심식사를 하러 갈 거예요. 잘못은 본사에 있어요.」

「글쎄요, 적갈색이 없다면 검은색으로 하겠습니다. 미안합니다만 이 5파운드짜리 지폐는 위조된 겁니다. 컴퓨터로 말이죠.」

「놀라셨겠군요. 이런 것들이 꽤 많이 돌아다녀요.」

그녀가 지폐를 열심히 들여다보면서 말한다.

나는 그녀가 내게 거슬러주는 반짝반짝한 동전도 의심스럽다.

「깨물어보는 편이 좋을걸요. 어쩌면 초콜릿일 수도 있으니까요.」

그녀가 낄낄거린다.

「미안합니다만, 우리는 토요일엔 초콜릿 동전을 내놓지 않습니다.」

「본사 잘못이군요.」

우리 두 사람 모두 웃음을 터뜨린다.

「오늘 저녁에 본사가 언제 당신을 풀어주죠?」

「나한텐 남자 친구가 있어요.」

「아, 그러시군요.」

내 목소리에서 웃음기가 완전히 걷혀버린다.

「이보세요, 그만 가보시는 편이 좋겠어요.」

그녀가 쌀쌀맞게 말한다.

나를 두려워해서가 아니라 다른 두려움, 신뢰감이 없다는 것 때문이다. 그녀는 고객에게 오랫동안 친절한 태도를 보이지 않을 것이다.

「미안합니다, 미안합니다. 아주 친절하시군요. 나는 단지…….」

「제발 가세요, 제발요.」

그녀는 관리자가 어디에 있는지 둘러보지 않는다. 단지 적갈색, 검은색, 회색 티셔츠들이 놓여 있는 테이블을 내려다볼 뿐이다.

9-16

자정을 넘긴 지 한 시간이 지났는데도 잠을 이룰 수 없어서, 나는 재활용품 쓰레기통들 옆에 있는 공중전화 부스로 걸어간다. 이렇게 늦은 시간에도 길거리 여기저기에 몇몇 사람들이 배회하고 있다. 나는 번호를 누른다.

「여보세요?」

아일랜드 억양이 약간 밴 부드럽고 달콤한 목소리다.

「여보세요. 트리시아와 통화할 수 있을까요?」

「이 번호가 트리시아의 번혼데요. 뭘 도와드릴까요?」

「나는 그러니까, 나는 지금 막 공중전화 부스에 있는 당신 명함을 봤습니다. 아니, 그러니까 그 여자 명함요. 그 여자가 곧 시간이 날지 어떨지 알고 싶습니다. 그러니까 한 삼십 분쯤 뒤에…….」

「네, 손님. 그럴 거예요. 지금 계신 곳이 어디지요?」

「베이즈워터요.」

「아, 그러면 아주 가깝군요. 트리시아에 대해서 말씀드리죠. 잉글랜드 출신이고, 긴 금발에, 푸른 눈, 아주 멋진 다리, 말끔하게 면도를 했고, 36 - 24 - 36이에요.」

「나이는 몇 살이죠?」

「그 여자 나이는…… 스물여섯요.」

「그러면 얼마나 들지요? 내 말은…….」

「40파운드에서 70파운드요, 손님.」

「아, 그러면 거기에 포함되는 건…….」

「처음에 마사지로 시작해서 그 다음엔 오럴, 그리고 섹스예요.」

그녀가 다정한 목소리로 알려준다.

나는 잠시 침묵을 지키다가 묻는다.

「주소를 알려줄 수 있을까요?」

「네, 손님. 카마덴 테라스 22번지 삼층이에요. 아래층에서 버저
를 누르기만 하면 돼요.」

「미안합니다만, 나는, 나는 어떤 식으로 해야 할지를 모릅니다.
요금을 미리 선불해야 할까요?」

「좋을 대로 하세요, 손님. 그런데 한 가지 강조하고 싶은 건 우린
경호원을 쓴다는 거예요.」

그녀가 목소리에 웃음기를 띠고 말한다.

「당신이 트리시아 아닌가요?」

「맞아요. 나예요. 곧 보게 되기를 고대하겠어요, 손님. 전화 걸어
줘서 고마워요.」

9-17

그녀는 느끼지 못하는 오르가슴을 느끼는 척 가장한다. 그녀의
나이는 서른다섯 가량쯤 돼보이고 매력적이고 노련하고 다정하
다. 몇 달 동안 참아왔던 모든 욕정이 나를 통해 방출된다. 일이 끝
난 뒤 나는 울기 시작한다. 그녀는 나를 제지하지 않고 차를 한 잔
권한다.

「당신이 좋아하는 어떤 사람 때문이군요, 손님. 그렇지 않나요?」

「모르겠습니다.」

「아무 얘기도 할 필요 없어요.」

나는 아무말도 하지 않는다. 그녀 역시 아무말도 하지 않는다. 우리는 아주 조용히 함께 차를 홀짝거린다. 전화벨이 울리자 그녀가 슬며시 재촉을 한다.

「샤워를 하고 옷을 입겠어요, 손님?」

「네, 네. 난 샤워를 해야 합니다.」

분홍색 욕실, 거울에 비친 내 얼굴, 창턱에 붙은 조그만 찢어진 아기 곰 위니, 퀴퀴한 냄새. 나는 속이 뒤틀리는 지독한 메스꺼움을 느낀다. 그래서 변기에다 대고 구역질을 하지만 아무것도 올라오지 않는다. 나는 김이 사방으로 피어오르는, 델 듯이 뜨거운 물로 샤워를 한다.

나는 옷을 입고 고맙다는 말을 웅얼거린 다음 떠나려고 한다.

「아직 요금을 지불하지 않았어요, 손님.」

나는 그녀가 요구하는 금액을 지불하고 작별 인사를 한다. 가슴속에서, 가슴속 깊은 곳으로부터 역겨움이 치민다. 이것이 지금 이 시간의 나였던가?

「내 번호 잊지 말아요, 손님. 꼭 다시 와요.」

그 말이 떨어지기 무섭게 계단에 불이 켜진다.

9-18

광고 회사들을 위한 짧은 연주, 영화의 배경음악 연주 등의 일정들로 하루하루가 채워진다. 나는 웸블리에 있는 녹음 스튜디오에 앉아 체스 퍼즐을 풀거나 신문을 읽는다. 사람들은 마조레에 관한 뉴스를 들었겠지만 나를 혼자 있게 놓아둔다. 누군가가 줄리아 한

센에 관해서 이야기하는 소리가 얼핏 들린다. 하지만 그 나머지 이야기는 악기들을 조율하는 소리 속으로 묻혀버린다.

위그모어 홀의 루시가 전화를 걸어 12월 30일에 있을 줄리아의 리사이틀 티켓을 한 장 챙겨놓았다고 알려준다. 아니면 내가 원한 것이 두 장이었을까? 나는 그녀에게 고맙지만 그 무렵에는 런던을 떠나 있을 것이니까 다른 누구에게 주라고 이른다.

「아, 어디로 갈 건데요?」

「크리스마스를 보내러 로치데일로 갈 겁니다.」

「당신이 더이상 마조레 단원이 아니라는 게 유감이에요.」

「글쎄요, 세상일이라는 게 다 그런 거죠. 새로 자라나는 숲, 새로 돋아나는 풀.」

「내가 당신에게 방해가 된 게 아니었으면 좋겠어요, 마이클.」

「아니, 아니, 천만에요. 전혀 아닙니다.」

그녀가 전화를 끊자 나는 재고 조사를 한다. 창고는 비어 있지만 안에 있는 물건들이 벌써 먼지를 뒤집어쓰고 있다. 도자기 개구리, 박제한 담비.

어느새 나는 7번 버스를 타고 있다. 대영박물관 뒤에 조그만 사진 매장이 있다. 나는 그림을 두 장 복사해 달라고 한다. 하나는 나에게 보내질 것이고 다른 하나는 그녀에게 보내질 것이다. 나는 흰 담비를 천천히 살펴보면서 그녀가 내 즐거움과 명상을 함께 누리도록 할 것이다.

인쇄실에서 어떤 친절한 여자가 성 아우구스티누스의 발치에 펼쳐져 있던, 하나는 신성하고 다른 하나는 세속적인 두 곡이 담긴 오래된 악보를 꺼내준다. 나는 조용한 방에서 그 곡을 들을 때까지 그 악보들을 응시한다. 그리고 내 멋대로 그 곡들을 편곡한다. 현악기들, 목관악기들, 목소리들, 수금(竪琴)들.

요즘 나는 내게 온 편지들을 반은 뜯어보지 않고 그냥 놓아둔다.

또 홀랜드 공원에도 가지 않으니까 그곳의 돌들을 아무도 만지지 않을지도 모른다. 므노질은 주인이 바뀌었고 나 자신은 추방되어 잊혀졌다. 모든 일은 지나가야 하고 모든 생물은 무상하다.

나는 카를의 꿈을 꾼다. 그가 내 개밥 선전음악 연주에 귀를 기울이고 있다가 황홀해서 고개를 뒤로 젖힌다.

「음조를 한결같이 유지해. 언제나 한결같이. 나를 크게 실망시킨 적이 없는 자네의 연주는 이제 내 눈에서 눈물을 자아내고 있어. 하지만 자네 이거 아나? 내가 바흐를 좋아한다는 거.」

「그건 주관적인 판단입니다. 하지만 선생님이 바흐를 좋아하신다면 제가 좀 들려드리지요.」

그가 노발대발 화를 낸다.

「그건 바흐가 아니야. 바흐의 아류(亞流)지. 요한 제바스티안을 들려줘.」

「제 손가락으로는 그 사람의 곡을 연주할 수 없습니다, 교수님. 줄리아 맥니콜이 제게서 그 사람을 앗아갔습니다.」

그가 뇌졸중 발작을 일으키듯 얼굴을 찌푸린다.

「이런 일은 용납하지 않겠어. 절대로 용납하지 않겠어. 너를 내 수업에서 쫓아낼 테다. 너는 내 편지에 아주 못된 답장을 보냈어. 그건 나빴어. 아주 나빴어. 너는 당장 비엔나를 떠나야 할 거다. 이 도시의 하수구로.」

「저는 절대로 비엔나를 다시 떠나지 않을 겁니다.」

「좋아, 그렇다면. 좋아, 그렇다면 죽어가는 사람의 변덕을 받아줘. 그 개밥 아리아를 다시 연주해 봐. 감정이 좀 덜 들어가게. 우리는 작곡자의 의도를 존중할 줄 알아야 돼.」

그가 서글프게 말한다.

「말씀하신 것처럼 말이죠, 교수님. 하지만 왜 구태여 저보다 먼저 세상을 뜨려고 하십니까?」

도어벨이 울린다. 로치데일에서 온 등기 우편물이다. 나는 그 편지를 수령했다고 서명한다. 하지만 그 편지를 뜯지는 않고 주방 카운터에 놓아둔다. 주발에 담긴 오렌지들에 곰팡이가 피어 있다. 나는 그 주발을 깨끗이 씻어내야 한다.

일이 이런 식으로 되지 않을까? 내 바이올린은 피고석에 있고 판사가 무슨 말인가를 읊조리는 동안 두 번째 줄에 앉아 있는 여자의 짙은, 거의 자주색에 가까운 립스틱이 번져 있다는 사실을 알아차린다.

그들은 구금을 하러 왔다. 제발 우리를 하루만 이대로 놓아둬. 나는 어떤 항의도 하지 않는다. 아이는 잠들어 있다. 그 아이는 때가 되면 저절로 깨어날 것이다.

나는 너를 연주하고 그런 다음 포기해야 할까? 아니면 우리가 헤어진 기억이 소리로 흐려지지 않도록, 잃어버린 다른 것들, 모차르트, 슈베르트, 그리고 내게 생명을 준 모든 것들에 바흐가 끼여들지 않도록 너를 연주하지 않고 포기해야 할까?

내 바이올린이 아니라면 나는 무엇으로 연주를 하고, 여기가 아니라면 어디에서 연주를 할까? 매춘부 트리시아의 집에서 '차 두 잔'을? 늙고 삶에 지친 내 스승을 위해 '개밥 아리아'를? 사이가 멀어진 친구들과 함께 흔들리지 않는 음계를? 흩어진 영혼을 기려 '솟아오르는 종달새'를?

나는 바이올린을 꺼내 조율을 하고 내 골방 문을 닫는다. 어둠 속에서 나는 연주를 하지만 내가 연주하고 있는 곡이 무엇인지 모른다. 그것은 어떤 멜로디, 내가 전에 연주해 본 적이 없는 그런 곡으로 나에게서라기보다는 음악 그 자체의 본질에서 나온다. 그것은 한탄이지만, 나는 이미 버림받았다는 느낌을 가지고 있는 만큼 나를 위한 한탄은 아니다.

하지만 이제 그 곡은 슬며시 비발디 라르고, 내가 그 기적 같은 날 그의 교회에서 연주했던 곡으로 옮겨간다. 나는 그 곡을 연주하고 그 곡이 나를 연주한다. 그리고 내 골방의 어둠 속에서 나는 내가 반복절을 듣지 못하리라는 것, 이제 그만 연주를 멈추고 그 바이올린을 탄생시킨 나무의 수호신들에게 그 바이올린이 미래의 삶에서는 주인의 아낌없는 사랑을 받고 잘 지내도록, 그리고 또다시 270년, 아니 그보다 더 오래오래 살아남도록 빌어주어야 한다는 것을 알고 있다.

그러면 잘 가거라, 내 바이올린, 내 친구여. 나는 말로 할 수 있는 것보다 더 너를 사랑했다. 우리는 일심동체였지만 이제는 헤어져야 하고 우리의 공통된 이야기를 다시는 듣지 못할 것이다. 내 손가락이나 우리의 목소리를 잊지 말아라. 나는 네 소리를 듣지 못하더라도 너를 기억할 것이다.

9-20

친애하는 호움 씨.

귀하는 틀림없이 최근에 세실리아 폼비가 작고하신 사실을 알고 계실 것입니다. 저는 귀하가 고인의 절친한 친구였다는 것을 알고 있습니다. 그래서 회사를 대신하여 귀하에게 심심한 애도를 표하고자 합니다.

밤스 앤드 런 법률회사는 여러 해 동안 폼비 부인의 변호사로 활동해 왔고 고인은 제 파트너인 윌리엄 스털링과 저를 유언 집행인으로 지명했습니다.

폼비 부인의 유언은 관련 서류들과 함께 열흘 전 지방 유언 검인(遺言檢認) 등기소에 맡겨졌습니다. 그리고 이제 유언검인이 승인되었습니다. 고인의 유언에 대한 보충서는 본 법률 회사에서 고인의 지시에 따라 작성되었고 고인이 사망하기 일주일 전에 서명되었습니다. 폼비 부인은 귀하에게 옛 이탈리아 바이올린(카를로 토노니 시르카, 1727)을 증여세 없이 남겼습니다.

저는 그 바이올린이 곧 귀하의 소유가 된다는 것을 알고 있습니다. 귀하는 유언 집행인을 대신하여 그 물권의 소유권이 귀하에게 이전될 수 있는 시점에 이를 때까지 그 물권을 계속 관리해도 좋습니다.

폼비 부인은 몇 주 전에 사망했고 귀하에게 유언의 취지를 전하는 데 다소 지체가 있었습니다. 그 어려움 가운데 일부는 폼비 부인이 제시한 귀하의 주소가 현재는 존재하지 않는다는 사실로 인해 발생했습니다.

폼비 부인은 또한 귀하에게도 짧은 편지를 한 장 남겼는데 같이 동봉합니다. 고인은 임종을 바로 앞둔 며칠 동안 육체적으로는 거동을 할 수 없었으나 정신은 아주 맑았고 의도는 분명했습니다. 고인은 병원에서 저에게 이 편지를 받아 적게 했습니다. 발음이 분명치 않았기 때문에 저는 제가 받아 적은 내용에 잘못이 없는지 확인하기 위해 쓴 것을 고인에게 다시 읽어주었습니다. 그런 다음 저는 받아 적은 것을 타이프로 쳤고 고인이 서명을 했습니다.

귀하께서 유증이나 또는 다른 관련된 문제에 대해서 지금 당장, 또는 어떤 이유에서건 앞으로도 생겨날 수 있는 의문점이 있으면 기탄 없이 저희에게 연락해 주시기 바랍니다. 이만 줄이겠습니다.

케이스 밤스

동봉 : 마이클 호움 씨에게 보내는 존 폼비 부인의 편지.

　사랑하는 마이클, 지난 몇 년 동안 내 바이올린에 대해 불확실한 태도를 보인 탓으로 자네에게 많은 불안감을 준 것 같아서 미안해. 나는 올해 초 우리가 이 문제에 대해 얘기했을 때 자네가 몹시 걱정스러워한다는 느낌을 받았어. 하지만 자네는 가상하게도 내가 전에 내린 결정에 영향을 미치려 하지 않았고 아무런 질문 없이 그 결정을 받아들였지.

　자네는 여섯 살인가 일곱 살 때부터 내 진정한 친구였고 우리는 좋은 시기와 나쁜 시기를 함께 겪었어. 나는 자네가 좋은 시기를 더 늘리도록 도와주고 싶은데, 내가 생각해 낼 수 있는 최선의 방법이 바로 이것이야. 또 그 외에도 나는 내 바이올린이 자네가 그처럼 여러 해 동안 연주를 해왔는데도 불구하고 경매되어 낯선 사람의 손으로 넘어간다는 생각을 하면 견딜 수가 없어.

　내가 서명으로 대신하는 것, 자네가 용서해 줄 걸로 믿어. 나는 이제 더이상 보언 윌리엄스의 높은 트릴음을 제대로 낼 수 없을 것 같아.

　내 사랑을 같이 보내겠어. 비록 자네가 이 편지를 받을 때쯤이면 내 유골이 아주 만족스럽게 블랙스톤 에지 주위로 흩뿌려지겠지만.

　안녕, 소중한 마이클. 하느님의 가호가 있기를 빌겠어.

자네의,
속 모를 친구

9-22

하느님이 계신다면 제가 아니라 아주머니를 축복해 주실 겁니다. 저는 오늘 밤 마음이 너무 들떠서 잠을 이룰 수 없습니다. 저로서는 이 일이 믿어지지가 않습니다. 저는 제 바이올린을 다시 꺼내지도 않습니다. 이것은 사실일 리가 없지만 그래도 사실입니다. 저는 그 바이올린을 잃었다가 이제 다시 찾았습니다.

아주머니의 말씀이 제게 생명을 주었고 잠을 빼앗아갔습니다. 첫새벽의 여명이 밝아오면 공원 문이 열립니다. 석판 같은 회색과 산호 빛이 어우러진 새벽이 연못에 반사됩니다. 움푹 꺼진 정원에서는 꽃들이 캐내어졌습니다. 쪼르르 달려가는 다람쥐, 날개를 퍼덕이는 조그만 오리, 성글어진 보리수 산울타리 밑에서 이리저리 뛰어다니는 지빠귀, 그것이 다입니다. 저는 이 고통스러운 기쁨을 안고 혼자 있습니다.

저의 세상에서 보고를 드리겠습니다. 나무들이 잎을 떨어뜨리자 시야가 더 넓어졌습니다. 누군가가 무화과나무 밑의 땅에 오렌지색 렌즈 콩을 흩뿌려놓았습니다. 무리를 지어 돌아다니는 비둘기들이 저희들끼리 뒤뚱뒤뚱 삐기며 걸어다닙니다. 통통한 까마귀들이 깍깍 울지도 않고 경계하는 태도로 조용히 서 있습니다.

회색 기러기들이 둥근 연못 위에서 음악처럼 듣기 좋은 소리로 웁니다. 그 새들이 낮게 날아 내려온 다음 물에 앉으려고 맨 먼저 발을 내뻗습니다. 백조들은 깃털에 머리를 쑤셔박은 채 편히 자고 있습니다.

죽음이 임박해 말도 분명히 할 수 없는 아주머니가 제게 이 바이올린을 다시 돌려준 것은 어떻게 된 일입니까? 아주머니가 제게 주고자 한 것이 바이올린뿐인가요? 아니면 제가 세상으로부터 어떤 교훈을 배워야 할까요?

286

수화기에서 흘러나오는 목소리는 분노를 억누르고 있다.

「마이클 호움 씨죠?」

「네.」

「세드릭 글로법니다. 우리 지난번 크리스마스 때 내 아주머니 댁에서 잠깐 만났죠. 나는 그분 조캅니다.」

「네, 기억하고 있습니다, 글로버 씨. 아주머니께서 돌아가신 일에 대해 정말로 슬프게……」

「지금 슬픈가요? 난 좀 놀랐는데요. 당신이 그 일을 얼마나 잘 처리했는지를 생각하면.」

「하지만……」

「우리 아주머니는 늙어서 온전한 사고능력을 가지고 있지 못했습니다. 그런 아주머니를 희생물로 삼기는 아주 쉬운 일이었겠죠.」

「하지만 저는 그분이 편찮으시다는 것도 알지 못했습니다. 저는 그분을 한 번도 찾아가지 않았어요. 정말 후회스러운 일이지만요.」

「뭐, 그 일은 다른 사람이 했습니다. 내 아내가 거의 내내 거기에 있었으니까요. 가족만이 할 수 있는 식으로 아주머니를 돌보면서요. 그래서 나는 아주머니가 어떻게 사무 변호사를 만나 이 불쾌한 유언 보충서를 만들었는지 모르겠습니다. 하지만 아주머니가 꽤나 엉큼할 수도 있죠.」

「나는 이 일과 아무 관계도 없습니다. 그런데 어떻게 내 전화번호를 알아냈습니까?」

「당신, 정말로 내 딸들에게서 교육비를 빼앗아갈 작정입니까? 우리 아주머니가 진심으로 그런 일을 했다고 정말로 믿는 겁니까?」

「아니, 저는…….」

「이 일을 법적인 문제로 만들지 말고 바이올린을 가족에게 돌려주는 것이 온당한 처사일 겁니다. 분명히 얘기하지만 나는 얼마든지 소송을 할 준비가 되어 있습니다.」

「잠깐만요, 글로버 씨. 저는 당신 아주머니를 진심으로 좋아했습니다. 저는 이 일로 안 좋은 일이 생기는 건 원치 않고…….」

「그렇다면 강력히 충고하겠는데, 당신에게 윤리적으로나 법적으로나 속하지 않는 것을 냉정하게 이기적으로 움켜쥐려고 하지 마시오. 아주머니는 마지막 며칠 동안 정신이 혼미했던 게 분명하고 틀림없이 그때 어떤 제안을 받았을 거예요.」

「글로버 씨, 저는 어떤 말도 하지 않았습니다. 저는 그분이 얼마나 편찮으신지도 몰랐습니다. 그분은 제게 친절하고 명료한 편지를 써보냈습니다. 저는 그분이 쓴 내용을 믿고 싶습니다.」

「그야 물론 믿고 싶겠죠. 그런데 아주머니가 거기에 서명을 했습니까?」

「네.」

「글쎄요, 유언 보충서의 서명이 통하는 것이라고는 해도 지금 당신이 처한 입장이 얼마나 취약한지는 알 겁니다. 그건 정신박약인 아이가 괴발새발 그린 글씨 같은 거였어요. 아니, 아주머니는 정신이 얼마나 나갔길래 당신 주소랍시고 주차장 주소를 썼더란 말입니다. 주차장 주소를요!」

「제발 글로버 씨, 그런 말씀은 하지 마십쇼. 그분은 제 친구였습니다. 제가 어떻게 그분이 저한테 준 걸 포기할 수 있습니까?」

「줘요? 줘? 당신, 아무래도 잘못 생각하고 쓸데없이 애를 쓰고 있는 것 같군요. 아주머니는 정신이 맑았을 때 당신에게 아무것도 주려고 하지 않았어요. 아주머니는 바이올린을 팔아서 생긴 수입을 나와 내 딸들을 위한 신탁에 넣을 생각이었고, 나도 아주머니가 당신에게 그런 말을 한 걸로 알고 있어요. 나는 합리적인 사람입니다, 호움 씨. 우리 모두가 아주머니에게 해준 일을 생각하면 아주머니의 행위가 실망스럽지만 돌아가실 당시에는 자기가 무슨 일을 하고 있었는지 몰랐다는 것 때문에 용서를 해줄 겁니다. 하지만 당신한테 이 말은 해주는 편이 좋겠군요. 만일 우리가 이 문제에 관해서 어떤 타협점에 이를 수 없다면 당신은 바이올린도 잃고 거기에다 상당한 법정 비용까지 지불하게 될 거라는 거.」

그의 말은 허풍 이상이고 나는 겁에 질린다. 그리고 그에게는 그의 형편없는, 형편없는 딸들이 있다. 내가 그들에게서 당연히 그들 소유인 것을 빼앗고 평화롭게 살 수 있을까? 활을 들어올릴 때마다 나는 어떤 기분을 느끼게 될까?

「그러면 어떤 제안을 하시겠습니까, 글로버 씨? 제가 할 수 있는 일이 뭐죠?」

내가 조용히 묻는다.

「나는 그 바이올린의 절반을 증여하겠다는 증서를 작성해 두었습니다……. 여기에는 당신의 서명이 필요합니다. 그런 다음에는 바이올린을 팔아서 그 수익금을 공정하고 균등하게 분할하면 됩니다.」

「하지만 저는 그렇게는 할 수 없습니다. 제 바이올린을 팔 수는 없습니다.」

「당신 바이올린이라. 나는 당신이 점유권을 주장할 만큼 오래 그 바이올린을 가지고 있지는 않았던 걸로 아는데요.」

「그 바이올린, 그분의 바이올린, 뭐라고 해도 좋습니다. 저는 그 바이올린을 사랑합니다. 그거 이해할 수 없겠습니까? 돈 때문에 그 바이올린을 포기한다면 저는 죽고 말 겁니다.」

그가 몇 초 동안 침묵을 지키다가 차갑고 분노에 찬 목소리로 결론을 내린다.

「마지막 제안을 한 가지 하겠습니다, 호움 씨. 그리고 이건 정말로 내 마지막 제안입니다. 당신은 최소한 우리 가족에게 당신이 다른 물권에서 취득한 몫, 그러니까 바이올린 가격의 40퍼센트를 돌려줘야 합니다.」

「글로버 씨, 나는 아무것도 받지 않았는데요.」

「당신은 실제로 뭔가를 받았고 그것도 아주 큰 걸 받았습니다. 당신 '증여세 없이'라는 말이 무슨 뜻인지 알고 있습니까? 대부분의 물권에 40퍼센트의 증여세가 부가되는 데 반해 당신에게는 세금이 하나도 부과되지 않을 겁니다. 단 한 푼도 말입니다. 다시 말해서 우리는 당신이 내야 할 세금을 대신 내야 합니다. 당신에게는 그 세금을 반환해야 할 법적, 도덕적 의무가 있습니다. 당신이 올바른 정신을 가진 사람이라면 우리 아주머니가 정말로 우리에게 당신을 부양할 의무를 지웠다고 믿을 수 있겠습니까? 그리고 어떤 법원에서라도 그걸 믿을 걸로 기대합니까?」

「저는 모르겠습니다. 뭘 믿어야 할지 모르겠습니다. 저는 이런 일에 대해서는 모릅니다.」

「글쎄요, 그렇다면 한 번 생각해 봐요. 하지만 오래는 안됩니다. 나 지금 돌아가신 아주머니 집에서 전화하고 있습니다. 당신도 그분 번호 알고 있겠지요. 만일 스물네 시간 내에 당신에게서 소식을 듣지 못하면 나는 이 문제를 내 사무 변호사 손에 맡길 겁니다. 잘 있어요, 호움 씨.」

나는 손으로 머리를 받쳐든다. 하지만 바이올린이 있는 방음 골방으로 들어가지는 않는다.

얼마쯤 뒤에 나는 침실로 들어가 천장을 응시한다. 벽에서 햇살이 춤을 추고 헬리콥터가 요란한 소리를 내며 지나간다. 나는 이제

290

잠을 못 잘 정도로 피곤하다. 이렇게건 저렇게건 나는 결국 그 바이올린을 잃게 될 것이다. 폼비 아주머니, 아주머니는 저를 사랑하시니까 어떻게 해야 할지를 알려주세요.

9-24

나는 밤스 앤 런 법률회사로 전화를 걸어 밤스 씨와 통화한다. 그는 내가 편지글투에서 예상했던 것보다 콧소리가 더 심하다. 나는 그에게 감사하다는 말을 하고 그의 편지를 받고 얼마나 놀랐는지 이야기한다.

「폼비 부인도 당신이 아마 놀랄 거라고 하더군요.」

「선생이 병원으로 그분을 찾아가셨을 때, 그분이 많이 고통스러워하거나 어려움이 있지는 않았습니까?」

「어려움은 좀 있었지만 고통은 별로 없었습니다. 그분은 첫번째 뇌졸중을 일으킨 뒤 가능한 한 빨리 집으로 돌아가겠다고 고집을 피웠어요. 그래서 사망했을 때는 집에 있었죠. 아니, 그보다는 그분을 실어오려고 집으로 보낸 앰뷸런스 안에서라고 하는 편이 더 낫겠군요. 그런 경우에 대체로 그렇듯 그분은 곧바로 사망했습니다.」

「그렇다니 기쁘군요.」

「하지만 선생께서 제 취지를 아신다면 그렇게 빨리 돌아가시지는 않았습니다. 이런저런 일을 챙기고 그런 일에 대해 어떤 조치를 취할 시간은 있었으니까요.」

「네, 알겠습니다…… 밤스 씨, 이 말을 어떻게 해야 할지 모르겠습니다. 저는 방금 전 전화를 받았는데…….」

「그런데요?」

밤스 씨의 콧소리가 경계하는 빛을 띠고 거의 오보에처럼 바뀐다.

「그분 조카에게서요…….」

「글로버 씨 말이군요. 그 신사분 만나봤습니다.」

「전화 통화에서 그 사람은 제가 악기에 대해 권리가 없다고 하더군요. 몇 가지 얘기를 했는데…….」

「호움 씨, 저는 그 사람이 그런 짓을 하려고 들지 않을까 좀 걱정이 되었습니다. 그게 제가 선생에게 보낸 편지를 그런 식으로 표현한 이유입니다. 분명히 말씀드리겠는데, 그러니까 그 사람의 위협과 주장에는 아무런 근거도 없습니다. 그 사람은 전에도 나한테 좀 장황하게 그런 주장을 했고 나는 겨우 그 사람을 설득해서 소송을 벌이지 않도록 말렸습니다. 그 사람은 유언 보충서에 대해 이의를 제기하려고 했는데, 그 보충서는 일반적으로 두 사람의 증인이 있어야 합니다. 그중 하나가 폼비 부인의 의사였죠. 나는 글로버 씨에게 소송 비용이 얼마나 비싸게 먹힐 것인지, 고인의 유언 가운데 다른 부분들을 의문으로 끌어들여 전체적으로 유언검인을 지연시킬 가망성이 얼마나 많은지, 증인들과 내가 그의 주장을 얼마나 격렬하게 반박할 것인지, 또 그가 자기의 목적을 이룰 가망성이 얼마나 적은지를 설명했습니다. 나는 그 사람에게 폼비 부인의 의도가 선생에게 보내진 그분의 쪽지에 명확한 용어로 다시 언급되었다는 사실을 임의로 알릴 권한을 부여받았습니다. 하지만 그 사람에게 그 쪽지를 보여주지는 않았습니다. 제가 그 내용에 관해 은밀히 알고 있는 이유는 단지 고인이 그 편지를 직접 쓸 수 없었기 때문입니다.」

「밤스 씨, 저는 이런 일은 전혀 모릅니다. 선생께서는 아주 친절하셨고…….」

「분명히 말씀드리지만 절대로 친절한 게 아닙니다. 저는 단지 폼비 부인의 유언 집행인으로서, 그리고 고인이 유언장을 작성하

292

는 데 그분의 지시를 받은 사람으로서 제 임무를 수행하고 있을 뿐입니다. 뭐 더 하실 말씀 있으십니까?」

「그 사람은 제게 적어도 자기가 치르게 되어 있는 세금은 돌려줘야 한다고 그러더군요. 그 사람은 제게 법적, 도덕적 의무가 있다고……」

「호움 씨, 법적인 의무는 아무것도 없습니다. 도덕적인 문제에 대해서라면, 선생께서 그걸 그렇게 부르신다면 충고를 해드릴 수 없지만, 저는 선생에게 그 물권이 결코 소소한 게 아니라는 것은 알려줄 수 있습니다. 글로버 씨는 남은 재산의 수익자로서 세금이 있건 없건 간에 많은 돈을 물려받게 될 겁니다. 그리고 저는 그 사람과의 자신만만한 대화에서 그 사람이 절대로 가난뱅이가 아니라는 걸 알 수 있습니다.」

내가 웃기 시작하자 밤스 씨도 같이 따라 웃는다.

「그러니까, 글로버 씨 편은 들지 않으셨군요.」

「글쎄요, 그 사람은 자기에게 은혜를 베푼 사람을 좀 얕잡아보는 투로 얘기했는데, 그건 별로 호감 가는 행동은 아니었죠.」

「그 사람이 선생에게 무례하지 않았기를 바랍니다.」

「첫 만남 이후로 그 사람 태도는 공손한 것 이상이었습니다. 사실상 알랑거리는 편이었죠. 저는 사람들이 위협을 했다가 그 위협이 먹혀들지 않을 때 그러는 경우를 종종 봤습니다. 아, 그리고 알려드릴 게 한 가지 더 있습니다. 선생에게 바이올린의 50퍼센트나 60퍼센트, 또는 다른 어떤 몫을 주겠다는 것은 폼비 부인의 의도가 아니었습니다. 그분은, 이런 말씀 드려도 될지 모르지만, 아주 빈틈없는 분이었고 선생이 얼마라도 대부를 받아야 한다면 그것은 당신의 뜻에 반하는 일이라는 것을 알고 있었습니다. 그분의 뜻은, 제가 이런 용어를 쓰는 걸 용서해 주신다면, 선생에게 기쁨을 주자는 것이지 걱정을 주자는 게 아니었습니다.

아무튼 저는 선생의 전화를 얼마쯤은 예상하고 있었습니다. 하지만 제가 선생에게 어째서 그 사람에 대해 경고를 하지 않았는지는 알아주셨으면 합니다. 만일 그 사람이 자기가 말한 의도대로 밀고 나간다면 저는 물론 합법적인 자격으로 선생에게 충고를 해드릴 수 없지만, 다른 법인의 변호사들과 기꺼이 연결시켜 드리겠습니다. 하지만 저는 그런 일이 꼭 필요할 거라고는 생각하지 않습니다. 제 생각으로는 단호한 대답 한마디면 그런 성가신 요구를 그만두게 할 수 있을 겁니다. 폼비 부인은 그 유언 보충서를 부가하기로 결심했고 한 단어 한 단어를 모두 이해했습니다. 저는 선생이 그 바이올린을 향유하기 바랍니다.」

「감사합니다, 밤스 씨. 무슨 말씀을 드려야 할지 모르겠습니다. 정말 대단히 감사합니다.」

「천만에요.」

「음악을 좋아하십니까, 밤스 씨?」

내가 무슨 이유에서인지 모르게 묻는다.

「아, 네. 저는 약간 좋아하는 편입니다. 에, 그러면 다른 일이 또 있습니까? 있다면 연락해 주십시오.」

밤스 씨가 갑자기 어리둥절한 목소리가 되어 대화를 끝내려고 한다.

「다른 일은 없습니다. 다시 한번 감사드립니다.」

「그럼 이만 끊겠습니다, 호움 씨.」

9-25

폼비 아주머니.

저는 아주머니가 돌아가셨고 이 편지를 읽을 수 없다는 것을 알고 있습니다. 아주머니가 뇌졸중을 일으켰을 때 제가 알 수만 있었더라면…….

　제 삶은 파멸을 향해 기울고 있었습니다. 저를 잊지 않으신 것, 그리고 제가 찾아뵙지 않았는데도 아주머니를 잊지 않았다고 생각해 주신 것 감사합니다.

　저는 해마다 적당한 때가 되면 블랙스톤 에지로 차를 몰아갈 것입니다. 그리고 북쪽으로 갈 때는 언제나 아주머니의 바이올린을 가져갈 것입니다.

　저는 아주머니에게 한 번도 그 바이올린을 어디에서 또는 누구에게서 샀는지 여쭈어보지 않았습니다. 그 역사는 아주머니와 함께 끝났습니다. 제가 아주머니를 위해 해드릴 수 있었던 작은 일도 끝났습니다. 하지만 아주머니가 제게 해주신 일은 저 역시 죽을 때까지 지속될 것입니다.

　제가 죽을 때가 되었을 때 그 바이올린을 누구의 손에 넘겨주어야 할지 아주머니에 대한 기억들이 저에게 충고를 해주었으면 좋겠습니다.

　아주머니의 친구와 아주머니의 바이올린이 모두 감사를 드립니다. 제 각기 마음속으로부터, 그리고 향주(響柱)로부터.

9-26

　며칠 뒤 나는 귀에서 맥박이 뛰는 것을 느끼고 식은땀을 흘리며 잠에서 깬다.

　나는 꿈을 꾸었다. 내 생각에는 홀본 지하역에 있었던 듯싶다. 나는 내 토노니 바이올린을 연주 자세로 들고 에스컬레이터 밑에 서 있었다. 에스컬레이터에서는 낯선 사람들 사이에 내가 아는 사람들이 둘씩 둘씩 짝을 지어 내려왔다. 빌리의 아들인 장고가 폼비 부인과 손을 잡고 지나갔다. 폼비 부인은 내 모자에 동전을 한 닢

떨어뜨리고 계속해서 그 아이에게 이야기를 했다. 나는 카를이 거기에 있으리라는 것을 미리부터 알고 있었다. 그는 자기의 제자인 비르지니와 함께 있었다. 그가 내게 고개를 끄덕이고 푸르스름한 입술 사이로 무슨 말인가를 했다. 비르지니는 행복해 보였고 아무 말 없이 지나갔다.

나는 개방 현으로 길고 느린 화음을 연주하고 있었다. 그 곡을 오분의 일쯤 연주하다가 나는 다른 곡으로 넘어갔다. 보석 달린 머리 장식을 하고 왼쪽 팔 밑에 카르파초의 조그만 개를 끼고 계단을 내려온 줄리아의 어머니가 홀랜드 공원의 여자 경찰에 의해 수갑이 채워졌다. 그녀는 어떤 격리 규정을 어긴 것일까? 나는 그 모두가 지나가는 쇼라는 것, 어느 순간이라도 거기에서 벗어날 수 있다는 것을 알고 있었다. 나는 꿈속에서 꿈을 꾸고 있지 않았다.

하지만 그 둘씩 짝을 지은 사람들이, 때때로 그 사이에 많은 낯선 사람들을 두고 지나가는 동안 나는 점점 더 초조해졌다. 나는 희망과 두려움 사이에서 시달리고 있었다. 줄리아를 볼 수는 있겠지만 그녀와 함께 서 있는 사람이 누구인지는 모른다고 생각했기 때문이었다. 그런데도 둥둥 떠내려오듯 에스컬레이터를 내려와 지루하게 내 옆을 지나간 많은 사람들 사이에서 사촌들이며 수학 선생님들이며 오케스트라의 동료들이 다 보이는데도 그녀가 나타나지 않자 나는 몹시 실망이 되었다.

나는 그녀를 찾기 위해 올라가는 에스컬레이터를 탔다. 꼭대기에서 에스컬레이터가 멈추었다가 다시 내려갔다. 하지만 내려가는 동안 에스컬레이터의 통로가 점점 좁아지고 어두워져 타고 있는 사람은 나 하나뿐이다. 내가 끊임없이 연주를 하고 있던 내 바이올린만 빼놓고는 모든 사람들이 사라졌고 온 주위가 고요했다. 에스컬레이터는 전에 멈추었던 곳을 훨씬 지나 땅속으로 점점 더 깊이 들어갔지만 나는 그것을 멈추기 위해 아무 일도 할 수 없었다. 이제 나는 개방 현으로 잔잔한 3화음을 연주하는 것이 아니라 강제적이고 무시무시한 음악의 한 행을 연주하고 있었다. 내가 그 곡이 다른 악기의 반주 없이 독주로 연주하는 '푸가의 기법'의 한 행이라는 것을 알아차린 것은 시간이 좀 지난 뒤였다.

나는 반쯤 숨이 막힌 채 소리를 질렀다. 하지만 에스컬레이터에서 벗어날 수도 내려가는 것을 멈출 수도 없었다. 바이올린은 마치 어떤 마법에 걸린 빗자루처럼 귀신에 씌어 끝없이 연주를 했다. 만일 저 아래쪽에 있는 현실의 길거리에서 내 꿈의 껍질을 깨고 들려오는 자동차 경적 소리만 아니었다면 나는 영원히 끝없는 밤 속으로 떨어졌을 것이다.

9-27

이것을 극화하지는 말자. 이것은 단지 사랑일 뿐, 혼돈 상태는 아니다. 이 탐닉, 이 느낌이 얼마나 멀리까지 뻗칠까? 그것이 내가 삶을 꾸려가지 못하도록 막지는 않을 것이다. 이 모든 일이 내 바이올린만한 가치가 있을까? 나에게서 떠나간 사람들에 대해서는 그들의 행복이 어디에 있을지 생각하자.

'세빌, 미이클, 자네는 벌써 그 애를 충분히 괴롭히지 않았나?'

마음이 진정되었더라도 몸은 움직이게 하자. 수영 아니, 이제 나는 그녀처럼 사람들 앞에 나설 수가 없다. 하지만 나는 오케스트라에서 임시 바이올린 연주자로 연주를 할 때 사람들 앞에 나서지 않았는가? 걷는 것은 어떨까? 걸어갈 수 있는 곳이면 어디든 걸어가자. 갈 곳이 아무데도 없다면 이리저리 돌아다니자. 지금은 새벽 다섯시지만 여기는 겨울 런던이라서 베니스의 여명 같은 것은 없다. 밤에서 헤어나온 표류자들이 낮 속으로 표류해 들어가는 사람들을 지나간다. 내 뒤에서 발자국 소리가 들리지만 나는 고개를 돌리지 않는다. 그 소리는 곧 사라진다.

다시 내가 가르치는 학생들을 생각하자. 하지만 나는 그렇게 하고 있다. 나는 그들에게 레슨을 하기 전과 하고 난 후에 몇 시간씩 생각을 하며 보낸다. 엘리자베스의 손목 움직임, 제이미의 아르페지오, 클라이브의 악보를 즉석에서 읽는 기술. 조급해지고 싶은 생각은 전혀 없다.

「왜 그 예쁜 부인이 보이지 않아요, 선생님? 제시카, 그래 알겠어요. 나 그 여자 이름 기억나요.」

바이올린을 좋아하게 된 사내아이가 낄낄거리며 얘기한다.

「그 여자는 매일같이 여기로 오지는 않아. 너도 그걸 알고 있잖니, 제이미.」

「다음번 레슨까지 제가 이걸 준비해야 하나요?」

「그래, 그래야 돼.」

그 말을 하면서 나는 카를을 생각한다.

내가 미소를 짓자 그 아이가 깜짝 놀라서 같이 미소를 짓는다.

일이 없는 저녁이면 나는 책을 읽는다. 내 동료들과 함께, 또는 그들을 위해 준비해야 할 일이 아무것도 없기 때문이다. 이것은 또 다른 삶, 북쪽으로 나 있는 창문들과 함께하는 삶이다. 밤은 공허하고 타오르지 않는다.

나는 내가 학창시절부터, 지금으로부터 틀림없이 이십 년은 되었을 시절부터 반쯤은 기억하고 있던 시구와 우연히 마주친다.

텅 빈 가슴을 괴로움으로부터 풀어주기 위해
두 사람 중 누구도 서로를 찾아내지 못했다.
그들은 둘로 갈라진 절벽처럼
상처를 안은 채 떨어져 서 있다.
이제 그 사이에는 적막한 바다가 흐르지만

열기도 서리도 천둥도 없다.
한때 거기에 있었던 흔적들을
모두 지워 없애야 할까?

트리시아를 다시는 찾아가지 않는다. 성생활이 없는 평온함. 나는 이것을 좋아하게까지 되었다.

9-28

그리스 교회 근처의 나무들은 상록수들이다. 비르지니는 늘 그 나무들을 '끈질긴 나무'라고 불렀다.

아크에인절 코트 아파트의 아이들이 승강기의 버튼을 모두 다 누른다. 그 아이들은 낄낄거리며 내게서 꾸지람이 떨어질 때를 기다리다가 이제는 내가 서두르지 않는다는 것이 분명해지자 얼굴을 찡그린다.

에티엔느 제과점의 여점원이 용기를 끌어모아 내게 어째서 크루아상을 늘 일곱 개씩 사는지 물은 다음, 그것들을 얼려서는 절대로 안된다고 일러준다.

롭은 수요일 복권 추첨에서 10파운드를 벌었고 번 돈을 모두 복권을 사는 데 써버린다.

괴츠 부인은 내게 일요일 밤에 일이 없으면 자기하고 같이 부랑자 수용시설을 찾아가야 한다고 부추긴다.

퀸스웨이에서 워터 서펜트 회원인 데이브와 마주친다.

「헤이, 마이클, 그 동안 어디로 사라졌었죠?」

하지만 나는 사라지지 않았다. 나는 여기에 있고 세상 사람들과 그들이 하는 일을 관찰한다.

어느 날 아침 전화벨이 울린다.

「마이클 호움 씬가요?」

「말씀하세요.」

「피셔, 저스틴 피셥니다.」

그 이름, 그 목소리. 귀찮게 따라붙는 팬이다.

「어제는 정말 혼란스러웠습니다. 완전히 가망이 없었어요. 하지만 그 사람들 얘길 해봤자 무슨 소용입니까? 보케리니[41]를 그렇게 엉망으로 만들다니. 하지만 그 사람들 말로는 자기네들이 당신을 몰아내지 않았다고 하더군요. 새로 들어온 사람은 젊은 여자였는데, 어림도 없습니다. 내가 보기엔 당신에 비해 어림도 없어요. 수플레[42] 위에 있는 쇠기름 같더라구요. 아니, 아니, 아니, 그래 가지고는 안돼요. 당신이 예술에 지고 있는 의무를 생각해봐요. 그 사람들 말로는 당신이 카메라타 앙글리카와 함께 많은 시간을 보낸다고 하더군요. 그런데 봐요. 이름까지도 반은 이탈리아어고 반은 라틴어잖습니까?」

그가 다짜고짜 말을 쏟아낸다.

「피셔 씨……」

「어제 저녁 황제 4중주에서는 그 친구들 조율을 하고 또 하고 해서 내 기분을 싹 망쳤어요. 물론 그 사람들은 안정이 되지 않았죠. 쓰린 손가락이나 쓰린 가슴으로 어떻게 연주를 할 수 있겠습니까? 나는 며칠 전 한 바이올린 제작자하고 얘길 해봤는데 그 사람 말이 당신을 만났다고 하더군요. 헌데 그 사람이 나한테 이럽디다. 4중주단은 바이올린 연주자보다 더 오래가고 그중에서도 바이올린이 가장 오래간다고 말입니다. 그런 냉소적인 소리

---

41) 1743~1805. 스페인의 작곡가이자 첼로 연주자로서 현악 10중주를 음악적 형식으로 발전시키는 데 공헌하고 현학 5중주곡을 최초로 작곡했음.

42) 달걀 흰자위에 우유를 섞어 거품을 내어 구운 과자나 요리.

가 어디 있습니까? 하지만 그게 요즘 세상 돌아가는 식입니다.
나는 계속 이런 생각을 했습니다. 이 사람, 겉으로는 진지하고
속으론 미친 게 아닐까? 아니면 그 반대일까? 어쨌든 나는 그 사
람 말이 잘 이해되지 않았습니다. 그래서 직접 통화를 해봐야겠
다고 생각한 거죠. 내 말이 너무 장황하다면 말을 끊으세요. 지
금 하품하고 있습니까?」
「아니, 그런 건 아닙니다. 나는 단지…….」
「아무튼 내가 할말은 그게 다입니다. 당신의 귀중한 시간을 더
뺏지는 않겠습니다. 하지만 만일 내가 그 쉬기름 대신 당신을 보
지 못한다면 나는 마조레라는 제단에 절대로 더이상 어떤 제물
도 바치지 않을 겁니다. 돌아와요. 지금요. 이만 끊습니다.」

9-29

  그렇다면 내가 그처럼 격리되어 있을까? 시간이 지난다. 몇 초,
몇 시간, 몇 달. 내가 작년에 그녀를 보았던 날이 지나갔다. 지금은
겨울이다. 나는 걷지만 잎이 없는 계절을 별 관심 없이 바라본다.
아크에인절 코트 아파트 로비에서 괴츠 부인이 크리스마스 트리를
장식하고 있다. 한센 집안에서는 누가 전나무에 꼬마 전구들을 매
달까? 줄리아가? 아니면 그녀와 그녀의 남편이? 아니면 그 두 사
람과 루크가?
  니콜라스 스페어의 크리스마스 파티에 초대를 받고는 흔쾌히 받
아들인다. 마조레 단원들 중 누구도 거기에 없을 것이고 피어스는
틀림없이 초대를 받지 않았을 것이다. 얇게 저민 고기가 든 파이를
먹고 가락이 맞지 않는 캐럴을 듣고 내가 잘 알지 못하는 사람들을
만나는 것이 나에게는 북쪽으로 여행을 떠나기 전에 꽤 즐거운 일
이다. 적어도 이 정도는 사실이다. 내가 한때 나 자신을 채찍질했

던 곳에서 나는 어떤 의미도 찾지 못한다.

날씨는 예년보다 춥지 않다. 나는 내 바이올린으로 한 시간 또는 두 시간 또는 그 이상 음계들을 연습한다. 그것이 내게 집중력과 위안을 가져다주고 이런저런 생각에서 나를 풀어준다. 때때로 사람들의 얼굴이 눈앞에 떠오른다. 그 가운데에는 우리 어머니, 폼비 부인 외에도 내게 처음으로 바이올린을 가르쳐준 선생님, 음계에 아주 예민한 젊은 남자가 포함되어 있다.

나는 로비에서 만난 이웃 사람들을 보면서 이런 생각을 한다. 저 웃고 있는 얼굴 뒤에는 어떤 괴로움이 있을까? 슬픔에 잠긴 얼굴 뒤에는 어떤 기쁨이 있을까? 왜 전자가 후자보다 더 많을까? 억지로 웃는 웃음이 불행한 일을 겪은 마음을 강하게 해줄까?

9-30

니콜라스 스페어는 피어스가 작년에 저지른 잘못을 용서한 모양이다. 그렇지 않고서야 어떻게 피어스가 니콜라스의 연례 술잔치에 와 있을까? 그리고 피어스도 아마 니콜라스가 '숭어'에 대해 격렬한 반감을 보였던 것을 용서한 듯하다.

올해에는 붉은 프루트 펀치 대신에 백포도주가 나온다. 피어스는 이미 거나하게 취해 있다. 내가 뭐라고 할말을 떠올리기도 전에 그가 방을 가로질러 오더니 나를 벽에 밀어붙이다시피 한다.

「마이클!」

「아, 자네!」

내가 당황해서 흉내를 내듯 중얼거린다.

「자, 자, 우리를 초대한 주인을 놀리지는 말자구. 그 친구는 올해 몹시 기가 죽어 있으니까.」

「아, 어째서지?」

302

「연인을 찾지 못했어. 하다 못해 햄프스테드 히스[42]에서도.」

「아, 그거 심각하군. 그런데 자네는 어떻게 지냈지? 모두들 어떻게 지냈어?」

「마이클, 돌아와.」

나는 한숨을 내쉬고 와인을 들이켠다.

「아무튼 좋아, 좋아. 당분간은 아무말도 하지 않겠어. 하지만 자네, 그 동안 어떻게 지냈지? 아주 오랫동안 누구도 자넬 보지 못했다더군. 자네가 살아 있는지 죽었는지 아무도 몰라. 왜 그렇게 숨어 있는 거지? 적어도 우리를 만날 수는 있지 않아? 헬렌은 풀이 죽어 있고 자네를 보고 싶어해. 우리 모두가 그래. 그 애는 메시지를 남겨도 자네가 대답을 하지 않자 전화 거는 걸 포기했어. 그런데 자네 새로운 소식은 뭐가 있지?」

「좋은 소식? 아니면 나쁜 소식?」

「좋은 소식. 나쁜 소식은 우리가 다음번에 만날 때로 미뤄두고.」

「나 바이올린을 구했어.」

「아, 굉장한데. 뭘로 구했지?」

「토노니야.」

「카를로?」

「그래.」

「하지만 그건 자네가 전에 갖고 있던 것하고 같은 거잖아.」

「그래, 바로 그 전번 거야.」

「자네 말은 그걸 샀다는 거야? 자네가 어떻게 그럴 여유가 있었지?」

「피어스, 나 그거 선물받았어.」

「선물받아? 어떻게? 요크셔에 있는 그 늙은 할망구에게서?」

---

42) 런던 북서부에 있는 유원지.

「그분을 그런 식으로 부르지 마.」

「미안해, 미안해.」

피어스가 두 손을 들어올리다가 셔츠 앞자락에 와인을 약간 쏟는다.

「그분 돌아가셨어. 나한테 그 바이올린을 남겨주고.」

피어스가 콧김을 내뿜는다.

「이런, 제기랄! 나만 빼놓고 모두들 뭘 물려받고 있어. 아, 나 진심으로 그런 건 아니야. 자네 일이 잘된 거 정말로 기뻐. 늙은 할망구들이시여, 모두 빨리 죽어서 가진 돈을 모두 배곯는 깡깽이 연주자들에게 물려주시라.」

그가 자기의 잔을 들어올린다.

나도 같이 웃고 조금은 배은망덕하게 내 잔을 들어올린다.

「사실 난 불평을 해서는 안되지. 나도 바이올린을 구했어. 아니, 적어도 난 그랬다고 생각해.」

「뭘로 구했는데?」

「에베르레. 보기 드물게 좋은 거야.」

나는 미소를 짓는다.

「아무튼 축하해, 피어스. 그날 덴턴 경매소에서는 정말로 기분이 안 좋았어. 에베르레가 나폴리 사람인 거 맞지? 아니면 체코 사람이던가? 체코 사람 에베르레도 있지 않았어?」

「난 전혀 모르겠는걸. 이 에베르레는 나폴리 출신이야.」

「아, 그렇군. 그런데 폼비 부인은 요크셔가 아니라 랭커셔에서 살아. 아니, 살았어.」

「그냥 정확하게 해두자는 거겠지?」

「물론이지.」

피어스가 웃음을 터뜨린다.

「자네 이거 알아? 우린 얘기를 할 수 있어. 자넨 그 소리를 들어

봐야 해, 마이클. 음색이 아주 기가 막혀. 모든 현들이 균형잡혀
있고 따뜻하면서도 분명해. E메이저에서는 놀라운 소리를 내지.
내 말을 믿을 수 있을지 모르지만. 우스운 일이야, 그 바이올린
이 로저리와 정반대라는 게. 어쩌면 그건 나한테는 울림이 너무
많았을 거야. 특히 바흐 녹음을 위해서는.」
「자네 그걸 거래상에게서 구했어, 아니면 경매에서?」
「어느쪽도 아니야. 얘길 하자면 이상한 일이지. 사실 나는 얼마
쯤은 친구의 불행으로 이득을 본 느낌이야. 루이스에게서. 자네
루이스 알지?」
「몰라.」
피어스가 놀란 표정이 된다.
「그래? 글쎄, 어쨌건 그 친구는 그 바이올린을 팔아야 했는데 나
한테 그걸 사라고 하더군. 그 친구도 그런 식으로 하면 거래상으
로 갈 커미션 같은 게 없어도 된다는 걸 알고 있었으니까. 그 친
구는 그 바이올린을 사려고 많은 돈을 대출받았는데, 여러 이유
로 계속해서 상환을 할 수 없었어. 마지막 타격은 런던 심포니
오케스트라가 그 친구를 속였을 때 찾아왔지.」
「어떻게 된 건데?」
내가 바흐의 녹음보다는 런던 심포니 오케스트라와 내가 알지
못하는 루이스라는 사람에 대한 이야기가 나온 것에 감사해 마지
않으면서 묻는다.
「그러니까, 루이스는 오디션을 보러 가서 연주를 잘했고, 시험
삼아 제1바이올린의 네 번째 연주자로 들어와 달라는 제안을 받
았어. 그 친구가 런던 심포니 오케스트라와 함께 연주할 첫번째
진짜 기회는 몇 주일 전 일본에서 공연 여행을 하고 런던에서 그
와 관련된 몇 번의 콘서트를 갖는 거였지. 그 일을 하기 위해 그
친구는 꽤나 돈벌이가 되는 일에서 모두 손을 뗐어. 밤길로 접어

든 불쌍한 친구. 루이스는 늘 런던 심포니 오케스트라를 무척 좋아했거든. 그런데 연주를 시작하기로 한 날에서 채 하루도 안 남겨놓고 관리부에 있는 누군가가 그 친구에게 전화를 걸어서 지난주에 그 자리는 채워졌지만 루이스가 원한다면 같이 따라가도 좋다고 했다는 거야. 유감의 표시도, 사과도, 아무것도 없이.」

「그쪽에서는 어떤 이유를 댔는데?」

나도 모르게 흥미가 당겨서 재빨리 묻는다.

「분명히 다른 두 바이올린 연주자들이 한동안 그 자리를 차지하려고 경합을 벌이고 있었는데, 관리부는 루이스를 고려하지 않고 그 둘 가운데서 빨리 결정을 하라는 '압력을 받고' 있었던 모양이야.」

피어스가 손가락으로 인용부호를 표시하려고 한다. 위험할 수도 있는 얘기니까.

「그렇다면 그 사람에게 왜 그 자리를 제안했지? 또 여행에서 그 사람 자리를 예약한 건 어째서고?」

「나를 잘 살펴보고 그 사람들을 살펴봐. 그 사람들 위원회는 자네와 나 같은 사람들, 세상이 자기네들에게 부당한 취급을 한다고 생각하는 평범하고 억압받는 음악가들 손으로 운영되고 있어.」

「만일 그 사람에게 돈이 그렇게 중요했다면 왜 그냥 코를 틀어막고 따라가지 않았지?」

「그게 바로 내가 그 친구에게 물었던 얘기야. 난 그 친구가 그럴 줄 알았어. 누가 뭐래도 세상에는 어디에나 비열한 놈들이 있게 마련이고 그보다 훨씬 더 나쁜 일이 벌어지고 있으니까. 하지만 그 친구는 자기에게 체면이 있고 또 자기가 어렸을 때 사분의 일 크기로 축소한 깡깽이를 집어든 뒤로 그렇게도 좋아하던 오케스트라를 미워하고 싶지 않다고 그러더군. 어쩌면 그 친구 말이 옳

306

은지도 몰라. 어쩌면 만일 우리 모두에게 자존심이 조금만 더 있었더라면 그자들이 우리를 그런 식으로 대우하지는 않았을 거야……. 아, 그건 아무도 모를 일이지. 내 생각엔 아무리 좋아하는 코끼리에게서라도 똥을 뒤집어쓰는 건 절대로 즐거운 일이 못될 것 같아. 하지만 이건 단지 압력이 아니라 마지막 지푸라기였어. 어쨌든 나는 루이스에게 에베르레를 좋아한다고 했고 그 바이올린을 기꺼이 사겠다고 했지만, 육 개월 내에 그 바이올린을 되사고 싶다면 그러라고 했어. 그 친구는 점잖게 항의를 하고 훌쩍거리기 시작하더군. 하지만 나는 이런 말로 그 친구 입을 다물게 했지. 만일 내가 그런 옵션을 걸지 않는다면 나 자신이 비열한 놈처럼 느껴질 거라고 말이야. 하지만 나는 어쨌건 그 불쌍한 녀석에게 육 개월 뒤에는 그 바이올린과 너무 정이 들어서 포기할 수 없을 거라는 말도 해야 했어. 정이 들다니, 내가 꼭 헬렌 같은 소리를 하고 있군.」

「피어스, 자넨 뭘 좀더 알아야겠어.」

「그건 나하고 육 년 동안 결혼생활을 했던 누군가가 늘 하던 그럴듯한 얘기지.」

「아무튼 지금은 이혼을 했고.」

「그래, 맞아.」

유예된 시간이 끝난다. 이제 둘러갈 길이라고는 없다.

「그런데 내 다른 배우자들은 새로 들어온 제2바이올린과 얼마나 정이 들었지?」

내가 될 수 있는 한 태연하게 묻는다. 비록 그 말이 무심결에 나온 것은 아닐지라도 냉담하리만큼 즉흥적이고 계제가 맞지 않는 것으로 들린다. 그들에게는 이혼의 충격이 구애와 약혼과 즉각적인 결혼이라는 충격으로 곧장 이어진다.

피어스가 숨을 깊이 들이쉰다.

「우리는 많은 사람들을 테스트해 봤어. 어쩌다 보니 남자들보다 여자들이 더 많았지. 내 생각에 헬렌은 균형을 깨고 싶어하지 않았지만 실제로는 전혀 그렇지가 못했어. 그 애는 자네를 대신할 다른 남자를 원치 않았어. 그리고 나한테 고함을 질러대는 버릇이 들었지. 그 애는 휴고하고도 그만뒀어. 어쨌든 그건 아주 잘된 일이지. 그 애는 사실 지금까지도 화가 나 있어…… 물론 녹음 때문이지. 우리는 비올라도 같이 연주할 수 있는 사람들만을 테스트해 볼 생각이야.」

「그러면 슈트라투스는?」

나는 내가 관여할 수 없는 일에서 한 발자국 물러나 묻는다.

「글쎄, 그쪽에서는 아주 점잖게 계약이 계속 유효한 걸로 하자는데 동의했어. 하지만 나는 '푸가의 기법'에 자네를 참가시키고 싶어, 마이클. 우리 모두 다 그래. 이건 단지 자네가 아주 뛰어난 연주자이기 때문만이 아니라 자네가 우리의 일부이기 때문이야. 자네 없이 우리가 어떻게 그 곡의 느낌을 잡아낼 수 있을지 아무도 몰라. 다른 사람들은 모두 테스트를 받고 있는데, 모두가 그럭저럭 쓸 만하지만, 아니 그 이상이지만, 우리는 그 사람들 중 누구와도 음계를 연주할 수 없었어.」

나는 눈물이 나려고 눈이 따끔거리는 것을 느낀다.

한차례 더 과장된 손짓을 하는 바람에 값비싼 와인이 또 쏟아진다.

「이봐, 마이클, 진정해. 하루 저녁에 자네를 두 번 당황케 하고 싶지는 않아.」

나는 잠시 그에게서 눈길을 돌린다.

「자네는 이기적이고 나쁜 놈이야.」

피어스가 느닷없이 불쑥 내뱉는다.

나는 아무말도 하지 않는다. 내가 그들을 얼마나 낙담시켰을까?

308

만일 '푸가의 기법'이 실패로 돌아간다면 헬렌이 나를 용서해 줄까?

「문은 아직 열려 있어. 지금도 열려 있어, 정말이야. 하지만 우리는 임시 제2바이올린 연주자와 오랫동안 같이 연주를 할 수는 없어. 그리고 또 그 자리에 들어오고 싶어하는 사람들을 마냥 기다리게 할 수도 없고. 그건 그 사람들에게 공평하지가 못해.」

「물론이지.」

「우리는 1월 말까지 결정을 내려야 할 거야.」

「알았어. 그러니까……」

「마이클, 한 가지만 더 얘기할게. 그게 단지 '푸가의 기법' 때문이야? 내 말은 자네가 그 곡을 도저히 연주할 수 없을 것 같지는 않은데 말이야, 안 그래?」

「모르겠어. 정말 무엇 때문인지 모르겠어. 나도 알고 싶어. 나는 내가 자네들 모두와 함께 보낸 육 년 동안을 그 무엇과도 바꾸고 싶지 않아. 오늘 저녁 자네를 봤을 때 나는 떠나고 싶었어. 내가 그 문제를 피할 수 없다는 건 알았지만, 지금은 그 얘기를 충분히 다 했어. 그러니까 제발 피어스, 우리 화제를 바꾸자구.」

그가 싸늘하게 나를 쳐다본다.

「좋아, 그렇다면. 빌리 아들이 몇 주일 전에 뇌막염 수술을 받았어.」

「뭐라고? 장고가? 뇌막염?」

피어스가 고개를 끄덕인다.

「원 세상에, 도저히 믿기지가 않아. 그 애는, 그 애는 괜찮아?」

「그러니까 자네, 세상과 너무 오랫동안 떨어져 있었군. 자네, 뭘 믿어야 하고 믿지 말아야 할지는 어떻게 알지? 하지만 그래, 그 애는 괜찮아. 하루는 죽음 직전까지 갔었지만 그 다음날 괜찮아졌어. 빌리하고 리디아는 완전히 얼이 빠져버렸지. 아직도 완전히 회복되지는 않았어. 하지만 그 꼬맹이 녀석은 그런 일이 아예 일어나지도 않았던 것처럼 아주 건강해졌지.」

「피어스, 난 여기에서 나가야겠어. 걸으면서 신선한 공기를 좀 마셔야 할 것 같아. 난 아무래도 크리스마스 캐럴을 감당해 낼 수가 없어.」

「누구는 참을 수 있고.」

「나는 이기적이고 자기 중심적인 놈이야.」

「이기적? 어째서 이기적이지?」

피어스는 정말로 놀란 것처럼 보인다. 하지만 그는 바로 몇 분전에 자기 입으로 나를 그렇게 부르지 않았던가?

「모르겠어. 어쨌든 나는 비극적인 얘기를 더 듣고 싶지는 않아. 하지만 빌리는 좀 어때? 내 말은 그 문제를 떠나서 말이야.」

「그 문제를 떠나서는, 링컨 부인, 연주를 얼마나 즐기셨죠?」

「아, 진정해, 피어스.」

「글쎄, 그 친구 자기 곡을 우리에게 강요하고 있어.」

「그리고?」

「글쎄, 자네가 우리에게 다시 돌아오기 전까지는 일이 어떻게 되어갈지 알 수 없지 않겠어? 아니면 내가 '돌아오지 않고는'이라고 해야 할까? 달리 생각해 보니까, 그건 어쩌면 기를 꺾는 말인 것 같군.」

피어스가 빈정거리는 투로 나를 곁눈질하고 있다.

내가 웃음을 터뜨린다.

「나는 글쎄, 나는 자네들 모두를 그리워해. 심지어는 우리에게 귀찮게 따라붙는 팬까지도 그리워하지. 자네 다음번 공연이 언제지? 아니, 다음번이 아니고, 30일까지는 로치데일에 가 있을 거니까 내 말은 그 다음번 공연 말이야.」

「1월 2일이야. 퍼셀 룸에서. 하지만 30일까지라면…….」

310

「그래.」

「그러니까 자네 그 여자 연주를 들으러 가지 않겠다는 거야?」

「안 가.」

「30일 날 로치데일에서 무슨 일이 있길래?」

「아무 일도 없어.」

「없다. 아마도 육 년이란 세월이 누군가를 이해하기에 충분한 시간은 아닌 모양이군.」

피어스가 걱정스러운 눈으로 나를 바라보며 말한다.

9-31

휘리릭 휘리릭, 바람이 날카로운 소리를 내며 포플러들을 스치고 지나간다. 백조들이 나를 보고 휏휏 하는 소리를 낸다. 그 새들은 둥근 연못에서 떠도는 얼음 사이로 헤엄을 치고 있다. 그러나 하늘은 여름처럼 파랗게 개어 있다.

서리로 덮여 있거나 투명한 유리 같은 얼음판들. 바람이 그 얼음판들을 남쪽 기슭으로 몰아간다. 그 얼음판들은 서로 겹치고 천천히 우그러지고 매끈하게 깨진다. 일곱 층으로 쌓여 반은 뭍에 밀어 올려진 그 얼음들은 유리처럼 투명하고 바람에 흔들리는 물결을 따라 삐걱거리거나 이러저리 옮겨다닌다.

아니, 기름을 칠하지 않은 문 같지는 않고 낡아빠진 배 같다. 하지만 아니, 그것도 아니다. 꼭 그렇지만은 않다. 만일 내가 이 표면들을 읽지 않는다면 내가 그것들이 내는 소리를 해석할 수 있을까? 삐걱거리고 물결치고 옮겨다니고 없어지고 우지직거리고 한숨을 쉬는. 이것은 내가 전에 들어보지 못한 소리다. 이것은 부드럽고 편안하고 친밀한 소리다.

이곳에서 나는 그녀가 들을 수 없다는 것을 알게 되었다. 나는 가느다란 얼음 조각을 떼어낸다. 그것이 내 손바닥에서 녹는다. 나는 그녀를 겨울에 만났고 겨울이 오기 전에 그녀를 잃었다.

아니, 그날 나는 여기 소리가 들리는 범위 내에 있지 않을 것이다.

얼음이 연못의 물결 위에서 껍질처럼 떠돌고 백조들은 겨울의 물 위에서 가볍게 움직인다.

9-32

한 번 더 나는 유스턴에서부터 북쪽으로 가고 있다.

여행을 하는 대부분의 시간 동안 나는 잠을 잔다. 내 목적지는 열차 아나운서의 표현대로라면 종착역이다.

크리스마스를 사흘 앞둔 추운 아침이다. 나는 하루 동안 맨체스터에서 내가 늘 드나들던 곳을 찾아갔다가 밤에 차를 몰아 로치데일로 갈 것이다.

나는 도서관에 악보를 돌려준다. 한 맹인 남자가 벽의 곡선을 더듬으며 지팡이를 똑똑 치고 오는 동안 나는 눈을 감는다.

성당 안의 면계실(免戒室)에 새겨진 야수들, 유니콘과 용을 만진다. 브리지워터 홀 근처에서 둥글게 생긴 거대한 돌 옆에 서서 그 밑의 운하 때문에 생긴 웅덩이를 바라본다.

무엇이 나를 런던에 붙들어두고 있는가? 어째서 나는 고향으로 돌아가지 않는가?

이제는 내 마음속에 있는 어떤 본질적인 것도 나를 런던에 붙잡아두지 않는다. 나를 사랑하는 사람들은 모두 죽었거나 몹시 늙었다. 아버지와 조안 고모는 로치데일에 있다. 대학에 들어가기 전 나는 맨체스터로 왔었다. 설령 내 말투에 이상한 랭커스터 억양이 살짝 배어 있더라도 일단 여기에만 오면 내 귀는 그 즐겁고 쾌활한 사투리에 익숙해진다. 그들은 타지 사람들이 눈살을 찌푸리는 베이컵이니 토드모덴이니 하는 온갖 괴상한 이름들에 익숙해 있다.

만일 내가 이를테면 맨체스터나 리즈나 또는 하다 못해 셰필드에 살았더라도 나는 그들을 찾아가서 그들과 함께 더 많은 시간을 보낼 수 있었을 것이다. 일 년 중 아무때나 서너 번이 아니라 한 달에 한 번씩 주말을 택해, 아니 어쩌면 그보다도 더 자주. 나는 내 아파트를 팔고 여기에서 좀더 싼 집을 구할 수 있다. 하지만 그렇다면 왜 로치데일 바로 그곳에서, 온 사방에 황무지가 펼쳐져 있고 공원에서 잔디밭에 들어가지 말아라, 노래를 부르지 말아라, 기쁘거나 슬프다고 소리치지 말아라, 돌을 만지지 말아라, 종달새들에게 크리스마스 푸딩을 먹이지 말아라 하는 따위의 소리를 할 경찰도 없는 곳에서, 살지 말아야 할 이유가 무엇일까?

아니, 강철 조립세트 장난감 조합과 모르타르 없이 돌로만 담을 쌓는 클럽, 배드민턴 클럽, 독일 산 짧은 털 사냥개 클럽이 있는 로치데일에서는 아니다. 그 중심부가 찢겨져 나가고 밀실공포증에 걸릴 것 같은 시장, 내가 어린 시절에 황폐해진 길거리들, 지칠 대로 지쳐 빈민가로 급전직하한 로치데일은 아니다. 내가 일하는 도시로 통근을 하기 위한 로치데일은 아니다.

그렇더라도 무엇이 좋을까? 어쩌면 요술 같은 소리로 서커스 무대를 채웠던 할레 악단? 내가 예전에 다녔던 대학과 솜 연관이 있는 약간의 가르침? 내가 구성할 수도 있는 순회 3중주단과의 연주? 한때 나는 3중주단을 구성했으니까 마음만 먹으면 얼마든지 다시 그럴 수도 있다. 피아니스트는 누가 되고 첼리스트는 누가 될까? 내가 절대로 연주하지 않을 곡은 단 하나밖에 없을 것이다.

런던은 바이올린의 정글이다. 그 도시의 비탄 속에 그 분주함 속에 갖가지 훔친 물건들이 있다. 하지만 나는 서펜타인 연못에서 헤엄치는 일을 그만두었고 폐활량이 적어졌다. 설령 한때는 그랬다

하더라도, 그곳은 이제 내 집이 아니다.

나는 돌을 끌어안고 내 이마와 얼굴을 그 돌에 갖다댄다. 그 돌은 신속한 대답을 내놓지 않는다. 그 돌은 매우 매끄럽고 매우 차갑고 그 본질은 아주 오래되었다. 내 주위로 온통 눈이 내리고 운하의 수면 위로 소용돌이치며 떨어져 내린다.

9-33

조용한 크리스마스. 눈이 내리다 말다 한다. 짜짜는 한때 그놈이 돌아다니던 정원에 묻혀 있다. 아버지는 이유 없이 불안해 하다가 차츰 기분이 좋아진다. 나는 내 하얀 렌터카로 쇼핑을 하고 크리스천 주차 티켓을 얻는다. 조안 고모는 늘 그랬듯 엄청난 식사를 마련한다. 우리는 이런저런 이야기를 한다. 하지만 나는 이사할 예정이라는 말은 하지 않는다.

나는 차를 몰아 눈발 속을 이리저리 돌아다닌다. 묘지는 흰 눈으로 덮여 있다. 무덤이며 묘비 꼭대기며 몇 시간 전에 놓인 꽃들이며 할 것 없이. 나는 방향 감각을 잃는다. 사람들이 산울타리를 옮겨놓은 것일까, 아니면 단지 내가 눈 때문에 혼란스러워진 것일까? 하지만 여기에 고모부의 친구인 묘비 제작자가 새긴 회색 묘석이 있다. '고이 잠든 애더 호움의 소중한 기억들'. 하나나 두 개의 이름 밑에 그렇고 그런 글자들과 날짜가 새겨져 있다.

나는 어머니의 무덤에 흰 장미꽃을 놓는다.

몇몇 길들은 눈 때문에 차단되었지만 블랙스톤 에지로 가는 길은 그렇지 않다. 나는 차를 몰아 폼비 부인의 집을 지나간다. 표지판이 그 집이 매물로 나와 있음을 알려준다.

블랙스톤 에지에서 나는 호일에 싸인 따뜻한 크리스마스 푸딩을 눈 위에 조금 부스러뜨린다. 축축한 검은 빵 조각들이 황무지의 검은 땅속으로 녹아들 것이다. 하지만 종달새들은 몇 달 전에 떠났다. 눈은 멎었고 멀리까지 뚜렷하게 보인다. 그런데도 하다못해 갈가마귀나 썩은 고기를 먹고 사는 새 한 마리 보이지 않는다.

나는 차에서 바이올린을 꺼내 '솟아오르는 종달새'에서 따온 부분을 조금 연주한다. 그런 다음 가장 낮은 현을 F로 조율한다.

내 손은 차갑지 않고 내 마음도 동요하지 않는다. 이제 나는 어두운 터널 속이 아니라 탁 트인 황무지에 있다. 나는 그녀를 위해 '푸가의 기법'에서 위대한 미완성 푸가를 연주한다. 그 곡은 그 자체로서는 의미가 없지만 그녀는 내가 들을 수 있는 부분을 채워줄 수 있을 것이다. 나는 내 연주 부분이 끝날 때까지 그 곡을 연주하고, 헬렌 역시 연주를 멈출 때까지 귀를 기울인다.

9-34

12월 30일에 나는 기차를 잡아타고 런던으로 내려간다. 구름이 점점이 떠 있는 맑게 갠 날이다. 유스턴에 이르렀을 때쯤에는 날이 어두워져 있다. 나는 어떤 짐도, 심지어 내 바이올린도 가지고 있지 않다.

나는 곧장 위그모어 홀로 간다. 그날 저녁 공연 티켓은 매진되었다. 매표소에 있는 젊은 남자가 작품의 성격을 감안할 때 자기도 놀랐다고 한다. 그는 어쩌면 또다른 요인이 있을 거라고 생각한다. 「아시겠지만, 이건 '귀먹은 피아니스트의 콘서트' 뭐 그런 겁니다. 사람들 가운데 일부는 그 여자 이름도 알지 못한다는 게 조금은 당혹스러운 일인 것 같군요. 하지만 실정이 그렇습니다. 몇 주일 전에 다 팔렸어요. 정말 미안합니다.」

「혹시 반환된 표는 없는지…….」

「그런 표가 대개 몇 장은 있습니다만, 그건 모두 콘서트가 어떠

냐에 달려 있습니다. 저는 사실 아무것도 장담할 수가 없습니다. 기다리는 줄은 여깁니다.」

「따로 떼어놓은 표라도 좀 없습니까? 아시겠지만 몇몇 후원자나 기부자나 또는 뭐 그런 사람을 위해서요.」

「글쎄요, 공식적으로는 없습니다. 아니, 우리는 공식적으로 그런 일을 하지 않습니다.」

「나는 전에 여기서 연주한 적이 있습니다. 나는, 나는 마조레 4중주단의 일원이었습니다.」

「그렇다면 최선을 다해보죠.」

그가 어깨를 으쓱하면서 대답한다.

콘서트가 시작되기까지는 한 시간이 남아 있다. 나는 기다리는 줄에서 여섯 번째로 서 있다. 하지만 콘서트를 십오 분 남겨두었을 때까지 단 한 장의 티켓만이 반환되었다. 로비는 서로를 소리쳐 부르고 잡담을 하고 프로그램을 사고 예약한 티켓들을 모으고 하는 사람들로 시끌벅적하다. 몇 번씩이고 나는 그녀의 이름과 귀머거리, 귀머거리 하는 소리를 듣는다.

나는 겁에 질리기 시작하고 결국 기다리는 줄에서 한옆으로 빠져나온다. 바람이 부는 제법 쌀쌀한 밤이다. 나는 프로그램을 들고 옆을 지나가는 사람들 하나하나에게, 그리고 심지어는 바깥 계단을 내려와 아래층 레스토랑으로 가는 사람들에게 혹시 여분의 표가 있는지 물어본다.

콘서트 이 분 전이 되자, 나는 제정신이 아니다. 예고 벨이 두 번 울렸고, 세 번째 벨이 울린다.

「아, 안녕하세요, 마이클. 그러니까 결국 왔군요. 피어스 말로는…….」

「아, 빌리, 빌리. 나 죽 여기에 서 있었어. 빌리, 나 장고 얘기 듣고 너무 놀랐어.」

「네, 그 녀석이 우리를 몹시 놀라게 했죠. 리디아도 콘서트에 오고 싶어했지만 그 애하고 같이 집에 있기로 했어요. 아내는 요즘 아주 힘든 나날을 보냈으니까요. 우리 안으로 들어가는 게 좋겠어요.」

「자네 아내 티켓, 자네 여분의 티켓을 가지고 있나, 빌리?」

「아뇨, 아내 건 이틀 전에 반환했는데요……. 그러니까 티켓이 없다는 얘긴가요?」

「없어.」

「이걸 받아요.」

「하지만 빌리…….」

「받아요. 실랑이하지 말고요, 마이클. 그렇지 않으면 우리 두 사람 모두 못 들어가요. 삼십 초만 있으면 문이 닫힐 겁니다. 로비가 거의 비어 있어요. 실랑이하지 말고 마이클, 이걸 가지고 들어가요. 어서요.」

9-35

나는 이층 첫번째 줄에 앉아 있다. 웅성거리는 소리들이 홀을 채운다. 나는 아래층에 있는 사람들의 머리를 내려다본다. 다섯 번째 줄에 조그만 사내아이가 앉아 있는 것이 보인다. 아마 콘시트 홀 안에서 단 하나뿐인 아이인 것 같다. 그 옆에는 아이 아버지가 앉아 있다.

줄리아가 들어와 그들을 보고 미소를 짓는다. 잠시 동안, 아니 그저 잠시라고 하기보다는 훨씬 더 오래, 그녀가 고통스럽고 뭔가를 찾는 듯한 눈길로 사방을 둘러보다가 피아노 앞에 앉는다.

그녀는 악보 없이 연주를 한다. 그녀의 눈은 어떤 때는 자기의 손을 내려다보고 어떤 때는 감겨 있다. 그녀가 무슨 소리를 듣고 무슨 생각을 하는지 나로서는 알 수 없다.

그녀의 연주에 부자연스러운 진지함은 전혀 없다. 맑고 사랑스럽고 가차없이 악구가 악구를 넘나들고 악구가 악구에 반향하는 미완성의 끝없는 '푸가의 기법'. 그것은 똑같은 음악이다.

비가 내리기 시작하면서 가볍게 후드득거리는 소리로 천창을 때린다.

열한 번째 대위 선율 뒤에 휴식시간이 있다.

이제 혼란이 올 것이다. 정해지지 않은 곡들을 그녀에게 주문하는 것으로. 그리고 여기 로비에서는 뒷얘기와 칭찬을 하는 말들이 오간다. 나는 더이상 아무 소리도 들을 수 없다.

나는 사람들로 붐비는 로비를 빠져나와 빗속으로 나선다. 그리고 한참 동안 길거리들이며 어두운 공원을 이리저리 돌아다닌다. 나는 서펜타인 연못가에 서 있다. 쏟아지는 비가 내 눈물을 씻어내준다.

음악은, 이런 음악은 충분한 선물이다. 왜 용서를 구하지 않는가? 왜 슬퍼하지 않을 희망을 품지 않는가? 하루하루를 살고 이런 음악을 듣는 것으로 충분하다. 충분한 축복을 받을 수 있다. 너무 자주는 아니지만 이따금씩. 그렇지 않으면 내 영혼이 견디어내지 못할 것이다.

옮긴이 · 황보석

1953년 충북 청주에서 태어나 서울대 불문과 졸업.
옮긴 책으로는 〈색채심리〉〈동방박사〉〈백년보다 긴 하루〉
〈끌림 쌈긴의 생애〉〈굿 나잇〉〈미라 플로렌스에서 생긴 일〉〈델리〉
〈봄베이의 연인〉〈모레〉〈문 팰리스〉〈미스터 버티고〉〈리바이어던〉
〈억압 증상 그리고 불안〉〈여자와 원숭이〉〈우연의 음악〉 등 80여 편이
있고 편저로는 〈기초 프랑스어〉〈프랑스어 회화〉가 있다.

언 이콜 뮤직

초판 1쇄 인쇄일 · 2000년 3월 15일
초판 1쇄 발행일 · 2000년 3월 20일
지은이 · **비크람 세스**
옮긴이 · **황보석**
펴낸이 · **임성규**
펴낸곳 · **문이당**

등록 · 1988. 11. 5 제 1-832호
주소 · 서울시 성북구 동소문동 4가 111번지
전화 · 928-8741~3(영) 927-4991~2(편)
팩스 · 925-5406
ⓒ 2000 비크람 세스

홈페이지 http://www.munidang.com
전자우편 munidang@kornet.net

ISBN 89-7456-128-X 03890